인왕산
일기

인왕산일기

1판 1쇄 찍음 2010년 12월 10일
1판 1쇄 펴냄 2010년 12월 15일

지은이 李甲洙

주간 김현숙
편집 변효현, 김주희
디자인 이현정, 전미혜
영업 백국현, 도진호
관리 김옥연

펴낸곳 궁리출판
펴낸이 이갑수

등록 1999. 3. 29. 제300-2004-162호
주소 110-043 서울시 종로구 통인동 31-4 우남빌딩 2층
전화 02-734-6591~3
팩스 02-734-6554
E-mail kungree@kungree.com
홈페이지 www.kungree.com

ISBN 978-89-5820-203-5   03810

값 15,000원

인왕산 일기

이갑수 글·사진

궁리
KungRee

가만 있어도 숨을 쉬는 것 신기한 일이지만 그 사소한 틈을 이용하여 손톱이 자라고 머리카락이 자라는 것 더욱 신기해라. 나도 몰래 내 안에서 벌어지는 일들이다. 내가 사는 곳에서 연속적으로 살면서 세상과는 늘 간격이 있었다. 내 눈은 망원경이 아니어서 늘상 흐리멍텅했다. 제대로 보지를 못했던 것이다. 그 간격에 빠져 허우적거리는 틈에 시력은 더욱 떨어졌다. 세상과 제대로 눈 맞추지 못했다. 그러던 차에 노안이 왔다. 형편이 더욱 나빠졌다. 그래도 이런 글이라도 쓰니 좋은 게 하나 생겼다. 눈앞을 좀 정확하게 보려는 눈이 생긴 것이다. 간판도 허투루이 안 보게 되고 궁금한 것은 달려가서 직접 확인하게 되었다. 호기심을 간직하고 있는 골목도 자주 돌아다니게 되었다.

궁리닷컴에 매일 글을 올리면서 당혹스러운 게 있었다. 서울의 풍경을 중계하기로 했는데 정작 중계되는 건 나의 일상이 아닌가. 헨리 데이비드 소로의 『월든』 앞부분에 이런 구절이 있다. "대부분의 책에서는 나, 즉 제일인칭을 생략하지만 이 책에서는 생략하지 않을 것이다. 자기중심적이라는 면에서 이 책은 다른 책들과 크게 다르다고 할 수 있다. 우리는 말하는 사람이 결국은 언제나 제일인칭이라는 사실을 흔히 잊어버린다. 만약 나 자신에 대해서만큼 내가 잘 아는 사람이 있다면 내 이야기를 이렇게 꺼내지는 않을 것이다. 불행히도 나는 경험이 부족한 탓으로 '나'라는 주제로 한정하게 되었다." 그 대목에 기대기로 했다. 내가 경험한 것이 아닐진대

내가 무엇을 어떻게 쓰랴. 어쩔 수 없이 이 책에는 '나는'으로 시작하는 문장이 많이 등장하게 되었다.

원고를 편집부에 넘긴 뒤 '노자' 기사께서 운전하는 143번 버스를 타고 반포대교를 건너는 길이었다. 버스 안은 조용했다. 라디오 소리만 낮게 들릴 뿐이었다. 모두들 저마다의 침묵과 일에 빠져 있었다. 문득 이런 생각이 들었다. 책을 하나 세상에 보내는 건 이 조용한 버스 안에서 나 혼자 시끄럽게 떠드는 꼴이 아닐까. 3호 터널로 진입하기 직전 남산기슭이 가까이 다가왔다. 고왔던 단풍이 지고 있었다.

미미한 글에 생각의 단초를 제공해주시고 재수록을 허락해주신 모든 분들께 감사드린다. 세상을 더 적확하게 관찰하는 힘이 더욱 생겨나기를 바랄 뿐이다.

2010년 겨울 인왕산 아래에서

지은이

가을

겨울

11월

12월

봄

여름

다시, 가을

· **일러두기**

본문의 글순서는 처음 게재한 궁리닷컴의 연재순서와는 편집상 일부 차이가 있음을 알려드립니다.

가을

가을

11월

비의 냄새

•

현재 서울 시내 초등학교는 587개라고 한다. 중학교나 고등학교는 관심 없다. 밤늦게 초등학교 운동장에 가본 적이 있는가. 땀 뻘뻘 흘리며 살빼기에 열중하러 말고. 늦은 밤 초등학교 옆을 지나는데 때마침 비 내려 운동장으로 내쳐 들어가본 적이 있는가. 운동장 흰 모래가 하늘과 은밀히 내통하는 시간에. 소나기 한 줄금 온 뒤 비 냄새가 아직도 코끝에 아릿할 때 초등학교 깜깜한 운동장 한가운데 서본 적이 있는가. 2009. 11. 3

국악의 빈 자리

•

주중에는 술집에 몸을 담궜던 허다한 술꾼들이 모처럼 방안을 뒹굴며 몸을 추스리는 11월의 첫 일요일 저녁. 시민들이 산으로 들로 단풍놀이를 떠나도 우면산 자락의 국립국악원은 의연히 제자리를 지키고 있었다. 날씨는 꿉꿉했다. 한국예술종합학교 전통예술원 무용과의 궁중무용 발표회가 예악당에서 있었다. 조금 일찍 도착해서 우면산 중턱 비탈로 올라가서 남산을 카메라에 담았다. 평상시에는 사무실이 있는 인왕산 중턱에서 남쪽을 보면서 서울의 중심인 남산을 찍는다. 오늘은 북쪽을 보면서 찍으니 이는 남산의 뒷모습이라도 찍는 듯 색다른 느낌이었다. 달의 이면을 보는 듯한 기분이었다.

오후 5시. 막은 오르고 실내는 어두컴컴해졌다. 내 친구의 여식이 출연했는데, 대학생들의 연기라고는 믿기 힘든 공연이 내내 이어졌다. 화려한 의상을 입고 무대를 주름잡는 무용수들 사이에서 친구는 정확하게 딸의 모습을 찾아 시선을 쫓아가고 있었다. 화관을 쓴 모습이 내게는 모두가 같은 얼굴과 동작처럼 보였는데 아버지는 달랐다. 피는 물보다 진할 뿐더러 시력에도 영향을 미치는 것 같았다. 마음에서 우러나오는 박수를 힘껏 치고 밖으로 나오니 어둠이 술집 여주인처럼 속삭였다. "잠깐만요. 한 잔 하셔야죠. 귀가 포식했으니 이젠 배를 위로해야 할 차례가 아닌가요!" 나는 직접 몸 한 바퀴 돈 적 없지만 공연장 밖으로 나오니 덩달아 무사히 공연 끝낸 무용단의 일원이라도 되는 것처럼 마음이 출출해졌다.

우리는 집 근처 신사동의 막걸리 집으로 이동했다. 주문을 해놓고 주인에게 KBS 1TV로 채널을 바꿔줄 것을 부탁했다. 내가 마음에 꼽아두었던 프로그램이 있었던 것이다. 8시가 되자 KBS 스페셜, 〈누가 나의 슬픔을

14

놀아주랴〉가 방송되었다. 80년대 초반 병신춤으로 관객들을 웃기고 울린 공옥진 여사의 삶을 다룬 내용이었다.

언젯적 공옥진인가. 프로그램 초반에 몇 사람의 인터뷰가 나온다. 그 사람들의 대부분은 공옥진 여사를 인간문화재로 알고 있었다. 그러나 공 여사의 일인 창무극은 전통의 뿌리가 없어 인간문화재로 지정을 못 받고 있었다. 한 시대를 풍미했던 국악인의 생애가 초라하고 볼품없이 스러져가는 모습을 프로그램은 보여주고 있었다.

어차피 술집이다 보니 방송 내용은 대부분 귀 밑으로 주르르 흘러버렸다. 방송이 끝날 무렵이다 싶어 볼일도 볼 겸 일어나 텔레비전 가까이로 갔다. 투병중인 공 여사가 이를 깨물고 하는 마지막 멘트가 힘겹게 나오고 있었다. "사랑하는 내 관객 여러분. 몸들 건강하시고 공옥진이가 다시 찾아뵐 때까지 몸 건강히 잘 계시길 바랍니다. 괴롭고 머리 아프고 답답하고 그럴 땐 일어나서 춤을 춰버려요. 춤을 추시고 그러면 풀어집니다." 화장실에 가서 나는 시원하게 처리하고 왔다. 그리고 공옥진 여사의 한과 예약당 객석의 드문드문 빈 자리에 대해 생각해보면서 내 자리에 주저앉았다.

2009. 11. 5

야구장에서 만난 법칙

•

저기 남산을 지나 한강을 건너 한참 가면 종합운동장이 있다. 지난달에는 잠실야구장에 갔었다. 많은 사람들이 모여 있었다. 공 하나하나에 사람들은 손뼉치고 환호성을 질렀다. 경기 내용은 이미 선수들의 일거수일투족이 생생히 텔레비전으로 중계방송되었으니 내가 새삼 더하고 뺄 일은 없다. 나는 3루 측 내야에서 맥주를 홀짝이며 시합을 관전했다.

나는 후끈 달아오른 스탠드에서 공수 교대하는 시간이면 하늘을 문득문득 쳐다보았다. 잔디가 파릇한 가까운 곳에서는 야구공이 날아다녔고 멀리 하늘에는 축구공만한 태양이 떠 있었다. 좀 흐린 날이라 햇살은 따갑지 않았다. 가까운 곳에서 벌어지는 일들은 며칠 사이에 그 결과가 쉽게 뒤집히기가 일쑤이다. 호기롭게 승리를 구가하던 두산은 오늘로서 2연패를 기록하고, SK가 2패 후 2연승을 만끽하는 것을 보라. 결국 결승전에 나가기 위해 지친 선수들이 다시 한 번 몸을 거칠게 굴리게 되었으니 말이다.

저 멀리에서 벌어지는 일은 언제나 명확한 법칙을 지닌다. 어제와 비슷한 시간에 거대한 운동장이 빽빽하도록 어둠이 몰려왔다. 어둠은 손으로 만질 수 있도록 가까이에 있지만 이 어둠을 보내준 것은 아주 멀리에 있는 힘이었다. 대체 이 알 수 없는 에너지는 누가 보내준 것일까. 서쪽 하늘에 떠 있는 구름처럼 빽빽히 모인 열혈 야구팬들이 아무리 강한 눈빛을 내뿜는다 해도 초 한 자루 켤 수 없음을 심판은 잘 알고 있었다. 주심이 잠깐 손을 들어 신호하자 전광판에 불이 환히 들어왔다. 전광판의 불빛은 경기 종료 휘슬이 울리고도 한참 동안 꺼지지 않았다. 경기에 관해 해설가 뺨치는 관중들도 발밑이 어두워서는 도무지 출입문을 찾지 못하기 때문이다. 경기도 끝나고 하루도 정확히 끝났다. 2009. 11. 7

나는 달린다

•

대낮에 팬티 차림으로 광화문에 서 있어본 적이 있다. 그리 놀랄 일은 아니다. 서울 한복판에서 벌어진 마라톤 대회에 참가한 것이다. 이순신 장군님이 동상으로 서서 지켜보는 가운데 총성이 울렸다. 선수들은 우르르 종로 바닥을 지나 동대문을 거쳐 제기동, 장한평을 거쳐 달리고 또 달렸다. 나는 배번을 단 어엿한 선수이긴 했지만, 나의 뜀박질 수준 이래야 그저 좀 빨리 걸어가는 정도에 불과했다. 하지만 힘은 선수보다도 더 들었다. 말하자면 나는 힘쓰는 데 선수였던 셈이다.

내가 달리기에 입문하게 된 계기가 있다. 2000년 들어 궁리를 만들고 기획거리를 찾아 헤맬 때였다. 어느 신문의 해외토픽란에서 달리기를 통해 100킬로그램이 넘는 몸무게를 70킬로그램으로 줄였을뿐더러 네 번째 부인과 곧 결혼할 계획이라는 내용을 담은 독일 현직 외무부장관의 자서전이 출간되었다는 기사를 읽었다. 에이전트를 통해 책을 주문하고 우리나라 형편을 살폈다. 당시만 해도 달리기는 몇몇 동호인들끼리 즐겼을 뿐 그리 큰 유행은 아니었다. 그러다가 마라톤 사이트를 운영하면서 달리기를 운동 차원으로 보급하던 어느 분을 알게 되었다. 당시 기자로 근무하던 그분을 광화문에서 만났다. 바로 뜻이 통한 그이한테 책 이야기를 했더니 대뜸 "그게 내가 번역해야 할 책이로군요." 하는 게 아닌가. 마침 그는 서울대학교 독문과 출신이었다. 그리고 내 몸을 보더니 "반포의 한강 고수부지에서 일요일마다 하프코스 달리기 대회가 있으니 나오시죠." 하였다.

그날 나는 집에 들어가면서 운동화를 샀다. 그리고 내친김에 반달모임에 참가했다. 여러 명이 우르르 달려갔는데 나는 처음 참가한 터라 그냥 조금 달리다 힘이 들면 관둘 작정으로 가볍게 출발했다. 그러나 마음만 가벼웠지 몸은 달릴수록 무거워졌다. 문제는 함께 달리다보니 도중에 나 혼자 그만둘 수가 없었다는 점이었다. 오기도 생겼지만 내 뒤통수를 바라보는 여러 눈들을 의식했기 때문일 것이다. 그렇게 해서 반포 고수부지에서 잠실 토끼굴까지를 왕복하는 하프코스를 완주했다. 기록은 두 시간 20분 언저리였다. 독일 외무부장관인 요슈카 피셔의 자서전은 『나는 달린다』라는 제목으로 일 년 후 궁리에서 출간되었다. 이 책은 우리나라에서 달리기 붐을 이끄는 불쏘시개 역할을 톡톡히 했다. 어느 해 춘천 마라톤에 참가했더니 공설운동장에 현수막이 크게 붙어 있었다. "새는 날고 물고기는 헤엄치고 인간은 달린다." 우리 책에서 따온 문장이었다. 퍽 반가웠다. 그런 일이 있고 난 후부터 나도 서서히 달리기에 빠져들기 시작했던 것이다.

그렇게 광화문을 출발해서 두 시간이 지날 무렵 나는 잠실대교를 건너고 있었다. 보성고등학교 앞을 지날 때에는 발에서 살은 다 흘러내리고 뼈로만 딛는 기분이 들 정도였다. 나는 이제 끝! 이구나 싶어 도열한 응원객의 박수를 받으며 골인지점인 올림픽공원으로 빠지려고 했다. 근데 이상했다. 나의 길과 달리 계속 달려가는 선수들이 여럿 있었다. 아, 그이들은 풀코스 선수들이었고 골인지점은 잠실 올림픽주경기장이었다. 나는 잠시 서서 멀어지는 마라톤 선수들을 바라보았다. 그때 왜 나의 눈시울이 뜨거워졌을까. 나는 휘청휘청 달려서 마침내 하프코스를 완주했다.

그 다음해 나는 올림픽주경기장에서 벌어진 어느 마라톤 대회에 참가했다. 힘들게 골인하고 나니 한 선수가 결혼식을 올리고 있었다. 신랑은 턱수염이 수북했다. 나는 맨꼬래비로 들어오는 바람에 예식을 바로 옆에서 지켜볼 수 있었다. 지난달 말 바로 그 선수가 은퇴를 했다고 신문이 전했다. 신문 한귀퉁이의 작은 기사 읽는데 힘들 일이 뭐 있겠는가. 호흡이 가쁠 일도 더구나 없다. 그런데 왜 기사를 읽는 내내 또 주책없이 눈시울이 뜨거워질까. 봉달이, 이봉주 만세. 2009. 11. 10

인생의 미스터리

•

며칠 전 KBS 제1라디오에서 오전 11시부터 정오까지 방송하는 〈풍류마을〉의 마지막 멘트는 아래와 같았다. "오스카 와일드는 이렇게 말했다죠. 이 세상의 진정한 미스터리는 눈에 보이지 않는 곳에 있는 것이 아니라 눈에 보이는 곳에 있다. 또 어떤 과학자는 이렇게 말했다고 하네요. 유령이나 요정보다 더 신비로운 것은 한 마리 곤충의 삶이라고요."

오늘은 전국에서 일제히 아침 8시 40분부터 수능고사가 실시된 날이다. 차례차례 시간이 흘러가고 각 과목들이 지나갔다. 이제 오늘도 저무는 오후 4시로 접어들었다. 시험지가 찢어지도록 바라보면서 문제풀이에 골몰하는 수험생들도 이젠 마지막 정리를 서두르는 시간이다. 누구는 세상살이의 어려움을 실감하기도 하겠고 또 누구는 인생의 미스터리를 찾는 게 만만찮음을 느꼈을 것이다.

하지만 이젠 모두들 당분간 긴장을 풀고 다음의 시간을 준비하는 여유를 가져야겠다. 우리 각자가 그야말로 엄숙한 인생의 주인공인 줄을 아는 이라면 답안지 한 장 안에 자신의 전부를 가두지는 않을 것이다. 보라. 아무리 경쟁 우선이고 삭막한 도시라지만 서울 광화문에 있는 교보빌딩이 기특하게도 다음과 같은 현수막을 가슴에 걸고 1인 시위를 하고 있는 것을. "대추가 저절로 붉어질 리는 없다. 저 안에 태풍 몇 개, 천둥 몇 개, 벼락 몇 개." • 2009. 11. 12

● 이 시는 장석주 시인의 〈대추 한 알〉에서 따온 것이다. 전문은 다음과 같다. "대추가 저절로 붉어질 리는 없다 / 저 안에 태풍 몇 개 / 저 안에 천둥 몇 개, / 저 안에 번개 몇 개 / 저게 저 혼자 둥글어질 리는 없다 / 저 안에 무서리 내린 몇 밤 / 저 안에 땡볕 두어 달 / 저 안에 초승달 몇 날."

지리산을 다녀오다

•

서울에 살면 언제고 서울을 떠날 수 있는 권리도 생긴다. 오랜만에 그 권리를 행사해보았다. 심야의 용산역에는 밤기차를 타려고 등산복 차림의 사람들이 모여든다. 금요일에는 특히 많다. 얼마 전 나도 그 일원이 되었다. 구례구역에 도착하니 새벽 3시 반. 역전 식당에서 섬진강 재첩국으로 허기를 채우고 성삼재에 이르니 지리산은 길게 누운 채 나의 전부를 받아주는 것이었다. 나는 스스로 대견한 나머지 나의 신체발부를 내 손으로 골고루 쓰다듬어주었다. 노고단까지 가는 동안 함께 간 친구는 쏟아지는 별빛에 환호성을 질러댔다. 밤하늘을 서서 쳐다보는 것과 벌렁 누워서 보는 것은 천지차이다. 우리는 산행 틈틈이 뒤로 벌러덩 자빠져서 별이라도 잡겠다는 듯 팔을 휘휘 내젓기도 했다.

고즈넉한 반야봉에 올라 휴식을 취한 뒤 길을 거슬러 피아골로 내려섰다. 일반적으로 지리산 종주는 성삼재—노고단~반야봉~삼도봉~토끼봉~연하천산장~형제봉~벽소령산장~칠선봉~영신봉~세석산장~촛대봉~장터목산장을 지나 제석봉~천왕봉~법계사~중산리로 내려가는 것이다. 또 다른 코스는 장터목산장에서 백무동으로 바로 내려가거나 천왕봉~써리봉~치밭목산장~대원사 계곡으로 내려가기도 한다. 그러자면 산에서 적어도 하루 내지 이틀은 자야 했다. 우리가 반야봉에서 발길을 돌려 비교적 쉬운 코스인 피아골로 내려선 것은 산 아래에서 볼일이 있어서였다.

그리 부담스런 코스가 아니라 여유가 있는 일정이기에 우리는 주위의 단풍에 자주 시선을 주었다. 올해 유난히 고운 피아골의 절정 단풍이 눈을 찔러대자 동무의 찬탄성도 절정에 달했다. 우리는 함태식 옹이 떠난 피아골 휴게소에서 점심을 먹고 한잠 늘어지게 잔 뒤 직전마을로 하산했다. 그리고 민박집인 '하늘 아래 첫집'에서 자고 다음날 화엄사로 갔다. 그곳에서 오후 3시에 열리는 〈화엄국제영성음악제〉를 보기로 한 것이었다. 화엄사로 들어서자 각황전과 대웅전의 마당에서 스무 계단 아래에 있는 영산전 앞에 음악제 무대가 설치되어 있었다. 화엄사의 음악제는 올해가 네 번째인 국제영성음악제로 규모가 아주 크다. 〈화엄2009〉의 올해 주제는 '길동무'라고 했다.

나는 적묵당 툇마루에 자리를 잡았다. 각황전과 무대가 두루 잘 보이는 곳이었다. 화엄사 각황전. 각황전을 나는 오늘로서 세 번 보았다. 약 5년 전에 처음 보았으니 때를 묻힐 만큼 묻힌 몸으로 각황전 앞에 다시 선 셈이었다. 각황전 지붕을 처음 보았을 때의 그 장엄함을 잊지 못한다. 당시에는 오늘 무대가 설치된 영산전 마루에서 각황전을 보았다. 그곳에서 각황전 지붕만을 하염없이 쳐다보고 또 쳐다보는 것 말고는 달리 다른 동작을 취할 수 없었다. 그로부터 2년 후 두 번째는 대웅전 앞마당에서 각황전을 보았다. 그때는 각황전이 좀 작게 느껴졌다. 하늘이 보낸 비바람을 고스란히 맞긴 했지만 그 사이에 각황전 기와가 뭐 그리 닳았겠는가. 변한 게 있다면 그건 내 마음의 크기일 것이다. 가수들이 노래하고 악기들이 소리하는 동안 적묵당 툇마루에 앉아서 각황전의 지붕 면적과 내 마음의 넓이를 여러 번 견주어보았다.

남도잡가 예능보유자인 강송대 명인의 공연을 끝으로 음악제가 끝났다. 우리는 남원으로 이동하여 저녁을 먹고 밤늦게 서울에 도착했다. 우리 둘 사라졌다고 서울이 어디 눈 한번 깜짝하겠냐만 예상대로 우리가 다시 들어와도 우리는 안중에도 없었다. 서울은 우리를 보기는커녕 저를 보아달라고 온통 눈에 불을 켜고 있었다. 그러니 이제부터 우리는 서울에서는 없는 사람인 것이다. 터미널의 전광판에서는 뉴스를 계속 보내주고 있었다. 그 중에는 '지리산 단풍 절정'이라는 소식도 있었다. 구례구의 어둠, 노고단의 새

벽, 반야봉의 아침, 피아골의 점심, 화엄사의 오후, 그리고 각황전의 지붕을
되새김질하면서 친구와 나는 각자 집으로 조용히 들어갔다. 2009. 11. 14

어느 판사님의 작아지는 것들

•

이승에서 발행되는 신문이지만, 살아 있는 자들이 제작하는 신문에는 산 자만 등장하는 게 아니다. 죽은 이들도 아무 거리낌없이 등장한다. 부고란은 차치하더라도 그들 없이 신문은 단 한 호도 온전히 발행될 수 없을 것이다. 아직도 신문사가 위력을 떨치는 이쪽 동네에서 최근 판사에 대한 뉴스가 많이 생산되었다. 어느 판사 단체는 집중 공격을 당하기도 했다. 나는 판사라는 직업에 대해 잘 모른다. 직접 연이 닿는 판사도 없다.

2005년 8월 9일자, 《동아일보》 사회면에 조그마한 기사가 실렸다. '목숨 걸고 재판' 하다 떠난 한기택 판사. 좀 길게 인용한다. "이별의 시간까지는 사랑의 깊이를 알지 못한다고 했던가. 7월 26일 삼성서울병원 장례식장 16호실. 상복을 한 중년의 여인이 남편의 영정 앞에 섰다. 떠나는 남편에게 마지막 말을 해야 하는 순간. 그녀가 한 말은 모두 세 마디. "여보, 사랑해요. 잘 알지?" "여보, 미안해요. 끝까지 함께하지 못해서……." "여보, 고마워요. 소중한 아이들을 주고 가서……." 이날 대화의 주인공은 한기택 대전고등법원 부장판사와 그의 부인 이상연 씨. 부인 이 씨는 슬픔에 젖은 남편의 친구와 동료들을 위로하면서 눈물을 보이지 않다가 이 말을 하면서 처음으로 눈물을 보였다. 한 부장은 이틀 전 노모를 모시고 형제 가족들과 함께 말레이시아로 휴가를 떠났다가 심장마비로 숨졌다. 이 장면을 지켜보던 동료 판사들은 그들이 이별하는 순간, 비로소 그들의 사랑의 깊이를 알게 됐다. 두 사람은 1977년 대학 1학년 때 만나 '1,000번의 데이트' 끝에 1985년 결혼했다. 젊었을 때 한 판사의 꿈은 좀 특이했다. '절대로 화를 내지 않는 사람이 되자' 는 것이었다. 이 씨는 한 판사가 이 꿈을 이뤘다고 말했다. 결혼 20년 동안 한 번도 화를 내지 않았다는 것. 이들의 사랑의 근거는 서로에 대한 존경이었다. 장례식 절차가 한창 진행 중일 때 부인 이 씨에게 고인의 동료 판사가 차를 태워주겠다고 하자 이 씨는 정중히 거절했다. "남편이 원하지 않을 것 같다"는 것. 한 판사는 올해 2월 차관급인 고등법원 부장으로 승진해 관용차를 제공받았지만 부인과 가족에게 '단 1초'도 차를 태워주지 않았다. 공직자의 도리에 어긋난다는 게 이유였다. 한 판사는 모든 걸 다 바쳐 오로지 재판에만 열중한 까닭에 후배들 사이에서 '목숨 걸고 재판하는 판사'로 불렸다."

2006년 7월. 궁리는 『판사 한기택』이라는 책을 발간하였다. 위에 소개한 기사를 쓴 기자와 연이 닿아 내게 된 것이다. 그이를 잊지 못하는 이들이 1주기를 맞이하여 내는 추모집을 편집하면서 참으로 많은 생각을 했다. 약력을 보니 그는 나보다 한 해 먼저 입학하였다. 같은 캠퍼스이니 어쩌면 한두 번 스칠 수도 있었겠다. 같은 공간에서 같은 밥을 먹고서도 이렇게 다른 삶을 살 수도 있었나 싶어 편집하는 동안 몹시도 부끄러워졌다. 추모집에 수록된 그가 남긴 짧은 글이 요즘 자주 생각난다. "몇 년 전부터 저는 제 몸이 줄어들고 있음을 알아차렸습니다. 늘 사던 치수의 신발을 샀는데 발이 놀더군요……손도 작아졌습니다. 안 그래도 너무 작고 웬만한 여자 손보다 더 가냘파서 부끄러운 손이었는데 이젠 더 작아져서 누구하고 악수하기도 부끄럽더군요……어쨌거나 저는 수축을 거쳐 궁극적으로 소멸하는 과정에 들어갔음을 잘 알고 매일매일 생각합니다. 미구에 제가 생겨나던 때의 아주 작고, 여리고, 반면에 죄 짓지 않았던 모습으로 되돌아가서 결국은 제가 온 곳으로 되돌아가겠지요."

확대와 팽창의 시대다. 모두 크고 넓고 많은 것을 지향한다. 건설의 망치소리가 전국에 진동한다. 가을비가 촉촉하다. 비는 소리없이 작은 것, 작아지는 것들을 일깨우고 있다. 2009.11.17

25

예식장과 장례식장

•

오늘 조간을 펼치니 〈우리나라 출산율이 세계 최저〉라는 기사가 눈에 들어왔다. 전세계 평균이 2.54명인데 한국은 1.22명이란다. 반면 우리나라 평균수명은 남자 76.2세, 여자 82.8세로 세계 평균보다 훨씬 높다고 한다. 신문을 접고 식탁에 앉았다. 나는 반찬 투정을 좀 하는 편이다. 어제 눈을 좀 흘겼더니 오늘 새 반찬이 하나 나왔다. 깻잎장아찌였다. 좀 짜게 먹는 편이라 두 장을 한꺼번에 밥에 얹어 먹기도 한다. 덕분에 맛있게 한 그릇을 비우니 얼마 전 군대 친구와 지리산 갔다가 남원에 들렀을 때가 생각났다. 남원살림교회 문홍근 목사님이 내 군대 고참이다. 어쩌다 남원 가면 빠듯한 형편일텐데도 잘해주려고 아우성이시다.

목사님은 우리를 맞이하여 남원의 소박한 한정식집에서 저녁을 사주었다. 여러 가지 반찬이 한 상 가득 나왔는데 좀 특이한 게 있었다. 장아찌인데 깻잎은 분명 아니었고 콩잎인가 했는데 먹어보니 콩잎도 아니었다. 주방에 확인을 해보니 칡잎이었다. 맛이 아주 새큼하고 좋았다. 밥을 먹고 반찬을 먹고 우리는 소주도 마셨다. 물론 목사님은 이 이상한 물은 입에도 안 댄다. 이런저런 이야기 끝에 화제가 농촌으로 흘렀다. 우리는 이미 도회지에서 찌들 대로 찌든 몸이니 뭐 별다른 이야기가 있겠는가.

등산으로 뻐근했던 몸에 취기가 오르자 맥이 풀렸다. 이때 나를 추스리듯 목사님의 나직한 음성이 귀를 당겼다. "내가 90년대 초에 전남 화순에서 몇 년간 있었지. 가끔 그곳 소식을 귀담아 듣지. 최근 화순읍의 예식장 네 군데 모두 장례식장으로 변했다고 하네. 농촌이 이 정도인가 싶어 나도 좀 놀랐다네!" 깻잎 한 장 가지고 별 가지를 다 치네, 라고도 하겠지만 어쨌든 농촌과 미래에 대해 한 번 생각해본 아침이었다. 2009. 11. 19

세상의 정면은 어디인가

•

미국에는 외무부장관이 없다. 그렇다고 외교가 없는 건 아니다. 우리나라 외무부장관의 미국 측 상대는 국무부장관이다. 세계 모든 나라에 외교부가 있는데 미국에만 없다. 세계 각국의 일이 모두 세계의 센터인 미국의 일이란 건가. 중국은 말 그대로 자기 나라가 세상의 중심이어서 중국이다. 중화란 자기 나라가 천하의 중앙이며 그 외 나머지는 다 오랑캐라는 뜻이란다. 그랬거나 말았거나 나는 그런 건 관심 없다. 이 우주에도 중앙이 있을까. 우리 몸의 중앙에 배꼽이 있듯 우주에도 배꼽이 있을까. 중세에는 그것이 지구이고, 그중에서도 유럽이고, 그중에서도 교회라고 성직자들은 강변했다. 오늘날 그 주장이 엉터리라는 것은 이미 삼척동자도 다 안다.

다시 물어보자. 우주의 중심은 어디인가. 물리학자들에 따르면 우주에는 중심이 없다. 중심이 없으니 그 모든 곳이 다 중심이다. 카오스 상태에서 중심이 없어지니 비로소 코스모스가 된 것이다. 따라서 우리 각자는 모두가 우주의 걸어다니는 중심기관인 셈이다. 예로부터 중앙, 중심, 센터에 대해서는 이런저런 개념이 있었던 것 같다. 요즘 내 관심은 이 세계의 정면이 어디인가, 하는 것이다. 비슷해 보이지만 전혀 다른 개념이다. 그냥 우리가 무심히 보게 되는 '앞'이 정면은 아닐 것이다. 어쩌다 카메라에 잠시 포착된 저기 저 앞의 남산타워가 정면은 아님은 분명하다. 해바라기는 그 어디에서나 항상 한 곳을 향하고, 비탈진 곳에 사는 나무들도 꼿꼿하게 자란다. 이는 그이들한테 일생을 통해 지향해야 할 정면이 있기 때문일 것이다. 우리에게도 그러한 정면이 있어야 하지 않을까. 두리번두리번 눈치 보며 살지 않기 위해서라도 그건 있어야 하지 않을까.

지난 주말 가족 모임이 있어 충남 태안을 지나는 길이었다. 모래사구로 유명한 신두리의 산촌(散村)을 지나는데 꼬부랑 할머니가 코를 땅에 박을 듯 힘겹게 걸음을 옮기고 있었다. 어디 멀리 마실 다녀오는 길인 듯했다. 옆에 있던 아내가 "어머, 저 할머니 허리 좀 봐!" 하고 말했다. 나는 문득, 우리 가족이 탄 쏘렌토를 담은 634번 지방도로를 포함한 이 풍경에서 저 할머니가 보는 곳이야말로 정면이 아닐까, 하는 생각이 들었다. 할머니가 꼬부라진 허리로 바라보는 방향! 익은 벼의 고개가 가리키는 바로 그 방향! 누구나 가까이 가지고 있지만 아무도 잘 바라보지 않는 그 정면! 2009. 11. 21

낡은 물건 앞에서 나는 늙어간다

•

문 없는 건물이 있는가. 화장실 없는 집이 있는가. 항문 없는 육체가 있는가. 죽음 없는 삶이 있는가. 다시 말해보자. 건물에 문이 없다면, 집에 화장실이 없다면, 생물체에 입만 있다면, 삶에 끝이 없다면. 어떻게 되나?

일요일이 없는 달력이라면 누가 가까이 걸어놓겠는가. 하루가 짬뽕국물처럼 빨간 날이면 나는 짬을 내어 동묘 풍물시장으로 간다. 지지지난주 일요일에 가서 산 품목들이다. (계산은 물론 전신지압용으로 좋은) 주판 = 이천 원, (문진 대용으로 쓰임 직한) 흑돌 = 이천 원, 신발 뒤축 만들 때 쓰는 나무 모형 = 천 원, (돌베개에서 펴낸) 답사여행의 길잡이 3권 = 삼천 원. (큰맘 먹고 샀다. 까만 가죽 케이스에) 일제 파나소닉 트랜지스터 라디오 = 삼만 원.

물이 풍부히 쏟아져 나오는 우리집 화장실에서 이제는 내 물건이 된 것들을 하나씩 씻고 닦고 만져본다. 이 낡은 물건들이 좋아지는 만큼 나는 늙어간다. 특히 라디오는 골동품 가게 주인의 언급에 따르면 50년도 더 된 물건이란다. 내 소유로 만든 뒤 나는 그 말을 전적으로 믿는다. 왜 의심스러우면 사지 말고 사고 나면 의심하지 말랬잖은가. 나 태어날 무렵 생산된 힐아버지 라디오의 목소리가 쨍쨍하고 구수하고 정겹다. 앞으로 내가 달력을 몇 번이나 교체할지 정확히 알 순 없지만 그때까지 해로해야겠다.

2009. 11. 24

아라한과 누구나

•

서울 강동구 길동에서 생태공원을 지나면 야트막한 고개가 있고 계속 가면 하남시로 연결된다. 그 고개를 넘자마자 규모가 제법 되는 화훼 가게들이 밀집한 단지가 있다. 그 중간쯤에 자리잡은 '경희꽃농원'은 내 사촌누이가 경영하는 곳이다. 궁리에 있는 식물들이 대부분 그 가게 출신들이다.

지난 토요일 오후 5시 무렵 나는 그 화원에 도착했다. 평소 밥보다는 술을 더 많이 잡수시던 매형의 건강에 끝내 좋지 않은 신호가 와서 쓰러졌다가 최근 퇴원했다는 소식을 듣고 위로차 들른 것이었다. 오랫만에 보는 매형은 수척하고 거동이 몹시 불편해보였다. 그 몸으로도 더듬더듬 연탄을 나르고 있었다. 우리가 왔다고 누이는 그제 담았다는 김장김치와 파전을 내놓았다. 그때 퍼뜩 방배동 제따와나선원의 일묵스님이 생각났다. 스님은 어제 나한테 전화를 주었다. "내일 5시 10분에 KBS 1TV를 보세요. 보아두시는 게 좋을 것 같아서 알려드립니다." 나는 양해를 구하고 채널을 돌렸다. 특집 다큐 〈아라한, 완전한 행복〉이 방송되고 있었다. 아라한(阿羅漢)이란 불교에서 깨달음의 최고단계로서 모든 탐욕과 분노, 어리석음을 버리고 괴로움을 종식시켜 완전한 행복을 성취한 이를 말한다. 부처님은 누구나 아라한이 될 수 있다고 말씀하신다. 오른팔이 떨려 식사할 때마다 밥알을 자꾸 흘리는 매형도 텔레비전에 몰입하여 보고 있었다.

지난 토요일 오후 6시 무렵. 대한민국 경기도 하남시 초이동 43-1번지의 경희꽃농원 안방. 전기밥통에서 김이 모락모락 나더니 드디어 밥이 완성되었다. 누나표 시래기국도 펄펄 끓기 시작했다. 김치와 파전을 가운데 놓고 아직 아라한은 못 되었지만 앞으로 될 수가 있는 '누구나'가 빙 둘러앉아 있었다. 어머니, 셋째형님, 누나, 매형, 그리고 나. 2009. 11. 26

나는 소가 좋다

•

2주 전 충남 태안 다녀올 때 서해안고속도로가 막혀서 평택에서 우회하여 경부고속도로를 탔다. 오전에 서둘러 출발했기에 죽전 근처에서 조금 막힐 뿐 씽씽 달려왔다. 요금소에 이르러 그래도 조금이라도 짧은 줄을 찾아 코를 들이대고 보니 바로 앞차가 화물차였다. 일반화물차는 아니고 나무로 울타리를 한 트럭이었다. 돈을 준비하면서 자세히 보니 소를 운반하는 중이었다. 화물칸 안에 적어도 십여 마리의 소가 앉지도 못한 채 서 있는 게 보였다. 울타리는 촘촘하게 짜여서 소들은 바깥 구경을 전혀 못 하도록 되어 있었다. 짐작이 갔다. 보이는 건 저와 비슷한 처지와 닮은 표정의 또 다른 소들뿐이었겠지. 그저 "어찌해볼 도리가 없어서 소는 여러 번 씹었던 풀줄기를 배에서 꺼내어 다시 씹어 짓이기고 삼켰다간 또 꺼내어 짓이"• 겼겠지.

　고향을 떠나지 않으려 완강히 저항했던 소들이 저들이 왜 저런 반성을 하는 것일까. 그건 희망에 부풀어 도시를 찾아든 우리가 해야 할 몫이 아닐까. 차례를 기다리는 동안 딸아이가 물었다. "아빠, 저 소들 서울에 죽으러 온 거야?" 나는 아무 말도 안 했다. 평소 같으면 답변을 채근하던 아이도 이상하게 더는 묻지 않았다. 화물차가 정산을 마치고 휙 출발을 하자, 화물칸에서 소들의 분비물이 왈칵 쏟아졌다. 나는 쏘렌토 차바퀴로 고스란히 밟으면서 게이트로 들어섰다. 불쾌하거나 더럽다는 느낌은 이상하게 안 들었다. 아마 분비물의 주인공을 내가 한번 대면했기 때문일 게다. 저렇게 생고생을 하는 소에 비한다면 그게 뭐 대수랴 싶은 생각도 들었다.

　나는 소가 좋다. 송아지는 더욱 좋다. 이 세상에서 그저 슬픈 풍경을 하나 대라면 나는 주저 않고 송아지의 목덜미와 눈망울을 꼽는다. "배추김치나 총각김치나 상추쌈이나 뭐 이런 풀줄기를 씹으면 내가 소처럼 우적우적 먹는 거 같아 기분이 좋아져요." 그제 경희꽃농원에서 저녁 먹으면서 이야기했더니 누이가 막 웃었다. 어제 저녁 먹으면서 식구들한테 이 이야기를 한 번 더 했다. 모두들 각자의 입으로 각자의 숟가락과 젓가락을 분주히 넣고빼는 가운데 송아지만큼이나 천방지축 뛰노는 딸아이가 가차없이 이렇게 한술 더 뜨는 것이었다. "아빠, 그럼 되새김질도 해봐봐!" 2009. 11. 28

●   김기택의 시, 〈소〉에서 인용.

꿈을 횡단하다

•

아침이라고 깨고 보니 11시 무렵이었다. 큰일 났다. 집에는 아무도 없다. 급히 책가방을 챙기고 집을 나선다. 언제 대연중학교까지 가나, 더구나 오늘은 기말시험이다. 학교까지는 버스로는 두 번을 갈아타야 하고 걷자면 산 하나를 넘어야 한다. 발을 동동 구르다가 깼다. 꿈이었다. 꼭 이런 대가를 치르고서야 어제에서 오늘로 횡단할 수 있는 것이다. 예전에 이런 꿈도 자주 꾸었다. 나보고 군대 다시 가란다. 무슨 장난 치느냐, 나는 어엿한 대한민국 육군 예비역 병장이라 해도 막무가내다. 대차게 우기지도 못하고 씩씩거리다가 그럼 예전 근무했던 구미의 고아부대로 보내달랬다. 그것도 안 된단다. 논산훈련소로 가란다. 이건 아니야, 소리 지르다가 깼다.

서른 살 무렵 횡단보도에 서면 도로에 표시된 흰 줄이 꼭 군대시절 계급장 같아 보이는 것이었다. 제기랄, 또 군대냐. 국민개병제에 의해 징집되어 가는 일반병사들은 이른바 작대기(혹은 송충이라고도 한다) 하나, 둘, 셋, 넷으로 계급을 표시한다. 하나면 이병, 둘이면 일병, 셋이면 상병, 넷이면 병장이다. 이병과 일병의 명칭이 왜 도치되었는지는 잘 모른다. 병사는 병장이 되면 제대를 한다. 작대기가 네 개 쌓이면 드디어 정든 집으로 가는 것이다. 근데 저 횡단보도의 작대기가 도대체 몇 개란 말인가. 저 계급장을 따야 내 고달픈 인생도 비로소 정든 집으로 갈 수 있다는 암시란 말인가. 뭐 그런 생각도 해가면서 그럭저럭 오십의 나이에 도착했다.

가끔 도심의 횡단보도를 건널 땐 걷는다기보다는 헤엄친다는 기분이 들기도 한다. 내가 도달할 곳이 어느 강 어디 기슭일지는 잘 모르겠다만 다만 그곳에서는 더 이상 횡단할 일이 없기를 바랄 뿐이지만, 글쎄올시다! 요즘 꿈도 잘 안 꾼다. 잠도 쫓기듯 자서 그런가. 2009. 11. 29

관찰합시다

•

며칠 전 언급하였던 KBS 특집 다큐 〈아라한, 완전한 행복〉의 여운이 가시지 않아 인터넷 다시보기를 통해 다시 한번 보았다. 서울 방배동의 제따나와 선원에서 수행하는 일묵스님이 출연하여 중간중간 초기불교에 대하여 설명을 해주신다. 스님은 가난한 불교국가인 미얀마에 직접 가서 수행하면서 공부를 많이 한 분이다. 스님의 첫 말씀이었다. "부처님은 와서 보라고 하십니다. 그냥 믿으라 하지 않습니다. 와서 직접 보고 깨달은 바를 통해서 얻은 지혜를 바탕으로 믿음을 가지라 하십니다."

요즘 관찰이라는 말에 대해 심각하게 종종 생각해본다. 관광이나 시찰이나 경찰과 같은 단어 말고 관찰, 觀察, 관찰, 觀察! 출근하면 붓으로 직접 써보기도 한다. 그러면 하루를 관찰하는 기분이 좀 들기도 한다. 초등학교 때 숙제가 있었다. 화분에 식물을 직접 기르면서 그 자라는 모습을 그림일기로 쓰는 것이었다. 씨앗은 간신히 틔웠지만 뜻대로 자라주지 않았고 나는 그냥 내 맘대로 떡잎을 붙였다 떼었다 했다. 힘없는 식물은 내 연필 끝에서 죽었다 살았다를 반복했다. 돌이켜보면 나는 가엾은 미물한테 굉장한 권력을 휘둘렀던 셈이었다. 다행히 학년이 바뀌고 나의 관심을 다른 곳으로 뻗어 그 무상한 권력에 식물은 더 이상 시달리지 않게 되었다.

멘델의 유전 법칙도 다 이런 소중한 관찰의 결과가 아니던가. 내가 신앙심으로 무장하고 수도원에서 경건한 생활을 영위했더라면! 그곳 정원 한구석에서 미물 하나를 간호하면서 관찰했더라면! 나라고 생물학 교과서의 한두 페이지를 장식하지 말란 법 있겠는가. 허무맹랑한 몽상을 뒤늦게나마 해보지만 다 부질없는 짓이다. 그렇지만 이제부터라도 남은 생을 잘 관찰한 뒤 그 속속들이에 대한 관찰일기를 써야겠다는 생각을 해보았다. 2009. 11. 30

36

겨울

겨울

12월

『세계만물그림사전』을 출간하다

•

궁리는 재재작년에 『세계만물그림사전』을 출간했다. 워낙 방대한 사전이라 비용도 많이 들었고 고생도 엄청 했다. 한번 생각해보라, 세상 만물을 그림으로 그리고 명칭을 붙이는 게 어디 그리 만만한 일이겠는가. 사전에는 물고기나 개구리의 뼈 해부도도 소개되어 있을 정도이다. 이 책을 처음 소개하고 한국어판 출간 작업을 총지휘한 이는 궁리의 편집위원이었다. 좀 불길한 비유이긴 한데 출판사를 하면서 만약 서가에 불이 나서 딱 한 권만 건져야 한다면 그때 주저없이 냉큼 집어들 책을 궁리 목록에 가지고 싶었다. 책으로서 좀 무겁긴 하지만 이 사전은 그런 자격을 충분히 갖추었다고 감히 자부한다. 다 그이 덕분이다.

사전이 출간되고 《한겨레》에 전면 광고를 했다. "이건 뭐야? 아이가 질문을 해올 때 / 아빠는 말문이 막힐 때 / 사전을 든 엄마는 빙그레 웃는다." 헤드카피였다. 그리고 작은 글씨로 말과 용어에 관한 공자의 해석을 간단히 소개했다. 또한 김수영의 시, 〈공자의 생활난〉 중에서 한 구절을 인용해 실었다. "동무여 이제 나는 바로 보마. // 사물과 사물의 생리와 / 사물의 수량과 한도와 / 사물의 우매와 명석성을." 광고가 나가자 반응이 좋았다. 스프링으로 된 연습장에 틈틈이 『논어』를 붓으로 옮겨 적는다. 조금씩 하는데도 어느새 벌써 13장 자로편이다. 오늘치를 적다보니 그때에 광고할 때 짧게 인용했던 논어의 원문이 아닌가.

"자로가 물었다. 선생님이 정치를 하신다면 먼저 무엇을 하시겠습니까. 공자가 말했다 반드시 각종 명분을 바르게 하겠다. 자로가 말했다. 선생님 너무 진부하십니다. 공자가 말했다. 참으로 거칠구나, 자로야! 군자는 자기가 알지 못하는 것에 대해서는 침묵해야 한다. 만일 이름이 바르지 않으면 말이 순조롭지 않고 말이 순조롭지 않으면 일이 이루어지지 않고 일이 이루어지지 않으면 예악이 부흥되지 않고 예악이 부흥되지 않으면 형벌이 맞지 않고 형벌이 맞지 않으면 백성이 마땅히 어떻게 행동해야 할지를 모르게 된다."(論語今讀, 이택후 지음, 임옥균 옮김, 북로드)

　약 5년간에 걸쳐 사전 작업을 하면서 새삼 느낀 게 말/용어의 중요성이다. 요즘 "말도 안 돼!"라는 말이 저절로 나올 만큼 참 말 안 되는 일들이 많이 벌어진다. 데이터 스모그라고 했나. 오늘따라 유난히 안개가 서울에 자욱하다. 저 서울의 안이 아무리 오리무중이라 해도 표지판이 정확하면 시민들은 길을 잃지 않을 것이다. 2009. 12. 1

그라시아스, 궁리를 아는 모든 분들

•

국악원 예악당에서 강은일 씨가 운영하는 해금플러스의 창단 10주년 기념 공연, 〈GRACIAS〉가 있었다. 통상 국악 공연장은 썰렁하기가 일쑤이다. 하지만 이날 공연은 성황이었다. 사방을 둘러보니 연령층도 다양했다. 해금은 국악의 역사에서 보면 아주 예외적인 악기로서 산전수전을 겪은 악기다. 처음 깽깽이라 하여 아무도 잘 전공하려 하지 않았다고 한다. 그러던 것이 국악이 퓨전음악을 대거 수용하면서 가장 각광받는 악기로 떠올랐다. 특히 가래가 끓는 듯한 독특한 음색은 많은 이들의 귀를 사로잡았다.

강은일 씨는 우리 시대의 대표적인 해금 연주가답게 현란한 활대질로 객석을 들었다놓았다 했다. 과연 가까이서 보니 해금에 몇 번이나 까무라치고 나서야 도달할 수 있는 경지에 이른 자의 솜씨가 빛나고 있었다. 어디서 들은 이야긴데, 우리 손바닥에는 5만 7천여 마리의 세균이 득시글거린다고 한다. 우리가 손뼉을 칠 때마다 탄력을 느끼는 것은 이 세균들이 서로 부딪히는 힘이라나 뭐라나. 손을 정화도 할 겸 열심히 손뼉을 치는 동안 나는 '강은일 해금 플러스 10년' 이라는 무대장식에 자꾸 눈길이 갔다. 그중에서도 10이라는 숫자가 자꾸 눈에 밟혔다. 실은 궁리출판도 올해가 10주년이다. 뭔가 의미 있는 기획을 해보려고 궁리를 해보았지만 궁리에 그치고 말았다. 벌써 12월이니 해금플러스 같은 거창한 행사는 이미 물 건너 갔다고 보아야 할 것이다. 강은일 씨는 앵콜을 받아 세 곡을 더하고 마지막으로 10년 후에 다시 보자며 무대를 마무리했다. 궁리도 10년 후에는 이만한 기념식을 할 수 있을까? 기념식이 뭐 대수이겠냐마는 10년 후에도 독자들의 박수를 받으며 건재하는 출판사가 되기를 소망해보았다. 그라시아스, 감사합니다, 궁리를 아는 모든 분들! 2009. 12. 3

워낭소리와 두 사람

•

초저녁에 잠이 들었다가 얼핏 깨고 보니 밤 11시 반이었다. 아뿔싸, 이 밤을 또 어떻게 건너가나 걱정부터 들었다. 요즘 나는 불면증의 고통에 시달리는 중이다. 비몽사몽간에 거실로 나가니 아내가 "테레비에서 영화 워낭소리 해요." 했다. 연속극을 다 보고 어머니는 건넌방에서 주무시고 아이는 컴퓨터에 코를 박고 있었다. 몇 달 전 부부동반으로 친구들과 분당 어느 극장에서 보기는 했지만 SBS 특선영화를 통해 보니 전혀 새로운 영화 같았다. 역시 사람의 눈이란 믿을 게 못 된다. 예전의 장면이 하나도 기억나지 않았다. 정신을 차리고 나니 영화는 어느새 막바지였다.

할아버지가 소의 최후를 예견하고서 낮으로 코뚜레를 끊어주었다. 문득 중학교 때 일제고사 끝나고 단체로 본 영화 〈암흑가의 두 사람〉의 한 장면이 떠올랐다. 단두대에 오르기 직전 알랭 들롱의 와이셔츠 깃을 사형집행관이 가위로 슥슥 잘라낸다. 단두대의 칼날이 조금이라도 더 용이하게 작업하도록 하기 위함일까. 차마 보지 못하고 고개를 돌리는 장 가방. 기이한 와이셔츠 위로 쏙 드러난 미남 배우의 목덜미가 참으로 갸날펐었다. 이제 비로소 소의 온전한 얼굴도 드러났다. 아마 송아지로서 한참 질풍노도의 시기를 맞이할 때 그만 코가 꿰였겠지. 그리고 난 후 평생 얼굴을 가로질렀던 흉터가 비로소 제거된 것이었다. 처음이자 마지막으로 제대로 된 숨 한 번 쉬어보았으리라. 눈물을 한 방울 툭 떨구면서 할머니가 말씀하셨다. "부디 좋은데 가그래이."

바람이 불어 소의 잔등털이 일렁이면 할아버지의 머리카락도 조금 나부끼고, 소가 눈을 껌뻑이면 할아버지도 입술을 열었다가 닫았다. 할아버지의 얼굴이나 소의 맨얼굴이나 별 차이가 없어 보였다. 할아버지와 소는

'마구간의 두 사람' 같았다. 정말로 다정한 두 동무처럼 보였다. 조금 후 소가 고개를 떨구었다. 소는 제사상에 음식 놓듯 제 얼굴을 반듯하게 땅위에 얹어놓았다. 그리고는 더 이상 미동도 아니 했다.

소는 아무런 문상객도 없이 장례식을 치루었다. 포크레인이 와서 깊숙이 땅을 파자, 관도 없이 생전의 똥이 덕지덕지 묻은 몸 그대로 소는 구덩이 속으로 들어갔다. 그리고 떨어지는 흙들을 맞아들였다. 소는 이불처럼 찬 흙을 당겨 덮은 뒤 꼼짝도 안 하고 가장 편안한 자세를 취했다. 열반에 든 석가모니처럼 옆으로 누운 모습이었다. 이제 소의 무덤이 완성되었다. 눈물이 그렁그렁한 할아버지가 말없이 막걸리를 한 사발 따랐다. 봉화양조장의 순곡 막걸리였다.

산울림의 노래 중에 〈어머니와 고등어〉가 있다. 어쩌다 노래방에 가면 내 빈약한 레퍼토리의 서너 번째쯤 되는 노래이다. "한밤중에 목이 말라 냉장고를 열어보니 / 한귀퉁이에 고등어가 소금에 절여져 있네 / 어머니 코고는 소리 조그맣게 들리네 / 어머니는 고등어를 구워주려 하셨나 보다 / 소금에 절여놓고 편안하게 주무시는구나 / 나는 내일 아침에는 고등어 구이를 먹을 수 있네."

영화가 끝나고 냉장고 문을 열었다. 아내가 사놓은 고등어도 한 토막이 보이고 내가 비축해놓은 장수 막걸리가 한귀퉁이에 있었다. 몸무게를 걱정했지만 이 밤이 길어질 것 같고 영화의 여운을 그냥 뭉갤 수가 없었다. 병 주둥이를 비틀어 딴 뒤 막걸리를 한 사발 따랐다. 건넌방에서 어머니 코고는 소리가 조그맣게 새어나왔다. 2009. 12. 6

45

감독의 길, 물사람의 길

•

고등학교 동창생 중에서 연세대 불문과를 졸업하고 미국 영화아카데미에서 공부하고 온 친구가 있다. 1998년 무렵 민음사 다닐 때 원고를 들고 불쑥 찾아왔다. 그래서 출간된 책이 구로사와 아키라(黑澤明) 감독의 자서전, 『감독의 길』이다. 나는 그때까지 구로사와 감독을 잘 몰랐다. 문학평론가 유종호 선생님의 글을 읽다가 〈라쇼몽〉을 알았다. 빤하다고 여긴 세상이 빤하지 않다는 것을 알게 되었다. 진실이란 게 누구에게나 보이는 저기 북한산처럼 객관적으로 있는 게 아니란 것을 처음 알았다. 세상의 일이란 게 사람의 눈이란 필터를 거치고 입을 통해 재구성될 때 무지개처럼 여러 서로 다른 겹으로 나뉠 수 있다는 것도 알게 되었다. 그러다가 일본에 출장 가서 들른 서점에서 이 양반의 일본에서의 위상을 실감할 수 있었다. 영화책 코너는 '黑澤明'으로 도배되고 있었다.

『감독의 길』에서 나는 두 가지를 얻었다. 하나는 구로사와 감독은 하루도 빼놓지 않고 시나리오 작업에 매달렸다는 것이다. 그에게도 어려운 시절은 있었다. 그는 일감이 없을 때에도 쉬지 않고 늘 무언가를 썼다고 한다. 영화 연출로 연결이 되고 안 되고는 나중 문제였다. 무조건 쓰고 또 썼단다. 단순한 것에서 비범한 것을 포착해내는 능력이 그냥 저절로 길러진 게 아닌 셈이었다.

또 한 가지는 구로사와 감독이 좋아하는 하이쿠를 이 책에서 알았다. 사실 작품으로서 그리 썩 뛰어난 것은 아니지만 이상하게 읽자마자 내 마음에 와닿는 것이었다. 통상 좋은 시는 짧아서 저절로 외우게 된다. 술자리에서 가끔 낭송하기도 하였다. 〈폭포〉라는 제목이었다. "하늘에서 갑자기 물이 나타나 아래로 떨어진다." 이 하이쿠를 보았을 때의 이미지는 물사람이었다. 골목 한구석에 우두커니 서 있는 눈사람 말고 변신에 변신을 거듭하는 물사람. 아래로 아래로 떠나가는 물사람. 물몸에 물바지를 입고 물모자를 쓴 물사람. 장엄한 일생을 이끌고 바위 끝에 도달하여 일거에 떨어지는 물사람!

궁리출판의 탄생에 깊숙이 관여한 이 중에 김동광 형이 있다. 과학책을 좀 아는 이라면 이 형이 번역한 책을 한두 권은 읽었으리라. 만난 지 20여 년이 다 되어가지만 아직도 처음 만날 때 그대로이다. 이 형과 일년에 한두 번 지리산에 간다. 어느 해 대원사 지나 가랑잎초등학교 지나 지리산으로 향했다. 치밭목 산장에서 1박하고 천왕봉에 올랐다가 장터목에서 점심 먹고 백무동으로 내려가는 일정이었다. 유평마을에서 본격 산행을 시작해서 한 시간 반 정도 오르자 무제치기 폭포가 나타났다. 규모가 크지는 않았지만 물줄기가 시원했다. 폭포 아래에서 우리는 탁족을 한 뒤 팩소주를 뜯어 한 잔씩 걸쳤다. 이때 맑은 소주를 곱게 들이킨 형의 입에서 느닷없는 한 마디가 흘러나왔다. "캬아, 하늘에서 물이 나타나 아래로 떨어지네! 쥑인다!" 갑자기 나는 형이 방금 하늘에서 철퍼덕 떨어진 물사람이 아닌가 싶어 땀으로 얼룩진 형의 통통한 볼을 꼬집어보았다. 그리고 읍한 뒤 공손히 형의 빈잔을 채워주었다. 2009. 12. 8

먼지의 힘

•

궁리닷컴(www.kungree.com)의 코너 중 〈사진으로 세상에 말 걸다〉가 있다. 연재하는 작가는 궁리의 마케팅 부장인데 대학에서 사진을 전공했다. 그러니 사진 잘 찍는 줄이야 진작에 알았지만 이번에 보니 글도 복수전공을 했나 싶을 정도로 잘 쓴다. 우선 글이 편안해서 좋다. 그이는 또한 영화광이기도 하다. 며칠 전 이 코너에 그가 올린 글은 〈7인의 사무라이〉에 관한 것이었다.

"제가 좋아하는 영화 중 하나인 구로사와 아키라 감독의 〈7인의 사무라이〉를 DVD플레이어에 걸고 리모컨으로 플레이 버튼을 누릅니다. '둥둥둥……' 거리는 북소리와 함께 스태프와 배우의 이름이 검은색 배경에 흰색 글씨의 한자로 계속 이어지고 말을 탄 도적들이 레드필터를 사용하여 실루엣만 나오지만 무섭게 달려가고 있습니다. (참고로 〈7인의 사무라이〉는 흑백영화입니다.) 1부가 끝나고 검은 배경에 흰색 한자로 '막간'이라고 나옵니다. 영화 러닝타임이 206분이 넘어서 중간에 쉬는 시간입니다. 그 사이 옆에서 책을 읽고 있던 '아내에게 영화 정말 죽이지 않냐?' 라고 했더니 아내는 '난 그 영화 제대로 본 적이 없어.' 라고 하는 겁니다. 이런, 남편이 제일 좋아하는 영화를 결혼생활 8년 동안 한 번도 제대로 본 적이 없다니 정말 충격이었습니다. 그래서 '좀 심한 거 아니야? 그래도 남편이 가장 좋아하는 영화인데…….' 라고 했더니 아내는 '당신이 좋아하는 것들을 내가 꼭 좋아할 필요는 없는 거잖아.' 라고 하더군요. 맞는 말입니다. 저도 아내가 좋아하는 것들을 다 좋아하는 것은 아니니까요. 오히려 제가 부끄러워지더군요."

나는 예전부터 이 영화를 보아야지 마음먹고 있었기에 글쓴이한테 CD

를 부탁했다. 나는 제대로 잘 볼 자신이 있었다. 주말을 이용해 보고 있는 데 아들 녀석은 화면을 보더니, "어! 흑백영화잖아" 한마디 던지고는 휙, 제 방으로 가버렸다. 워낙 고전이고 알려진 이야기이니 영화에 대해서 무슨 평을 더하랴. 러닝타임이 세 시간이 넘는 이 영화에서 내게 가장 인상적인 것은 먼지였다. 배우들이 걸어가고 앉아 있는 모든 곳에서 먼지는 폴썬폴썬 났다. 저러다가 땅이 다 닳고 제대로 남아 있겠나 싶을 정도로 먼지는 끊임없이 일어났다. 만약 컬러필름이었다면 누런 흙먼지는 아마 곱게 보아주기 힘들었을지도 모른다. 그러나 흑백이고 보니 먼지는 곱게 빻은 하얀 밀가루 같았다. 그래서 마치 무슨 신령한 기운처럼 화면을 살려내는 데 아주 효과적으로 보였다.

"여보시오. 배우들뿐만 아니라 우리도 이렇게 노개런티로 출연하고 있소이다." 소리 없는 대사인양 대지는 그렇게 입김을 내뿜고 있었다. 영화가 막바지에 이르러 비 오는 날의 대규모 전투장면이 끝나자 먼지는 어김없이 다시 등장했다. 전쟁에서 이긴 기분을 만끽하는지 먼지는 덩실덩실 춤을 추는 것 같았다. 7인의 사무라이 덕분에 승리를 거둔 농민들은 마지막에 노동요를 부르면서 모내기를 한다. 이러한 농민들을 보면서 사무라이의 리더인 간베이는 중얼거린다. "또……살아……남았구나……하지만……이번에도……졌다……이긴 것은……우리가 아니야……승리자는 저 농부들이야!" 그리고 영화는 끝난다. 그러나 나는 그 끝에 한마디 붙이고 싶다. 단단한 것들은 모두 사라지는 법! 저 농부들도 이윽고 사라질 것이니, 결국 이기는 것은 바로 저 먼지들이야!● 2009. 12. 10

● 그럴 리는 없겠지만 혹 구로사와 감독님을 만난다면 나의 이러한 견해에 대해 의견을 듣고 싶었다. 하지만 확인해보니 감독님도 1998년 한 줌의 먼지로 세상을 이미 떠나고 난 뒤였다.

악몽계수

•

간만에 꿈을 꾸었다. 예전에 이야기한 적이 있지만 꾸었다 하면 중학생이었을 때 학교에 지각하는 꿈, 군대 다시 가는 꿈, 예전 여러 직장에 다니는 꿈이었다. 특이하게도 어제의 꿈에서 나는 교보문고에 있었다. 그것도 문학코너에서 시집을 뒤적이고 있었다. 요즘 나는 두 개의 시 구절을 찾고 있다. 하나는 황지우의 시인데 금방 찾을 수 있을 것이다. 하나는 제주도의 애월이란 지명을 소재로 한 시인데 시인도, 제목도 정확히 모르겠다. 아주 오래전 '올해의 좋은 시' 류의 시선집에서 본 적이 있는 것 같은데 도무지 찾을 길이 없다. 그래서 아마 꿈속에 서점을 찾았던 것이리라. 혹 모를 일이다. 며칠 후면 나는 꿈에서 제주도 여행을 신나게 즐기고 있을지도. 어쨌든 예전의 꿈에서 많은 발전을 이룩한 셈이었다. 꿈 깨고도 기분이 과히 나쁘지 않았다.

요즘 국격을 찾는 이가 많다. 인격이나 물격이 있는 것처럼 나라에도 격이 있을 것이다. 높은 빌딩을 건설하고, 전봇대를 뽑고, 낙동강에 유람선을 띄우자면서 경제를 이야기한다. 내륙을 항구로 만들면 세계적 명소가될 것이라고도 한다. 힘이 쏠리고 돈이 몰리니 그런대로 얼마간 경제지표를 호전시키고 니라 살림살이에 도움을 주기라도 할 것이다. 오줌발의 온기에도 얼었던 발등의 표면은 잠시잠깐 녹는 척할테니 말이다. 그러나 어쩌랴. 그런다고 마구마구 높아지지 않는 게 또한 격의 격인 것을! 이런 조사 좀 해보면 안 되나. 각 나라의 중학생이 어떤 꿈을 꾸고 있을까. 악몽에 시달리는 청소년들의 비율이 얼마나 될까. 엥겔계수로 한 가정의 형편을 살피듯 악몽계수로 한 나라의 격을 가늠해볼 수도 있지 않을까. 2009. 12. 12

신사동 모나리자

•

신사역 6번 출구로 나와서 조금 직진하면 브로드웨이 시네마가 있다. 5년 전쯤 어느 쌀쌀한 일요일. 조조 영화 보고 늦어진 아침 때우러 주차장 쪽으로 나와서 식당을 찾았다. 그곳은 약간의 급한 경사길이었는데 한 가게가 눈에 쏙 들어왔다. 액자 가게였다. 입구에 큰 그림이 하나 우두커니 서 있었다. 표구를 끝내고 주인을 기다리고 있는 중이었다. 〈모나리자〉였다. 그간 책이나 여러 광고를 통해서 〈모나리자〉를 수없이 보긴 보아왔다. 길거리에 서 있는 모나리자는 처음이었다.

2006년 프랑크푸르트 도서전 참가하는 길에 파리를 경유하였다. 그때 루브르미술관에 간 적이 있었다. 함께 간 어느 출판사 대표가 〈모나리자〉 앞에는 워낙 많은 사람이 있으니 아예 볼 엄두를 내지 말라는 것이었다. 어쨌거나 단독대좌는 못 했지만 모나리자 실물에서 튕겨나온 빛이 실제로 내 눈으로 잠깐 들어온 적도 있다. 근데 이상했다. 그날 본 신사동의 〈모나리자〉는 이제껏 본 〈모나리자〉가 아니었다. 이날 나는 명화가 어떤 것인지, 그 명화가 우리에게 주는 것이 무엇인지를 어렴풋하지만, 단박에 알게 되었다. 허다히 미술 교육을 받았지만 이날 신사동 길거리가 나에겐 가장 유익한 미술 수업시간이었다. 인생은 짧고 예술은 길다, 는 말의 의미를 좀 알게 되었다고 하면 좀 유치하고 진부한 발상인가. 열심히 표구하고 있는 가게 아저씨를 보자니 이런 생각이 뒤따라 나오는 것이었다. 열두 장의 그림을 달력처럼 걸어놓고 매달 바꾸면 좋겠구나!

예술의 전당 한가람미술관에 있는 아트숍에 가니 〈모나리자〉가 있었다. 열두 장은 좀 과하다 싶어 네 장을 우선 구입했다. 〈천지창조〉, 〈만종〉, 〈최후의 만찬〉 그리고 〈모나리자〉였다. "어디 가게를 오픈하시는가 봐요." 포

장을 해주던 점원이 말했다. 만면에 가득한 미소로 대답을 대신했다. 문제는 가족의 반응이었다. 당장 그림을 전공하는 딸아이는 모나리자가 무섭다고 했다. 한편으로는 이해가 갔다. 실제로 자세히 뜯어보면 좀 무서운 구석도 있기는 하다. "그림 전공한다는 녀석이 그게 무슨 말이야. 이건 천하의 명품이니 너 이거 좋아해야 해!"라고 강요할 수는 없잖은가. 식구들의 눈총을 받으며 불편해하던 〈모나리자〉는 한 달도 채 못 되어 철거되었다. 안방에 걸려 있던 〈만종〉은 이듬해 이사갈 때까지 겨우 목숨을 부지하였다.

〈최후의 만찬〉을 제외하고 그때 그 그림들은 궁리 사무실로 이사왔다. 지금은 그런대로 벽에 납작 붙어서 잘 살고 있다. 〈모나리자〉는 현관 바로 옆에 붙어 있다. '신사동 그 사람'이 아니라 '신사동 그 생각'을 떠올리면서 리자* 아지매한테 인사하고 퇴근한다. 2009 .12. 15

⊛ 　모나리자의 '모나'는 이탈리아어로 유부녀에 대한 경칭이고 '리자'는 피렌체의 부유한 상인 조콘다의 부인 이름이라고 한다.

짜장면 냄새

•

부산에서 고등학교를 다녔다. 그 시절엔 고등학교에서도 교련이 정규과목이었다. 교련이란 군사교육훈련의 줄임말이다. 실탄은 없었지만 모의 M16소총으로 무장하고 훈련을 받아야 했다. 총검술도 배웠다. 예비군복과 비슷한 교련복은 일상복이었다. 교련이 있는 날 각반을 차지 않으면 얻어맞기도 했다. 지금엔 상상이나 할 수가 있겠는가. 당시 내가 못마땅하게 생각한 게 어디 한두 가지랴만 다음의 것도 사소하지 않은 의문이라면 의문이었다. 당시엔 입학식이나 졸업식은 물론 교련사열을 할 때 반드시 '임석상관에 대한 경례'로 시작해서 '임석상관에 대한 경례'로 끝났다. 대체 '임석상관'이 누구길래 또 얼마나 대단하길래 국기에 대한 경례보다 앞서는가. 그리고 그것도 앞뒤로 두 번씩이나 하는 것인가.

사설이 길어졌다. 한길천 선생님. 고등학교 때 교련선생님이었다. 내가 그분 이름을 또렷이 기억하는 건, 어느 날 운동장에서 제식훈련을 하다가 잠깐 쉬는 시간에 월남전 참전 이야기를 하다 말고 나를 대뜸 지목해서는 질문을 던졌기 때문이다. "야, 36번. 니는 어른이 된다는 게 뭐라꼬 생각카노." 나는 교련시간에 어울리지 않는 뜻밖의 물음에 그냥 우물쭈물하고 말았던 것 같다. "어제를 후회하지 않으면 그게 어른이 됐다는 신혼기라." 했던 선생님의 자답만 기억에 남아 있다. 앞뒤 맥락은 지금으로서는 전혀 떠올릴 수가 없다. 다만 1976년 어느 날, 부산의 동래고등학교 교정에서 그런 사소한 일이 일어났던 것만은 분명하다.

고등학교 이후에도 나는 더 자라고 더 변했다. 내년 봄엔 내 몸에서 빠져나간 아들이 고등학교를 졸업하니 말 다했다. 소설도 읽고 신문도 읽었다. 수없이 허다하게 들은 실없는 이야기들도 많다. 그중에는 "짜장면 맛이 없어지면 어른이 된다."는 것도 있다. 일면 맞는 말이기도 한 것 같다. 하지만 나는 고등학교 때 예방주사를 맞았음에도 불구하고 여전히 어른이 되려면 아직 멀었는가 보다. 어제는커녕 오늘의 아침과 좀전의 오전이 벌써 후회스럽기 때문이다.

점심을 밀로 할까, 고민하다가 중화인민공화국주대한민국대사관 근처에 있는 수타손짜장면집으로 들어서니 짜장 냄새에 코가 먼저 벌름거린다. 제기랄, 나는 어쩌자고 철부지 내 아들 녀석처럼 아직도 짜장면 하나조차 제압하지 못하는 것일까. 2009. 12. 17

나의 생산성

•

도도히 흐르는 한강을 가로질러 육중히 서 있는 한남대교를 지나 쭉 튕기듯 그대로 나아갔다. 그리고 한참 후 판교 톨게이트에 이르니 총 428킬로미터의 도로가 시원하게 뚫려 있었다. 이 도로나 중간중간의 다리를 건설하는 데 돌 하나 나른 적 없다. 다이너마이트로 터널 뚫을 때 돌 하나 치운 적 없다. 하지만 나는 아무 개의치 않았다. 내가 몰고 가는 차도 마찬가지다. 이 차를 조립하는 데 나사 하나 돌린 적 없지만 이 차의 주인은 나다. 그것은 찻값의 할부금을 내가 냈기 때문이다. 돈을 내가 벌기는 했지만 차를 내가 만들지 않았듯 돈도 내가 만들지는 않았다.

내가 이 차의 주인이라고 내 맘대로 할 수 있을까. 엄밀히 말해서 그렇다고 할 수는 없다. 그저 문을 열고 키를 꽂아 시동을 걸어 몰고 다니거나 주정차만 할 뿐이다. 짐칸을 이용하기도 한다. 물론 후진도 자주 한다. 그러나 더 이상은 어찌할 수가 없다. 정말 내 맘대로 하는 것이라면 이 차는 만능이 되어야 할 것이다. 내 마음에 어디 칸막이가 있던가. 이 차도 내가 잘못하여 외부 물체와 부딪히면 맥없이 그냥 찌그러진다. 중요한 게 또 있다. 이 튼튼한 차도 길이 없으면 아무데도 못 간다. 그러니 내 맘의 일부분대로만 할 뿐인 것이다.

거창으로 접어들기 위해 나는 무주 톨게이트에서 통행료를 내고 대진고속도로를 벗어났다. 지금 나는 어머니를 모시고 고향 가는 길. 백미러를 보니 어머니는 편안하게 눈을 감고 계신다. 저분은 나를 낳으셨다. 말하자면 나를 만드신 것이다. 나 말고도 형님 넷과 여동생 하나를 더 만들었다. 무주 구천동으로 가는 좁은 국도를 달리는 동안 좌우의 논들이 찬 겨울의 깊은 적막에 빠져 있었다. 내년의 생산을 준비하며 호흡을 가다듬는 중인 듯

했다. 한적한 그 길에 매연과 소음을 마구 내뱉으며 달리는 동안, 그동안 반백이 다 되도록 내 손으로 직접 만들거나 키운 게 대체 뭐 있느냐 싶은 생각이 외가(外家) 마당에 들어설 때까지 내내 떠나지 않았다. 2009. 12. 19

아버지 노릇

•

2003년 어느 날, 대학 동기가 궁리로 먼길을 찾아왔다. 천안의 순천향대학교에서 생물학을 가르치는 친구다. 함께 온 동료가 있었다. 중문학을 전공한 분이었다. 번역하고 싶은 책이 있다면서 조심스레 출간 의향을 물어왔다. 대만의 묘두응출판사(貓頭鷹出版社)에서 나온 『시경식물도감(詩經植物圖鑑)』. 『시경(詩經)』에 등장하는 식물들을 사진으로 찍고 해설한 책이었다. 독특하기는 했지만 솔직히 엄두가 나질 않았다. 나로서는 『시경』도 그냥 제목만 딸막거리는 정도가 아니었던가. 완곡하게 거절할 핑계거리를 구할 겸 그 교수님의 홈페이지에 가보았더니 눈에 번쩍 띄는 산문이 몇 편 있었다. 그래서 궁리에서 나온 책이 중국 풍자만화의 창시자 펑쯔카이(豐子愷)의 산문선, 『아버지 노릇』이다. 참 주옥같은 산문들 모음인데 독자들의 반응은 신통찮았다.

올해 큰아이가 고등학교 졸업반이다. 아이가 늦게까지 공부하는 동안 '아버지 노릇'으로 뭘 할까 궁리하다가 함께 공부하기로 했다. 아이로부터 촉발된 공부였지만, 그 공부는 누가 뭐래도 내가 한 만큼 내 정신의 피와 살이 될 터였다. 나는 겁도 없이 책꽂이에서 『시경』(이가원 감수, 홍익문고)을 뽑아들었다. 요즘 한문에 부쩍 관심이 가던 터였는데 이왕지사 제대로 한번 동양 정신의 정수를 읽어보자고 거창하게 명분을 삼았다.

이제껏 그야말로 제목만 알았다가 내용을 훑어보니 『시경』은 고대 중국 보통 사람들의 일상을 시로 읊은 것이었다. 총 305편의 시 중에서 두 번째는 바로 오늘날 우리 곁에서 벌어지는 일과 같은 것이었다. 시집가는 딸이 결혼 전후의 생활과 그 심경을 다룬 시였다. "칡넝쿨은 뻗어서 / 한 골짜기 퍼져나네 / 잎사귀도 탐스러워 / 꾀꼬리는 날아예서 / 저 숲에 모이고 /

우는 소리 아름답네 // 칡넝쿨은 뻗어서 / 한 골짜기 퍼져가고 / 잎사귀도 검푸르네 / 이것을 베어다 저서 / 굵고 가는 베 짜내어 / 옷 해 입고 군말없 네 // 스승께 말씀했네 / 근친께 가겠다고 / 겉때 묻은 내 옷 씻고 / 내 예복 빨아야지 / 무얼 빨고 빨지 말까 / 부모뵈러 친정가자." 그때나 지금이나 사람살이의 형편과 마음의 세목들은 어쩌면 이리도 대동소이할까.

집안에 큰형님이 계시는데 몇 해 전에 큰딸을 결혼시켰다. 혼례식 날짜가 다가오는 동안 형님은 수시로 술상을 앞에 두고 허허한 마음을 달래셨다. 시원섭섭하다는 말이 딱 어울리는 상태인지 형님은 최백호의 테이프를 사서 〈애비〉란 노래를 듣고듣고 하셨다. 가수는 두 가지 애비 소원을 말한다. "잘 살아야 한다, 행복해야 한다." 그리고 두 번 애비 부탁을 한다. "참아야 한다, 참아야 한다." 형님도 가수와 같은 심정이셨는지 "아장아장 걸음마가 엊그제 같은데 어느새 자라 내 곁을 떠난다니"하는 가사를 함께 흥얼거렸다. 나는 또 누가 출판사 대표가 아니랄까봐서 "형님, 지금 심정을 절절이 옮겨서 책 하나 써보세요." 즉석 기획을 하기도 했다. 그러나 곁에서 대작을 하는 동생의 위로도 형님의 울적한 마음을 달래는 데 별 도움이 되지를 못했던 모양이다. 그 시절 형님 술 실력만 왕창 늘었으니깐.

예나 지금이나 아버지 노릇은 참 힘든 것 같다. 나의 딸아이도 언젠가는 나에게 형님의 마음을 그대로 일으키게 하고 저의 둥지를 찾아 떠날 것이다. 지금에야 어디 그 마음을 고스란히 알랴마는 나도 그때가 당도하면 〈애비〉도 듣고 『시경』의 한 구절도 옮겨 적으면서 헛헛한 마음을 달랠 것이다. 준비를 해도 참 이른 시기에 마음의 준비를 한번 해본 셈이다. 한편 그때 우리 집 큰형님의 마음을 스산하게 만들었던 그 신부. 지금은 1남 1녀를 낳아 씩씩하고 흡족하게 잘 살고 있다. 물론 약간의 불평이야 있겠지만 그까짓쯤이야 참고 또 참으면서, 엄마노릇도 잘 하면서. 2009. 12. 22

사시(四時)는 명확하다

●

오늘 안 보면 내년에 볼건대 어쩌지요. 택시로 청와대 앞을 막 지나는데 메시지가 왔다. 아내가 모처럼 회사로 와서 대학로의 '상하이 짬뽕' 집으로 가는 길이었다. 느닷없는 문장이긴 했지만 존경하는 선배의 은근한 호객 행위에 어쩔 도리가 없었다. 헌법재판소 앞에서 내려 아내는 안국역에서 지하철로 집으로 보냈다. 아내는 늦은 점심으로 칼국수를 먹었다며 대학로행을 굳이 고집하지는 않던 터였다. 걸어서 선배 사무실에 도착하자, 이렇게 맥없이 낚이면 어쩌느냐며 선배가 농으로 맞아주었다.

우리는 '평화만들기'라는 선배의 단골 술집으로 직행했다. 막걸리를 찾았으나 없어서 그냥 맥주를 마셨다. 우리가 마시는 동안 모모한 인사들이 들락날락했다. 모두들 선배와 서로 아는 사이였다. 나는 다 알 만한 이들인데 그들은 아무도 나를 몰랐다. 그래서 나 혼자 평화로웠다. 11시 무렵 제법 취기가 올랐다. 그때 두 사람이 술집으로 들어왔다. 이번에도 선배가 아는 사람이었다. 선배는 나를 저이한테는 꼭 소개시키고 싶다면서 우리 자리로 잠시 오시게 했다. 명함을 받고 보니 가회동에서 고문서연구소를 운영하는 소장님이었다. 한문에는 달통해서 20여 년을 간찰 연구에 몰두한 분이라고 했다. 그냥 뵙기에도 범상치 않은 기운이 훅 끼쳐왔다.

이 술집에는 여느 술집에는 없는 게 있다. 칠판이다. 그분이 일어나 판서를 시작했다. '대상전사시 공성자자거(大象轉四時 功成者自去).' 도연명의 시 한 구절이었다. 분필이 멈추고 낮지만 좌중을 휘어잡는 소리로 풀이가 뒤따랐다. "이 우주의 큰 요체는 돌고돌아 사계절을 이루고 공을 이룬 이는 스스로 물러난다." 고개를 끄덕이는 내 취한 눈에 '사시(四時)'란 단어가 포착되었다. 이 단어가 실마리가 되어 나에게도 한 풍경이 떠올랐다. 올해 8월 나는 평창동에 있는 김종영미술관에 갔었다. 우리나라 추상 조각의 개척자인 김종영의 서화전이 열리고 있었다. 그곳에서 『장자』에 나오는 아래 구절을 만났다. 천지유대미이불언 사시유명법이불의 만물유성리이불설(天地有大美而不言 四時有明法而不議 萬物有成理而不說).[※]

이 밤 소위 발동이 걸려서 노래방까지 갔더라면 나는 아마 〈솔개〉를 불렀을 것이다. "우리는 말을 않고 살 수가 없나. 날으는 저 솔개처럼." 그러나 우리가 이룬 것은 없었지만 취한 줄은 알았기에 스스로 술집을 물러나왔다. 정신을 차리고 보니 집이었다. 헌법재판소 앞에서 헤어진 아내가 기다리고 있었다. 나는 막걸리 한 병을 더 마신 뒤 선배의 최근 에세이집, 『꽃피는 삶에 홀리다』를 꺼내 두 편을 읽고 잤다. 술에 홀린 어제 하루였지만 아침이 분명하게 오자 기분좋게 깨었다. 문자 바깥에서도 사시(四時)는 분명한 법칙을 시행하고 있었으니 작년과 마찬가지로 오늘은 분명 크리스마스 이브였다. 2009. 12. 24

<hr>

※ 하늘과 땅은 큰 아름다움을 지니고 있지만 말하지 아니 하고, 봄 여름 가을 겨울은 분명한 법을 지니고 있지만 따지지 아니하며, 온갖 것은 정해진 이치를 지니고 있지만 너스레를 늘어놓지 않는다. 궁리에서 『하루 한 수 한시 365일』을 펴낸 이병한 선생님의 풀이를 인용함.

금강경처럼 단단한 생각

•

국악방송을 즐겨 듣게 되었다. 점심 시간에 직원들이 식사하러 나가면 혼자 남아서 12시부터 2시까지 방송되는 〈행복한 하루〉라는 프로그램의 볼륨을 높인다. 젊은 국악인 이정표 씨가 진행자이다. 지난 11월 나는 용기를 내어서 청취자 게시판에 다음의 글을 올렸다. "순전히 기억에 의존해서 한 말씀 드립니다. 예전 방송 도중 시간을 알려줄 때, '가령 1시 10분입니다' 하지 않고 '1시 10분 이쪽저쪽입니다', 라고 알려주셨었지요. 저는 여기에서 나름 굉장한 심오함을 느꼈더랬습니다. 우리가 같은 강물에는 두 번 들어갈 수 없듯이 1시 10분이라고 말하는 순간 1시 10분은 어디론가 흘러가버립니다. 해서 이쪽저쪽이라고 하는 표현이 가장 적확하고 정직하다는 생각이 들었습니다. 이쪽저쪽하면 우리네 삶이 생과 사의 이쪽저쪽에 있음을 일깨우는 것 같기도 하고 또 무슨 소쩍새가 시간을 알려주는 것 같기도 하고요.^^ 앞으로 이 참신한 표현을 더 들려주실 수는 없겠는지요? 늘 좋은 음악에 가슴이 출렁댑니다, 감사합니다."

이틀 후 이정표 씨가 답글을 달아주었다. "좋은 글입니다. 말하고 있는 순간순간에도 흘러가는 시간. 이처럼 미처 인지하지 못할 때에도 세상은 치열하게 돌아가고 있네요.^^ 정표." 이후 며칠간 그 표현으로 시각을 알려주나 싶어 귀를 쫑긋 했는데 영 들을 수가 없었다. 소쩍새는 울지 않았다. 아쉽지만 어떻게 하나, 나만 계속 떼를 쓸 수는 없는 일이었다. 이정표 씨의 답변이나마 들은 것으로 만족해야 했다.

아침에 그러니까 비몽사몽간에 그러니까 일어나기 직전에 그러니까 정신을 수습하기 직전에 그러니까 이것저것 골치 아플 필요 없는 순간에 그러니깐 정신이 저 혼자 판단하고 있는 와중에 한 문장을 움켜쥐고 깨어났다. 오전 11시는 오전 11시고 오후 3시°는 오후 3시다. 아침을 먹으면서 되새겨보았는데 과연 그렇다. 그 시각을 대체하는 시각이 대체 어디에 있겠는가. 작심삼일이 될지언정 연말이니 나도 몇 가지 결심을 해야 할 것 같다. 앞으론 내 생각도 저 시각처럼 되면 좋겠다. 해서 금강경처럼 단단해서 그 어떤 것으로도 대체 불가능한 생각이면 좋겠다. 그러기만 하기에도 내 남은 시간은 이미 충분히 짧지 않은가. 2009. 12. 26

●　　오후 3시는 특별한 시각이다. 시침과 분침이 직각을 이루는 시각이다. 십자가에 못 박힌 예수는 오후 3시에 숨을 거두었다고 한다.

길의 철학자

●

143번은 시내버스 번호이다. 파랑간선이다. 정릉산장아파트 옆에 있는 종점을 출발하여 개포중학교에서 회차한다. 대개 출근할 때 잠원동 성당 앞에서 이 차를 탄다. 버스를 타면 운전기사 아저씨는 어서오세요, 라고 인사를 한다. 나도 감사합니다, 답례를 한다. 오늘도 이 버스를 탔다. 좌석마다 한 사람씩 창 쪽으로 앉아 있었다. 나는 맨 뒷자리에 앉았다. 서 있는 승객들이 아무도 없는 덕분에 버스 안은 물론 전방의 시야가 툭 트였다.

반포대교에서 남산 3호 터널 입구까지 다섯 개의 정류장이 있다. 이곳은 평소에도 인적이 좀 드문 편이다. 도로마다 눈이 쌓이고 찬바람이 불었다. 정류장마다 좀 을씨년스러운 풍경이었다. 그제 눈의 습격 탓인가. 평일인데도 차들이 많지 않았다. 정류장의 사정이 멀리서도 훤히 보였다. 대부분의 정류장마다 기다리는 사람이 아예 하나도 없었다. 근데 한 가지 특이한점이 있었다. 기사 아저씨는 승객이 없는 정류장을 그냥 지나치는 법이 없었다. 그것도 그냥 잠깐 정차하는 게 아니었다. 앞문을 꼭 열었다. 그때마다 문은 관절을 꺾으며 군소리 없이 열리었다. 아니 탈 사람도 없는데 굳이 열어서 왜 나를 귀찮게 해요, 항의하는 법도 없었다. 그리고 바람을 태우고 스스르 닫히는 것이었다.

처음에는 보는 나도 좀 이상했다. 아니 기름값도 아까운데, 시간도 없는데, 그냥 가시지 않고. 그러나 나는 이내 마음을 고쳐먹었다. 없는 사람도 챙기시는 아저씨의 마음을 알았기 때문이다. 그렇게 생각하자 마음의 면적이 좀 넓어지는 기분이 들었다. 그러자 만약 사람이 없다고 그냥 지나치기 시작하면 나중에는 사람이 있어도 필요에 따라 그냥 지나치기도 하겠구나, 하는 생각이 들었다.

문득 길을 따라 가는 버스기사 아저씨가 길의 철학자는 아닐까 하는 생각이 들었다. 무위(無爲)의 도를 실천하는 철학자 말이다. 길의 철학자? 하면 떠오르는 분이 있다. 노자이시다. 만약 그가 이 시대에 태어난다면 무슨 직업을 택할까. 좁은 교실에서 고리타분한 강의나 하고 무슨 철학원 같은 데에서 근심에 찌든 얼굴들과 마주하는 호구지책을 마련했을까. 자유로운 영혼을 가지셨으니 모르긴 몰라도 그러지는 않았을 것 같다. 그분이야말로 길의 철학자이시니 혹 버스 운전을 하시지는 않았을까. 이런 까닭 모를 확신이 들었다.

　그 확신을 바탕으로 나는 을지로에서 내릴 때 운전기사 아저씨를 유심히 한 번 더 바라보았다. 그러자 내 마음을 읽었다는 듯 아저씨도 빙그레 웃는 것 같았다. 차림새는 달랐지만 우리 시대의 노자는 저런 모습이 아닐까, 그렇게 믿기로 하면서 멀어지는 143번 버스 꽁무니를 한참 동안 바라보았다. 2009. 12. 29

뿔뿔이 흩어지는 존재들

•

대학로의 찻집은 청춘남녀들로 붐볐다. 좀 소란스러웠지만 따뜻했다. 영
업시간이 끝난 것은 아니지만 일어서야 했다. 이곳은 내 집이 아니다. 설
령 내 집에서도 계속 머물 수가 없는 법인데 다음 손님을 위해서도 일어나
야 했다. 바깥은 몹시 추웠다. 혜화동 성당에 도착하니 2009년 12월 31일
11시 40분이었다. 경인년 새해에서 20분 모자라는 시각이었다. 20년 전
이 성당에서 나는 결혼식을 올렸다. 아내와 아이들은 먼저 안으로 들어가
고 계단 위 성당 들머리에서 서성이며 그때를 회상했다. 몹시 추웠다.

그때 참석했던 분들을 힘껏 떠올려보았으나 모두 기억해내지는 못했다.
보잘것없는 이의 결혼식에 참석한 고마운 분들은 그 계단에서 기념사진 찍
고 흩어진 이후 다들 어떻게 지내실까. 이윽고 자정미사가 시작되었다.
2009년도 시간을 고집하지는 못하고 2010년한테 자리를 내주고 말았다.
멀리 종각에서는 서울시장을 비롯해 몇몇 분들이 지금 보신각 종을 치고
있을 것이다. 그이도 내년이면 임기가 끝난다고 한다. 종소리가 크긴 했지
만 종로 바닥을 벗어나지는 못했다. 구름처럼 모인 사람들의 귀가 모두 잡
아먹은 탓이다.

미사도 엄숙하게 마무리를 향해 가고 있었다. "이제 미사가 끝났으나 가
서 복음을 전하시오."라는 신부님의 당부 말씀에 이어, "떡국을 준비해놓
았으니 모두들 드시고 가라."는 공지사항과 함께 미사는 끝났다. 그래서
다행히도 우리는 본당을 빠져나올 수 있었다. 회의실에 마련된 떡국은 따
끈했다. 출출했던 터라 맛도 있었다. 여러 숟가락을 뜨자 이내 말간 국물
아래 그릇의 바닥이 드러났다. 덕분에 남은 국물을 말끔히 마시고 일어설
수 있었다. 날씨는 더욱 맹렬히 추웠다. 얼른 택시를 탔다. 한 집에 살기는

해도 우리 가족이 전부 이렇게 가깝게 모이기는 실로 오랜만이다. 무릎을 맞대고 어깨를 나란히 하기는 얼마만인가. 그렇게 새삼스러운 기분으로 집으로 갔다. 그러나 그 우리 집에서도 언젠가는 각자 뿔뿔이 흩어져야 함을 아이들은 알까? 2009. 12. 31

겨울

1월

소리 찍는 카메라

•

기축년 대한민국 최고의 히트 상품은 막걸리였다. 나는 술을 좋아한다. 그
래서 자주 마신다. 자주 마시다보니 잘 마실 수밖에 없다. 잘하는 비결은
별거 없다. 그냥 그걸 좋아하면 된다. 이제껏 술의 청탁을 가리는 편은 아
니었지만 굳이 따진다면 나는 소주파였다. 막걸리는 한 잔 먹고 나면 배도
부르고 좀 상대하기가 거북하였다. 그러다가 막걸리를 아주 좋아하는 동
무를 만나면서 취향이 확 바뀌었다. 그렇다고 내 배가 갑자기 확 커진 것
은 아닐 게다. 막걸리가 마구마구 목구멍 너머로 술술 잘도 넘어가는 것이
었다. 숙취한 다음날에도 소주의 그것과는 달리 몸이 제법 가뿐했다. 대취
한 다음날에도 소위 필름이 끊긴 적은 한 번도 없었다. 더구나 신기한 일
은 술이라면 얼굴부터 찌푸리던 아내가 막걸리는 한두 잔 홀짝인다는 사실
이었다. 어쨌든 작년 내 입은 그런대로 행복했다.

2009년 개인적으로 최고의 히트작은 내가 국악을 좋아하게 되었다는 사
실이었다. 나는 틈만 나면 국악방송을 들었고 청을 가다듬는다고 소리를
꽥꽥 질러댔고 언젠가는 배워보겠다며 악기를 몇 개 장만했고 국악라이브
술집을 몇 군데 들락거렸다. 어느 술집에서는 풍악을 울리며 꽹과리도 쳤
고 봉산탈 비기지를 쓰고 어설픈 춤을 추기도 했다. 막걸리의 힘을 빌렸음
은 물론이다. 탈바가지를 쓰고 좁아진 시야로 바라보는 술집 풍경. 내가
익명의 섬으로 상륙한 듯 묘한 기분이 들었다. 지금도 그 느낌은 잊을 수
가 없다. 그리고 서울에 있는 날이면 토요일 오후에는 예악당을 찾아 토요
상설무대를 감상했다. 물론 내가 무대에 올라 땀 한 방울 흘린 건 아니었
지만 공연이 끝난 후 들이키는 막걸리는 각별했다. 어쨌든 작년 내 귀는
복락을 누리었다.

경인년 들어 국립국악원은 토요명품공연을 매주 토요일 오후 4시에 올린다. 그 첫 무대를 놓칠 수가 없어서 국악원의 소극장격인 우면당을 찾았다. 공연은 사회자도 없었고 마이크도 없었다. 자연의 소리를 자연 그대로 들려준다는 취지라 했다. 명인들의 후련한 목소리와 악기들의 쟁쟁한 소리가 직방으로 내 귀를 찾아들었다. 언제 들어도 장엄함, 그 자체인 〈수제천(壽齊天)〉이 먼저 울려퍼졌다. 그리고 남도민요, 춘앵전, 산조합주, 청성자진한잎, 설장구, 거문고 독주에 이어 한량무가 끝나자 무대막이 저 혼자 스르르 내려왔다.

한껏 좋은 소리를 주입했기에 빵빵해진 마음으로 나는 얼른 밖으로 나와 국악원 뒤편 언덕으로 뛰어갔다. 날이 막 저물고 있었다. 빛이 조금이라도 더 많을 적에 사진을 찍어야 했다. 서울 날씨는 흐렸다. 남산타워는 보이지 않았다. 대강 방향을 짐작하고 서울 풍경을 찍었다. 아내가 오돌오돌 떨며 기다리는 광장으로 내려오니 야외 스피커에서 국악방송이 흘러나오고 있었다. 시간대로 보아 〈라디오북 글읽는 마을〉이었다. 톡톡 끊어지는 단문의 옛글들이 배경음악을 타고 가슴으로 파고들었다.

서리 긴 잔디가 하얗게 까무라치며 봄을 꿈꾸고 있는 국악원 앞마당. 공감각이 어우러진 이 광장을 대체 무슨 수로 고스란히 담을까. 아무리 카메라의 성능이 좋대도 현재의 기술로는 소리까지 찍을 수는 없었다. 관음(觀音)이라고 했던가. 이봐, 눈. 그저 우두커니 있으라고 달려 있지는 않았을 나의 눈이여. 이젠 자네가 활약할 차례일세! 2010. 1. 2

구규, 아홉 개의 구멍

•

경인 신년 연휴 마지막 날이다. 일요일이었다. 저녁 어스름. 〈열린 음악회〉에서 황수경 아나운서가 이렇게 말했다. "새해에는 누구나 다 인생을 다시 시작하는 것입니다." 맞는 말이었다. 인생을 다 슥슥삭삭 지우고 새로 새롭게 시작하고픈 날이 어디 새해뿐이랴. 할 수만 있다면 매날 매순간이 나는 다 그렇더라.

구규(九竅)라는 말이 있다. 구규는 인체에 있는 아홉 개의 구멍인 눈, 코, 입, 귀의 일곱 구멍과 그 아래 두 구멍을 가리킨다. 우리 몸에 이렇게 많은 구멍이 있었나. 그러고 보면 사람이란 구멍가게의 주인으로 고달픈 삶을 살아가야 하는 게 이미 몸의 구조에서부터 정해진 운명인가 보다. 구규는 말하자면 인체가 세상과 소통하는 통로이다. 인체는 이 길을 통해서 세상을 보고, 듣고, 먹고, 맡고, 쏟으면서 제 몸을 간수하는 것이다. 구규가 불통이면 큰일난다. 새해 연휴는 이 구규를 닦고 조이고 기름칠하는 기간인 셈이다. 그리하여 묵은 해를 통과하느라 얼룩졌던 몸을 새로 단장하고 성능을 개선하여 인생을 새로 시작하는 것!

실로 오랜만에 단어를 떠올리면서 걸리는 게 있었다. 왜 구규, 아홉 개인가. 징말 아홉 개 맞나. 나는 곰곰이 그리고 꼼꼼히 세어보았다. 이미 구멍의 기능을 상실한 배꼽은 차치하고 아랫녘의 두 개는 별 의심의 여지가 없었다. 근데 얼굴로 올라와 콧구멍에서 의문이 들었다. 내 직접 해부는 못 해보았지만 콧구멍이야 겉만 두 개지 속은 하나로 연결되지 않은가. 그렇다면 혹 팔규인 것은 아닐까. 쉽게 결정할 문제가 아니었다. 특히 숫자는 그냥 맘대로 늘이고 줄이고 할 수 있는 성질의 것이 아니었다.

몇 시간의 궁구 끝에 내가 내린 결론은 다음과 같다. 자세히 관찰하면

코의 구멍은 하나로 치는 게 맞다. 좀더 자세히 관찰해보자. 입의 구멍이 하나일까. 아니다. 둘이다. 입은 구멍이 두 개다. 말하는 구멍과 먹는 구멍. 그래서 모두 합해서 구규가 맞다. 옛 어른들이 어디 함부로 용어를 정의했으랴! 2010. 1. 3

경복궁 산책

•

폭설이다. 서울 시민들은 갑자기 펭귄처럼 뒤뚱뒤뚱 걸어야 했다. 이 우스꽝스런 모습을 즐기며 눈들은 순식간에 골목을 점령하였다. 눈들은 은밀히 잠복하여 동태를 살피면서 금방 물러날 태세가 아니었다. 몇몇 사람들이 눈을 치우고 있었다. 그러나 위치만 조금 구석으로 바꾸는 정도였다. '결자해지'라는 말처럼 눈을 보낸 자가 눈을 거두어 갈 때까지 기다리는 수밖에 없었다. 그때까지 시민들은 눈사람의 이웃으로 함께 살아야 했다. 오늘 하얀 눈을 가득 짊어지고 있는 인왕은 어제보다 부쩍 키가 커 보였다.

오후 4시경 경인년 시무식을 간단히 하고 경복궁으로 눈이나 밟으러 가자고 해서 총출동했다. 청와대 앞 로터리에서 꺾어져 신무문 앞에서 궁리 식구들은 사진을 찍었다. 그리고 궁 안으로 들어가려는데 좀 이상했다. 매표소의 문은 닫혀 있고 사람들이 아무도 없었다. 알고 보니 경복궁 입장 시간은 5시가 마감이었다. 문을 전경 혼자 지키고 있었다. 그냥 이 문을 통과해서 근정전 쪽으로 나가겠다고 했더니 선선히 길을 틔워주었다. 우리는 전경의 호의로 아슬아슬하게 궁 안으로 들어갈 수 있었다.

몇십 년만의 폭설로 뒤덮인 경복궁은 장관이었다. 향원정 근처에서 인왕을 바라보니 산의 밑둥까지 드러나며 효자동에서 보는 것과는 또다른 육중한 느낌으로 다가왔다. 궁 안에는 퇴장할 시간이 임박했음에도 사람들이 제법 많았다. 특히 작가들이 많이 몰려와서 좋은 포인트를 찾아 정신없이 사진을 찍고 있었다. 한쪽에선 이제 문을 닫을 시간이 지났다면서 문화재청 직원들이 사람들을 쫓아내고 있었다. 곳곳에서 승강이가 벌어지기도 했다. 등 뒤에서 큰 카메라를 들고 오는 분이 투덜대는 소리가 들렸다. "아니 내 평생에 또 이런 경치가 어디 오겠어? 짜식들, 토끼몰이 하듯 하고 있구먼. 지들이 30분만 좀 늦게 퇴근하면 안 돼?" 나는 작가는 아니었지만 그들의 심정에 충분히 공감이 갔다.

이런 눈을 사람이 만든다고 치자. 그 얼마나 힘들겠는가. 만들었다고 치자. 이 우람하고 넓은 궁궐의 수많은 나뭇가지와 잎사귀마다 저리도 아름답게 눈을 얹어놓으려면 또 얼마나 힘들겠는가. 하늘이 보내준 좋은 그림을 공무원들이 살리지 못하고 있었다. 궁리 식구들은 근정전 앞 계단에서 단체사진을 한 방 더 찍고 궐 밖으로 나왔다. 매표소 앞에는 큰 포스터가 두 개 붙어 있었다. 하나는 '조선시대 궁성문 개폐 및 수문장 교대의식'을 소개하는 것이었다. 또 하나는 왕과 왕비가 상궁과 시위대장을 대동하고 강녕전을 비롯해 향원정 일대를 거니는 모습을 재현하는 것이었다. 제목은 '왕가의 산책'이었다.

날이 제법 어둑어둑해지고 있었다. 경복궁의 어원은 『시경』의 "군왕은 만년토록 빛나는 큰 복을 받으소서(君子萬年 介爾景福)"라는 구절에서 연유했다고 한다. 경복은 큰(景) 복(福)이란 뜻이란다. 그러나 나는 이렇게 쉽게 해석하고 싶다. 경복궁은 복(福)이 햇볕(景)처럼 쨍쨍하게 넘치는 궁이라고. 궁리 식구들은 오늘 경복궁에서 눈과 눈에 반사되는 햇볕을 넘치도록 섭취하였다. 좀 춥긴 했지만 경인년을 시작하는 얼굴이 모두들 환했다. 그리고 헌법재판소 인근에 있는 '마산해물아구찜'에서 건배를 하면서 궁리의 경복궁 산책은 종료되었다. 자, 이제 다시 시작이다, 경인년의 날들이여! 2010. 1. 4

멀리 있는 빛

•

2009년 6월 6일. 충주에 있는 선재학교로 나는 가고 있었다. 선재학교는 인도 여행을 해볼까 기웃거리다가 알게 된 학교이다. 동무의 차를 타고 갔는데 학교에 거의 도착할 무렵 라디오에서 참으로 내 마음을 사로잡는 음악이 흘러나왔다. 주파수를 보니 93.1Mhz. KBS 라디오였다. 그 음악을 듣고 난 느낌은 이랬다. 우리는 먹어야 사는 동물이다. 음식을 입에 넣으면 침이 나오고 꿀꺽 삼키면 소화액이 나온다. 그런 것처럼 우리가 먹이를 구하느라 살아가는 동안 기쁨도 슬픔도 흘러나오기 마련이다. 상처 없는 몸이 없듯이 그런 것 없이 이 세상을 건널 순 없다. 그럴 때, 슬픔의 즙이 솟구쳐 나올 때. 그 흥건한 액체를 어떻게든 응급 처치해야 한다. 아하, 이 음악은 우리 슬픔을 받아 척 걸어주는 빨랫줄이로구나. 그런 생각을 했었다. 충주에서 돌아와 〈흥겨운 한마당〉에 들어가 어제 선곡을 확인해보았다. 그 음악은 김영동의 〈멀리 있는 빛〉이었다. 전에도 이름을 알긴 했지만 그렇게 그 음악과 음악가는 강렬하게 내 속으로 들어왔다.

2009년 12월 18일. 프레시안을 방문했더니 김영동 전 경기도립국악단 예술감독과의 인터뷰가 실려 있었다. 다음은 김 전 감독의 말이다. "지난해 12월 31일 예술감독 임기 계약이 만료돼 퇴임했다. 계약이 만료된 이유가 석연치 않지만, 재임하는 동안에는 최선을 다했기 때문에 깨끗이 물러났다. 그런데 지난 10월 도립국악단을 위탁 운영하는 경기도 문화의 전당에서 나에게 공문을 보냈다. 공공기관 CEO 경영 평가 결과에서 F등급을 받았으니 성과 보상 금액으로 선지급한 천여만 원을 반환하라는 것이었다. 우선 지난해 내 활동에 대한 평가가 F등급으로 나왔다는 사실에 깜짝 놀랐다. 계약서에 따르면 도립국악단의 실적은 당연히 S등급이었다. 또

2007년, 2008년 같은 경영 평가에서도 모두 S등급을 획득했던 터였다. 그때서야 국악단에 요청해 경기개발연구원의 결과보고서와 최종보고서 내용이 바뀌었다는 것을 알게 됐다.……이번 사건은 내 문제이기도 하지만 국악계에 대한 도전이다. 공신력과 전문성을 갖춰야 할 공공 기관이 허위사실을 날조하고 공문서를 위조해 한 예술가의 인격을 모독했다." 기사를 읽는 내내 우울하고 씁쓸했다. 국내에서 손꼽히는 대금 연주가이자 작곡가인 김영동 전 감독한테 왜 이런 일이 벌어지나. 그분이 작곡한 음악을 한번 들어보기라도 했나. 자세한 내막이야 내 어찌 알랴만, 이런 명인들을 이렇게 대접해서 어쩌자고!

  2010년 1월 9일. 경인년 두 번째 토요일 저녁이 지나가고 있었다. 국악원 우면당에서 토요명품공연을 후련하게 보고 나오는데 눈발이 흩날렸다. 설상가설(雪上加雪)이었다. 어제 온 눈을 또 눈이 덮치고 있었다. 오늘 명품공연은 낙양춘, 가야금산조, 청성자진한잎, 시나위, 사물놀이 등이었다. 그리고 김영재의 해금 명곡인 〈적념〉에 이어 이상규 작곡의 〈대바람 소리〉가 마지막을 장식했다. 말없이 내리는 눈을 보면서 지루한 운전을 하면서 오늘 공연을 되새김질했다. 문득 작년의 일들이 불현듯 떠오르면서 김영동의 〈멀리 있는 빛〉 곡조도 흥얼거렸다. 엉금엉금 기긴 했지만 잠원역까지 겨우겨우 왔다. 재미없는 가장을 기다리는 아이들이 올망졸망 모여 있는 우리 집. 멀리 그곳에서 희미한 불빛이 새어나왔으면 좋으련만 보이는 건 싸늘하고 육중한, 단체로 멍청하게 서 있는 네모 아파트였다. 2010. 1. 9

솔개와 패잔병

●

"우리는 말 안 하고 살 수가 없나 날으는 솔개처럼 소리 없이 날아가는 하늘 속에 마음은 가득 차고……" 결국 〈솔개〉를 불렀다. 인사동 한복판 노래방에서였다. 조용필을 좋아하는 선배가 메들리로 〈허공〉, 〈물망초〉, 〈서울 서울 서울〉 등의 노래를 땡기고 난 직후였다. 솔개는 우리나라에서는 예로부터 흔한 겨울철새였다. 그이들은 11월 초가 되면 서울에 도착하여 이듬해 4월 초쯤 다시 북쪽으로 올라갔다. 내가 기저귀를 차고 엉금엉금 기다가 걸음마를 배우고 자박자박 걷기 시작할 시기만 해도 솔개는 부리부리한 눈을 부라리며 서울 종각과 창덕궁의 나무 위에서 떼지어 잠을 자곤 했다고 한다. 저 인왕산도 기꺼이 솔개한테 품을 내주었을 것이다.

그랬던 솔개가 서울에서 왜 종적을 감췄을까. 너무 시끄러웠나, 말들이 너무 많았나. 노래방 기계 속의 솔개는 아무런 답을 주지 않은 채 "자기들끼리 끼룩거리면서 자기들끼리 낄낄대면서 일렬 이열 삼렬 횡대로 자기들의 세상을 이 세상에서 떼어 메고 이 세상 밖 어디론가 날아"●가고 있었다. 나는 마이크를 끄고 내 자리에 주저앉아 맥주를 몇 잔 더 홀짝였다. 그리고 좁은 골목을 몇 개 꺾고 큰길로 나와서 택시를 타고 집으로 왔다. 골목에는 며칠 전만 해도 서울을 장악하고, 뉴스를 생산하고, 시민들을 설설 기게 만들었던 눈들이 낙오된 패잔병처럼 군데군데 널브러져 있었다. 흥을 별로 돋우지 못한 내 노래 솜씨 때문이었나. 따뜻한 이불 속에서 솔개 생각은 안 났다. 추위에 떨고 있을 골목의 눈들만 떠올랐다. 날이 밝으면 하루가 다르게 몸이 홀쭉홀쭉 빠지는 그 패잔병들 생각이 자꾸만 나는 것이었다. 2010. 1. 15

●   황지우의 시, 〈새들도 세상을 뜨는구나〉(『새들도 세상을 뜨는구나』, 문학과지성사)에서 인용.

81

일식집과 붓받침대

•

애초 연필은 둥근 것만 있었다고 한다. 그래서 자꾸 책상에서 떨어져 불편했다고 한다. 이에 어떤 사람이 육각으로 연필을 만들어 대히트를 쳤다고 한다. 어릴 적 소년잡지에서 본 발명에 관한 이야기이다. 객관식 시험을 치다가 답이 막힐 때 연필을 굴릴 수 있었던 것은 다 이런 발명의 덕분이다. 발명의 세계에 대해 나는 잘 모른다. 어디서 들은 이야긴데 아직도 맹물로 가는 자동차나 에너지 없이 무한히 작동하는 영구기관을 발명하겠다는 데 일생을 건 분들이 있다고 한다. 노벨상을 한번 노려볼 뿐더러 벼락부자가 되는 꿈을 꾸면서 말이다.

애시당초 붓은 둥글었다. 각진 것이 없었다. 왜 그럴까. 연필에는 딱딱한 심이 박혀 있고, 붓의 심은 부드러운 먹물이다. 고체의 옷이라서 육각이고 액체의 옷이라서 둥근 것일까. 어디 내가 한번 각진 붓을 만들어 특허를 신청해볼까. 내 나이로 볼 때, 벼락부자가 되는 마지막 찬스일지도 모르잖은가. 하지만 붓을 쓰는 인구가 대체 몇이나 될까 생각해보니 꿈은 사라지고 답이 얼른 나왔다. "꿈 깨셔!"

최근 들어 나의 주된 필기구는 붓이다. 이동할 때를 제외하고 글씨로 하는 의사표시는 주로 붓으로 한다. 근데 붓이 자꾸 굴러서 불편할 때가 많다. 동묘 풍물시장에 가면 중국제 붓걸이나 붓받침대가 있다. 근데 그게 좀 비쌀 뿐더러 붓은 사도 웬지 그것은 사고 싶지 않다. 인사동 구하산방에 가서 붓은 구입한다. 붓을 어떻게 보관할까. 외가에 들렀더니 아주 오래전에 만든 버려진 벌통이 있었다. 소나무 둥구리를 반으로 나누고 작은 도끼로 속을 파낸 뒤 철사로 연결한 것이었다. 손재주 많은 외삼촌이 젊었을 때 직접 만든 것이라 했다. 그 둘레마다 작은 못을 박고 붓을 거니 안성

맞춤이었다. 사무실에 두었더니 장식용으로도 그만이었다. 붓으로 어지럽던 책상도 정리정돈이 훨씬 더 잘 되었다.

점심을 압구정동 근사한 일식집에서 먹었다. 우리는 초밥정식을 시켰다. 정종도 한 잔씩 곁들였다. 종업원들이 들락날락하면서 접시를 자꾸 가지고 왔다. 그러더니 어느덧 내 앞에는 각종 스시를 담은 둥근 접시, 야채와 여러 잔반찬을 담은 조막한 접시, 간장과 초고추장을 담은 쬐끄만 접시 그리고 개인용 앞접시 등등이 놓이게 되었다. 하지만 아까부터 나의 관심은 숟가락과 젓가락의 받침대에 머물렀다. 붓받침대 대용으로 그것은 너무나 훌륭해 보였던 것이다!

나도 슬쩍 끼어들긴 했지만 대화는 별 재미가 없었다. 그저 그 받침대를 어디 슬쩍 해갈까 하는 궁리뿐이었다. 우리는 내실에서 먹었기에 하나 챙긴다 해도 그게 뭐 대수랴 싶었다. 각종 심부름으로 피곤한 종업원들이 그 많은 접시들 속에서 일일이 그걸 확인해보겠느냐는 얄팍한 생각도 들었다. 고들고들한 밥 알갱이와 토막난 살점을 와사비로 접착한 생선초밥을 씹을 땐 괜찮다가도 입이 심심해지면 또 미련이 흘러나와 혀 밑에 고이는 것이었다. 내 손에 넣을까말까, 많은 생각이 교차했지만 그래도 그게 아니다 싶었다. 까딱하다가는 폼이라도 잡고 붓글씨 쓸 때마다 화근이 될 수도 있지 않겠는가.

많이 망설이고 치사한 계산을 거듭하다가 최종적으로 그냥 빈손으로 일어났다. 하지만 신발끈을 조이는데 못내 아쉬운 마음이 또 일어나는 것이었다. 초대해준 분이 값을 치루는 동안 내실로 다시 들어갔다. 마침 한 아가씨가 상을 치우고 있었다. "글쎄요, 당장 쓰는 물건들이라서……실장님한테 말씀해보세요." 선선히 하나 가지고 가라는 기대는 여지없이 무너지고 나는 그만 앗, 뜨거라, 싶었다. 나를 다시 보아도 기억 못 할 젊은 처자한테만 잠깐 쪽팔린 것으로 얼른 마무리하고 재빨리 돌아섰다. 2010. 1. 17

황무지

•

약속 장소에 도착하니 회의가 길어지니 조금만 기다려달라는 메시지가 왔다. 나는 로비에서 기다리기로 했다. 제법 큰 빌딩이었는데 엘리베이터가 설 때마다 한 움큼씩 사람들이 몰려나왔다. 엘리베이터는 총 네 대인데 쉴 새없이 사람들을 토해내고 있었다. 모두들 점심 먹으러 가는 중이었다. 사람들의 얼굴은 서로 다른데 점심 시간은 다들 같았다. 그러니 저렇게 한꺼번에 쏟아져 나오는 것이었다. 저 군중들의 입을 모두 만족시켜주는 주위의 식당 주인들이 대단해 보였다. 나는 나의 상대를 기다리면서 떼지어 몰려가는 사람들을 물끄러미 바라보았다. 사람들은 로비를 지나 회전문을 통해 줄줄이 빠져나가고 있었다.

문득 아주 오래전에 읽었던 글이 생각났다. 어느 영문학자의 글이었는데 희미한 기억을 대충이나마 조립해보면 다음의 뜻이었다. "황무지로 유명한 엘리어트는 런던의 다리 위로 수없이 지나가는 사람들을 보고서 저 사람들이 언제 차례대로 다 죽어가느냐며 한탄했다고 한다"는 것. 나는 계속해서 생각의 꼬리를 이어나갔다. 나를 포함해서 지금 식당으로 몰려가는 저 무리는 지금 살아 있는 사람들이다. 한 끼를 채워주기 전에는 실제로 배가 고픈 자들이다. 물론 배가 고파서 먹으면 좋겠는데 동일한 시간에 먹는 것으로 여러 해 훈련되어 있기 때문에 그때가 되면 배가 고파지기도 하는 것이다. 더욱이 점심 시간에도 시한이 있으니 어쨌든 그 시간 내에 해결해야 한다.

몰려나가는 사람들의 뒷모습은 모두들 비슷했다. 남자는 남자들끼리 여자는 여자들끼리 비슷한 키에 비슷한 몸집들. 그리고 한결같이 남자는 검은색 계통의, 여자는 붉은색 계통의 외투. 이 북새통의 점심 시간은 비슷하겠지만 그래도 임종 시간이야 다들 다르겠지, 하는 생각으로까지 치닫고 있는데 저쪽에서 귀에 익은 소리가 들려왔다. 곧 아는 얼굴들이 차례로 나타났다. 우리는 새해 복많이 받으십시오, 서로 악수하고 인사한 뒤에 모두들 회전문을 빠져나왔다. 누가 뒤에서 본다면 우리 또한 조금은 쓸쓸하게 식당의 길로 걸어가는 중일 것이다.

사무실에 돌아와서 앞에 소개한 글이 잘 납득이 되지를 않아서 몇 개 단어를 넣어서 검색해보았다. 나의 기억이 말하는 것은 어느 영문학자의 글이 아니라 엘리어트의 대표작인 『황무지』 1부 '죽은 자의 매장'에 나오는 구절이었다. 나의 기억도 바로잡으며 그 시의 일부를 여기에 소개한다. "허무한 도시 / 겨울 새벽의 누런 안개 속을 / 수많은 군중들이 런던교 위로 흘러갔다 / 나는 죽음이 그렇게 많은 사람들을 망쳤다고는 생각하지 않는다 / 이따금 짧은 한숨을 내쉬면서 사람들은 발치만 보면서 갔다." 2010. 1. 19

눈이 뭘 잘못했던가

•

점심 자리는 유쾌했다. 나는 지금 어느 과학잡지의 편집장으로 일하는 분과 밥을 먹고 있는 중이다. 그분은 작년에 몹시 위중한 병에 걸렸다는 것을 알게 되었다. 다행히 초기에 발견이 되어서 치료를 받고 최근에 완쾌되었다. 그분의 심중을 어찌 내가 다 헤아리랴만 특별한 지경에 이르렀다가 온 분이니 만큼 이야기의 내용도 전과는 많이 달랐다. 나는 맛에 탐닉하면서 골고루 젓가락을 쉴새없이 활용하고 있었다. 나의 밥그릇이 다 비어갈 무렵 그분의 것은 반 이상이 남아 있었다.

문득 그분이 젓가락을 멈추고 이런 이야기를 들려주었다. "몸이 아프고 보니 별 생각이 다 들더라. 어느 선배는 나보고 그러더라. 흔히 누구 때문에 화가 났다라고 말하는데 이는 사실 잘못된 것이다. 실상 화는 자기 때문에 나는 것이다. 화의 주인공이 자기 자신이라는 사실을 잊어서는 안 된다." 퍽 공감을 했다. 창밖을 보니 지붕이나 옥상에 눈이 많이 쌓여 있었다.

사람들은 빙판이 미끄럽다고 한다. 하지만 자세히 관찰해보라. 빙판은 전혀 미끄럽지가 않다. 그 위에 누군가 발을 올려놓으면 그래서 그가 미끄러워지는 것이다. 나는 궁리 근처에 있는 옥인동의 군인아파트 옥상에서 남산을 중심으로 서울 풍경을 이틀마다 찍는다. 어쩐 일인지 해마다 겨울이면 눈길에서 한 번씩은 꼭 넘어졌었다. 겨울에 출퇴근할 때 아예 등산화로 바꿔 신은 덕분인지 최근 3~4년은 한 번도 나동그라진 적이 없었다. 그걸 기념이라도 하려고 했나. 며칠 전 군인아파트 옥상에서 어이쿠, 발라당 보기 좋게 뒤로 자빠지고 말았다. 눈은 처음부터 가만 있었고 미끄러진 것은 나였다. 그렇다고 눈 탓을 할 수가 있겠는가. 애꿎은 눈이 대체 뭘 잘못했던가. 그냥 가만 있었던 것밖에는. 그러니 어떻게 눈한테 화를 낼 수가

있겠는가. 눈에서 넘어진 나는 눈을 짚고서야 다시 일어설 수 있었다. 그래
도 눈은 잠자코 있었다. 앞으로 눈 위에서 내가 무슨 일을 벌인다 해도 눈
은 여전히 잠자코 있을 것 같았다. 유쾌한 점심식사가 끝났다. 2010. 1. 20

남산터널을 통과하며

●

버스를 타고 보니 맨 뒷자리를 빼고는 빈자리가 없었다. 맨 뒷좌석은 한 단 높이 있어 앞자리들이 훤히 보였다. 내 바로 앞에는 중년의 남녀가 나란히 앉아 있었다. 서로 아는 사이일까. 그렇다면 부부일까. 그저 묵묵히 앉아 있었기에 두 분의 관계를 알 만한 단서는 아무 것도 없었다. 반포대교를 건널 때 남자가 생수병을 꺼내 한 모금 마시고 옆으로 주었다. 여자가 한 모금 마시고는 남자한테 돌려주었다. 둘은 서로 아는 사이였으며 부부인 것이 확실해 보였다. 이 부부는 결혼식에서 이런 주례사라도 들었던 것일까. "오늘 인생의 짝을 만나 엄숙하게 첫출발하는 신랑과 신부. 부부란 서로가 상대방을 빤히 쳐다보는 것이 아닙니다. 같은 곳을 함께 멀리 바라보는 것이란 점을 명심하십시오." 그 평범한 진리를 확인이라도 하듯 중년의 부부는 버스의 진동에 몸을 맡긴 채 그저 앞을 나란히 보고 있었다.

버스는 몇 정류장을 지나 남산 3호 터널 입구 정류장에 도착했다. 이때 안내 방송이 흘러나왔다. "승객 여러분 안녕하십니까. 잠시 후 터널을 통과하오니 건강을 위하여 창문이 열려 있으면 닫아주십시오. 감사합니다." 겨울철이라 방송 이전에 이미 문은 닫혀 있었다. 터널 안은 노란 조명들이 달려 있었지만 전반적으로 어둡고 칙칙하고 퀴퀴했다 나는 버스 안의 공기로 호흡을 하지만 차창 밖은 매연투성이의 공기일 것이었다. 터널 벽에는 더러운 먼지들이 덕지덕지 붙어 있었다. 나는 시험 삼아 숨을 참는 데까지 참아보기로 했다. 하지만 1,270미터의 터널을 통과하기까지 여섯 번 정도는 숨을 쉬어야 했다. 고등학교 다닐 때는 그래도 1분을 견디기도 했는데 40초를 넘기기가 여간 힘든 게 아니었다. 기관지가 그만큼 나빠졌다는 증거였다.

터널을 빠져나오자 혼잡통행료를 내기 위해 차들이 길게 줄지어 있었다. 그 모든 차들의 꽁무니는 허연 가스를 쉬지 않고 내뿜고 있었다. 우리나라에 처음으로 자동차가 들어온 것이 1903년이며 이 자동차는 고종황제의 승용차였다고 한다. 만약 1902년 이전에 살았던 이들이 만약 부활한다면 그들에게 오늘 서울 바닥의 공기는 그 어디나 온통 터널 안의 그것과 같지 않을까. 그러고 보면 아까 그 부부가 마셨던 생수도, 내가 오늘 아침 식탁에서 입안을 헹굴 때 마신 물도 그때의 물에 비한다면 흙탕물 수준이 아니었을까. 그런 생각을 하는데 버스는 어느덧 명동 입구 정류장에 도착했다. 많은 승객들이 이곳에서 내렸다. 내 앞자리도 나란히 비었다. 아내가 남편의 팔짱을 자연스럽게 끼고 인파 속으로 사라져가는 게 멀리 보였다. 2010. 1. 23

위대한 침묵, 거대한 실망

●

궁리 편집위원 중에 이화여대에서 중문학을 전공한 뒤 중국어뿐만 아니라 영어 번역도 맛깔스럽게 잘하는 분이 있다. 책쟁이들한테 호가 난 『채링크로스 84번가』도 그이의 작품이다. 궁리 사무실이 봉천동에 자리하고 있을 무렵, 매주 금요일마다 편집위원들이 모여서 기획하고 토론하고 회의했다. 물론 그 사이사이 웃고 떠들고 마시고 먹고 놀았었다. 참 좋은 시절이었다. 어느 날 그이가 편집회의에 좀 늦게 도착해서는 닭날개 튀김 봉투를 뜯으면서 말했다. "퀴즈 하나 낼 테니 맞춰들 보세요. 아, 하고 소리치면 금방 깨지는 게 뭘까요." 모두들 정신없이 닭날개를 뜯으면서 답을 냈지만 아무도 못 맞췄다. "정답은 침묵, 침묵입니다." 영화 〈인생은 아름다워〉에 나오는 내용인데 그이는 전날 그 영화를 보았다면서 너무 좋은 영화라고 칭찬을 아끼지 않았다. 덕분에 그로부터 며칠 후 나도 그 영화를 보았다. 과연 그이의 안목은 신뢰할 만했다.

며칠 전 강남역 근처에서 두 분과 저녁을 먹었다. 한 분은 신문사에 근무하다 대기업으로 자리를 옮겼고 또 한 분은 현역 기자이다. 전직 기자분이 현역 시절 신문에 쓴 칼럼을 읽고 메일로 연락을 드렸다가 뜻밖의 책도 한 권 내게 되었고 그 후로도 각별하게 지낸다. 아주 합리적인 분이고 만날 때마다 경청할 만한 이야기를 많이 해주신다. 현재 기자인 분은 대학원에서 영화를 전공했고 부인도 영화평론가이다.

이런저런 이야기를 하다가 전직 기자분이 후배인 현역 기자에게 물었다. "집사람이 〈위대한 침묵〉 보러 가자고 하는데 볼 만한가." 현역 기자는 며칠 전에 보았다면서 적극 추천하였다. 다만 단서를 달았다. "좀 지루할 수 있기는 해요. 많은 이들이 기대를 해서 그런지 실망했다는 이들도 많아요." 말이 나온 김에 전직 기자분의 종교를 물었더니 가톨릭이긴 한데 현재는 냉담중이라고 했다.

이야기를 듣다보니 나도 급하게 끼어들 꺼리가 생겼다. 알고 보니 그 영화는 얼마 전 아내가 함께 보러 가자고 졸랐던 바로 그 영화가 아닌가. 성당이라면 참 시큰둥한 반응을 보이는 남편 대신 결국 교우들과 보고 온 아내의 영화평을 나름 근거로 하여 나도 그분한테 꼭 가시라고 권했다. 이렇게 되고 보니 나도 덩달아 그 영화를 보아야 할 형편에 놓이고 말았다. 글쎄, 인왕산의 치마바위 앞에서 침묵을 논한다는 것은 뻔데기 앞에서 주름잡는 격일 터이다. 그러나 어쨌든 나도 시간을 내서 보기로 마음을 먹었다. 과연 위대한 침묵이 될까, 거대한 실망이 될까. 그건 며칠 후면 판가름날 터이다. 2010. 1. 25

검은 연기와 흰 눈

•

어제 일이다. 버스를 타고 사무실로 가고 있었다. 한국일보 앞 정류장에서 전경 하나가 탔다. 그는 운전기사한테 고개만 까딱하는 것으로 요금을 대신했다. 광화문 조금 못 미처 동십자각을 지나는데 하늘을 보았더니 한구석이 검은 연기로 가득 차 있었다. 지나치는 빌딩 사이로 언뜻언뜻 보니 남대문 방향 어디쯤에서 시커먼 연기가 솟아오르고 있었다. 큰불이 난 것 같았다. 대한민국 국보 1호인 남대문을 홀랑 태워먹었던 화재 사건이 생각났다. 조금 전 무임승차한 전경에게 무슨 일이라도 난 것이냐고 물어보았다. 하지만 그도 전혀 사태 파악을 못 하고 있었다. 분주히 오가는 인도의 사람들은 하늘 쪽 일은 아무 관심이 없다는 듯 그저 앞이나 땅만 보고 걸어다녔다.

사무실에 얼른 와서 카메라를 들고 군인아파트 옥상으로 뛰었다. 옥상에서 바라보니 연기의 진원지는 서울역 근처였다. 하늘이 만드는 것과 지상에서 생산되는 것은 품질에서 단박에 차이가 났다. 보라, 저 새털처럼 하얀 구름을 덮어버리는 시커먼 연기들! 일식(日蝕)은 참으로 아름다운 장관이겠으나 저 구름식(蝕)은 영 보기가 딱했다.

사무실로 와서 컴퓨터를 켜니 연합뉴스에서 속보로 화재 소식을 전하고 있었다. "27일 오전 서울 용산구 갈월동의 기찻길 옆 한 아파트 모델하우스에서 불이 나 소방관들이 진화작업을 벌이고 있다." 이제 소방관들한테 걸려들었으니 불길은 곧 잡힐 것이었다. 점심 먹으러 가면서 하늘을 보니 언제 한바탕 소동이 있었느냐는 듯 조용했다. 시커먼 연기들도 어디론가 사라지고 없었다. 오후 들어 서울에는 눈이 펑펑 내렸다. 세상이 연기를 올려보냈더니 하늘은 눈을 내려주는 것인가. 갈월동 기찻길 옆에도 눈이 골고루 찾아왔을 것이다. 틀림없이 시커먼 눈이 아니라 백설같은 눈이었을 것이다. 2010. 1. 28

누가 서울에서 가장 가깝노!

•

유난히 달 밝은 밤이면 따님한테 달보기로 불린다는[•] 시인이 있다. 그는 경북 상주 출신의 이성복 시인이다. 그의 여섯 번째 시집 『달의 이마에는 물결무늬 자국』 중에서 서른두 번째 시를 읽다가 이런 구절을 만났다. "어릴 때 동네 아이들은 상주말이 표준말이고 상주가 서울이 되어야 한다고 우겼다. 서울에서 학교 다닐 때 친구들 집에 오면 어머니 사투리 쓰는 게 미치게 부끄러웠다."

어린 시절과 관련해서 서울을 말하자면 나도 할 말이 있다. 내가 3학년까지 다녔던 완대초등학교는 거창읍에서 40리 떨어져 있다. 우리 어머니 거창시장에 내다팔려고 머리에 쌀 이고 걸어갈 때 두 시간이나 잡아먹던 거리이다. 이 학교에는 다섯 개 마을의 아이들이 다녔다. 그 마을을 남쪽에서 북쪽으로 열거하자면 막터, 오무, 오류골, 완대, 돗골이다. 학교는 오무와 오류골 사이에 있었다. 오무는 친가, 돗골은 외가 마을이었다. "야, 나 오늘 외갓집에 간다." 오무 아이들한테 어머니한테 전해달라고 한 뒤 돗골 아이들하고 외할머니한테 가기도 했었다. 외갓집 가는 길이 그렇게 신날 수가 없었다.

내가 다닐 때 우리 학년에 남녀 학생 다해서 서른 명쯤 되었다. 겨울날 쉬는 시간이면 모두들 송판으로 만든 교사(校舍) 벽으로 모여들었다. 따뜻한 햇살이 허술한 옷을 데워주었기 때문이다. 어느 날 아이들이 맞붙었다. 어느 동네가 더 좋으냐고. 어린 마음에도 이런저런 장점들을 끌어모으면서 서로 제 동네 자랑하느라 마구 핏대를 올렸다. 하지만 돗골 아이들 말 한마디에 다른 동네 아이들은 한방에 갔다. "야, 씨바, 누가 서울에서 가장 가깝노!"

그때 그 아이들 지금은 부산, 마산, 울산, 대구, 서울에 등지에 각자 흩어져 산다. 학교는 폐교가 되었고 교사는 지금 도자기 공장으로 변했다. 작년 벌초 때 가보았더니 아이들이 사라진 운동장에는 잡초들이 떼지어 놀고 있었다. 일년에 한 번씩 동창회하는데, 완대초등학교를 정식으로 졸업하지 못한 나도 특별히 끼워주었다. 매년 5월 둘째 주에 개최되는 동창회에 가면 옛생각 하면서 물어보아야겠다. "야, 지금은 다들 어느 동네가 더 좋다고 생각해?" 2010. 1. 31

◉ 　이 사실은 열림원에서 나온 시집 『달의 이마에는 물결무늬 자국』의 표지에 나오는 아래 글에 근거한 것임. "유난히 달 밝은 밤이면 내 딸은 나보고 달보기라고 한다. 내 이름이 성복이니까, 별 성자 별보기라고 고쳐 부르기도 한다. 그럼 나는 그 애보고 메뚜기라 한다. 기름한 얼굴에 뿔테 안경을 걸치면, 영락없이 아파트 12층에 날아든 눈 큰 메뚜기다. 그러면 호호부인은 호호호 입을 가리고 웃는다. 벼랑의 붉은 꽃 꺾어 달라던 水路夫人보다 내 아내 못할 것 없지만, 내게는 고삐 놓아줄 암소가 없다. 우리는 이렇게 산다. 오를 수 없는 벼랑의 붉은 꽃처럼, 절해고도의 섬처럼, 파도 많이 치는 밤에는 섬도 보이지 않는 절해처럼."

겨울

2월

빈자리 하나

●

동갑내기 사촌형이 있다. 나보다 생일이 3개월 빠르다. 어릴 적 시골에서 자랄 때는 너나들이 하면서 지냈는데 각자 솥단지 걸고 살림을 시작하면서 형 대접을 하고 있다. 형이 장가들었을 때 말 높이기가 어려워서 반만 높였다. 그러나 아이들이 자라면서 나머지 반도 그냥 저절로 높여졌다. 우리는 자주 만난다. 술 실력도 나하고 비슷하다. 이 형의 언어 감각은 탁월하다. 이야기 하다 말고 무심코 툭 던지는 말에 옛날 고향 사투리가 주렁주렁 달리기가 일쑤이다. 주상막걸리 이야기를 했더니 형도 맛을 보자고 했다. 형은 주상면 지서에서 방위병으로 근무했었다. 그러니 사실 주상막걸리라면 나보다 훨씬 더 각별한 추억이 많을 것이다. 해서 지난 주말에 우리 집으로 초대해서 저녁을 함께 먹었다. 형을 오늘 이 자리에도 초대하는 까닭은 먹는 것에 대한 이야기가 아니다. 그날 저녁 우리 집에 들어서자마자 형이 꺼낸 이야기가 재미있었기 때문이다. 얼핏 들으면 그냥 지나칠 수도 있겠지만 내게는 참으로 따뜻한 것이었다.

형 내외는 우리 집으로 오기 위해 염창동에서 지하철 9호선을 탔다. 이 지하철은 개통한 지가 얼마 안 된다. 주말 저녁 때라 사람들이 붐볐다. 염창동에서 두 정거장 지나는데 마침 빈자리가 나길래 형은 얼른 차지했다. 그리고 둘러보았으나 빽빽한 사람들 사이에서 형수는 안 보였다. 휴대전화를 꺼냈다. 형수를 찾아 자리를 내어줄 요량이었다. "어디 있노. 여기 자리 있다. 얼른 가운데로 와라." 겨우 문장을 조립하여 막 보내려고 하는데 전동차가 여의도역으로 들어서고 있었다. 갑자기 사람들이 우르르 내렸다. 없던 빈자리가 여기저기서 나타났다. 그제야 조금 건너편 자리에 형수도 턱하니 눈 감고 앉아 있는 게 보였다. 갑자기 형은 형수한테 뭔가 해주

99

려던 요량이 소용없게 된 것을 알았다. 빈자리가 딱 하나가 아니었던 게 문제라면 문제였다.

형은 이젠 힘을 잃어버린 문장을 없앨까 하다가 그냥 보냈단다. "거시기가 머시기냐. 하필 그때 사람들이 내릴 게 뭐꼬." "야, 머라캐싸도 형수 위하는 사람은 형님뿐이네." 나는 정말 아내를 진정으로 위하는 사나이의 행동이라고 맞장구를 쳐주었다. "뭘 그런 걸 가지고 생색을 내요. 좀 제대로 된 걸로 잘해보아요." 형수는 시큰둥한 반응이었지만 싫은 기색은 아니었다. 그러나 어찌되었던 형수님을 향한 형의 갸륵한 마음을 확인하는 저녁이었다. 2010. 2. 2

만담

●

KBS 주말 프로그램에 〈개그콘서트〉라는 게 있다. 이 중에서 남보원, 즉 남성인권보장위원회라는 코너가 큰 인기를 끌고 있다고 한다. 나도 가끔씩 보는데 재미있다. 요즘 연예 프로그램에서는 자취를 감추었지만 70년대만 해도 꼭 빠지지 않고 등장했던 게 만담이다. 두 남녀가 나와서 주고받는 입씨름이 무척 재미있었다. 중고등학교 시절, 내가 라디오에서 자주 들었던 것은 김용운, 고춘자 씨의 만담이었다. 그 이전에는 장소팔 씨가 유명했었다.●

90년대에는 이른바 원맨쇼가 유행했다. 이 중에는 남보원, 백남봉●● 씨 등의 활약이 두드러졌다. 특히 남보원 씨의 성대모사는 유명해서, 그가 따발총, 곡사포, 기관총 소리들을 연속으로 발사하면 청중들이 큰 환호를 보냈다. 비행기, 전차 소리도 깜쪽같았다. 백남봉 씨의 혼자 하는 만담 중에 생각나는 게 있다. 소련에서 가장 추운 동네를 뽑는 대회가 열렸단다. 한 마을에서는 너무나 추워서 불이 언다고 한다. 그게 모양이 꼭 활짝 핀 꽃 같아서 집안에 들여놓는단다. 그래서 봄이 되면 그 불꽃이 녹아서 이곳저곳에서 화재가 많이 난다고 한다. 또 어느 마을에서는 너무 추운 나머지 말이 얼어버린단다. 입 밖으로 나온 말들이 나오자마자 영하의 기운 속에서 그대로 얼어버린다는 것이다. 그래서 봄이 되면 온 동네가 시끄러워서 한바탕 소동이 일어난단다. 이쯤 되면 오줌 누었더니 그대로 줄기채 얼었다는 것은 어디 명함도 못 내민다. 당시 이분들의 인기는 대단해서 만담집이 레코드판으로도 나올 정도였다.

요즘 꽃샘 추위가 매섭다. 눈도 없는 날씨에 몸을 떨려니 좀 억울하기도 하다. 어제는 술을 그리 세게 먹은 게 아니었는데도 아침에 일어나니 몽롱

했다. 어떻게 집에 들어왔는지 기억이 도통 나지를 않았다. 아내 말에 의하면 그래도 집에 들어올 때는 멀쩡했단다. 혹시나 너무 추운 나머지 나의 생각도 얼었다가 따뜻한 집이라고 돌아오니, 그곳에서 그만 그새 녹아 없어졌기 때문은 아닐까. 괴로운 속을 달래며 혼자서 만담성 추측을 해보았다. 2010. 2. 6

⦿　이 글을 쓰다가 안 사실인데, 2009년 12월 청계천 7가에 국민만담가 장소팔 씨의 동상이 건립되었다. 장소팔 씨가 1925년부터 1972년까지 중구 황학동과 신당동 일대에서 거주한 사실을 고려하고, 만담(漫談)을 통해 세태와 인정을 비판하고 풍자해 국민에게 웃음과 희망을 줬던 것을 기리기 위해서 서울시 중구청에서 세운 것이라고 한다.

⦿⦿　이 글을 쓰고 한참 후인 2010년 7월 29일 백남봉 씨도 타계하였다. 그곳에서 혹 '장소팔과 백남봉'의 투맨쇼를 하고 있지나 않을까. 고인의 명복을 빈다.

침묵하는 사람들

•

영화 〈위대한 침묵〉을 보았다. 사는 게 허접스러워도 경건한 삶에 대한 동경은 내게도 있다. 아무리 마음의 서랍을 열어보아도 신앙심은 튀어나오지 않았다. 그래서 더 그런지도 모르겠다. 일년에 서너 번 극장에 갈까말까 한 내가 이 영화를 찾은 건 그런 동경이 작용한 덕분일 게다.

지난주 일요일 이른 오전. 아내와 함께 압구정역 근처의 극장을 찾았다. 아내는 이 영화를 두 번째 보는 셈이다. 영화관은 무슨 수도원같이 육중한 건물이었다. 그러나 껍질만 그랬고 안으로 들자 현란한 포스터가 눈을 찌르고, 닭튀김 냄새를 비롯한 각종 냄새가 짬뽕이 되어 코를 찔렀다. 폭포수 아래에서 소리꾼이 득음하듯이 마음만 제대로 가진다면 이런 곳이야말로 도닦기에 최적의 곳이 아닌가, 모름지기 폭포 같은 유혹을 이겨내야 진정한 법열에 드는 것 아닌가, 하는 삐딱한 생각을 하면서 표를 받았다.

이윽고 영화가 시작되었다. 먼저 이 영화에 바치는 헌사들이 줄줄이 소개되었다. 이 영화를 30분만이라도 집중해서 본다면 깊은 영혼의 울림을 경험하게 될 것이다, 는 글도 있었다. 아마 좀 길고 지루하다는 세간의 평을 의식한 말인 것 같았다. 나는 간단한 메모지를 준비하고 영화를 보았다. 틈틈이 메모도 여러 개 했다. 머리를 파르라니 깎은 젊은 수도사의 귀를 크게 보여주면서 영화는 끝이 났다. 이 장면은 처음에도 나오는데 그땐 침대에서 자는 줄로 알았다. 그러나 맨 나중에 보니 제대에 엎드려 기도를 올리는 모습이었다. 아무튼 냄새나는 입이 아니라 소리 없는 귀를 보여주는 것은 대단한 상징이라 여겨졌다. 우리 몸에서 침묵의 1번지를 단박에 드러낸 인상적인 장면이었다.

세 시간을 훌쩍 넘기는 러닝타임 내내 나는 허벅지를 몇 번 볼펜으로 찌르긴 했지만 졸지는 않았다. 거대한 실망은 아니었던 셈이다. 영화를 보고 난 뒤 나는 쓸거리 몇 개를 골라 머릿속에서 굴리고 있었다. 하지만 며칠 뒤《경향신문》에서 영남대 박홍규 교수의 칼럼, 〈겨울 시골의 긴 침묵〉을 읽다가 그만 〈위대한 침묵〉과 관련한 내 머릿속 서랍을 깨끗이 비우고 말았다. 좀 길게 인용한다.

"겨울 시골은 춥다. 날씨도 춥지만 마음은 더 춥다.……TV 뉴스는 늘 세상이 대단히 화려하고 시끄러운 듯 요란스레 떠들지만 시골과는 무관하다. 〈위대한 침묵〉이라는 비상업적인 영화가 꽤 오래 영화관에서 상영되고 신사숙녀 관람객이 줄지 않는 것은 대한민국 어디에나 성당이 있기 때문이다. 그러나 그런 절대의 침묵을 지구 반대편인 알프스 산맥에 있는 가톨릭 봉쇄수도원에서 구할 필요가 없다. 우리 시골이 바로 그렇기 때문이다.……10년이면 강산도 변한다고 하던데 검찰이나 경찰은 변하지 않았다. 대한민국 자체가 몰상식한 대통령과 그 수하들이 제멋대로 다스리는 꼴인데 그 몰상식을 검찰이 법의 이름으로 합리화하는 데 앞장선들 이상할 게 없다.……정치권이나 그 수하들이 아무리 짖어도 판사들이 침묵함은 바람직하지만 너무 긴 침묵의 겨울이 이어지고 있어 답답하다. 신사숙녀들이 알프스가 아니라 우리 시골의 침묵을 들어야 한다."

이 정신 번쩍 나는 침묵의 글 앞에서 서울 사는 어줍잖은 신사인 내가 달리 무슨 말을 하랴. 그저 당분간만이라도 침묵할 수밖에 없었다. 2010. 2. 9

수직의 모니터

•

사람들은 본다, 모니터를. 제 눈보다 훨씬 크다, 모니터는. 낮에는 컴퓨터, 밤에는 텔레비전 화면. 그 사이사이에는 휴대전화 액정 화면. 나도 사람이다. 그러니 모니터가 없으면 이젠 불안하다. 퇴근길에는 옆좌석의 손바닥 모니터를 훔쳐보기도 한다. 이 모니터들에서는 수많은 소식이 쏟아져 나온다. 편집된 소식을 전하는 이는 정장 차림의 남녀 앵커 둘이다. 나는 가끔 궁금하다. 이들이 마이크 없는 곳에서는 무슨 말을 하고 살까. 이들이 전하는 뉴스를 생산하는 대표적인 곳으로 청와대, 국회, 정당들을 들 수 있다. 이들은 서로 티격태격 많이 싸운다. 서로가 잘났고 저만 옳단다.

그리고 중간중간 날씨 정보를 흘린다. 주식시세는 빼놓을 수 없는 고급 정보다. 누구나 아는 고급 정보. 이들의 뛰노는 모니터는 모두 수평의 모니터들이다. 그러나 이 모니터 속에 등장하는 인물들의 처지는 몹시 불안하다. 아무리 힘 있는 자들이라 해도 내가 톡, 끄면 끽 소리 못하고 쏙, 꺼지고 만다. 내가 발로 꺼도 모니터들은 꺼진다. 그들이 세상을 좌지우지한다지만 과연 그럴까.

여기 전혀 다른 종류의 모니터가 있다. 그것은 수직의 모니터이다. 그래서 그것을 보려면 어느 정도 우러를 줄 아는 습관을 익혀야 한다. 이 모니터에는 아무런 등장인물이 없다. 그 모니터 한귀퉁이에 조그맣게 자리하고 있는 달을 두고 한국이 낳은 비디오 아트의 창시자인 백남준은 이런 말을 남겼다. "이것은 가장 오래된 TV이다." 하지만 그곳에는 재미나는 연속극도 없다. 그냥 있는 그대로이다. 아무리 허술하고 하찮은 장면이라도 누구의 의도대로 편집되는 일이 없다. 편집은 보는 자의 권리일 뿐이다.

또 중요한 게 있다. 이 모니터는 아무나 끌 수가 없다. 누군가 있어 나는 새도 떨어뜨린다고? 가엾은 새 한 마리야 수하의 저격수 하나한테 맡기면 그럴 수 있겠다. 하지만 아무리 힘센 권력자라도 끄라 마라 할 수가 없다. 이 모니터에도 어딘가에 스위치는 있을 것이다. 그러나 손이나 발로 끄는 것이 아니다. 오로지 제 한 몸 다 던진 자만이 겨우 이 모니터를 한 번씩 끌 수가 있다.

오늘 이 모니터에서 특종을 터뜨렸다. 모두들 새봄을 준비할 마당에 눈이 또다시 나타난 것이다! 이 뉴스에 사람들은 모두 오돌오돌 떨어야 했고 다시 두터운 옷을 꺼내야 했고, 일부는 장갑도 챙겨야 했다. 우산은 기본이었다. 세계의 심장이라는 미국 워싱턴도 눈 소식에 벌벌 떨었다고 한다. 누가 이 세상을 좌지우지할까. 수평으로 걸린 모니터일까. 수직으로 서 있는 모니터일까. 나는 덩굴식물이 아니니 수직의 편에 서기로 했다. 눈사람이 어디선가 허허 웃고 있을 것 같다. 2010. 2. 11

반가사유상과 수도사

•

생각은 휘발유와도 같다. 문자에 가둬놓지 않으면 언제 증발될지 모른다. 영화 〈위대한 침묵〉을 보고 침묵하려 했으나 이젠 침묵을 거두려 한다. 그리고 다음 한 가지만 기록으로 남기고 그 영화에 관한 한 더 이상 말을 않고자 한다.

봉쇄수도원의 수도사들은 나와는 다른 길을 걷는 분들이다. 나의 길이 서울에서 부산으로, 혹은 인왕산, 지리산으로 가는 길이라면 그들의 길은 어제에서 오늘로, 그리고 내일로 돌아드는 길이다. 좁은 수도원 울타리에 갇힌 삶이 답답하지 않느냐고 물으면 그분들은 침묵 속에 이런 메시지를 던질 것 같다. "하늘로 뚫린 길에 정체가 있나요. 우린 마음껏 마음이 시원하답니다." 일주일은 몰라도 평생을 그렇게 살 자신은 내게 없지만 그런 경지에 도달한 분들이 내심 부럽기도 하다.

영화를 보면 중간중간에 수도사들의 얼굴이 하나하나 약 10초씩 클로즈업된다. 머리를 빡빡 깎은 수도사들의 모습은 햇살이 눈부신 날 한꺼번에 담벼락에 모여서 차례차례 찍은 증명사진 같다. 그러나 자세히 보면 공통점이 있다. 그것은 그분들의 표정이 서로 다르다는 것이다. 모두가 서로서로 다 다르다는 공통점! 지켜보는 여러 사람들의 눈과 카메라를 의식해서인지 하나같이 눈 둘 곳을 찾지 못해 어색한 표정을 짓는다. 그리고 이내 슬며시 웃으려고 하는 순간에 다음 얼굴로 넘어간다. 아마 촬영현장에서는 어색함을 이기지 못해 웃음을 터뜨려 NG도 많이 내었을 것이란 짐작이 든다.

2004년 9월 국립중앙박물관에서는 특별한 전시가 열렸다. 현재는 국립고궁박물관으로 변한 곳이다. 이 박물관이 용산으로 이사가면서 특별기획전으로 금동반가사유상을 나란히 전시한 것이다. 이 전시기간 동안 나는 두 번 가보았다. 국보 중 국보로 꼽히는 이 보물을 이리 가까이에서 볼 수 있는 기회는 내 평생 다신 없을 것 같았다. 국보 금동반가사유상은 두 점이 있다. 하나는 78호이고 또 하나는 83호이다. 다른 보물들은 모두 이사 준비를 하느라 치우고 이 두 점만 전시된 불교조각실은 정밀한 고요와 그 "무엇이라고 형언할 수 없는, 뼈저린 거룩함"*이 가득 출렁대고 있었다.

반가사유상 중에서도 세상에 널리 알려진 것은 83호이다. 그러나 가까이에서 보니 내게는 78호가 더 마음에 끌렸다. 83호가 근엄한 표정인데 비해 78호는 희미한 웃음을, 장난치다가 들킨 아이의 조금은 어색한 웃음을 입가에 띠고 있기 때문이었다. 그것은 내밀한 자신만의 기쁨을 발설할까 말까 하는 망설임이 얼굴 가득 번지기 직전의 모습인 것도 같았다. 지금 사무실에는 반가사유상 부처님이 네 벽면에서 궁리를 호위하고 있다. 이 때 발행된 팸플릿 사진을 모셔놓은 것이다.

영화 〈위대한 침묵〉에서 평소 묵언 속에 생활하던 수도사들은 가끔 단체로 산책을 나가서 신나게 논다. 눈썰매를 타기도 한다. 어느 날엔 한 분이 이런 말도 한다. 곧 밖을 나갈 일이 있는데 '서울'에 갈 것이라고 한다. 서울? 빨리 장면이 지나가 확인할 순 없었지만 지금 내가 살고 있는 대한민국의 서울을 말하는 것이겠지? 영화를 보는 내내 어둠 속에서 반가사유상이 떠올라 수도사들의 얼굴과 겹쳐졌다. 나는 그 수도사가 서울에 오면 다른 곳은 몰라도 용산으로, 국립중앙박물관으로 가서 반가사유상은 꼭 한번 친견할 것을 강력히 권해드리고 싶었다. 아멘 그리고 합장. 2010. 2. 13

⊛　전 국립중앙박물관장 최순우 선생의 반가사유상의 미덕에 관한 평이다.

나 태어난 날의 신문

•

1992년 2월 29일. 나는 서울대학교병원 분만실 복도를 서성이고 있었다. 곧 도착할 첫째를 기다리는 중이었다. 오후 2시 18분을 갓 지날 무렵 간호사가 내 아내 이름을 부르더니 알려주었다. 득남하셨네요. 축하합니다. 그때 내 몸은 0.4센티미터 공중부양했었다. 무엇으로 이날을 기념할까 궁리하다가 신문가판대로 달려가 이날치 신문을 모조리 샀다. 그리고 밀봉하여 보관해두었다.

1994년 5월 10일. 나는 쌍문동의 한일병원 분만실 복도를 서성이고 있었다. 초조하게 둘째를 마중하러 나온 길이었다. 밤 12시 5분 무렵 간호사가 알려주었다. 득녀하셨습니다. 산모도 건강합니다. 새벽 공기를 가르며 신문을 챙겼다. 두 번째라 요령도 생겨서 민음사에 와서는 일본의 《아사히신문》까지 모아두었다.

1998년 12월 28일. 《조선일보》 일사일언 코너에 나는 다음과 같은 글을 실었다. 길지만 전문을 소개한다. "내 방 한귀퉁이에는 1992년 2월 29일자와 1994년 5월 10일자 신문들을 모두 보관한 밀봉된 봉투가 둘 있다. 아이가 처음 태어났을 때, 이 뜻 깊은 순간을 오래 간직할 게 뭐 없을까 궁리하다가 그날치 신문을 모아두기로 한 것이다. 분만실 앞 대기의자에서 초조하게 기다리다가 보호자를 찾는 간호사의 호명을 듣고 아이와 산모의 상태를 확인한 후, 곧바로 가판대로 달려갔던 게 벌써 엊그제만 같다. 나는 아이들이 무럭무럭 자라나 제 앞가림이라도 하면서 세계에 대해 생각하게 될 때, 저의 몸이 이 지상에 처음 진입했을 때의 각별한 의미를 담은 선물로 이 봉투를 줄 작정이다. 이 세상의 파란만사(波蘭萬事)가 고스란히 들어 있는 이 낡은 신문들이 그 어떤 우표가 되어 저를 또 다른 곳으로 발송

할 수 있지도 않겠는가. 오늘 아침 새벽에는 아내가 미국에 연수차 가 있는 처남으로부터 전화를 받았다. 결혼 후 오랫동안 아이를 가지지 못하다가 드디어 배가 부른 상태로 부부가 떠나 걱정을 많이 했었는데 정말 다행히도 무사히 순산했다는 것이었다. 수화기를 놓자마자 갑자기 새 호칭을 얻게 된, 아기 할머니의 즐거운 고민에 빠진 목소리가 뒤를 이었다. "소식 들었니? 이름은 뭐가 좋겠니?" 하나뿐인 동생네에게 뭔가 해주고 싶어하는 눈치를 보이는 아내에게 나는 서슴없이 말한다. "우선 오늘치 신문이나 모아둬!"

2000년 8월 31일. 궁리출판에서 『아버지, 난 누구예요』란 책을 출간했다. 37명의 서강대학교 학생들이 자신과 관련된 작은 역사를 모아서 낸 책이다. 아버지의 교통수단 변천사, 어느 공무원의 집 마련의 역사, 한 공무원의 월급봉투로 본 가족 경제사 등등 재미있는 내용들이 많다. 이른바 n세대가 쓴 최초의 미시사였다. 일본 유학생 이구치 미유키도 필자로 참여했다. 그가 쓴 글 중에서 108쪽에 흥미로운 대목이 있다. "나는 1970년 10월 8일 일본의 요코하마에서 태어났다. 할아버지께선 내가 태어난 날짜의 《요미우리신문》을 챙겨두시고선 내가 스무 살이 되는 날 보여주셨는데 그 내용은 월남전쟁에 관한 국제 정세나 롯데 야구팀의 세 번째 우승 소식 등에 관한 것들이었다."

2010년 2월 3일. 큰아이가 고등학교를 졸업했다. 아이는 이젠 내 키도 뚫고 훌쩍 컸다. 제 앞가림도 스스로 해야 하고 제 앞에 펼쳐질 세계에 대해 생각해야 할 시기가 된 것이다. 아이는 산유화처럼 자꾸 나한테 저만치 떨어져 있으려 한다. 4년마다 돌아오는 생일을 맞추려다가 졸업식을 마치고 온 아이를 불러 신문을 보관한 봉투를 선물로 주었다. 봉투를 뜯자 누렇게 변한 신문지들이 쏟아져 나왔다. 나도 감회가 새로웠다. 그러면서 지금은 냉정한 아이도 언젠가는 다음과 같은 글을 쓰지 않을까, 내심 기대도 해보는 것이었다. "고등학교 졸업식날, 나는 아버지한테 나 태어난 날의 신문을 받았다. 나는……"

2010년 2월 4일. 아직 남은 봉투 한 개가 잘 있는지 낡은 가방에 손 찔러 만져본다. _{2010. 2. 16}

서울, 아득히 흐린 주점

•

내가 언제부터 술을 마시기 시작했는지는 잘 모른다. 허나 나는 분명 처음 술을 마실 때부터 무척 빨리 마셨던 것 같다. 그게 지금의 버릇이니 그 버릇이 어디 갑자기 생겨났겠는가. 내가 그간 허다한 술친구를 사귀었으나 딱 한 사람, 나만큼이나 아니 나보다 빨리 마시는 친구를 만났다. 그는 불문학을 전공했고 번역도 잘 하고 또 빨리 한다.

어느 날이었다. 그이가 광화문 근처라며 전화를 했다. 무슨 꿍꿍이인 줄을 알기에 얼른 오라고 했다. 우리는 5시 반경에 사무실을 떠나 술집으로 이동했다. 그리고 곱창을 안주로 1차를 하고 홍어애탕으로 2차를 마쳤다. 보통 때라면 이제 한 모금을 들이키고 주문한 안주가 나올 시간이었다. 술자리를 일찍 시작한 데다 잔 회전이 빠르다 보니 술자리도 일찍 파했다. 끼우룩한 기분으로 시계를 보니 8시가 지나고 있었다. 집으로 갈까 하다가 사무실로 왔다. 안 잘까 했는데 잠들고 말았다. 안 깨려고 했는데 깨보니 9시가 조금 지나고 있었다.

의지에서 일어나니 몸이 삐그덕거렸다. 속은 더부룩하고 몹시 몽롱했다. 집에 막 갔다온 것인지, 사무실에서 막 나가야 할지 잠시 헷갈렸다. 문득 세상에서 혼자 이탈했다는 기분도 들었다. 그때 언젠가 읽었던 황지우의 시 한 구절이 떠올랐다. 그게 2009년 가을이 저물던 무렵의 일이다. 그리고 작년 궁리닷컴의 12월 11일자 이 코너에서 꿈 이야기를 하면서 황지우의 시 구절을 하나 찾는다고 썼다. 황 시인이야 우리 시대의 빼어난 시인이고 그의 시집 또한 절판될 리 만무이니 가까운 교보문고에 가면 언제고 찾을 수 있을 것 같아서 느긋하게 마음먹고 있었다.

그런데 어젯밤 나는 뜻밖의 장소에서 이 시를 만나게 되었다. 그곳은 선배와 자주 가던 단골 주점이었다. 약속 시간보다 일찍 도착해서 무료히 기다리던 차에 벽에 몇 권의 책이 꽂혀 있는 게 눈에 들어왔다. 얼른 『어느 날 나는 흐린 酒店에 앉아 있을거다』를 빼들었다. 표지를 넘기니 '000大雅 淸覽 황지우'라고 지렁이 글씨체로 쓴 친필 사인이 있었다. 술집 주인에게 황 시인이 직접 준 것이었다.

기억을 더듬어 뒤쪽부터 짚어나가니 찾는 시가 이내 나타났다.* "어렸을 적 낮잠 자다 일어나 아침인 줄 알고 학교까지 갔다가 돌아올 때." 나도 어렸을 때 낮잠 자다 일어나 책보 메고 뛰어나가다 엄마가 너 어디 가느냐고 물어 되돌아온 기억이 있다. 그때 생각하면 왜 그런지 자꾸 마음이 헛헛해진다. 눈시울도 조금 뜨거워진다. 선배가 EBS PD 한 분을 대동하고 술집 문을 열 때까지 이 시를 읽고 또 읽었다.

술자리는 밤 12시경에 파했다. 밖으로 나오자 일순 밤하늘에 눈이 빽빽하도록 내리는 것이 아닌가. 선배는 먼저 택시를 타고 둔촌동으로 떠나고 방향이 같은 PD와 길에서 기다렸다. 눈은 더욱 펑펑 내렸다. 마치 서울이 시베리아 벌판처럼 변하는 것 같았다. "나는 이자벨 버드 비숍 여사와 연애하고 있다 그녀는 / 1893년에 조선을 처음 방문한 영국 왕립지학협회 회원이다 / 그녀는 인경전의 종소리가 울리면 장안의 / 남자들이 모조리 사라지고 갑자기 부녀자의 세계로 / 화하는 극적인 서울을 보았다." 김수영의 〈거대한 뿌리〉에 나오는 장면처럼 서울이 극적인 세계로 변하고 있었다. 인적도 끊기고 택시도 끊어져 가고. 간신히 택시를 탔는데 기사아저씨는 의정부가 집이라면서 귀가할 걱정이 태산 같다고 했다. 하는 수 없어 한남대교 건너 신사역에서 내렸다. 일단 한강은 건넜으니 그곳에서는 각자 집까지 걸어가기로 했다. 집으로 오는 동안 취기가 잔뜩 오른 내 눈에는 서울이 아득한 눈천지 속의 흐린 주점 같았다. 딸아이가 마침 자지 않고 기다리고 있다기에 밖으로 불러내었다. 아무도 건드리지 않은 눈이 소복이 쌓여가고 있었다. 눈싸움 하기에는 너무 늦은 시간이었고 둘이서 한 번씩 눈에 뒹군 뒤 집으로 들어갔다. 2010. 2. 18

● 　이 詩, 〈아주 가까운 피안〉(『어느 날 나는 흐린 酒店에 앉아 있을거다』, 문학과지성 사)의 전문은 다음과 같다. "어렸을 적 낮잠 자다 일어나 아침인 줄 알고 학교까지 갔다가 돌 아올 때와 / 똑같은, 별나게도 노란빛을 발하는 하오 5시의 여름 햇살이 / 아파트 단지 측면 벽을 照明할 때 단지 전체가 피안 같다 / 내가 언젠가 한번은 살았던 것 같은 생이 바로 앞에 있다 // 어디선가 웬 수탉이 울고, 여름 햇살에 떠밀리며 하교한 初等學生들이 문방구점 앞 에서 방망이로 두더지들을 마구 패대고 있다."

118

포장마차는 성업 중

•

그림 공부하고 오는 아이를 마중하러 나가서 잠원역 근처에서 만났다. 밤 11시가 지나고 있었다. "아빠, 출출해. 뭐 좀 사 가자." 날씨는 제법 추웠다. 포장마차는 성업 중이었다. 타이탄 트럭을 개조한 것이었다. 비닐문을 들추고 들어갔다. 젊은 부부가 운영하고 있었다. 우리 말고도 여러 사람이 있었다.

김은 이곳저곳에서 무럭무럭 솟아나 먹음직스런 분위기를 연출하고 있었다. 우선 눈에 띄는 것은 오뎅을 삶는 통, 떡볶이를 만드는 통에서 피어나는 굵은 김이었다. 모자를 쓴 한 청년이 연신 우동 그릇에 머리를 박고 있었는데, 그곳에서도 김은 자꾸 나오고 있었다. 그 외 포장마차 안의 모든 사람들의, 물론 우리 부녀를 포함해서, 입김과 콧김도 연신 가동 중이었다. 젊은 연인 한 팀은 떡볶이와 오뎅을 한 접시씩 번갈아 먹어치우고 있었다. 우리는 떡볶이 2인분, 닭꼬치 2인분을 포장해달라고 했다.

부부는 아주 숙련된 일꾼이었다. 남편은 닭꼬치와 순대를, 아내는 떡볶이와 오뎅과 우동을 담당했다. 분업과 협업이 아주 잘 이루어져 있었다. 우리가 주문을 하자 두 분은 동시에 주문사항을 작게 외쳤다. 그것은 마치 수술실에서 집도의가 필요한 기구를 달라는 것을 간호사가 복창하는 것과 꼭 같아 보였다. 그래야 한 치의 실수도 없을 것 아닌가. 아내가 말했다. "꼬치가 익으면 알려주세요." 남편은 붓으로 양념을 연신 닭꼬치에 바르면서, 가위로 살에 흠집을 내면서 뒤집기도 하였다. 그래야 양념도 골고루 배이고 그만큼 빨리 익는 것 같았다. 우리는 닭꼬치가 완성되기를 기다리면서 포장마차 안을 감상했다.

나는 〈봄날은 간다〉를 나지막히 흥얼거렸는데 아이가 창피하다면서 자꾸 옆구리를 꼬집었다. 남편의 붓솜씨도 좋은 편이었지만 아내의 솜씨는 정말 대단해 보였다. 그녀는 한 손에는 국물국자, 다른 손에는 뒤집개를 가지고 요리를 척척 해내고 있었다. 주문을 처리하느라 그녀는 잠시 앉은 뱅이 의자에 앉을 틈도 없었다. 다 익은 가래떡을 토막낼 땐 몸 전체가 꿀렁꿀렁하였다. 얼른 보기에 그녀의 일하는 폼새는 어떤 내재된 리듬을 따라서 하는 것 같았다. 그러니 보기에도 참 좋았다.

가끔 그녀는 두 기구를 탁탁 부딪히기도 했는데 꼭 그에 따라 하는 것은 아니겠지만 손님들의 입도 비슷한 속도로 열렸다 닫히곤 했다. 그때마다 접시 위 요리 한두 점이 그 속으로 사라지곤 했다. 아, 포장마차 안은 모든 게 톱니바퀴처럼 착착 맞물려 돌아가고 있었다. 드디어 아내가 떡볶이를 담아 건네자 남편이 닭꼬치를 추가하였다. 한치의 어긋남도 없었다. "삶은 달걀, 서비스로 하나 넣었어요." 아내가 아이한테 말했다. 나는 검은 봉지를 받으면서 일금 1만 1천 원을 남편한테 드리면서 답례했다. "어이쿠, 감사합니다."

우리가 비닐문을 다시 들추며 나가려는데 학생 둘이서 들어오려고 했다. 회전문을 두고 맞교대한 것처럼 우리는 서로 안팎의 자리를 바꾼 셈이었다. 잘 먹겠다고 인사를 하고 나오니 밖은 더 추웠다. 가로등이 방해를 했지만 아파트 옥상 옆으로 별이 몇 개 보였다. 이제 아이와 나는 포장마차를 떠나 다음 목적지로 가야 했다. 늦은 밤 집으로 오면서 아이에게 말해 주었다. "알겠니? 모든 게 서로 착착 맞물려 돌아가는 중이란 것을. 밤과 새벽, 겨울과 봄이 서로 맞물려 돌아간단다. 저기 주차되어 있는 차들의 바퀴가 한결같이 둥근 이유를 알겠니?" 아이가 다정하게 팔짱을 끼길래 한 마디 더 했다. "너와 나도 물론이다. 저 별이 지금 반짝반짝거리는 것도 우리가 딛고 있는 이 행성과 맞물려 돌아가고 있다는 과학적 증거인 게야." 2010. 2. 21

어느 화백과 얼떨결에 악수하다

•

5년 전쯤 이야기이다. 올해는 눈이 폭포처럼 많이 왔는데 그해 겨울은 눈이 거의 오지 않았다. 그래도 설마 태백시에도 눈이 안 왔으려고? 친구네와 함께 철도청에서 운영하는 눈꽃열차를 타고 가면서도 눈 걱정은 아니했다. 청량리에서 꼭두새벽에 출발했는데 경기도 지나 강원도로 진입했는데 눈이 보이지 않는 것이었다. 고한을 지나 태백까지 가는데 맙소사, 눈이 없었다. 눈축제가 벌어지는 당골 광장에 들어서도 눈은 없었다. 정말 없었다. 그러나 누구를 탓하랴. 눈 없어도 운영이 가능한 인공 눈썰매장에서 잠깐 놀다가 석탄박물관 구경이나 하자고 아이들을 달랬다.

다른 것은 기억이 가물가물한데 제6전시실의 탄광생활관이 인상적이었다. 특히 탄광촌의 금기 사항을 적어놓은 것이 눈길을 끌었다. "출근할 때 여자가 가로질러 가면 출근하지 않는다. / 출근하기 전 여자가 방문하지 않는다. / 전날 밤 꿈자리가 뒤숭숭하면 출근하지 않는다. / 남편 출근시 기분을 상하게 하지 않는다. / 부부싸움 후에는 가급적 갱에 들어가지 않는다. / 도시락에 밥을 4주걱 푸지 않는다. / 갱내에서는 휘파람을 불거나 뛰지 않는다. / 갱내에서는 쥐를 잡지 않는다. / 갱내에서 용변을 볼 때 출입금지 구역으로 가지 않는다. / 출근길에 짐승을 치면 그날은 출근하지 않는다." 특히 남편이 출근한 후 신발을 방 안쪽으로 향하게 놓는다는 대목도 있다. 그래야 남편이 오늘도 무사히 귀가한다는 절절한 마음의 표현이리라. 남편의 뒷모습을 보면서 신발을 돌려놓는 아내의 모습이 그림으로 그려지면서 오래 가슴에 남았다.

신문에서 황재형 화가의 전시 소식을 들었다. 탄광촌 사람들의 절실한 삶을 표현해온 그의 이력을 보면서 꼭 가보아야겠다고 마음먹은 것은 이젠 희미해져 가는 '금기 사항' 덕분이었다. 오늘 가나아트에 가서 황재형의 그림을 보았다. 전시 제목인 〈쥘 흙과 뉠 땅〉은 '손에 쥘 흙은 있어도 고단한 몸을 뉠 수 있는 땅'이 없는 현실을 뜻한다고 한다. 점심 시간인데도 한가했다. 어느 잡지사에서 나왔는지 화가는 작품 앞에서 이리저리 포즈를 잡으며 사진사한테 시달리고 있었다. 2층으로 와서 혼자 보고 있는데 화가가 지나가길래 가볍게 목례를 했다. 덥석 손을 내밀면서, 어디서 많이 본 것 같은데 잘 기억이 나질 않는군요, 하는 것이었다. 눈으로 보는 화백의 키는 아주 컸고 손으로 만난 손은 아주 두툼했다. 나는 당황해서 저, 그냥, 에, 지나가는 관람객입니다, 하고 말았다.

〈산 허리 베어 물고〉, 〈탄천의 노을〉, 〈검은 산 검은 울음〉, 〈삶의 무게〉, 〈기다리는 사람들〉, 〈어머니 전상서〉 등 시보다 더 시적인 제목을 붙인 60여 점의 작품 앞에서 내가 무슨 감상을 보태랴. 다만 지금 막장에서 흰 밥을 한 숟가락 뜬 남편을 그린 〈한 숟가락의 의미〉라는 작품 앞에서 내가 가장 오래 머무른 건 그 도시락을 싸주었을 아내도 떠올랐기 때문이었다. 전시회를 보고 나오면서 한 가지 욕심이 생겼다. 성당이라면 깜빡 넘어가는 아내를 한번 챙겨주고 싶은 마음이 일어난 것이다. 그러나 내 아내보고 대뜸 태백 가자 하면 태백산에 가자는 줄 알고 틀림없이 눈을 흘길 것이다. 하지만 고한성당이나 황지성당에 가자고 하면 흔쾌히 따라 나설 것이다. 그곳에는 황 화백의 벽화가 소장되어 있다고 한다. 그때 황 화백을 만날 수 있을까. 혹시라도 그런 행운을 만나서 황 화백이 나보고 누구냐고 물으시면 예전에 가나아트에서 얼떨결에 악수 한번 했던 사람이라고 상기시켜 드려야겠다. 2010. 2. 23

택시 안에서의 낭패

•

앞으로 가입시다, 했다. 택시를 탔는데 갑자기 행선지가 생각나지 않았던 것이다. 행선지는 처음 찾아가는 음식점도 아니었고 생소한 장소도 아니었다. 그곳은 오늘 아침 몸을 빼낸 바로 내 집이 있는 우리 동네였다. 그런데도 그 이름이 생각나지 않다니! 다행히 경복궁역의 갈림길을 만나기 전에 기사아저씨의 답답함을 해소시켜드릴 수는 있었다. 나의 조바심은 불안을 낳고 불안은 더 큰 불안을 낳을 게 뻔한 법이다. 말만 하면 아저씨도 아는 우리 동네가 정말 끝까지 떠오르지 않았다면 어쨌을까. 정말 나는 그날 집도 못 가고 애꿎은 택시비만 날렸을까. 독심술도 못 배웠느냐고 애꿎은 기사아저씨한테 땡깡이라도 부렸을까.

한편 앞이라도 없었다면 어쩔 뻔했을까. 앞이 있다면 뒤가 있는 법은 당연할 것이다. 택시가 달리는 곳은 3차원의 공간이니 말이다. 수학은 젬병이지만 앞과 뒤를 생각하면 양수와 음수, 실수와 허수라는 개념도 그런 짝이었을 것이라고 추측해보기도 한다. 그러나 택시기사한테 뒤로 가자고 할 수는 없지 않겠는가. 실제로 음수 방향으로 가자 하면 이런 허깨비 같은 놈 보았냐며 눈을 부라려도 손님인 나도 아무 할 말 없을 것이다. 어디로 갈까요?는 너무나 쉬운 질문이다. 그런데도 이 쉬운 질문에 그렇게 어렵게, 그것도 겨우 대답을 하는 낭패에 빠지고 말았다. 어제, 나는, 정말로!

나이 먹는다는 것은 이런 쉬운 질문을 받는다는 것이고 늙는다는 것은 이런 뻔한 답도 내놓지 못한다는 것이다. 문제는 택시 바깥에서도 자주 이런 일이 일어난다는 점이다. 갑자기 머릿속이 하얗게 변하면서 악수한 이의 이름이 떠오르지 않는 것이었다. 전화기를 들었는데 번호가 떠오르지 않는 것이었다. 서강대학교 근처 을밀대 냉면집에서 어제 만난 선배의 이름이 결국 생각 안 나서 아는 척도 못 했던 것이었다. 언젠가 이 자리에서 나의 가장 큰 공포로 지목했던 알츠하이머의 전조일까.

택시를 탔는데 또 행선지가 생각 안 날 때 임시 처방은 있다. 그것은 말을 좀 길고 느리게 하는 것이다. "사장니임, 일단 앞으로 앞으로 좀 가입시이더, 사장니임." 우주가 몇 번 생성되고도 남는다는 그 영점 몇 초 사이에 기대를 걸어보는 것이다. 그러나 어찌되었든 그렇다고 나의 불안이 근본적으로 가시지 않는다는 점에서 나의 불안은 내일도 계속되는 것이었던 것이었다. 2010. 2. 25

봄

봄

3월

부채이야기

•

나의 부친은 4년 전 이승을 하직하셨다. 살아생전 단가(短歌)를 즐겨 부르시던 부친의 밥상머리 교육은 주로 『논어』에서 인용한 몇 가지였다. "식불언(食不言)하고 침불언(寢不言)해라. 행유여력(行有餘力)이어든 즉이학문(卽以學文)이니라." 등등. 또 외출하는 나를 보면 꼭 한마디 하셨다. "수불석권(手不釋卷)해야 한다. 좋은 동무를 사귀어야 한다." 덕분에 나는 친구를 만날 때마다 옆구리에 꼭 책 한 권은 끼고 만났다. 그리고 집 밖에서 형보다 동생이 낫다고 하면 형은 기분이 나쁜데, 아버지보다 아들이 낫다고 하면 아버지는 빙그레 웃는다는 말씀을 자주 하셨다.

언젠가 부친이 들려준 이야기가 아직도 안 잊힌다. 때는 여름 삼복 더위였다. 만원 완행열차 속이었다. 그 열차칸에 군대 간 아들 첫 면회를 가는 아버지가 있었다. 모두들 땀을 줄줄 흘리고 있었다. 그 아버지는 부채로 자신을 부치지 않고 손에 든 초라한 가방을 연신 부치는 것이었다. 사람들이 답답해서 물었다. "아니 왜 엉뚱한 데다가 부치는 거요?" 아버지가 말했다. "이게 뭔 줄 아능교. 군대 간 우리 아들 먹이려고 가져가는 도시락이라오."

작년 〈7인의 사무라이〉를 소개해준 이가 일본 영화의 안목을 높여줄 심산으로 CD를 내게 빌려주었다. 일본 영화를 말할 때 꼭 거론되는 영화라면서 〈라쇼몽〉을 비롯한 세 편이있다. 〈라쇼몽〉은 이미 보았던 터라 나중에 보기로 하고 우선 오즈 야스지로 감독의 〈동경 이야기〉를 보았다. 영화는 시골에 사는 노부부가 아들과 딸을 보기 위해 동경에 오는 여정을 그린다. 그러나 먹고사는 데 바쁜 자식들은 부모가 귀찮다. 오히려 전쟁통에 남편을 잃고 홀로 어렵게 사는 막내며느리만이 살뜰하게 대한다. 노부부는 그저 자식들이 잘 사는 것에 만족하고 시골로 돌아간다. 그리고 며칠 후 모친이 위독하다는 전보를 받고 자식들이 시골로 모인다. 하지만 모친은 세상을 떠나고 장례식을 치른 뒤 바쁜 자식들은 곧바로 동경으로 떠난다.

퍽 단순한 영화의 줄거리에서 인상적인 대사 몇 개를 떠올렸다. "오빠, 시골 갈 때 수의를 챙겨야겠지?(모친이 위독하다는 전보를 받은 딸)""있을 때 잘 해드려. 무덤에 이불을 덮어드릴 수도 없고.(둘째아들)""오빠 언니들, 미워. 엄마 돌아가시고 그저 유품이나 챙기면서 하룻밤도 안 자고 가버리다니.(막내딸)""자식한테 손자가 생기면 다들 손자가 귀엽다고 하는 나는 그래도 자식이 더 좋아. 그러나 자식은 커면 멀어지기 마련이야.(부친)""왜 내가 낳은 자식들보다 아무 상관없는 네가 더 잘 마음에 맞는지 모르겠구나.(부친이 혼자된 막내며느리에게 모친이 아끼던 시계를 유품으로 주면서)"

대사도 대사이지만 이 영화에서는 크고작은 소품과 배경이 중요한 역할을 한다. 그것은 기차, 배, 연기 나는 굴뚝, 다닥다닥 붙은 집들, 골목들, 기저귀 같은 흰 빨래들이다. 이들은 단순한 소품을 넘어서 영화에 특별한 아우라를 풍기게 한다. 한편 이 소품들 중에서 내 눈길을 확 잡아채는 것이 있었다. 그것은 부채였다. 시골 집에서 시작된 부친의 부채질은 동경에 와서도 그치지 않는다. 당시는 선풍기도 없었으니 바람을 위해서 그 방법밖에 없었을 것이었다. 또한 텔레비전도 없었으니 낯선 아들네 집에서 무료함을 달랠 거리가 부채밖에 없는 듯했다.

내게 그 부채는 자식들의 기를 살리는 소품으로도 보였다. 실제로 자식들이 무슨 말을 하던 영화 속 부친은 부채로 긍정의 표시를 한다. 그래, 그래, 그래. 영화를 보는 내내 내 부친 생각이 났다. 부친한테 들은 이야기 속의 부친의 부채도 생각이 났다. 2010. 3. 2

슬픔의 흉터

•

오후 6시가 되자 모두들 퇴근 준비를 했다. 3월 3일. 오늘은 삼겹살 DAY 인데, 하고 디자이너가 말했다. 잠깐 지글지글 불판과 바싹 구운 삼겹살, 그리고 소주 한 잔 생각이 났지만 직원들의 귀가하는 즐거움을 빼앗을 순 없었다. 나는 시들어가는 화초에 물을 주고 조금 늦게 사무실을 나섰다. 비라도 갑자기 들이닥칠 듯한 우중충한 날씨였다.

경복궁역에서 지하철을 타고 자리에 앉아 무라카미 하루키의 장편소설 『1Q84』 2권을 꺼냈다. 그리고 가늠끈으로 책을 열어 읽기 시작했다. 지하에서 지상으로 올라오는 구간인 옥수역에 도착할 쯤 103쪽에서 나는 다음 문장을 만났다. "4월이 찾아와 5학년이 되자 덴고와 소녀(아오마메)는 각각 다른 반으로 갈렸다." 나는 더 이상 진도를 안 나가고 책을 덮고 한동안 가만 있었다. 그리고 일어나 동호대교 아래를 내려다보았다. 검은 강물이 꿈틀꿈틀 바다를 향해 가고 있었다. 집에 와서 대강 계산을 해보았다. 올 가을에 3권이 나온다고 하지만 현재 내 수중의 『1Q84』는 두 권. 총 1,240쪽. 매 페이지 21행. 한 행을 한 문장으로 어림하니 26,040문장이었다. 이 소설에는 마침표, 속된말로 파리똥이 이만육천사십 개 찍혀 있는 셈이었다. 이 하고많은 글들 중에서 이날 이 문장이 나의 심사에 걸려들다니!

이맘때쯤이다. 비가 봄을, 봄이 비를, 서로 찾을 때이다. 이런 땐 나에게도 우러나오는 익숙한 슬픔이 있다. 그 진득진득한 슬픔을 어떻게든 표시하고 싶다. 슬픈 날은 널려 있고 슬픈 풍경도 지천이다. 허나 그것들은 다 불규칙하다. 안 보면 그만이기도 하다. 하지만 여기 피해갈 수 없는 슬픔이 있다. 그것은 규칙적인 슬픔이다. 대략 1969년부터 1974년, 초등학교 4학년부터 중학교 3학년까지의 기간이었다. 그 총 6여 년간 매해 3월 2

일부터 며칠간은 나에게 슬픔의 구역이었다.

일본이 4월이라면 우리나라는 3월이었다. 제비가 겨우내 비워두었던 제 집으로 돌아오는 계절이었다. 국경일인 삼일절 쉬고 다음날 등교하면 새 교실을 찾아서 우르르 자리 이동을 해야 했다. 새 학년, 새 담임, 새 교과서, 새 공책, 새 책걸상. 새가슴이라서 그랬는지 새것에 대한 기쁨보다는 두고 온 자리와 엇갈린 짝지와 동무들 때문에 목덜미가 시큰하고 가슴에 슬픔이 고였다. 아무한테도 들키지는 않았다. 물론 며칠 지나면 새것들은 또 내 것이 되었다. 내가 나무라면 그때 내 안에 나이테가 좁게 형성되었을 것이다. 이제 나는 늙어지는 어른이 되었고, 교실에서 아주 멀리멀리 벗어났다. 그런데도 왜 이맘때만 되면 그때 그 슬픔이 아련히 몰려오는 것일까. 어쩌자고 그 슬픔의 흉터를 자꾸 만지작거리는 걸까. 2010. 3. 4

태양은 가장 큰 카메라

•

일요일 오후, 대학교 동기들과 수서역에서 만나 구룡산에 올랐다. 서울 가까이에 이런 좋은 산이 있다니! 나는 처음 가는 길이었다. 편안하고 상쾌했다. 구룡이란 이름은 옛날 임신한 여인이 용 열 마리가 승천하는 것을 보고 놀라 소리치는 바람에 한 마리가 떨어져 죽고 아홉 마리만 하늘로 올라갔다는 데서 유래하였다고 한다. 하늘에 오르지 못한 한 마리는 물이 되어 양재천이 되었단다.

꽃샘 추위가 있긴 했지만 주말 오후를 산에서 보내는 이들로 북적댔다. 해발 306미터의 귀여운 구룡산 정상에 도착하니 나무로 만든 전망대가 있고 여러 사람들이 시원한 바람을 맞으며 강남 일대를 굽어보고 있었다. 남산도 보이고 저 멀리 인왕산도 늠름하게 일요일 오후의 한 공간을 차지하고 있었다. 나는 카메라를 꺼내 남산을 중심으로 찰칵, 사진을 찍었다. 옆에 보니 우리처럼 학교 동기들인듯 중년 사내 일곱 명이 왁자하게 올라왔다. 그들도 정상에서 모여 기념사진을 찍었다. 사진 찍는 사람이 김치, 라고 주문하자 사람들은 저마다 옷매무새를 고치고 머리를 만지고 얼굴 근육을 한번 씰룩거렸다. 두 손으로 얼굴을 얼른 부비는 사람도 있었다. 그리고 각자 선(善)한 표정을 지으면서 카메라의 초점을 노려보았다. 사진 찍는 순간은 모든 사람들이 자신을 한번 돌아보는 시간인 것도 같았다. 즉, 자신의 존재를 모처럼 확인하는 순간이었다.

1970년대 한국영화계에는 이대근이란 배우가 있었다. 요즘 사람들은 〈뽕〉, 〈변강쇠〉, 〈뻐꾸기도 밤에 우는가〉라는 다소 야릇한 제목의 영화를 떠올리며 섹스 심벌이었다는 정도로 기억할 것이다. 대근(大根)이라는 이름도 이런 이미지를 뒷받침하는 데 한몫했지만 그 작품들은 그에게 대종상

주연상을 안기기도 했다. 그는 아주 진지한 배우였다. 한참 날리던 시절, 영화배우 이대근은 어느 인터뷰에서 이런 말을 남긴다. "셰익스피어는 '인생은 연극'이라고 말했는데, 나는 인생은 연극이자 영화라고 말하고 싶네요. 어찌 보면 우리 모든 인간은 해와 달을 조명 삼아 지구라는 무대 위에서 연기하는 연기자 아닌가요."

내가 카메라를 배낭에 넣는 동안 기념사진 찍던 사람들도 모두 표정을 풀고 각자 편안한 자세로 산 아래를 구경하고 있었다. 백남준은 달을 가장 오래된 텔레비전이라고 했는데 이대근 식(式)으로 말하자면 태양은 가장 큰 카메라이다. 그 카메라는 매일매일 우리를 찍어간다. 살아 있는 사람치고 그 카메라 앞에 서지 않는 이는 아무도 없을 것이다. 그런데 해가 김치, 라고 외치지 않아서 그런 걸까. 정작 그 카메라 앞에선 아무도 자신을 살피지 않는 것 같다. 금방 자신의 존재를 잊어버리고 마는 것이었다. 그러니 지금 저 사람들이나 나나 쬐끄만 카메라로 사진 한 방 찍었다고 그냥 풀어지는 것, 즉 자신의 모습을 되돌아보기를 멈추는 것은 아주 잘못된 일인 것이다.

그러나 그렇게 생각하는 것도 잠깐이었다. 나 또한 친구들이 자리 잡고 있는 한갓진 의자로 가서 커피와 곶감과 사과를 먹고 떠들기에 바빴으니깐. 그리고 친구들 뒤를 쫄랑쫄랑 따라 내려와 목욕탕으로 가서 땀을 씻고 때를 밀기에 바빴으니깐. 2010. 3. 7

고기 한 토막 없는 국밥

•

"국밥이나 한 그릇 할까요." 방배동 제따나와선원에서 스님, 편집주간과 출간 협의를 끝내고 나니 저녁 때였다. 말을 많이 해서 그런지 몹시 출출했다. 스님이 앞장을 섰다. 식당은 선원 근처 주택가에 있었다. 일반 가정집을 식당으로 개조한 곳이었다. 멀리서 간판을 보기엔 '만다라' 인줄 알았더니 가까이 가서 제대로 보니 '만발'이었다. FULL BLOSSOM. 영문으로도 병기되어 있었다. 조그만 뜰도 있는 한우 고기집이었다. 스님이 말했다. "사장님이 가끔 선원에도 놀러 오기도 하고, 국밥을 제대로 끓여냅니다."

식당에는 제법 많은 손님들이 있었다. 스님을 뒤따르는 우리 일행을 모두 쳐다보았다. 스님을 모시고 이런 자리는 처음이었다. 물을 한 컵 마시는 동안 사방에서 고기 굽는 냄새가 몰려왔다. 오늘 풍기는 냄새는 공중을 떠돌았고 어제까지의 냄새는 미끄덩미끄덩 의자나 바닥에 들러붙어 있었다. 냄새만이 아니었다. 지글지글 고기 굽는 소리도 함께 왔다. 사방에 있는 사람들은 말하자면 입이 만발한 형국이어서 그곳으로 꽃등심을 비롯한 고급 부위별 소고기들이 쏙쏙 들어가고 있었다.

고기를 퍽 좋아하는 나였지만 오늘의 나는 스님을 모시고 온 자였다. 참아야 했다. 우리는 초심대로 국밥을 주문했다. 콸, 콸, 콸. 물 따르는 소리가 들려 돌아보니 소주잔 채우는 소리였다. 참이슬이었다. 불행은 혼자 오지 않는다고 했던가. 유혹도 단체로 몰려오는 중이었다. 나는 곁눈질을 해가며 찬물을 대신 마셨다. 그런데 이상했다. 국밥이 나오기까지 궁금한 입 안이 고기와 술 타령을 하더니 어느 순간 그 번질번질한 생각들이 싹 가시는 것이었다. 그새 내 주위로 무슨 막이 쳐졌을까마는 냄새나 소리는 전혀 나를 자극시키지 못하고 그대로 빈손으로 돌아나가는 것이었다.

드디어 우리 상에도 반찬이 놓이고 뜨거운 국밥이 왔다. 물론 나의 몸에 꽃잎은 달려 있지 않다. 그저 나의 육체란 "살아가는 징역의 슬픔으로 가득한 것"•이고 그냥 입이 달려 있다. 따라서 나는 저녁을 때워야 했다. 침이 가득 고인 목구멍 너머로 곱게 우러난 우거지 국물을 꿀떡 넘기자 참고 있던 허기가 일시에 아우성을 쳤다. 채식주의자도 아닌 주제에 언제까지 고기맛을 외면하겠냐만, 오늘은 그것 없이도 몹시도 맛있는 국밥 한 그릇이었다. 2010. 3. 9

•　이성복의 시, 〈아, 입이 없는 것들〉(『아, 입이 없는 것들』, 문학과지성사)에서 인용. 전문은 다음과 같다. "저 꽃들은 회음부로 앉아서 / 스치는 잿빛 새의 그림자에도 / 어두워진다 // 살아가는 징역의 슬픔으로 / 가득한 것들 // 나는 꽃나무 앞으로 조용히 걸어나간다 / 소금밭을 종종 걸음치는 갈매기 발이 / 이렇게 따가울 것이다 // 아, 입이 없는 것들"

거문고냐 피리냐

•

어디서 들은 이야기. 우리 나이가 되면 선택의 순간이 많이 온다. 살까말까의 경우 마는 게 정답이란다. 갈까말까의 경우 가는 게 정답이란다. 경험칙의 결과로도 맞는 말인 것 같다. 욕심을 통제하지 못한 결과 내 평생 아무리 돌아다녀도 다 닳게 하지 못할 신발이 벌써 몇 켤레이다. 그러나 몇 번의 주저 끝에 지리산에 갔다오면 종아리와 허벅지에 군불이라도 땐듯한 달이 후끈하다.

어제 국악원에서는 두 개의 공연이 있었다. 예악당의 정재국 명인의 피리정악, 우면당의 한국거문고앙상블의 거문고 연주회가 그것이었다. 나는 피리정악을 보기로 작정하고 퇴근하자마자 사무실을 나섰다. 공연 시작은 7시 30분이었다. 저녁을 먹을까말까 하다가 간단히 먹기로 했다. 아름다운 선율에 주책없이 꼬르륵, 허기의 소리를 보탤 순 없는 노릇이었다. 경복궁역 조금 못 미쳐 상하이짬뽕집에 갔다. 그곳은 주문과 동시에 조리가 시작되며 5분 이내에 음식이 나오는 곳이다. 나는 그리 여유가 많지 않았기에 얼른 먹고 나갈 요량이었다. 그러나 짬뽕 국물이 너무 뜨거웠고, 얼큰히 매운 맛에 취한 내 혀가 숟가락을 좀체 놓아주질 않았다.

결국 내 뜻대로 되지는 않았고 남부터미널역에 내리고 보니 15분밖에 남지를 않았다. 역에서 국악원까지는 예술의 전당을 지나 제법 먼 거리이다. 나는 허겁지겁 걷다가 종내에는 달음박질을 해야 했다. 더 먹을까말까의 경우도 살까말까의 경우와 꼭 같다는 것을 왜 몰랐을까, 하는 생각이 뛰는 동안 내내 뒤통수를 쳤다. 이번 공연은 다행히 전석 초대였기에 가자마자 바로 표를 구하고 자리에 앉을 수 있었다.

공연장에 들어가보니 대부분 국악중학교 학생들이었고 일반인은 손에

꼽을 정도였다. 국악공연을 몇 번 듣다보면 아는 사실인데 피리는 몸집은 아주 작은데 그 음량과 음역은 다른 악기들을 압도하고도 남는다. 그래서 지휘자 없는 국악무대에서는 피리가 지휘자라는 말도 있다고 한다. 나는 귀를 쫑긋 세우며 대취타의 무령지곡, 취타, 절화 그리고 피리정악의 상령산, 계락, 유초신지곡(평조회상), 언락 편락(남창가곡), 본령(여민락) 등의 씩씩하고 장중하며 우리 선조들의 기개를 한층 느끼게 하는 음악을 들었다.

우레와 같은 박수와 함께 공연이 끝났다. 나는 국악중학교 학생들의 조잘거리는 소리를 덤으로 들으며 CD 몇 장을 사러 예악당을 빠져나왔다. 후배 중에 정가(正歌)를 배우는 멋진 이가 있다. 며칠 전 그이가 공부에 정진하라며 해금교본과 피리교본을 보내주었기에 작은 보답을 하려는 것이다. 이웃한 우면당에서도 거문고 연주회가 끝나고 거문고를 사랑하는 사람들이 쏟아져 나오고 있었다. 애초에 피리로 할까 거문고로 할까, 고민을 안 한 것은 아니었다. 그러나 거문고 소리는 아쉬워서 좋았고 피리 소리는 즐겨서 더욱 좋았던 밤이었다. 2010. 3. 11

편시춘, 한순간의 봄날

●

"아서라 세상사 쓸 곳 없다. 군불견 동원도리 편시춘……"으로 시작하는
단가 편시춘(片時春)이 있다. 편시춘이란 직역하면 '한순간의 봄날'이란
뜻이다. 임방울 선생이 부른 것은 물론 최근 채수정이라는 젊은 국악인이
부른 것도 나는 좋아한다.

지난주 수요일, 채 선장한테서 전화가 왔다. 채 선장은 내가 자주 가는
진도횟집 주인의 별칭이다. 그는 소리꾼 채수정의 오라버니이기도 하다.
"형, 이번 일요일 우면당에서 수정이 적벽가 완창 발표회 있어요. 오세
요." "나도 알고 있네. 근데 그날 처가에 행사가 있어서 춘천을 가야 하네.
자네 집에서 뒤풀이 하는가. 그곳으로 가겠네." 소리를 좋아하는 내 동무
들은 국립국악원 우면당에서 오후 3시부터 6시까지 적벽가의 소리 세계에
흠뻑 빠졌다. 춘천에 있는 나에게 중간 휴식시간에 그 흥겨움을 문자로 중
계해주기도 했다. 경춘고속도로는 서울에 다 와서 심하게 막혔다. 어찌하
면 후반부라도 볼까 했는데 결국 도로가 도와주지를 아니 했다.

진도횟집으로 들어가자 뒤풀이 준비가 한창이었다. 우리는 홀 한구석에
자리를 잡았다. 잠시 후 뒤풀이 손님들이 들이닥쳤다. 채수정 씨와 같은
길을 가는 소리꾼들이거나 판소리계에서 일하는 분들이었다. 그분들은 큰
방으로 들어가 먹고 마시고 놀기 시작했다. 공연을 끝낸 채수정 씨도 조금
늦게 도착해서 합류했다. 여기저기서 박수소리가 터져나왔다. 이윽고 큰
방에서 제대로 판이 벌어졌다. 북이 들어가더니 단가 〈사철가〉를 비롯해
여러 소리들이 진도횟집을 가득 채우기 시작했다.

우리는 귀를 큰방으로도 열어두고 이런저런 이야기를 했다. 회도 회였
지만 진도에서 올라온 머구(머위)나물, 방풍나물, 돌미나리와 멸치조림이

자꾸 술을 들이키게 했다. 우리 소리를 한번 할까 했지만 오늘은 우리 자리가 아닌 것 같아서 참기로 했다. 잘못 했다간 딸랑대는 우리 밑천이 여지없이 들통 날 수도 있기 때문이었다. 잠시 후 큰방에서 〈농부가〉를 부르고 난 채 선장이 우리 자리에 합석했다. 우리는 큰방에서 놀고 있는 북처럼 많이 취했다.

떠들썩한 진도횟집. 이 들뜬 분위기에 아랑곳하지 않고 아무 반응 없이 조용히 제 할 일을 하고 있는 이들이 있었다. 주방 앞 수족관에 있는 물고기들이었다. 그들은 우럭, 놀래미, 도다리, 참돔, 농어, 광어였다. 채 선장에 따르면 물고기들은 수족관에 있는 자신의 운명을 아는 것 같다고 했다. 젓가락 들고 덤비는 손님을 보아서가 아니라 수압을 통해서 몸으로 그냥 아는 것이라고 했다. 하기사 저 두 뼘 정도의 깊이에서 무슨 압력이 나오겠는가. 큰 우럭 한 마리가 나를 정면으로 향해 오면서 입을 뻐끔뻐끔거렸다. 진양조의 느린 가락으로 소리하는 것 같았다. "아서라 세상사 쓸 곳 없다. 군불견……"

문득 누군가 물었다. "수족관 고기한테 밥은 주나?" 그래도 물고기와 가장 자주 접촉한 채 선장이 아무 주저 없이 대답했다. "형들이라면 먹겠어요?" 2010. 3. 14

●　　군불견 동원도리 편시춘(君不見 東園桃李 片時春) : 그대 보지 못하는가. 봄 동산의 복사꽃, 배꽃이 순식간에 피었다가 지는 이 한순간의 봄날을.

관악실업

•

완두콩의 무게와 인간의 몸무게를 잴 때 서로 다른 단위를 사용하면 어떻게 될까. 오늘날에는 인간을 구성하는 성분이 자연계를 이루는 원소와 다를 바 없다는 것이 상식이다. 태우고 나면 둘 다 재만 남는다. 같은 성분이었던 것이다. 하지만 지구가 편평하다고 믿었던 시대까지만 해도 물질이 다르면 작용하는 힘도 다르다고 보았다. 이러한 때에 나타나 천체의 운동 법칙에 획기적인 업적을 남긴 케플러는 자연이란 보는 각도에 따라 다른 모습을 보일 뿐 여하한 경우에도 하나의 통일적인 성격을 지닌 것으로 보았다. 그는 자연계의 그 어떤 차이점도 모두가 동일한 그림자의 바탕 위에 서 있는 것으로 파악한 것이다. 이처럼 질(質)적 차이를 양(量)적인 관계로 환원시켰다는 단순한 사실이야말로 현대 자연과학이 이룩한 경이적인 성과를 가능케 한 근본원인이다. 분도출판사에서 펴낸 한스 요아힘 슈퇴리히의 『세계철학사』에 나오는 내용이다.

　며칠 전 좀 늦게 출근하는데 잠원동 성당 건너편에 어떤 차가 비상등을 깜빡이며 정차해 있었다. 횡단보도를 건너가 보니 똥차였다. 똥차에서 나온 호스가 아파트 담을 넘어 안으로 뱀처럼 꾸불렁꾸불렁 들어가 있었다. 똥차는 긴 호스를 통하여 아파트 주민들이 쏟아낸 **분뇨**를 수거하는 중이었다. 호스는 호수나 남녀노소는 물론 질(質)도 구분하지 않은 채 그저 양(量)만 채우면서 열심히 작업 중이었다. 유리창 하나 없는 짙은 청색 차는 둥그렇게 생긴 큰 통을 짊어지고 있었다. 그리고 거기에는 이런 글귀가 쓰여 있었다. '관악실업(주). 165,000원/기본1000l . 추가 11,500원/l'. l 은 리터를 말하는 것이었다.

　우리가 술집에서 맥주나 콜라를 주문할 때 흔히 씨씨(cc)를 많이 쓰는데

1000cc가 1ℓ이다. 즉 리터나 씨씨는 부피를 재는 단위이다. 사실 우리가 입으로 먹는 것이나 아래로 쏟아내는 것이나 같은 단위를 적용한다는 것은 너무나 당연하다. 똥차에 찍힌 리터가 거품 흘러넘치는 생맥주 오백 씨씨로 연결되는 장면은 조금 거북하기도 했지만 재미난 사실이기도 했다. 호스가 기어들어간 아파트 울타리에는 쑥부쟁이를 비롯해 다년생 풀들이 고개를 내밀고 있었다. 한 송이의 국화꽃이 아니래도 저 여린 풀들, 각종 식물들과 나의 몸도 보이지 않는 끈으로 연결되어 있음을 새삼 확인하면서 버스에 올라탔다. 2010. 3. 16

지하철에서 만난 거창사과

·

대학교 입학해서 낯선 서울에 얼굴을 묻었다가 1학기 마치고 여름 방학이 되어 부산에 갔을 때, 묘한 기분이 있었다. 그때까지의 내 생애에서는 집 떠나 가장 오랜만에 귀가하는 길이었다. 그때 부산 시내에서 아무 아가씨나 붙잡고 이야기 걸면 말을 받아줄 것 같았다. 버스끼리 충돌사고 일어나도 내가 탄 버스는 안 찌그러지고 승객들은 아무도 다치지 않을 것 같았다. 내가 서면 번화가에서 무단횡단하다 걸려도 교통경찰관이 눈감아줄 것 같았다. 무슨 배짱으로 그런 생각을 했는지 그건 나도 모른다.

언젠가 저녁 어스름경 고속버스 타고 한남대교 건너는데, 아, 서울에 왔구나, 하는 안도감이 들었다. 그땐 남산 자락에 터미널이 있었다. 맛에 홀린 혀처럼 자주 뭉갠 서울에 길들여진 탓이려나. 스톡홀름증후군처럼 서울에 오래 납치되어 있다 보니 그냥 그런대로 서울에 익숙해진 것인가. 그때부터 부산은 예전의 부산이 내겐 아니었다.

대학 떠나 첫 직장 다닐 때 시내로 외출했다가 우리집 쪽으로 가는 530번 좌석버스를 광화문에서 만나면 볼일이고 나발이고 다 때려치우고 부모님 계시는 좁은 길동아파트 생각나서 그냥 타고 싶었다. 예전엔 고속도로에서 거창여객을 만날 때면 한동안 속력을 같이 맞춰서 오래 뒤따르기도 했었다.

어느 날의 아침 출근길, 후룩후룩 비가 내려 구두코에 흙먼지 섞인 빗방울이 올라붙으려 했다. 검은 우산 펼치기 직전 하늘 한번 쳐다보는 건 언젠가 그곳으로 갈 것이기에 미리 인사하는 중?

불쾌한 얼굴로 늦게 귀가하는데 지하철 전동차에서 광고 하나가 눈에 쏙 들어왔다. "지리산, 가야산, 덕유산의 3대 명산이 만든 명품 사과. 거창사과. 올씽!" 집에 와서 검색해보니, 《농축수산신문》에 다음과 같은 기사가 있었다. "한 · 칠레 FTA 협정 체결 후, 개방화에 대응하고 과수 산업의 경쟁력을 높이기 위해 2007년 5월에 설립된 농업회사법인 (주)NH유통. NH유통의 '올씽' 사과는 거창군, 합천군, 함양군 등 서북부경남지역 3개 시 · 군이 공동 투자해 설립한 서북부경남거점산지유통센터의 광역 농산물 공동브랜드이다."

올씽이라는 외국어 이름이 좀 못마땅하기는 했지만 서부 경남의 3개 시 · 군 및 농협이 출자하고 거창사과원예농협이 주관농협으로서 이 지역에서 생산된 사과를 수집, 선별, 판매하고 있다니 퍽 반가웠다. 살아서 그래도 가장 마음 가는 쪽에 있는 곳, 고향은 이래서 늘 고향인가 보다. 술 한잔 걸친 김에 용기를 내어 "승객 여러분! 내 고향 거창사과 진짜 거창하게 맛있습니다!" 크게 한번 외칠 것을. 뒤늦게 후회했지만 그건 이미 전동차가 떠나고도 한참 지난 뒤의 일이고 말았다. 2009. 3. 21

치과에서 관운장을 만나다

•

"누우세요. 아, 벌리세요. 바람입니다. (칙). 아, 물입니다. 석션, 따끔합니다. 조금 왼쪽으로. 아, 석션. 따끔. 따끔. (윙). (엥). 자, 물입니다. (칙). 석션. 자, 일어나 입안을 한번 헹구세요." 의사는 친절했다. 지금 나는 서울대학교 치과병원의 진료의자에 누워 있다가 일어나고 있는 중이다. 음식을 탐했으되 입안 청소를 게을리한 대가를 톡톡히 치르고 있는 것이다. 재작년부터 시작한 치아 공사는 왼쪽 아래 어금니를 시작으로 오른쪽 위아래 어금니를 모두 임플란트로 새로 심는 대공사였다. 더구나 오른쪽 위 어금니는 임플란트한 것이 잘못되어 했던 것을 다시 뽑는 고역을 치루어야 했다.

처음 치과에 가서 접수를 한 것은 뭉근하게 아파오는 어금니 통증을 견디다견디다 결국은 이랬다가는 정말로 견디지 못할 것 같아서였다. 내 입안을 처음 검진한 의사는 아, 잇몸, 탄식을 짧게 내뱉었다. 그 탄식은 바로 곁에 있던 내 귀로 고스란히 들어오고야 말았다. 내 중요 부위 중 하나인 입안이 처절하게 망가졌다는 선고를 누운 채 받은 것이었다. 겁도 대량으로 났다. "어차피 어금니를 모두 교체해야 할 것 같은데 각오를 단단히 하시고 우선 잇몸을 좀 보강하고 난 뒤에 차례로 수술하도록 하겠습니다." 그렇게 해서 나의 임플란트 대장정은 시작되었던 것이다.

다 큰 어른들도 대부분 치과에 가기를 무서워한다. 하지만 내가 치과 수술대에 오르는 것을 그다지 두려워하지 않게 된 비결이 있다. 그것은 『삼국지』 덕분이다. 나는 『삼국지』를 초등학교 때 고우영의 만화로 보았다. 그때 본 이후 다른 『삼국지』는 한 번도 보지 않았다. 읽어내야 할 게 천지인데 이미 본 것을 두 번 본다는 것을 마음이 허락치 않았던 것이다. 고우

영『삼국지』에서 인상적인 것 중 하나는 관우가 전투에서 팔에 화살을 맞고 돌아와 수술받는 장면이었다. 관우는 아무런 마취도 없이 불에 달군 칼과 인두로 절개를 하고 화살을 뽑아내는 수술을 견딘다. 명의 화타가 땀을 뻘뻘 흘리며 수술하는데 관우는 앉아서 신음 하나 내뱉지 않고 부하와 태연하게 바둑을 두고 있는 것이었다.

치과에 들어서면서 나는 그 관우를 떠올렸던 것이다. 고통이야 언제고 어디서나 있는 법. 피할 수 없는 것이라면 관우처럼 저렇게 의연하게 견디자. 누구는 마취도 없이 등에 깊숙한 화살을 빼는데, 그깟 시든 이빨 하나 뽑는 거잖아. 더구나 나는 마취도 하잖아. 그렇게 열악한 처지의 관우와 비교를 하니 잇몸에 힘이 불끈 들어가고 나는 겁을 대략 상실하게 되었던 것이다. 삼국지의 힘, 문학의 힘으로 현실의 고통을 이겨낸 셈이렷다. "자. 다시, 누우세요. 의자 내립니다." 내 몸은 무중력 상태에서 유영하는 우주인처럼 머리를 아래로 둔다. 나는 고통의 우주에서 관운장과 다시 접선한다. 2010. 3. 23

아파트 안방에서 만난 편백나무

•

"한 숟가락 흙 속에 / 미생물이 1억 5천만 마리래! / 왜 아니겠는가 흙 한 술, / 삼천대천세계가 거기인 것을! // 알겠네 내가 더러 개미도 밟으며 흙길을 갈 때 / 발바닥에 기막히게 오는 그 탄력이 실은 / 수십억 마리의 미생물이 밀어 올리는 / 바로 그 힘이었다는 걸!" 정현종 시인의 〈한 숟가락 흙 속에〉라는 시이다. 내가 입이 발달해서인지 이 시 아주 맛있다. 읽고 나면 혀가 얼큰할 정도이다. 먹기 좋아하는 나로서는 당연한 반응일지도 모른다. 바늘 가는 데 실 간다고 숟가락 가는 데에는 입이 대령하고 있기 마련이다. 방부제투성이의 햄버거도 잘만 먹는데 고운 흙 움큼 입에 못 넣으랴. 그런 생각의 연장선상에서 나는 건축가는 아니지만 내가 집을 짓는다면 꼭 구현해보고 싶은 아이디어가 한 가지 있다.

그것은 안방을 흙으로 도톰하게 일구고 정원을 꾸미는 것이다. 요즘 아파트에는 베란다가 제법 넓어 화초를 많이 가꾸기도 한다. 하지만 안방보다는 거실에서 머무는 시간이 많으니 안방의 활용도를 높이기 위해서라도 안방정원을 꾸며보는 것. 아니라면 돈은 좀 들겠지만 수경재배라도 해서 식구들 먹을 채소를 길러보는 것이다.

작년 말 수지 성복동에 사는 선배의 집에 초대를 받았다. 외동따님은 프랑스로 유학을 떠나고 부부만 단출하게 살고 있다. 아내와 딸아이와 함께 가벼운 마음으로 갔는데 선배는 단단히 준비를 한 듯했다. 사모님이 그냥 요리라며 내놓는 것들이 그냥 요리가 아니었다. 착착 입에 달라붙었다. 먹는 것도 먹는 것이었지만 선배는 넓은 아파트를 일일이 구경시켜주었다. 평소 이것저것 호기심이 많은 선배는 집을 무슨 작은 생활박물관처럼 아기자기하게 꾸며놓았다. 선배의 손길이 간 곳마다 어떤 품격 같은 것이 확

느껴졌다. 방마다 한구석에는 진공관 라디오가 놓여 있었는데 그 소리는 놀라울 정도로 쨍쨍한 음색을 자랑하는 것이었다.

특히 나를 가장 놀래킨 것은 안방 문을 열었을 때였다. 내가 안방에서 본 것은 그냥 있는 그대로의 나무 둥구리였다. 껍질을 그대로 간직한 채였다. 반들반들하게 마무리된 공장 출신의 가재도구들 사이에서 야생의 나무토막은 우두커니 그러나 기품있게 앉아 있었다. 나무로 된 책상이나 가구는 그간 숱하게 보아왔으되 방안에서 우람한 나무 둥구리를 볼 줄이야! 나로서는 마르셀 뒤샹의 변기를 미술관에서 본 사람들의 충격에 버금가는 것이었다. 처음 방에 왔을 땐 피톤치드향, 그리고 이제는 이런 낯선 방문객한테 고느적한 예술향을 풍기는 나무. 그것은 축령산 편백나무였다. 작별인사를 하고 나오는데 화단에도 키 큰 나무들이 많이 서 있었다. 그러나 선배의 안방에서 마주친 나무들이 계속 머리에서 떠나지 않았다.

그로부터 며칠 후 시골에 갈 일이 있었다. 외가에 도착해서 가장 먼저 뒤켠으로 가보았다. 아니나 다를까 땔감으로 쓰기 위해 소나무가 한 무더기 쌓여 있었다. 외삼촌한테 말씀드리고 내 허벅지 굵기만한 것을 여섯 개 빼 가지고 왔다. 우리 집 안방에는 형편이 안 되고 거실 한쪽에 쌓아놓았다. 식구들은 기함을 했다. 며칠 있자니 송진이 끈적끈적 흘러나오고 솔향도 좀 풍겨나왔다. 서울 햇볕에 바짝 마르면 땔감으로 쓰시라고 외가에 다시 바납할 예정이라며 식구들을 달랬다. 늦은 밤 피곤에 지쳐 귀가하면 그래도 내 눈을 가장 많이 어루만져주는 게 소나무 둥구리이다.

지난주 오랜만에 그 선배가 사무실에 들렀다. 그러지 말라고 하는데도 선배의 손에는 늘 작은 봉지가 들려 있다. 통인시장에서 샀다며 상주곶감을 내밀었다. 궁리 식구들이 모두 모여서 두 개씩 먹고도 남는 양이었다. 이런 날은 선배의 향기가 사무실에 진동한다. 2010. 3. 25

향로봉에서 서울을 보다

●

황사 지나가고 파란 하늘이 왔다. 일요일의 북한산은 등산객들로 복잡했지만 향로봉 아래에서 보는 남산, 북악산, 인왕산은 깨끗했다. 등산객이 빠져나간 만큼 서울 시내도 잠잠해 보였다. 비봉에서 바라보니 자동차 소리 하나 안 들리고 매연 냄새도 안 났다. 한강이 꾸벅꾸벅 졸며 서(西)로 가는 소리는 들렸나 안 들렸나. 한반도 중앙 고원에 건설된 문명의 도시. 저녁 밥이라도 짓는가. 푸르스름하게 가득 찬 것은 각자의 집에서 피어나는 연기인가 아닌가. 승가사 계곡물 소리 찰랑찰랑 귀에 담아 구기동으로 내려왔다. 3월이 지나가고 있었다. 2010. 3. 28

공중에 머무는 달빛

•

저녁 6시. 〈세상의 모든 음악〉의 시그널 음악이 울리자 모두들 퇴근 준비를 했다. 통인시장에 들러 깎은 밤 한 됫박을 사고 큰길로 나와 경복궁역으로 걸어가는데 동대문 쪽 하늘에 보름달이 둥그렇게 떠 있었다. 생각해 보니 어제도 보름달이었다. 정말 크고 환했다. 달님한테는 대단히 죄송한 표현이지만 노릇노릇 잘 구운 빈대떡처럼 아주 맛있게 보였다. 희끄멓게 보이는 달의 힘줄은 맛나라고 넣은 고사리 줄기 같았다. 아는 사람 만나면 저 향기로운 달 좀 보라며 소리치고 싶었는데 아는 이는 아무도 만나지 못했다.

자동차 불빛, 간판 불빛이 대낮처럼 환하니 달빛은 사람들에게 도무지 전해지지 않는 듯했다. 달은 물론 달빛도 지상으로 내려오지 않고 검은 하늘에 머무르는 것만 같았다. 달을 쳐다보는 이도 아무 없었다. 그저 사람들은 바빠 앞만 보고 걸어들 가는 행인이었다. 요즘 사람들은 그저 한 가지만 열심히 한다. 길 건너 몇몇 술집에는 사람들이 모여 잔을 부딪히고 있었다. 구멍 뚫린 천정은 없었으니 아무의 잔에도 보름달이 비칠 리는 만무했다.

걸어가는 동안 건물들에 가렸다가 나타났다가 나타났다가 가렸다가 보름달과 나는 숨바꼭질했다. 택시를 탔더라면 사장님과 달 이야기를 했을 텐데 지하철로 잠맥질했다. 잠원역에서 올라왔더니 달이 등 뒤에 먼저 도착해 있었다. 이곳은 번화가가 없다. 그저 가로등과 포장마차, 아파트 단지에서 불빛이 나오고 있었다. 조도는 모두들 형편없이 약했다. 그래서 보름달이 더욱 훤하게 보였다.

조지훈의 〈달밤〉이란 동시가 있다. "순이가 달아나면, / 기인 담장 위로

/ 달님이 따라 오고, // 분이가 달아나면, / 기인 담장 밑으로 / 달님이 따라 가고 // 하늘에 달이야 하나인데…… / 순이는 달님을 데리고 / 집으로 가고, // 분이도 달님을 데리고 / 집으로 가고." 지금 내가 걸어가고 있는 아스팔트에는 기인 담장도 없고 골목도 없다. 철제 울타리만 있을 뿐이다. 지금 내가 사는 아파트 단지에는 달아날 곳도 없고 따라올 술래도 없다. 나랑 놀던 순이는 지금 인천에 살고 내가 아는 분이는 지금 마산에 살고 있다. 보름달이 지척인데도 달빛은 만져지지 않았다. 외로운 달님을 하늘에 홀로 두고 혼자 집으로 들어갔다. 2010. 3. 30

봄

4월

내가 정말 만나고 싶은 그림

•

오래된 시절의 이야기이다. 서양화를 전공하고 시도 쓰고 북디자인도 하는 동료가 있었다. 한 2년간 같은 직장에서 근무했다. 어느 날, 미술 이야기를 하다가 툭 던진 한 마디가 머리를 쿡 찔렀다. "형. 피카소, 고갱, 세잔, 고흐. 다 남들이 좋다는 그림일 뿐이에요. 근데 그거 그대로 안 믿어도 돼요." 열거한 화가들이야 이미 세상 사람들이 다 인정하고 시간의 풍화작용을 견뎌온 것 아닌가 싶어서 처음 들었을 땐 사실 좀 뜨악하기도 했었다. 그러나 나는 그리는 작가가 아니라 즐기는 양반이니 그런 생각도 있을 수 있겠구나 싶은 정도로 치부해두었다. 그때까지 그 화가의 그림들이 그저 좋은 줄로만 알았지 의심한 적은 한 번도 없었다. 그 생각은 이내 머릿속 한켠으로 치워졌지만 그 생각에서 뻗어나온 꼬투리는 계속 나를 따라다녔던 모양이다.

서울시립미술관에서 개최된 〈앤디 워홀의 위대한 세계〉 전시가 이번주에 막을 내린다고 해서 큰맘 먹고 가보았다. 그런데 웬일일까. 제1전시실을 지날 무렵 묵었던 그 꼬투리가 슬금슬금 기어나오는 것이었다. 아무것도 아닌 것을 아무것도 아니지 않게 만든 것에 불과한 것 아이가. 그것을 많은 사람들로 하여금 믿도록 만든 재주만 승한 것 아이가. 내가 심한 건가. 뭐 그런 삐딱한 생각으로 4백여 점이라는 작품을 풍덩풍덩 보았다.

중간쯤에서 만난 해골이나 그림자를 주제로 한 작품들이 그나마 본전 생각하는 눈을 조금 달래주었다. 내 눈길을 끈 것은 외려 워홀이 남긴 여러 문장들이었다. 어쨌든 서울시립미술관에 있는 현재의 나에게 앤디 워홀은 그림보다는 글이었다. 내가 너무 미술에 대한 안목이 없는 것이 아닐까? 내가 몰라도 너무 모르는 것이 아닐까? 모두들 위대하다는 작품 앞에서 외톨이가 된 기분을 잠시잠깐씩 느끼기도 하면서.

　이런저런 전시회에 가끔 가본다. 내가 정말 만나고 싶은 그림은 따로 있다. 그것은 빨강이면 빨강, 파랑이면 파랑, 그 어떤 단일한 색만을 제대로 그린 그림이다. 내 작은 눈을 꽉 채울 만큼 압도적인 크기면 더욱 좋겠다. 빨강이라면 활활 타는 붉은 태양을 볼 수도 있겠다. 그러나 육안으로 보기엔 각막이 너무 약하다. 빨간색 보려다가 검은색만 볼지도 모를 일이다. 또한 너무 멀어 크기도 아주 작다. 파랑이라면 하늘을 볼 수도 있겠다. 그러나 티 없는 하늘이 어디에 있겠는가. 쪽빛이라면 바다를 찾아갈 수도 있겠다. 하지만 그곳도 편안한 날은 정녕 하루도 없지 않은가.

　아주 오래전 태평로에 있는 로댕갤러리에서 이와 비슷한 작품을 본 적이 있었다. 회색을 주욱 그린 것이었다. 물론 캔버스 어느 한 곳에 포인트는 있었다. 작가나 작품의 이름은 도통 생각나지 않지만 그때 아주 좋았던 느낌은 아직도 선명한 기억으로 남아 있다. 관람을 다 마치고 나오니 회랑 한켠에 앤디 워홀의 제법 긴 어록이 적혀 있었다. 사진으로 찍어도 된다 하기에 휴대전화로 조각조각 찍어왔다. 노안이 온 눈으로 그 글을 조립해 옮겨 적느라 애를 먹었다. 그 어록에 적힌 앤디 워홀의 말처럼 노화는 빠르게 진행되고 인생은 너무 빨리 지나간다. 빠르게 진행되고 너무 빨리 지나가는 것들! 그것들이야말로 한 가지 색으로 수렴되는 그림 중의 그림일 테다. 2010. 4. 3

서귀순 여사 백수연

•

지지난주 일요일 좀 특별한 모임에 다녀왔다. 장소는 대방동 옛 유한양행 사옥이었다. 지금은 웨딩홀로 변해 있었다. 그곳에서 우리 고향 할머니 한 분의 백수연이 열렸다. 나는 막내라서 향우회 성격의 모임에는 거의 얼굴을 내밀지 않는데 어머님이 마침 집에 와 계시어 함께 간 것이다. 잔칫집은 우리 집안과는 제법 먼 친척이다. 그러나 지내기 나름이라고 오늘 주인공인 할머니의 남편께서 아주 오래전 눈 수술을 하러 부산에 오셨을 때 나의 선친이 약간의 도움을 주었는데, 그 일을 두고두고 고마워하면서 우리 집과는 각별하게 지내는 터이기도 했다.

할머니의 택호는 산서말댁이다. 산서말 할아버지는 내가 고등학교 때쯤 돌아가셨다. 산서말이 어느 동네인지 나는 잘 모른다. 우리는 그저 산서말 할머니로 호칭해왔다. 할머니는 3남 3녀를 두었다. 장남은 혈혈단신으로 상경해서 과자 공장을 일으키고 출향인사로는 가장 큰 부를 쌓기도 했다. 그러나 안타깝게도 몇 해 전 먼저 세상을 떠났다.

6시가 조금 지나 도착하니 잔치가 막 시작되고 있었다. 오랜만에 보는 고향 사람들의 얼굴이 여기저기에 있었다. 같은 물, 같은 쌀, 같은 햇빛을 먹고 같은 골짜기에서 뛰놀아 그런지 얼굴이 다들 비슷하다. 둘째아들이 우리를 보고 얼른 뛰어왔다. 그리고 주인공한테로 어머니를 모시고 갔다. 나도 뒤따라갔다. 시골에서만 보다가 몇 년만에 털이 부풀부풀한 흰 스웨터를 입고 있는 할머니를 보았다. 할머니는 의자에 앉았다기보다는 폭 파묻혀 있는 것 같았다. 백 년을 무탈하게 살아오신 분을 가까이서 뵙는 건 나로서는 처음이었다.

할머니는 아주 작아져 있었다. 할머니는 몸 전체가 수축되어 조그만 토끼처럼 보였다. 그러나 정신은 아주 또렷했다. 내 어머니 손을 꼭 붙들고 자네가 올줄 몰랐다며 눈물을 글썽였다. 나도 누군지 알아보셨다. 고사리 같은 손을 조심스레 만져보니 손등은 찬데 손바닥은 따뜻했다. 자식들에 따르면 할머니는 3년 전에 몸이 몹시 아팠는데 어느 날, 이젠 다 지나갔다, 하시더란다. 그 이후 차츰차츰 기력을 회복해서는 청력도 시력도 입맛도 이전보다 훨씬 좋아지셨다고 했다.

차남이 가족 대표로 인사를 하고 케이크를 자르고 술을 올리고 간단한 예식을 했다. 허전한 기분이 들었는지 막내딸이 나와서 〈어머니의 마음〉을 불렀지만 끝까지 부르지를 못했다. 울음이 가사를 다 덮었기 때문이다. 할머니는 올해 백 살이니 1911년생이시다. 한 생명이 몸을 받아 한 세기를 온전히 건사하기가 어디 쉬운 일이겠는가. 본인만 건강 챙긴다고 어디 될 일인가. 첫돌상이야 누구나 받을 테지만 백돌상은 아무나 받는 게 아닌 것이다.

맏딸이 다음 마이크를 잡는 것을 보고 나는 어머니를 모시고 나왔다. 손자 둘이 선물봉투를 들고 입구에 서 있었다. 어머니 손을 잡고 천천히 계단을 내려오는데 올라갈 때 못 본 안내문이 그제야 눈에 들어왔다. "서귀순 여사 백수연(百壽宴) 2층." 오늘 나는 산서말 할머니의 이름을 처음으로 알았다. 거창과 이웃한 합천 해인사에서 득도한 성철(1912~1993) 스님보다 한 해 먼저 태어나신 서귀순 여사님. 가야금으로 한 세계를 이룩한 김죽파(1911~1989) 명인과 동갑인 서귀순 할머니. 할머니 또한 산다는 것의 명인이셨습니다. 부디 오래오래 건강히 사십시오. 선물로 주신 수건으로 얼굴 닦을 때마다 여사님, 아니 할머니 생각 많이 하겠습니다. 2010. 4. 6

봄나물에 홀린 봄밤

•

겨울이 끝날 무렵이면 어김없이 남도로 매화 구경 떠나는 선배가 있다. 올해는 날씨가 갈팡질팡하여 결행을 머뭇거리다가 2월말경에 다녀왔다고 했다. 3월 셋째 월요일에 선배를 만나 남도 여행 이야기를 들었는데 매화보다는 봄나물 소식이 더 내 귀를 당겼다. 사연인즉 남도로 떠나는 선배한테 소설가 한 분이 부탁을 하더란다. 길가에서 할머니들이 파는 냉이가 있으면 무조건 많이 사다주게나. 해서 비료포대로 하나만큼 사다주었더니 냉잇국을 끓여먹고 바로 전화를 했더란다. "우와, 냉이 냄새가 말이야, 겨우내 배배 꼬였던 창자가 확 풀어지고 제자리를 잡았어!"

만난 곳은 횟집이었는데 이야기를 듣고부터는 작년 이맘때 제대로 먹었던 냉이의 짙고 쓴맛이 흘러나와 회맛을 자꾸 방해했다. 며칠 지나 킴스클럽에 아내따라 갔다가 속는 줄 알고 냉이 한 움큼을 샀다. 예상대로 냉이가 아니라 맹이를 끓인 듯 맹맹한 맛이었다.

청명과 한식을 하루 앞둔 4월 첫 주말에 어머니를 모시고 고향을 찾았다. 선친의 무덤을 찾아 절을 하고 잔디는 잘 자랐는지 살펴본 뒤 외가에 도착하니 저녁 무렵이었다. 외숙모는 아들네한테 가고 없고 외삼촌이 혼자 집을 지키고 있다가 반겨주었다. 운전으로 힘들기도 하지만 시골에만 오면 내겐 금세 다른 힘이 나타난다. 이곳저곳을 둘러보고 살펴본다. 고개 들어 하늘 보면 구름도 정말 낮게 흐른다. 그리고 어머니하고 내가 왔다는 소식을 듣고 조그만 동네의 일가친척들이 모두 모인다. 작은 동네 잔치가 벌어지는 건 그래서 당연하다.

이윽고 채비를 해서 준비해간 춘천 닭갈비를 구웠다. 이곳 어른들에겐 돼지고기는 자주 접하기에 닭고기가 더 인기다. 마당에서 장을 펼치기엔

164

좀 추운 날씨였다. 어른들은 방안에 상을 놓았고 젊은 축에 속하는 이들은 부엌 식탁에 둘러앉았다. 잎새소주와 주상막걸리를 마시고 있는데 재종 형수님이 들어와 식탁 위에 무언가를 내려놓는 것이었다. 된장으로 버무린 머구나물 무침이었다. 한입 넣었더니 나물 향기가 진짜 진동을 했다. 봄나물 한 조각으로 일순 내 캄캄했던 입안이 봄으로 환히 밝아진 것이었다. "와아, 형수님. 머구나물 어디 가면 있어요?" 했더니 "아이고, 우리 집 옆에 천지 빼까리라요." 하시는 게 아닌가. 냉이의 사정도 물었더니 냉이는 벌써 꽃이 피고 커서 철이 지나버렸단다.

다음날 오전 거창읍에 가서 잠깐 볼일을 본 뒤 곧장 어머니와 함께 형님 댁으로 갔다. 집 옆은 바로 사과농장으로 연결되고 사과밭 주위가 온통 봄나물 천지였다. 오후 내내 어머니는 쑥을, 나는 머구와 달롱개를 뜯고 캤다. 달래를 우리 고향에서는 달롱개라고 부른다. 가방을 정리하며 귀경할 준비를 하는데 형수님이 뭘 또 한보따리 가지고 왔다. 돌나물, 씀바귀, 정구지였다. 정구지는 부추를 이르는 말이다. 뿐만 아니었다. 그것만 보면 내가 침을 질질 흘리는 가죽나뭇잎장아찌! 뭘부터 먼저 먹을까. 돌나물, 머구나물 무칠까. 달롱개 몇 뿌리 넣고 된장국을 끓일까. 정구지전을 부칠까. 골라 먹을 재미와 맛을 생각하니 혀가 벌써 장구를 치는 것이었다.

이번 봄나물 고향 여행은 다음으로 마무리해야겠다. 그날, 외삼촌집 부엌에서 올해 처음 머구나물 먹었던 날의 설거지는 내가 했다. 돼지고기만 조금 남았고 술은 다 떨어졌다. 젓가락을 마지막으로 정리한 뒤 마당으로 나왔다. 별이 총총 쏟아지고 있었다. 입맛을 다시며 혀로 입술을 핥았더니 머구향이 입으로 또 들어왔다. 남아 있던 그 향도 아주 진해서 그 아득한 봄밤을 다시 한번 홀리기에 충분했다. 2010. 4. 8

어머니 옆에서 〈가요무대〉를 보다

•

천주교 신자인 내 어머니는 올해 여든다섯이시다. 기도할 때와 성경 읽을 때를 제외하곤 늘 텔레비전 앞을 떠나지 않는다. 그러니 TV는 비록 말이 좀 많기는 하지만 어머니와 가장 가까운 친구이다. 효도에 있어서는 늘 바쁜 아들인 나보다 낫다. 어머니는 연속극은 줄줄이 꿰고 있다. 〈체험, 삶의 현장〉, 〈감정쇼, 진품명품〉, 〈전국노래자랑〉도 놓치는 법이 없다.

월요일 저녁 〈가요무대〉도 빼놓지 않고 본다. 어제 〈가요무대〉는 시청자들의 신청곡만으로 꾸며진 무대였다. 나도 실내자전거를 타면서 어머니와 함께 했다. 첫 노래는 현미가 부르는 〈보고 싶은 얼굴〉이었다. 남편과 이별하고 매일 눈물로 세월을 보내고 있다는 아내가 신청한 것이었다. 거리마다 물결이 거리마다 발길이 휩쓸고 지나간 허황한 거리에 눈을 감고 걸어도 눈을 뜨고 걸어도 보이는 것은 초라한 모습, 보고 싶은 얼굴.

두 번째 사연도 애틋했다. "생활이 여의치 않아서 늘 셋방만 전전하시던 친정엄마 4년 전 월세를 못 내 다른 집으로 이사하던 바로 그날 어머니는 안타깝게도 세상을 떠나셨습니다. 돌아가시기 전날 미나리나물이 먹고 싶다 하시어 해드렸는데 그게 마지막일 줄 누가 알았겠습니까. 남편도 장모님의 애정 어린 마음을 그리워하며 눈물을 흘리는 날이 많습니다." 맹인 가수 이용복이 〈애수의 소야곡〉을 불렀다. 악단은 쉬고 가수의 기타로만 반주를 했다.

그리고 〈고향이 좋아〉, 〈유정천리〉, 〈잃어버린 30년〉, 〈영영〉, 〈그때 그 사람〉이 저마다의 애절한 사연과 함께 흘러나왔다. 사연의 대부분은 떠나고 보낸 님을 그리워하는 내용이었다. 이어서 〈추억의 소야곡〉을 부른 이는 고영준이라는 가수였다. 나는 처음 보는 가수였다. "저 사람 고복수

하고 황금심의 아들 아이가. 눈물 젖은 빵을 참 잘 부르는데." 어머니는 그를 훤히 알고 있었다.

태진아가 부른 〈가버린 사랑〉의 사연은 이랬다. "중3 사춘기 시절 병원에 입원하여 만난 첫사랑이자 짝사랑의 대상인 의사선생님을 잊지 못하여 신청합니다." 백년해로 맺은 언약 마음 속에 새겼거늘 무정할사 그대로다 나 예 두고 어디 갔나. 이번에는 내가 노래방에서 한두 번 불렀던 노래가 나왔다. 〈사랑의 미로〉였다. 최진희가 나와서 불렀다. 나훈아나 심수봉도 직접 나와서 부르면 얼마나 좋았을꼬.

자나깨나 부모 속만 썩이다가 군대 간 지 일 년. 상병 달고 곧 휴가 나오는 아들한테 띄우는 노래입니다. 아나운서의 소개에 이어 등장한 가수는 류기진이었다. 처음 보는 가수였다. 〈그 사람 찾으러 간다〉는 곡조가 흐르자 딸아이가 휙 날아들었다. "저 사람, 내 친구 아빠야. 할아버지 돌아가시고 난 뒤 사업 접고 가수 하신대. 성실이한테 문자 보내야겠다." 늦깎이로 제 길을 찾은 가수의 노래는 감칠맛이 있었다. 그는 지금 내 나이였던 2006년 쉰두 살에 데뷔하여 트로트 가수의 꿈을 이룬 셈이었다.

내가 이틀 전 감포에서 자고 온 것을 알았나. 〈신라의 달밤〉이 구성지게 흐를 때 어머니한테 말했다. "어머이, 좋아하는 노래 하나 신청해보까요." "무신 신청. 이래 보마돼지. 너거 아부지 노래 잘 했는데." "아부지 시팔번이 뭐였능교." "금강산 일만 이천봉이라카는 노래 아이가." "어머이는요?" "……" 그러고 보니 어머니의 글씨는 본 적이 있는데 노래는 들은 적이 없는 것 같다.

일본에서 귀국한 김연자가 〈정 주고 내가 우네〉, 〈어차피 떠난 사람〉 두 곡을 부르며 〈가요무대〉는 끝났다. 마지막 노래는 아버지 보내고 혼자 시골에 사는 어머니가 밭일 할 때 외로움을 달래려 혼자 콧노래로 부르는 것이라고 했다. 눈물을 보였나요 내가 울고 말았나요 아니야 아니야 소리

없이 내리는 빗물에 젖었을 뿐이야 싫다고 갔는데 밉다고 갔는데 울기는 내가 왜 울어 잊어야지 잊어야지 어차피 떠난 사람.

여기에 옮길 수 없는 곡조도 좋았지만, 옮길 수 있으나 분량 때문에 생략한 가사도 너무 좋았다. 그대로 옮긴다면 웬만한 시(詩)는 저리 도망가야 할 것 같았다. 아이는 벌써 제 방으로 휭 가버렸고 어머니도 화장실 갔다가 잠자리에 들 시간이었다. 어머니도 오늘 꿈속에서 아버지를 만나시려나. 나도 이제 방으로 들면 우리 집이야 조용하겠다. 하지만 경향 각지에서 오늘 신청자로 뽑힌 분들의 각 가정은 쉽게 잠들지 못할 것 같은 늦은 밤이었다. 2010. 4. 13

겨울 풀리는 한강 산책

●

겨울이 풀리고 처음 한강으로 산책을 나갔다. 새로 단장한 잠수교를 찍고 동호대교를 목표로 걸었다. 〈풀리는 한강가에서〉*라는 미당의 절창이 있다.

"강물이 풀리다니 / 강물은 무엇하러 또 풀리는가 / 우리들의 무슨 설움 무슨 기쁨 때문에 / 강물은 또 풀리는가." 나의 왼뺨을 문지르며 나의 보행 속도에 맞서서 강물은 흘렀다. 물은 나의 속도를 이기며 천천히 흘러갔다.

"기러기같이 / 서리 묻은 섣달의 기러기같이 / 하늘의 얼음짱 가슴으로 깨치며 / 내 한평생을 울고 가려 했더니 // 무어라 강물은 다시 풀리어 이 햇빛 이 물결을 내게 주는가." 한강 잠원지구 옆으로 햇빛과 물결은 넘실대고, 겨울을 이겨낸 풀들이 기지개를 켜고 있었다. 먹이를 찾아다니는 갈매기 몇 마리도 보였다. 몇 해 전만 해도 한강변에서 봄나물을 뜯는 것은 흔한 풍경이었다. 그러나 지난해 서울시에서 시내 하천부지나 둔치에서 자라는 쑥과 민들레, 돌나물 등 봄나물의 중금속 오염실태를 조사해보았더니 납과 카드뮴이 높게 검출되었다고 했다.

"저 민들레나 쑥니풀 같은 것들 / 또 한 번 고개 숙여 보라 함인가." 이 제 봄나물도 조심해야 한다. 그냥 눈으로 보고 말아야 한다. 서울에 살려면 눈치 9단은 갖추어야 하나니, 나물 뜯는 아낙들의 자취는 이미 끊긴 지 오래고 그저 운동하는 이들로 체육공원은 북적였다. 땀냄새가 봄내향을 덮었다. 사람들의 외면을 받는다면 자라는 풀인들 제대로 흥이 날까. 압구정쯤에서 강 건너 옥수동 매봉산 팔각정을 보았다. 낮은 키의 나무들이 희미한 봄볕을 쫓아 모여 있었다. 그리 오래진 않은 시절만 해도 강의 이쪽 저쪽 동네에선 "황토 언덕 / 꽃상여 / 떼과부의 무리들"의 풍경은 흔했으리라. 어느 집인들 길흉사를 피해갈 수 있으랴. 강 건너에는 움직이는 것

들은 안 보이고 고요한 것들만 보였다.

동호대교 아래 언덕, "여기 서서 또 한 번 더 바라보라 함인가". 강물을 보내주는 저 위의 가장 끝까지를 바라보았다. 강물 위로 내가 그 이름을 모르는 철새 한 마리가 남산타워 쪽으로 날아갔다. 허둥대는 태세가 달아난 짝이라도 찾는 듯했다. 발이 노곤해서 동호대교 아래 쉼터 의자에 앉았다. 전철이 굉음을 울리며 지나갔다. 강 바깥에는 여러 가지 속도가 있다. 쉬는 사람, 천천히 걷는 사람, 걷는 사람, 빨리 걷는 사람, 뛰는 사람, 빨리 뛰는 사람, 인라인스케이트 타는 사람, 자전거 타는 사람. 강 안쪽에도 수심에 따라 물의 속도는 다 달랐다. 빨리 흐르는 물, 흐르는 물, 천천히 흐르는 물, 맴도는 물, 고요한 물. 사람들의 계단을 밟고 세월이 지나가고 큰 물고기가 물의 계단을 밟고 나와 공중에서 꼬꾸제비를 했다. 강물이 흠, 흠 기침을 하고 나면 이내 물거품도 기우룩히 잦아들었다. 걸어왔던 곳으로 방향을 바꾸니 나의 속도에 물의 속도가 더해졌다. 나는 시의 마지막 연을 가만히 읊조리며 물고기와 나란히 아래로 걸어갔다.

"강물이 풀리다니 / 강물은 무엇하러 또 풀리는가 / 우리들의 무슨 설움 무슨 기쁨 때문에 / 강물은 또 풀리는가." 강물소리가 기어와서 내 오른쪽 뺨의 얼룩을 씻어주었다.●● 2010. 4. 17

●   " "을 차례로 연결하면 미당의 시, 〈풀리는 한강가에서〉의 전문이 된다.
●●   김기림의 수필, 〈길〉에서 부분 인용.

인왕산과 광화문의 관계

·

서울의 중심은 어디일까. 사람들은 흔히 광화문광장을 떠올린다. 그러나 최첨단 위성항법장치를 이용해 측량한 결과 서울의 지리적 중심점은 남산 정상이라고 한다. 광화문이 서울의 중심이 아닌 것을 안다 하더라도 그리 서운해하지는 않을 것이다. 광화문은 이미 세상의 중심이 되고도 남음이 있다.

버스를 타고 조계사를 지나는데 라디오에서 2시를 알려주었다. 원래 세종문화회관에서 내려 사무실까지 걸어가려고 했던 마음을 얼른 바꾸어 한국일보사 앞에서 내렸다. 경복궁을 가로질러 걸어가기로 한 것이다. 출판문화회관 앞 도로에는 일본에서 수학여행 온 고등학생들로 바글바글했다. 나는 횡단보도를 건너다 또 마음을 얼른 바꾸었다. 경복궁이 아니라 광화문 앞을 지나가기로 한 것이다. 자전거 하나 지나지 않는 자전거 도로가 멍청하게 누워 있는 곳 옆으로 나아가니 국립현대미술관 서울분원 신축 공사 가림판이 있었다.

거대한 돌 해태상이 지저분한 공사장 한켠에서 얼굴을 찡그리고 서 있는 곳을 지나자 거대한 설치미술이 보였다. 광화문 복원 현장의 가림막인 〈광화문에 뜬 달〉이었다. 이는 설치미술가 강익중의 작품으로 2,616개의 모자이크 그림패널이다. 달항아리와 백자 그림 1,582점, 인왕산 그림 948점, 단청 그림 86점으로 이루어 광화문을 형상화하고 있다. 이렇게 가까이 보기보다는 밤에 멀리서 보면 우아한 조명과 함께 어우러져 아주 멋있는 풍경을 연출한다.

강익중의 작품도 작품이었지만 오늘 내가 마음을 두 번이나 바꾸면서 굳이 여기로 온 것은 나름대로 까닭이 있었다. 그것은 고궁박물관에서 동십

자각까지 길게 늘어선 공사 가림판에 띠처럼 긴 글이 적혀 있었는데 그 글을 확인하기 위해서였다. "근정전(勤政殿)과 근정문(勤政門)에 대하여 말하오면, 천하의 일은 부지런하면 다스려지고 부지런하지 못하면 폐하게 됨은 필연한 이치입니다. 작은 일도 그러하온데 하물며 정사와 같은 큰일이겠습니까?" • "아아 광화문이여, 광화문이여, 웅대하도다. 여기에 조선이 있다는 과시를 하듯 여러 건축이 전면 좌우에 이어지고 광대한 대로가 직선으로 뻗어 한양을 지키는 숭례문과 멀리 호응하며, 한편으로 북쪽은 백악으로 숭례문과 멀리 호응하며, 한편으로 북쪽은 백악으로 장식되고 남쪽은 남산과 마주 대하며, 황문(皇門)은 그 위엄있는 위치를 태연히 차지하고 있다." ••

효자로 쪽으로 꼬부라져 왼편으로 고개를 드니 패널 속의 인왕산보다도 더 훤칠하게 인왕산이 서 있었다. 인왕은 서울을 지키는 수비대장처럼 의젓하게 멀리서 웅대한 광화문과 호응하고 있었다. 2010. 4. 20

●   정도전, 『조선왕조실록』, 1395년
●●   유종열, 『조선과 그 예술』, 1922년

이태백의 고향

●

오늘 찍은 인왕산 사진을 본다. 하늘에는 흰 구름이 잔뜩 있고 인왕산에는 신록이 완연하다. 멋대가리 없기로는 아무런 변화를 모르는 콘크리트 건물들이 단연 최고이다. 그저 겉모습만 보고서, 하늘은 노인이고 인왕은 청년이네, 라고 해서는 안 될 것이다. 하늘은 하늘의 눈으로 보아야 하며 산은 산의 언어로 말해야 한다.

지난주 뉴스 하나가 눈길을 끌었다. 중국의 시선 이태백의 고향을 둘러싸고 중국과 키르기스스탄의 도시 네 곳이 서로 치열한 '원조 경쟁'을 벌이고 있다고 《중국경제주간》이 13일 보도했다. 사천성 강유, 호북성 안육, 감수성 천수, 키르기스스탄의 토크마크가 서로 이백의 고향임을 주장하며 격전을 벌이고 있다는 것이다. 역사 기록에는 이백이 당의 서역 영토였던 안서도호부 수이예청에서 태어나 네 살 때 현재의 사천성 강유로 와 자랐으며, 20대에 천하를 주유하며 안육 등지에 머문 것으로 나와 있다. 실제 이백의 생애는 방랑으로 시작하여 방랑으로 끝났다.

중국 사람들이 아무리 오래 살아도 평생 못하는 게 세 가지 있다고 한다. 땅이 하도 넓어 제 나라를 다 구경하지 못하고 중국 음식을 다 먹어보지 못하고 한자를 다 배우지 못한다는 것이다. 이백은 중국 땅이라면 안 가본 곳이 없을 정도로 천하를 주유하였으니 그에게도 현실 사회나 국가에 관한 강한 관심이 있었던 것이다. 또 간 곳마다 빼어난 시를 남겼으니 그에게도 고단한 인생의 슬픔, 우수, 적막이 있었고 인간에 대한 연민과 절실함이 있었던 것이다.

이태백은 우리나라 사람은 아니다. 하지만 우리나라 사람치고 어릴 때부터 "달아달아 밝은 달아 이태백이 놀던 달아"라는 노래를 안 들어본 사람은 없을 것이다. 관광수입으로 직결될 고향 논쟁에서 어느 한 지방이 흔쾌히 이기기는 힘들 것이다. 각 지역은 저마다 남이 빼도 박도 못할 이유를 하나씩 다 가지고 있기 때문이다. 이태백이 고향을 그리며 쓴 〈정야사(靜夜思)〉란 시가 있다.

床前看月光(상전간월광) 침대 앞 달빛이 밝으니
疑是地上霜(의시지상상) 서리가 내린 듯 하구나
擧頭望山月(거두망산월) 머리 들어 밝은 달을 바라보다가
低頭思故鄕(저두사고향) 고개 숙여 고향을 생각하네

고향을 떠난 뒤 다시 고향으로 돌아가지 못한 채, 술에 취하여 강물 속의 달을 잡으려다가 익사하였다는 전설을 남긴 채, 객지에서 쓸쓸해 생을 마친 이백이 이 뉴스를 보면 뭐라고 하실까. 아마도 아마도 시선은 이렇게 한 수 읊지나 않으실까. 부디 내 손가락을 보지 말고 저 달을 보게나. 그리고 의심하지 말게나. 내 뛰놀던 저곳 말고 달리 또 어디가 고향이란 말인가!
2010. 4. 22

1만 시간의 숨결

•

온통 성공과 돈에 대한 이야기가 넘쳐난다. 부를 얻는 시크릿을 알려준다는 책도 불티가 난다. 글쎄, 책으로 공개되어 모두가 다 안다면 그 시크릿이 유지가 될까, 의구심이 드는데도 말이다. 『티핑포인트』와 『블링크』로 유명한 말콤 글래드웰의 또 다른 작품으로 『아웃라이어』가 있다. 아웃라이어는 본체에서 분리된 물건, 또는 표본 중 다른 대상들과 확연히 구분되는 통계적 관측치를 의미한다. 이 책에서는 보통 사람들의 범주를 뛰어넘어 눈부신 성취를 이루어낸 비범한 사람들을 뜻한다.

저자는 아웃라이어가 되는 데 필요한 첫 번째 요인은 천재적 재능이 아니라 소위 '1만 시간의 법칙'이라고 불리는 쉼 없는 노력이라고 주장한다. 1만 시간은 하루 세 시간씩, 10년을 보내야 확보되는 시간이다. 네이버에서 '1만 시간의 법칙'을 검색해보았더니 같은 이름의 책으로도 있고 김연아가 한 동작을 이루기 위하여 1만 시간을 투자했다는 등등의 이야기가 떠다니고 있었다.

정치사상을 전공하고 영산대학교에서 논어를 가르치는 배병삼 교수는 내 친구의 고등학교 친구라서 안면이 있다. 십여 년 전, 친구를 중간에 넣어서 저녁을 함께 한 적이 있다. 그날 나눈 이런저런 이야기 중에서 "옛날에는 말입니다. 말이 곧 돈이었습니다."라는 말이 아직도 기억에 남아 있다. 그도 말콤 글래드웰의 견해에 기대어 '공자의 인생에서 배우는 경영의 원리'라는 글에서 독특한 견해를 제시한다.

배 교수는 아웃라이어를 공자식으로 표현하자면 '군자'와 유사하다고 한다. "내, 열다섯에 배움에 뜻을 세웠다네. 서른 살에 자립하였고 사십에는 의혹되지 않았지. 오십에 천명을 알았고 육십에는 귀가 순해졌으며, 칠십에는 마음대로 해도 경우를 넘어서지 않았노라." 이처럼 공자의 일생도 10년을 단위로 질적 도약과 인격의 심화 과정을 보여주는데, 공자 역시 10년마다 1만 시간 이상의 노력을 투자했던 것임에 분명하다고 배 교수는 주장한다.

그는 또 이렇게 적고 있다. "이제 공자 인생의 마지막 칠십대에 얻은 성취를 살펴보자. 마음대로 하여도 경우를 벗어나지 않았다고 했다. 이것은 인간이 도달할 수 없는 궁극의 경지다. 내 마음이 쏠리는 대로 말하고 움직여도 전혀 거리낌이 없다, 라는 것은 사람이 주어진 환경과 착착 들어맞는 높은 경지를 이름이다. 비유하자면 내 마음이 꽃이 피는구나 하니 꽃이 피었고, 내 마음이 열매를 맺는구나 하니 열매가 맺히는 식이다. 벌써 이 지경이면 자연과 하나가 되어버린 것이다. 물아일체, 즉 자연과 내가 하나가 되어 틈조차 사라진 것! 공자가 평생을 두고 공부한 결과가 이것이다. 10년마다 질적 도약을 이룬 결과, 인생의 종착점에서 신의 경지를 획득한 셈이다."

지난 토요일 예술의 전당 서예관에서 볼일을 마치고 나오니 오전 11시 반경이었다. 한가했다. 국악원 주차장으로 가다가 이제까지 그냥 지나치기만 했던 국악박물관에 들어가보았다. 무료였다. 각종 국악기와 국악체험실 등 볼 만한 것들이 많았다. 이날 내가 가장 오래 머문 곳은 명인실이었다. 그곳에서 나는 다음의 글을 읽었다.

"명인들이 공력을 쌓으며 수련한 과정에 대한 수많은 이야기가 전해오는데 그 중에 하나가 조선 고종 때 젓대의 명인 정약대(鄭若大)의 일화가 있다. 정약대는 10년을 하루도 빠짐없이 인왕산에 올라가서 젓대를 불었는데 7, 8분이 소요되는 도드리 한곡을 다 불 때마다 나막신에 모래 한 알 넣기를 계속했다고 한다. 나막신에 모래가 가득 찰 때까지 연습에 몰두했는데 어느 날 나막신에서 파릇파릇한 풀이 돋아났다는 것이다. 이러한 명인들의 예술혼은 오늘 우리의 전통 예술 속에 그대로 살아 숨쉬고 있다."

 젓대란 대금을 말한다. 명인의 길은 동서와 고금을 두루 꿰뚫는 공통분모가 있는가 보다. 가슴을 도려내는 청아함을 얻기 위해 그렇게 그 신산스런 시간을 다 우려내었구나. 지금부터 내 귀로 들어오는 대금 소리들을 때마다 인왕산에서 보낸 명인의 1만 시간의 숨결을 생각하기로 했다. 2010. 4. 25

불쌍한 나이

•

"왔구나, 왔소이다. 불쌍히 죽어 황천 갔던 배뱅이 혼이 피양(평양) 사는 박수 무당의 입을 빌고……." 보통 사람들보다 2~3옥타브 높은 소리로 배뱅이굿을 부르는 저분은 인간문화재 이은관 명창이다. 언젯적 이은관인 가. 아주 오래전 우리 부모님들이 텔레비전에서 자주 보았던 분. 어린 나도 꼽사리 끼어서 보다가 눈과 귀에 익은 분. 그분이 아니던가.

지난주 금요일 저녁 7시 30분. 예술의 전당 내 자유소극장. 바로 내 눈앞에서 이은관 명창이 색소폰을 부르고 있었다. 기억도, 추억도, 이미지도, 사진도, 영상도 아니었다. 실제로 피가 흐르고 살이 따뜻한 명창의 육체였다. "제가 올해 아흔네 살입니다. 이젠 기력도 떨어져 예전만 같지 못한데 혹 조금 모자라더라도 잘 들어주세요." 배뱅이굿 본공연에 앞서 이은관 명창이 직접 작사 작곡한 서도소리 몇 가락을 먼저 부르는 순서였다. 구성진 가락을 실을 땐 흥에 겨운지 노구를 더블 S자로 떨기도 했다. 하지만 명창도 노래 부를 땐 청년이었는데 퇴장할 땐 노인임을 숨기지는 못했다. 걸음걸이가 좀 불편해 보였다.

이윽고 원래 오늘의 본공연인 '박정욱의 배뱅이굿 해원'이 시작되었다. 서도소리는 황해도와 평안도 지역에서 전승되는 민요나 잡가를 말한다 배뱅이굿은 서도소리로서 가장 유명한 것인데 그 줄거리는 다음과 같다.

"숙종 때에 경상도 태백산 아래 무당 최 부자가 살았다. 그는 황해도로 가서 최 정승으로 행세하며 두 정승과 형제의 의를 맺었다. 어느 날 세 사람은 백일기도를 하여 각각 딸 하나씩을 얻었는데, 최 정승은 딸의 이름을 '백의 백갑절'이라는 뜻으로 '배뱅〔百百〕이'라고 지었다. 배뱅이가 처녀가 되었을 때, 금강산 어느 절에서 나온 탁발승한테 첫눈에 반해서 벽장에 숨겨두고 지냈다. 머리를 기른 뒤 다시 오겠다는 중을 기다리다 지친 배뱅이는 끝내 상사병을 앓다가 죽고 말았다. 최 정승 내외는 딸 배뱅이의 넋이나마 불러보고 싶었다. 이에 팔도의 이름난 무당들이 왔으나, 아무도 넋을 불러오지 못하였다. 그때 지나가던 평양의 젊은 건달이 무당 행세를 하여 넋을 불러주었다. 최 정승은 그에게 재산의 절반을 주었다."

건달이 무당 행세를 하면서 배뱅이를 불러내는 절정의 대목에서 이은관 명창이 등장했다. 명창은 다시 청년으로 돌아가, "왔구나. 왔소이다. 배뱅이가 왔소이다"를 힘껏 불렀다. 나는 굿이라고 하여서 무속의 종교제의를 생각했으나 배뱅이굿은 남도의 판소리에 해당되는 서도의 판소리였다. 아주 귀에 익은 가락이지만 무슨 저런 청승이 있느냐며 그간 외면했던 소리였다. 여러 우회로를 거쳐서 이제는 나서서 이런 가락을 찾게 되었다. 공연이 끝났다. 나는 기립하여 박수를 쳤다. 다들 일어날 줄 알았더니 드문드문 몇 사람만 일어섰다.

몇몇 관객들이 이은관 명창한테 가서 사진도 찍고 악수를 했다. 나도 갈까 하다가 병풍처럼 뒤에 서서 계속 뒷풀이 노래를 부르고 있는 박정욱 소리꾼한테 가서 땀으로 얼룩진 얼굴과 인사하고 악수했다. 스승을 충분히 예우하는 모습이 참 좋아 보였다. 무대에 서보니 소품으로 중앙에 걸려 있던 배뱅이의 삼베 치마저고리가 한결 생생했다. 관객이었던 나도 이젠 무대를 떠나야 할 때. 극장 밖으로 나가는 길이 그대로 황천길로 연결된다면? 엉뚱한 상상을 해보았지만 그래도 나는 괜찮다는 배짱으로 퇴장했다. 이은관 명창보다야 못 하지만 배뱅이보다는 그래도 훨씬 오래 살았다. 이제부터 나는 비록 뜻밖의 사태가 와도 적어도 불쌍한 나이는 넘어서지 않았는가. 2010. 4. 27

티베트의 다섯 사내

•

2010년 4월 25일 일요일 점심 무렵. 히말라야는 날씨가 안 좋았던 모양이다. 서울의 날씨도 화창하지는 않았다. 나는 느긋하게 텔레비전을 보고 있었다. 어머니 좋아하는 〈전국노래자랑〉이 결방되었기에 이상하다 했는데 자막이 흐르고 있었다. "오늘 방송 예정이었던, 오은선, 히말라야 14좌 완등! 방송은 강풍과 눈사태 등 악천후로 인해 다음으로 연기되었습니다. 이 점 양해 바랍니다." 임시 편성을 했는지 〈특집 앙코르, 차마고도〉가 나왔다. 늦은 점심을 먹고 나니 제2편 순례의 길이 방송되고 있었다. 3년 전 나는 이 방송을 보았었다. 그러나 다시 보아도 눈을 떼려야 뗄 수가 없었다.

중국 사천성 더거현에 사는 다섯 명의 야크목동들이 티베트의 라싸까지 순례의 길을 떠난다. 셋은 젊었고 둘은 늙었다. 그냥 걷는 것도 아니고 오체투지로 간다. 더거현에서 라싸까지는 2천 1백 킬로미터. 서울에서 부산까지 갔다가 서울로 왔다가 또 부산까지 갔다 서울로 온 뒤 다시 서울에서 경주쯤까지 가야 하는 거리이다. 다섯 순례자들은 순례하는 동안, 살생하지 않으며, 거짓말을 않으며, 모든 욕망을 멀리할 것을 활불 앞에서 맹세한 뒤 길을 떠난다. 셋은 오체투지를 하고 둘은 식량과 야영할 물품을 실은 수레를 끈다. 수레를 끄는 것도 순례와 똑같은 행위인 것이다. 하루에 이동거리는 고작 6킬로미터 남짓. 개울을 만나면 개울 폭을 자신의 키로 환산한 뒤 제자리에서 그만큼 오체투지를 하고 개울을 건넌다. 비도 오고 눈도 온다. 빙판에서도 오체투지를 한다.

날이 저물 무렵이면 수레 끄는 두 사람이 자리를 잡고 저녁을 준비하고 잠잘 준비를 한다. 변변한 텐트도 없다. 그저 얇은 이불에서 밤새 딱딱하게 굳은 몸을 꺼내 또 길을 나선다. 왜 오체투지 순례를 합니까, 누군가 질문을 하였다. 사람의 힘으로 태어나기 어려운데 인생을 낭비하고 싶지 않습니다. 언젠가는 죽을 것을 알기 때문에 죽음을 준비합니다. 다시 태어날 다음 생을 준비하기 위하여 순례를 합니다. 순례 도중 가장 나이가 많은 이가 기관지가 나빠 병원에 간다. 의사는 당장 순례를 그만두라고 한다. 하지만 그는 그럴 수가 없다. 어쩔 수 없이 막내가 수레를 끌고 그는 걸어서 간다.

서울의 나는 포만감에 졸음을 이길 수가 없었다. 깜빡 선잠에 들었다가 깨고 보니 아직도 티베트에서는 순례가 계속되고 있었다. 두 사람은 애벌레처럼 꿈틀꿈틀 기어서 가고 두 사람은 소처럼 터벅터벅 걸어서 간다. 기관지 환자는 무한대의 시선을 유지하며 조용히 뒤를 따른다. 그들의 순례 길에는 아무런 스폰서도 없고 이동하는 데에는 석유 한 방울 들지 않는다. 가장 큰 고비인 해발 5천 4백 미터의 마리산을 넘는다. 이젠 내리막길이라서 속도도 붙는다. 환자도 많이 회복되었다. 다시 둘은 끌고 셋은 오체투지를 한다. 순례를 시작한 지 185일째 드디어 라싸가 보인다. 그들은 자동차, 사람들이 들끓는 라싸 시내에서도 오체투지를 계속한다. 그리고 마침내 조캉사원 앞에 이르러 흰 수건을 목에 거니 이때가 2007년 4월 21일이었다. 그런데 여기가 끝이 아니었다. 그 자리에서 그들 다섯은 또 새로운 순례를 떠난다. 제자리에서 약 두 달간 오체투지로 절을 하는 것이다. 그 회수가 십만 번. 무려 100,000번의 굴기! 그리고 둘은 귀향하고 둘은 출가하고 한 사람은 돈 벌러 떠난다. 서울에 있던 나는 저녁 약속에 앞서 헌책과 고물이나 보겠다며 동묘 풍물시장으로 떠났다.

2010년 4월 27일. 퇴근시간이 좀 지나자 연합통신에서 〈오은선, 세계 여성최초 히말라야 14개봉 정복〉이란 속보가 나왔다. 나는 일찍 집으로 와 9시 뉴스를 보았다. 내일은 전국적으로 강풍, 황사, 천둥, 번개를 동반한 비가 온다고 예보했다. 우박이 내리는 곳도 있다 하였다.

2010년 4월 28일. 서울은 오전에는 맑았는데 11시경부터 비가 내리기

시작했다. 오후 2시경 나는 걸어서 인왕산에 올라 정상에서 10여분 간 머물렀다. 시내 곳곳에서 바람이 도심을 희롱하고 있었다. 안개와 비가 강풍한테 이리저리 쫓겨다니는 풍경이 장관이었다. 사진도 몇 방 찍었다. 남산을 보면서 히말라야를, 서울 시내를 보면서 티베트의 다섯 순례객을 떠올렸다. 그리고 서둘러 하산했다. 행여 넘어질까 그래도 좀 덜 질컥한 곳을 골라 디디는 나는 대체 뭘 하는 작자일까. 산을 내려오는 동안 내내 티베트의 다섯 사내를 생각했다. 앞으로도 혹 내가 무슨 일을 함에 있어 주저하는 대목 앞에서는 그들을 호명하기로 했다. 2010. 4. 28

서울의 사랑과 신화

•

그날, 일요일, KBS 다큐〈차마고도〉에 등장하여 오체투지하였던 티베트의 다섯 사내와 작별하고, 집을 나와, 버스를 타고, 동묘의 풍물시장에 들러, 1980년대에 일월서각에서 출간한 『백팔번뇌』를 비롯해 여덟 권의 헌책을 사고, 도착한 곳은 남산 기슭에 자리한 국립극장이었다.

저녁 6시. 달오름극장에서는 인도의 전통춤인 오디시(Odissi) 공연이 있었다. '인도의 사랑과 신화.' 오디시는 인도 북동부 오리사 주에서 비롯된 고전무용으로 고대 힌두사원에서 신을 찬양하기 위해 무희들이 추던 춤이다. 우리나라 사람으로서는 최초이자 유일하게 인도에서 춤을 배우고 있는 금빛나 씨. "어느 날 우연히 본 인도영화에서 오디시의 춤사위를 처음 접하고 강하게 끌렸어요. 3년 동안 이 춤이 무엇인지 수소문했으나 알 수가 없었죠. 이후 스리랑카 콜롬보에서 불교를 공부하던 중 이 춤이 오디시라는 걸 알게 됐죠." 일주일 만에 스리랑카 생활을 모두 정리하고, 오디시 스승들의 주소만 달랑 챙겨 인도로 향했다는 그녀가 대단해 보였다. "저는 전생에 인도 사람이었던 것 같아요. 이렇게 짧은 시간 안에 인도에서 인정을 받은 것도 그래서 그렇다고 느낄 때가 많아요." 자신이 과연 누구인가를 찾다가 자신이 할 일을 찾은 그녀가 참으로 빛나고 대견해 보였다.

그녀는 서강대학교에서 철학과 출신이다. 부전공으로 종교학, 불문학을 두루 공부하였다고 한다. 궁리를 외곽에서 돕는 이들 중 서강대 출신이 많다. 궁리 편집위원 중 한 분이 금빛나 씨의 선배이다. 그이 덕분으로 붓다의 나라인 인도에서 신을 찬양하는 춤을 보는 호사를 이날 나도 누리게 된 것이었다.

총 4부로 금빛나 씨 본인이 직접 기획하고 연출한 공연은 예술과 학문의 여신들, 스승들, 관객들에게 정중한 합장의 예를 올리는 〈헌신의 춤〉으로

시작되어 마지막으로 인도인들의 인생의 염원이자 목표인 해탈을 그린 〈해탈춤〉으로 마무리되었다. 금빛나 씨는 볼 대신 손등과 손바닥, 발등에 붉은 곤지를 찍고서 춤을 추었다. 강렬했다. 금빛나 씨는 작고 아담한 체구로서 인도 고전무용에 딱 어울린다는 아우라를 몸에서부터 풍기고 있었다. 연꽃을 딛고 아름다운 춤동작을 취한 금빛나 씨의 모습 위로 초승달이 떠 있는 팸플릿을 들고 밖으로 나오니 남산 기슭도 어두워져가는 중이었다.

　멀리 아차산 쪽으로 하현달이 떠 있었다. 문득 우리 서울에도 사랑 말고 신화를 좀 발굴하면 안 될까, 하는 생각이 들었다. 내 고향의 조그마한 시골에도 많은 지명이 있다. 따뱃골, 자루골, 돼지모티, 충충골, 문밧골, 어붕골, 나들끼, 새터, 새총골, 엉기뒷골, 고방골, 뒤엉재, 분통골, 내리방석, 명태바위, 돌팍보, 둥근배미, 당산골, 개삼밭, 넓덕골, 묵은터, 반송지, 덕고개, 쉬고개, 잿담, 바깥뜰*…… 골짜기 골짜기마다에는 사연들도 많다. 어머니한테 들으면 어느 골짜기에는 전설도 있다. 내 고향에 견주어 서울에서야 말해 무엇하랴. 남산골, 인왕골, 왕십리, 세검정, 여의나루, 마포, 압구정, 아차산…… 그러나 오늘날 서울의 모든 랜드마크는 삐까번쩍하는 빌딩이 다 차지하고 있다. 그리고 그 안팎에선 너무나 시시하고 흔해빠진 사랑이 발에 채인다. 이제 서울의 골짜기나 시내나 산은 이름으로만 남았고 흔적도 없다. 분명 애초에는 서울의 곳곳마다 신화는 분명 있었을 텐데! 서울의 골짜기 골짜기에도 전설이 수두룩 빽빽이었을 텐데!

　힌두교와 불교 철학이 녹아 있는 인도 전통춤에 한 시간 동안 매료되었다. 그리고 남산 기슭에서 달을 보았다. 그리고 이제는 영영 사라진 서울의 신화에 대해서도 생각해보았다. 허전했다. 2010. 4. 29

＊　내 입에 너무나도 익숙한 이 말들을 나는 오늘 처음 문자로 적어보았다. 어릴 적 소 먹이러, 칡 캐러, 나무 하러, 꼴 베러, 열매 따러 자주자주 다녔던 곳들이다. 막상 글로 적으려 하니 제대로 맞는지 잘 모르겠다. 이 사실이 퍽 신기하고 놀랍다.

봄

5월

헌책방에서 꿈꾸기

•

처지를 바꾸어 남의 입장을 헤아려본다는 역지사지(易地思之), 내 몸을 쪼였다가 튕겨나가는 빛을 구부려 나를 다시 비춘다는 회광반조(廻光返照). 내가 좋아하는 사자성어(四字成語)들이다. 그러나 그냥 좋아하는 것을 넘어 나를 변화시킨 네 글자가 있다. 꿈꿀 권리. 서른이 되었을 무렵, 우연히 들른 헌책방에서 만난 책 제목이었다. 이 네 글자는 그야말로 내 눈알을 뚫고 꺾어져 갈비뼈를 지나 복잡한 가슴에 꽂혔다. 이 말이 방아쇠가 되어 나는 전혀 새로운 과녁을 향해 발사되었다. 내게 꿈이라도 있었던가? 나는 너무나도 뒤늦게 내가 당연히 누려야 할 권리 중 권리 하나를 방치하고 있다는 것을 깨달았다.

호프집 문지방이나 뻔질나게 드나드는 것밖에 몰랐던 발걸음이 헌책방을 익숙하게 찾아들게 된 것도 그 이후부터였다. 요즈음엔 거의 사라졌지만 1980년대만 하더라도 웬만한 곳에선 헌책방이 쉽게 눈에 띄었다. 주말이면 청계천 헌책방 거리에도 가보긴 했지만 정작 내 마음이 포식을 한 곳은 암사동 사거리였다. 지금은 전망 하나 없는 지하철 8호선이 씩씩거리며 달려드는 곳이지만 그때엔 제법 규모가 큰 헌책방이 두 군데나 들어서 있었다. 퇴근하면서 자연스레 지나는 곳이라 일주일에 서너 번은 꼭 그곳엘 들렀다.

자주 드나들다 보니 요령도 생겼다. 내가 헌책방에서 책을 고르는 첫째 기준은 출판사를 보는 것이었다. 신뢰할 만한 출판사 명단이 자연스럽게 머릿속에 작성되었다. 당시 내가 가장 좋아했던 출판사는 이름도 낭만스러운 일월서각(日月書閣)이었다. 그 출판사에서 나온 책은 웬만하면 다 내 차지였다. 한문 원전을 별책부록으로 꾸민 혜초의 『왕오천축국전』을 구입했던 기억은 지금도 새롭다.

또 하나 생각나는 헌책방이 있다. 과천 정부청사 근처에 있던 것으로, 넝마대장으로 유명한 윤팔병 씨가 운영하는 곳이었다. 그는 철학자 윤구병 씨의 바로 윗형이다. 그곳은 분위기부터 여느 헌책방과는 달랐다. 주인장의 호탕한 기운이 칸칸마다 빼곡히 들어차 있었다. 커피라도 한 잔 얻어 마시면서 묵은 책들의 향을 흠뻑 몸에 적시고 나오면 기분이 참 좋았다. 한하운의 『보리피리』 초판본을 구입한 곳도 그곳이었다. 볼품없이 초라해 보이는 책이라서 그냥 끼워줄 줄 알았더니 3만 원을 달라고 했다. 당시로서는 거금이었다. 어느 날엔 검은 양장본의 철학책을 펼쳤더니 반으로 접은 미농지가 나왔다. 윤구병 씨의 서울대학교 철학과 졸업증명서였다. 지금은 보물섬이라는 이름으로 파주출판도시로 자리를 옮겼다고 한다.

『꿈꿀 권리』. 가스통 바슐라르 지음, 이가림 옮김, 열화당 발행. 이 책을 나는 읽어내지 못했다. 가방끈도 짧았지만 머리끈은 더욱 형편없이 짧았기 때문이다. 하지만 이 책은, 아니 이 제목은 그 어떤 것보다도 심대히 나에게 영향을 미쳤다. 요즘 내가 너무 돈벌 궁리에만 빠져 있는 것은 아닌지 의심이 들라치면 한 번씩 중얼거려본다. 꿈꿀 권리! 2010. 5. 6

누런 소가 보고 싶다

•

소가 좋았다. 사진을 보다가도 소를 찍은 것을 보면 나의 시선은 오래 머문다. 소에 관한 책을 하나 만들고 싶었다. 내가 엉성하게 기획한 것은 소에 관한 사진과 글이 어우러진 책이었다. 잘 찍은 소 사진과 함께 소를 다룬 좋은 글을 배치하는 것이었다. 김소월의 시부터 시작해서 현대 젊은 시인들의 시와 산문을 포함해 소가 등장하는 글을 모았더니 의외로 많았다. 편편이 주옥같은 글이었다.

"꽃 피고 새가 우네, 이 좋은 봄에 / 거름 싣고 이 몸은 밭을 가노라 / 등 가죽엔 붉은 피 멍이는 목에 / 채찍은 벼락질을 이내 엉덩이"(〈소는 운다〉, 김소월) "병이 들면 풀밭으로 가서 풀을 뜯는 소는 인간 / 보다 靈해서 열 걸음 안에 제 병을 낳게 할 약이 / 있는 줄을 안다고"(〈절간의 소 이야기〉, 백석) "소는 식욕의 즐거움조차를 냉대할 수 있는 지상 최대의 권태자다. 얼마나 권태에 지질렸길래 이미 위에 들어간 식물을 다시 게워, 그 시금털털한 반소화물의 미각을 역설적으로 향락하는 체해보임이리요? 소의 체구가 크면 클수록 그의 권태도 크고 슬프다. 나는 소 앞에 누워 내 세균같이 사소한 고독을 겸손하면서, 나도 사색의 반추는 가능할는지 불가능할는지 몰래 좀 생각해 본다."(〈권태〉, 이상) "물 먹는 소 목덜미에 / 할머니 손이 얹혀졌다. / 이 하루도 / 함께 지났다고, / 서로 발잔등이 부었다고, // 서로 적막하다고."(〈묵화〉, 김종삼)

사진은 광화문에 사무실을 두고 활동하는 어느 작가를 염두에 두었다. 그분의 사진에는 소가 제법 많이 등장한다. 그분의 작품집에서 고른 사진이 궁리 사무실 벽면에 붙어 있다. 남편이 쟁기로 밭을 가는데, 소가 말을 잘 안 듣는지 아내가 앞에서 소고삐를 끄는 사진이다. 당시 《문화일보》에서 근무하던 선배가 다리를 놓아 작가를 광화문에서 만나뵈었다. 기획취지를 말씀드렸더니 좋다고 하시면서 소가 있는 사진이 부지기수라서 정리를 하자면 시간이 필요하다고 했다. 다음 해가 마침 소띠, 기축년이기도 해서 그때 맞추면 좋겠다 싶었다. 하지만 나로선 너무 어려운 분이었고 마냥 조를 수도 없어 뜻대로 되지를 아니했다. 언젠가 작가께 "지난번 건 궁리해주십시오." 했더니 "잘 알겠습니다. 궁리란 천천히 하는 것이겠지요." 하는 메일을 보내주셨더랬다. 그게 벌써 3년 전 이야기이다.

봄은 우리에게 어떻게 올까. 봄을 맞이하는 각심은 서로에게 한 가지씩 있을 것이다. 우리나라 일간신문들은 으레 농부가 소를 몰고 쟁기질을 하는 사진을 1면에 싣는 것으로 바야흐로 천하에 봄이 충만하였음을 알린다. 땅심을 도두는 데 경운기나 이앙기보다는 쟁기가 최고라 믿는 사진 속의 농부 옆에서 노란 산수유가 활짝 펴 봄기운을 보태기도 했다. 근데 올해 그 전통이 깨져버렸다. 나는 청명을 지나면서부터 은근 기대를 하면서 소의 등장을 기다렸는데 올해는 비켜가고 말았다. 어느 신문에서도 소 사진을 싣지 않았다.

날씨도 갈팡질팡했고 유난히 슬프고 분하고 어처구니없는 일들이 많이 생긴 탓이었을까. 그런데 좀 이상한 사진들이 신문을 장식했다. 그것은 싱그러운 들판이 아니라 마구잡이로 파헤쳐진 강의 둔덕, 언덕, 습지, 숲, 둔치, 사구, 모래톱, 텃밭, 여울, 농지였다. 그곳에서는 누런 소가 아니라 노란 굴삭기들이 들러붙어 있었다. 그것들은 황야의 무법자처럼 마구 돌아댕기는 중인 것 같았다.

명동성당에 갔다가 녹색평론사에서 펴낸 소책자 『낙동강 before & after』를 보았다. 나도 모르게 신음이 절로 나왔다. 지금 우리나라의 주요 강들은 어디로 어떻게 흐르고 있는가. 이태준의 〈소〉라는 글의 한 구절이 떠올랐다. "아츰 안개가 자욱하게 끼어 있는 종로 큰길에는 우뚝우뚝 큰 집들

이 무슨 괴물과 같이 나타나 있을 때 전차나 자동차가 다닐 아스팔트길 우에 어울리지 않는 웬 황소 세 마리가 뚜벅뚜벅 걸어가고 있었다. '정육(精肉)'이라고 쓴 붉은 구루마 하나를 끄을고…… 그들은 죽으려 가는 길이다." 2010. 5. 9

빙그레 웃는 여학생

•

아주 오래전 일이다. 집에서 학교까지 가려면 잠실과 고속터미널에서 시내
버스를 갈아타야 했다. 어느 날, 고속터미널 정류장에서 내리다가 등에 뭔
가 불룩한 것이 있다는 것을 알았다. 손을 뒤로 돌려 빼보니 수건이었다.
아침에 급히 세수하고 얼굴 닦은 수건을 등에 걸친 채 그대로 옷을 입은 것
이었다. 얼른 검은 가방에 꾸겨 넣었지만 알 사람들은 다 알고 난 뒤였다.
창피했다. 뒤따라 내리던 여학생 하나가 빙그레 웃었다. 틀림없이 나를 보
고 웃는 것 같았다. 그 여학생을 먼저 보내고 다음 버스에서 생각해보니 비
웃음인 것 같았다. 좀전의 내 과거를 아는 이가 아무 없는 곳인데도 얼굴이
화끈했다.

얼굴을 문지른 뒤 떨어져 나가야 할 수건이 내 등으로 옮겨붙은 건 분명
이상한 일이긴 했다. 그러나 정작 더 이상한 것은 왜 그 불편한 사실을 그
리 오랫동안 몰랐느냐는 것이었다. 짧은 옷도 입었고 물기도 제법 축축했
는데도 왜 눈치를 못 챘을까. 대체 나의 감각은 어디로 갔더란 말인가. 내
몸도 내가 다 관할할 수 없다는 것을 그때는 잘 몰랐었다.

그 비슷한 시기에 신문의 해외토픽 난에서 어느 과학자의 기발한 상상력
을 접하고 무릎을 쳤었다. 인터넷이 없었던 시절이었다. 그 과학자에 따르
면 이 지상을 건드리고 나간 빛들은 우주 구석 그 어딘가에 차곡차곡 쌓여
있다고 했다. 해서 먼지처럼 쌓인 그 빛을 꺼내오면 아득한 옛날, 옛사람들
의 모습을 재현해서 다시 볼 수 있다는 것이었다. 이 지상에서 빛의 속도는
뛰어넘을 수 없는 절대속도이기에 그의 상상이 현실에서 실현되기는 쉽지
는 않을 것이다. 하지만 인간은 이룰 수 없는 것은 또한 상상하지 않는다고
하잖은가.

반팔 옷을 꺼내 입은 오늘 문득 그런 생각들이 꼬리에 꼬리를 물었다. 나의 하루하루 일상을 찍어가는 빛들이 인왕산 저 너머 너머로 아득히 가고 있다. 내 여하간 그 모오든 수단을 동원하여, 몸을 가뿐하게 정리한 뒤 부지런히 바삐바삐 쫓아가자. 그러면 벌써 아쉬운 당장의 어제도 만나고 모래알 팍팍한 완대초등학교 운동장을 달음박질하는 까까머리도 만나고, 종내에는 막 융기하는 인왕도 만날 수 있을 테다. 물론 빙그레 웃고 있는 그 여학생도! 2010. 5. 10

봄날은 간다

●

봄에 비가 오면 〈봄비〉를 부르고 봄날이 찾아오면 〈봄날은 간다〉를 흥얼 거린 지도 몇 년 되었다. 〈봄날은 간다〉는 3절까지 있는데 후반부로 갈수 록 가사가 더 좋다. 그러나 통상 2절까지만 부른다. 사실 노래에도 기승전 결이 있는 것이니 가사는 점층식으로 되어 마지막 가사가 대부분 꽃에 해 당된다. 그러니 특히나 흘러간 노래의 1절만 아는 이들은 꽃받침만 보고 꽃잎은 못 본 것이라 할 수 있겠다. 러시아 속담에, 가장 좋은 것은 앞날에 있다, 라고 했다지만 노래 가사는 좋은 것이 뒤에 있는 경우가 많다. (실은 노래를 직접 부르다 보면 3절은 나중에 부르게 된다. 즉 가사도 좋은 것은 앞날에 있는 셈이기도 하다.)

노래방에서 〈봄날은 간다〉를 신청하면 시간 때문인지 2절까지만 나온 다. 무릇 좋은 노래는 가사나 곡조에 급소가 한두 개쯤 있기 마련이다. 나 에게 이 노래의 급소는 두 군데 있다. 하나는 1절에 나오는 '알뜰한 맹세' 라는 표현이다. 형용사를 많이 쓴 가사는 조미료 덕 보려는 음식 같거나 화장발로 재미 보려는 여인 같아 영 부르기가 거북하다. 자코메티의 조각 처럼 가급적 뼈대만으로 이룩된 노랫말이 나는 좋더라. 근데 이 경우에는 꼭 들이맞는 열쇠처럼 맞춤하다. 굳이 형용사를 쓰려면 이렇게 써라, 라 고 모범을 보이는 것 같다. 그리고 나머지 하나는 3절의 첫 소절이다.

멋도 넘치고 흥도 낭자한 선배를 따라 자주 가는 술집이 있다. 그곳에서 는 어떤 날 영업시간 내내 〈봄날은 간다〉만을 틀어주기도 한다. 그러니 그 노래만을 들으러 그 가게에 온다는 손님도 있다. 손님과 술집이 쿵짝이 잘 맞는 셈이다. 그날도 그날이었다. 여러 가수가 저마다의 음색으로 부르는 〈봄날은 간다〉가 흘러나왔다. 첫 순서는 한영애가 불렀다. 그리고 이동원이 나섰다. 기교를 부리지 않고 연분홍 치마가 봄바람에 휘날리듯 낭랑하게 부르는 이는 이 곡의 주인인 백설희였다. 뒤를 이어 조용필이 마이크를 잡았다. 그는 가왕답게 가사의 말맛을 잘근잘근 씹어가며 맛있게 불렀다.

다음 순서가 흐를 때, 선배가 가수를 한번 알아맞춰보라고 했다. 귀를 쫑긋 세워보았지만 가수의 이름을 떠올리는 데에는 별 도움이 되지를 못했다. 이름을 듣고서야 아하, 그이였구나 했다. 김도향이었다. 심수봉은 1절만 부르고 문주란이 뒤를 이었다. 마지막은 장사익의 차례였다. 그의 목소리로 내가 생각하는 급소가 포함된 3절을 들을 수 있었다. "열아홉 시절은 황혼 속에 슬퍼지더라 / 오늘도 앙가슴 두드리며 / 뜬구름 흘러가는 신작로 길에 / 새가 날면 따라 웃고 새가 울면 따라 울던 / 얄궂은 그 노래에 봄날은 간다." 내가 워낙 폭 빠져 듣는 것을 보더니 술집 주인이 여분이 많다면서 CD를 한 장 주었다. 원래 20여 명의 가수가 부른 것이었는데 8명으로 압축한 CD라고 했다.

지난주 〈봄날은 간다〉의 원주인인 가수 백설희가 타계했다는 소식을 들었다. '봄날은 간다'의 가수답게 봄날에 간소하게 가셨으니 얄궂은 운명이 아니라 알뜰한 생애인 것 같았다. 이젠 그만 실없는 기약이 되고 말았지만, 빈말이 아니라 쟁쟁한 가수들 중에서 그래도 원주인의 노래가 가장 좋았다. 이 점을 뒤늦게나마 고인한테 전하고 싶다. 아, 수상한 봄날이 가고 있다. 2010. 5. 11

빨대론

*

대형 마트의 건물은 감옥 같다. 유리창도 하나 없다. 시간을 잊고 오래오 래 쇼핑하라고 시계도 걸어놓지 않는다. 이 건물의 주인을 대리하는 관리 인은 모니터로 마트의 구석구석을 지켜보고 있을 것이다. 휴일이면 떼지 어 몰려와 눈에 보이는 대로 마구 집어가는 사람들이 물신(物神)의 눈에 는 얼마나 기특하게 보일 것인가.

지하에는 식품부가 있어 온갖 산해진미가 가득그득하다. 많고 많은 코 너 중에서 음료수 코너에 가면 맹물은 물론이요 온갖 종류의 캔과 주스가 쌔고 쌨다. 톡 쏘는 맛도 있긴 하지만 대부분 달콤하다. 그 중 하나 집에 가지고 와서 지금 빨대로 꽂아 마시는 건 델몬트 사과 주스. 그 많고 많은 것 중에서 겨우 이 주스 하나 맛보는 것이다. 쪽쪽 빨아먹고 난 뒤 따봉! 소리쳐보지만 남는 건 겨우 델몬트 빈 깡통이 전부다.

마찬가지다. 세상을 본다는 것은 눈에서 뻗어나간 빨대를 세상에 꽂는 다는 것이요, 세상을 안다는 것은 그 빨대로 빨아먹는다는 것이다. 나는 우물 안의 개구리처럼 내 안에 앉아서 빨대로 세상을 본다. 내가 빨대로 싹 긁어오면 그곳은 순식간에 폐허로 변한다. 보는 빨대는 좁은데 말하는 입은 그 빨대보다 항상 넓다. 네가 보는 곳에 나는 포함되니 나는 너의 폐 허 속에 있는 셈이다. 따발총처럼 퍼붓는 우리의 시선들 끝에 매일매일 투 명한 감옥이 건설되고 있다. 그 감옥 입구에는 누군가 한 사람이 항상 서 있다. 2010. 5. 13

202

하늘의 축구장

•

차체의 진동에 눈을 뜨고 보니 대전을 지나고 있었다. 낮술의 위력은 대단해서 어질감이 전신으로 몰아쳤다. 두 시간 전에 나는 거창 시외버스터미널에서 서울행 버스를 탔었다. 버스를 타기 20분 전엔 터미널 옆 구멍가게에서 친구들과 이별주로 급하게 찬 맥주를 몇 잔 들이켰었다. 일년에 한 번 있는 완대초등학교 동창회를 마치고 부산, 대구, 마산, 울산 등으로 뿔뿔이 흩어지는 길이었다. 이제 그 후유증을 톡톡히 치르고 있는 것이다.

목을 축이기 위해 마셨지만 그 때문에 목은 더욱 말랐고 이젠 사방이 가로막힌 차 안이다 보니 달리 방법이 없었다. 나의 사정은 아랑곳없이 차는 제 할 일만 하고 있었다. 어서 목적지에 가서 조금이라도 쉬고 싶은지 목에서 가래 끓는 소리를 내면서도 줄창 달리기에 열중할 뿐이었다. 여름 기운이 물씬한 오월의 햇볕이 차창과 커튼을 뚫고 따갑게 파고들었다. 다시 잠을 청했지만 이미 달아난 잠은 도무지 돌아올 줄 몰랐다. 맥주의 뒤끝에 따라오는 볼일 걱정이 슬금슬금 차오를 무렵이었는데 다행히 버스는 죽암 휴게소로 들어서고 있었다.

화장실에 들러 방광을 비우고 커피로 속을 달래고 제자리에 앉으니 차는 곧 출발했다. 7시가 가까워지고 커튼을 젖히니 하루를 정리하는 하늘과 땅은 붉게 상기되어 있었다. 그때였다. 운전기사가 버스 정면에 설치된 텔레비전의 채널을 돌렸다. 축구 국가대표팀 경기가 막 시작되고 있었다. 월드컵 출전을 앞두고 에콰도르 국가대표팀과 실전을 방불케 하는 평가전을 치르는 것이었다. 우리나라는 마라도나가 이끄는 아르헨티나와 같은 조인데 남미 축구의 예행 연습으로 그 팀을 부른 것이었다.

화면으로 보아도 상암동 월드컵경기장은 분위기가 후끈 달아 있었다.

이윽고 경기 시작을 알리는 휘슬이 울리고 조그만 공을 두고 22명의 사내들이 거칠게 몸싸움에 돌입했다. 축구공이 운동장 바깥으로 나가거나 반칙이 생겨 잠시 흐름이 끊어지면 텔레비전에서는 열심히 응원하는 관중석의 붉은 악마를 비춰주었다. 그럴 때면 나는 시선을 창밖으로 돌렸다. 문득 나는 노을 지는 하늘을 거대한 축구장으로 상상해보았다. 엄청나게 크고 아름다운 경기장. 전 세계 축구팬들의 이목을 받으며 월드컵 본선이 열릴 남아공의 경기장도 이보다 아름다울 수는 없을 것 같았다.

그러자 그곳에서도 또 한 편의 경기가 펼쳐지는 것이었다. 붉은 악마가 던진 공일까. 붉은 축구공 하나가 서쪽으로 굴러가고 있다. 관중석에는 이따금씩 쳐다보는 나를 비롯해 노을에 물든 붉은 구름들이 가득 응원한다. 하늘에 뜬 공은 아무도 드리블하는 이가 없다. 그저 내가 눈으로 몰고 갈 수밖에 없다. 거친 태클도 백패스도 없다. 그냥 순조롭게 공을 몰고 가면 된다. 다만 가끔씩 공장 굴뚝, 고층 아파트 건물 또는 산등성이가 달겨들어 공을 빼앗아간다. 하지만 나는 골 욕심이 전혀 없기에 그냥 내버려둔다. 그저 조금 있으면 공이 드리블하는 내 눈에 저절로 들러붙는다.

한편 박지성 선수가 제비같이 날아들어 세 명을 제치고 나가다가 상대 수비수에 걸려 넘어졌다. 터치라인을 넘기 직전의 공을 이동국 선수가 간신히 살려 올려주었다. 염기훈 선수가 이마를 갖다대었다. 공은 골대 맞고 튀어나왔다. 탄성이 흘렀다. 그렇게 많은 붉은 악마들의 응원과 선수들의 집념에도 불구하고 골은 터지지 않았다. 골대 안으로 들어가야 할 축구공은 허공으로 날아가거나 관중석으로 벗어나기 일쑤였다. 그렇게 전반전이 끝났다. 차도 서초동 남부터미널로 들어섰다. 내 눈을 떠난 하늘의 축구공이 저 혼자 깜깜한 서쪽 골문으로 빨려들고 난 뒤였다. 붉은 악마, 아니 붉은 구름도 뿔뿔이 흩어진 뒤였다. 2010. 5. 16

다산 묘소에서 운명을 만나다

•

지난주 금요일, 남양주시 조안면 능내리에 있는 다산기념관 주차장에 도착하니 햇볕이 제법 따가운 오후 4시 무렵이었다. 궁리 식구들과 주말을 피해 엠티를 갔다가 오는 길이었다. 간밤의 폭음과 유명산 고개의 포장마차에서 가볍게 때운 점심식사 탓인지 모두들 지쳐보였다. 나는 한 가지 확인하고 싶은 게 있어서 일행에서 떨어져 혼자 다산의 묘소로 난 길을 더위잡아 올라갔다. 평일이라 사람들은 드물었다. 다산기념관을 지나고 생가를 지나 야트막한 동산에 올라 다산과 부인 풍산 홍씨가 나란히 합장되어 있는 무덤에 참배하였다. 그리고 묘소 앞에 서 있는 비석 앞으로 갔다. 文度公茶山丁若鏞 淑夫人豊山洪氏之墓.

몇 년 전 이곳에 왔을 때의 일이다. 그때도 다산 묘소를 참배했는데 비석의 우측면을 읽다가 그만 첫 대목에서 콱 막혔다. 厖. 도통 짐작할 수 없는 한자였다. 관심을 가진다고 실력도 따라온다면 얼마나 좋을까. 그때까지 한자에 대한 관심은 제법 있다고 믿었기에 약이 올랐다. 대충 눙치고 집에 와서 확인을 해보니 또 한번 놀랐다. 그것은 주로 철학이나 인문학 분야의 책 머리말에서 자주 접했던 한자가 아닌가. 방대하다는 말, 자주 쓰지 않는가 방대(厖大)°, 클 방 큰 대. 엄청나게 큼. 방대한 한자의 세계에서 그대 서당 삽살개 3년 정도의 한자실력이여!

그때 못 읽은 그 문장을 이번에는 제대로 술술 읽어보았다. "여기 우리나라 신문화여명기의 눈부신 샛별 다산 정약용 선생이 누워계시다. (……) 여유당 전서는 그 厖大한 양과 아울러 질에 있어서도 철학종교에서 악경의 전에 이르기까지 가위 백과를 일신에 혼융하셨고 (……) 빛나도다, 선생의 이상이여. 영원한 겨레의 벗으로서 우리들을 지켜주소서." 다시 가볍게 목례하고 내려오는데 길 입구에 자찬묘지명(自撰墓誌銘)이 서 있었다. 전에 왔을 때도 없었고 좀전 올라갈 때도 못 보았던 것이다.

자찬묘지명이란, 정약용 선생이 회갑이 되던 1822년, 선생의 생애와 사상과 업적을 묘지명이라는 문체를 빌어 사실대로 적은 것이다. 통상 묘지명은 사후에 후학들이 짓는 것이나 선생은 맹목적 예찬이나 과분한 칭송과 분식을 경계하기 위하여 스스로 자찬한 것이다. "이는 열수 정용의 묘다. 본명은 약용 자를 미용 호를 사암이라 한다. (……) 그 사람됨이 선(善)을 즐기고 옛것을 좋아하며 행위에 과단성이 있었는데 마침내 화를 당하였으니 운명이다. 평생에 하도 죄가 많아 허물과 뉘우침이 마음속에 쌓였었다. 금년에 이르러 임오년을 다시 만나니 세상에서 이른바 회갑으로 다시 태어난 느낌이다. 마침내 긴치 않은 일을 씻어버리고 밤낮으로 성찰하여 하늘이 부여한 본성을 회복한다면 지금부터 죽을 때까지는 거의 어그러짐이 없을 것으로 생각한다."

마침내 화를 당하였으니 운명이다, 운명이다, 운명이다를 몇 번 마음속으로 외며 식구들이 기다리는 곳으로 갔다. 이제 남은 것은 하나. 우리도 배를 채우고 기력을 회복하는 일이다. 두물머리의 깊숙한 안쪽으로 가니 '호반'이라는 매운탕집이 보였다. 제법 덩치가 큰 개 두 마리가 지키는 호반은 강변에 자리하고 있어 경치가 빼어나게 좋았다^{**}. 그 빼어난 경치를 배경으로 우리가 할 수 있는 일이 뭐가 있을까. 그러나 우리 일행은 너무 지쳐 있었기에 어쨌든 그 궁리는 나중으로 돌려야 했다. 파전, 김치전, 잡어매운탕, 빠가사리 매운탕 그리고 소주. 물주전자 들고 오는 주인아저씨한테 주문부터 부리나케 먼저 하고 볼 일이었다. 2010. 5. 18

● 방(尨)은 삽살개를 뜻하기도 한다. 방구(尨狗), 방견(尨犬)은 모두 삽살개이다.
●● 이곳은 암행어사로 유명한 박문수가 살던 집터이다. 당시 99칸이나 되는 대갓집이 있었다고 한다.

여승과 시인

•

20여 년 전 이야기이다. 시인, 소설가, 문학평론가가 모인 저녁 자리였다. 시에 관한 이야기가 나왔다. 백석의 시가 화제에 올랐다. 나는 말석 중의 말석이라 잔만 비우고 젓가락만 뻔질나게 사용하는 중이었다. 누가 말을 시키면 〈여승〉이라는 시 너무 좋지 않습니까, 라고 할 작정이었다. 문학과는 전혀 상관없는 동네에서 살다가 어쩌다 민음사에서 일을 하게 되면서 나는 뒤늦게 문학의 세례를 본격 받던 무렵의 일이었다.

그때 백석의 시를 제대로 만났는데, 특히 앞서 말한 〈여승〉이란 시는 단번에 내 마음을 쏙 빼앗아버렸다. 나는 '나'처럼 그렇게, 불경처럼 그렇게, 서러울 정도는 아니었지만, 시에 등장하는 일가족의 운명이 이야기로 엮어지면서 마음이 짠해졌다. 여인, 지아비, 어린 딸의 불우하고 짧은 일생이 가슴을 후벼팠다. 좋은 시는 한번 읽고 금방 외워지는 시라고 했다. 그렇다면 이 시는 분명 내게 좋은 시였다. "여승은 합장하고 절을 했다. / 가지취의 내음새가 났다. / 쓸쓸한 낯이 옛날같이 늙었다. / 나는 불경처럼 서러워졌다. // 평안도의 어느 산 깊은 금점판 / 나는 파리한 여인에게서 옥수수를 샀다. / 여인은 나 어린 딸아이를 때리며 가을밤같이 차게 울었다. // 섶벌같이 나아간 지아비 기다려 십 년이 갔다. / 지아비는 돌아오지 않고 / 어린 딸은 도라지꽃이 좋아 돌무덤으로 갔다. // 산꿩도 섧게 울은 슬픈 날이 있었다. / 산 절의 마당귀에 여인의 머리오리가 눈물방울과 같이 떨어진 날이 있었다."•

1994년 김수영문학상 수상자는 당시 촉망받던 젊은 시인이었다. 수상자가 결정되고 계간지 《세계의문학》에 실을 수상소감을 가지고 왔을 때 그를 처음 만났다. 고운 눈매에 부끄러움이 많은 청년이었다. 점심을 같이

먹고 커피숍엘 갔다. 검은 테이블 위에 물컵과 함께 재떨이가 놓였다. 그
것은 너무 깨끗했고 보기에도 좋은 작은 접시였다. 재떨이 바닥에는 곱게
빻은 까만 가루가 깔려 있었다. 커피가 나오자 그이는 좀더 진하게 먹으려
고 그랬는지 재떨이에 놓인 커피찌꺼기를 커피가루로 알고 더 타려고 하는
것이었다. 얼른 손으로 막고 설명을 해주었다. 순하고 어진 웃음이 뒤따라
나왔다. 나도 금방 전염되어 빙그레 함께 웃었다. 기분이 좋아졌다.

　2010년 3월 15일. 그 시인이 출가했다는 소식을 들었다. "부처님이 그
러하셨듯이 나는 앞으로 끊임없이 길을 갈 것이고, 길에서 꿈을 펼칠 것이
며, 길 위에서 생을 마감하리라."고 속세의 마지막 말을 남겼다고 한다. 그
의 입산 소식을 들었을 때 처음엔 놀랐고 뒤이어 부럽다는 생각이 들었다.
그러나 오래 하진 않았다. 나는 이미 이리저리 많은 기회를 놓친 사람이라
는 생각이 들었기 때문이다. 그런 생각을 할 자격도 없는 사람이라는 생각
도 들었기 때문이었다. 지난달에는 그 시인이 출가하기 전 정리한 시를 엮
은 시집, 『벼랑 위의 사랑』이 민음사에서 출간되었다. 그는 "이 시집을 사
랑하는 어머니께 바칩니다."라고 서문에 썼다.

　내일은 부처님오신날이다. 부처님 생각도 났고 해인사에서 수행 정진하
고 있을 그 시인, 아니 스님도 잠깐 생각이 났다. 첫 대면 이후 16여 년 동
안 스치듯 짧은 두어 번의 만남 빼고 이렇다 할 교류도 없었으니 시인은 나
를 혹 안다 하더라도 희미한 기억 속의 일일 것이다. 그리고 이제 시인은
속세를 떠나면서 다시 한 번 이 같은 짧은 인연들은 모조리 정리하면서 스
님의 길로 떠났다. 그러나 나는 그 스님이 계시는 곳을 자꾸 두리번거린
다. 아주 오래전 '여승'이 계셨던 평안도의 어느 산 절 쪽으로 자꾸 마음
의 고개가 돌아간다. 왜 그런지는 몰라도 어쩔 수가 없다. 2010. 5. 20

●　백석의 〈여승〉 전문.

정체성

•

편백나무향의 즐거움을 알려준 선배가 꼭 소개하고 싶은 분이 있다고 해서 저녁을 광화문에서 함께 했다. 그는 음악칼럼니스트로서 매일 모 방송국에서 고전음악 프로그램을 진행하는 분이었다. 그간 음악에 관한 책도 쓰고 번역도 여러 권 하였다고 했다. 놀라운 것은 그는 음악을 전공한 것이 아니라 교양으로서 음악을 접하다 그러한 경지까지 올랐다는 점이었다. 그러한 소개를 듣고서 나는 그저 놀란 눈을 한동안 껌뻑거리기만 할 뿐이었다. 샤브샤브로 저녁을 먹고 커피숍을 찾았는데 너무 시끄러웠다. 한참을 궁리하다가 그분은 사는 곳이 근처 오피스텔이라면서 집으로 가자고 우리를 이끌었다.

70년대 재수학원으로 명성을 떨쳤던 옛 대성학원 앞을 지나 경희궁의 아침 쪽으로 가다가 그분이 오른편의 건물을 가리켰다. 종교교회였다. 예전부터 나도 그 교회를 보면서 이름이 좀 특이하다고 생각했던 참이었다. 종교교회라니, 종교의 총본산인가. 그는 저 종교는 릴리전이 아니라 종교(琮橋)라는 다리 이름이라고 했다. 그리고 덧붙이길 "실은 저 교회에서 부모님이 결혼을 하셨어요. 물론 지금도 저 교회에 다니시구요", 하는 게 아닌가. 그분을 따라간 오피스텔은 교회에서 아주 가까운 곳이었다. 부모님께서 결혼식을 올린 교회의 사랑방쯤 되는 거리였다. 문득 정체성이란 단어를 떠올리면서 엘리베이터를 탔다.

집주인은 누추한 공간이라 하였으나 방문객의 눈에 들어온 집은 CD와 책으로 사방이 도배된 황홀한 장소였다. 그곳에서 나와 선배는 여느 커피집보다 맛있는 커피를 마시면서 클래식의 맛을 음미했다. 방송진행자가 선곡한 음악을 들으며 이런저런 이야기를 나누다가 나는 이런 이야기까지도 했다. 부모님이 혼례를 올린 교회 곁에서 살고, 지금도 그 교회를 다니니 삶의 어떤 비의가 좀 느껴지는 것 같군요. 사람의 정체성, 아이덴티티란 기본적으로 동일성이 아닌가요. 어제와 나와 오늘의 나는 어떤 동일함이 있어야 하지 않을까요, 물론 생각이야 바뀌기도 하겠지만, 그래도 나를 나이게 하는 어떤 연속성, 일관성. 단심이라고도 하는 것. 우리가 그간 해온 말과 취한 행동이 있는데…… 9시가 되면서 우리는 일어섰다. 경복궁역으로 가기 위해 종교교회를 지나는데 가야금을 하는 황병기 선생이 문득 생각났다. 그때 내가 황병기 선생한테 부러운 건 가야금도 아니고, 소설가인 5년 연상의 사모님도 아니고, 수학 잘하는 아드님도 아니었다. 그것은 황 선생이 자신이 태어난 방에서 아직도 살고 있다는 내용의 글을 어디에서 본 것이 떠올랐기 때문이었다.* 사실 확인이 필요했다. 황 선생이 쓴 『오동천년, 탄금 60년』이란 책을 보았더니 종로구 가회동에서 태어나 지금은 서대문구 북아현동에 사신다. 내가 잘못 안 것이었다. 잘못 안 것을 바로 잡는 것 말고 소득은 또 있었다. 그 책에서 다음 구절을 만난 것이다.

"서양음악이란 건 도저히 이해할 수가 없어. 저 사람들은 시끄러우면 무조건 좋은 음악이라고 생각하는 것 같단 말이야." 나의 첫 산조 스승이던 김윤덕 선생이 알 수 없다는 표정으로 말했다. (……) "그렇게 시끄러운 게 좋으면 종로 바닥에 나가 서 있으면 될 것 아닌가. 전차나 자동차 지나가는 소리, 빨래하는 소리까지 한꺼번에 들을 수 있을 텐데 말이야." 어려서부터 서양음악이라는 것을 한 번도 들어본 일이 없는 스승의 이 말은 나에게 상당히 인상적이었다. '음악에서 가장 중요한 건 조용한 것이다'라는 메시지를 함께 던져줬다.

음악은 조용한 것을 좋아한다, 는 말은 클래식에 문외한인 나도 쉽게 수

긍할 수 있는 말이었다. 나는 요즘 국악에 홀려서 산다. 소형 녹음기에 거문고 산조 몇 곡을 녹음하여 듣고 다닌다. 이어폰으로 연결하지 않고 그냥 듣는다. 이상한 것은 사무실에서 경복궁역까지 시내를 걸을 땐 소리가 흐지부지 힘이 없다가도 인왕산 허리의 조용한 숲길을 걸으면 음악이 아연 생기를 찾는다는 것이다. 목이 말라 축 늘어진 잎사귀들이 물 한 바가지 먹고 새들새들 활짝 살아나는 것처럼. 너무 당연한 말인가? 2010. 5. 25

●   한길사에서 펴낸, 김우창 선생과 문광훈 교수의 대담집인 『세 개의 동그라미』를 읽다가 아래 대목을 만났기에 여기에 옮긴다. "몇 년 전에 죽은 프리모 레비라는 이탈리아 작가가 있어요. 유대인이었고 아우슈비츠에서 살아난 사람이었습니다. 이 사람 자서전에 보면 그는 자기가 태어난 데서, 즉 태어난 집에서 죽었어요. 큰 부자도 아니에요. 그런데 자기 집에 대해 쓰면서, 그가 늙어서 쓴 건데, 여기는 우리 아버지한테 동생이 야단맞은 장소다. 집 구석구석마다 자기 기억이 깃들어 있는 것이라고 그래요."

〈월하정인도〉의 초롱 불빛

•

며칠 전 뉴스를 보니 우리나라 고속도로 표지판이 확 바뀐다고 한다. 현행 고속도로 표지판은 직진방향의 목적지가 혼재되어 이용자들이 출구 정보를 알기 어렵다. 또 한 표지판에 안내 내용이 너무 많아 운전자의 가독성이 떨어진다는 지적을 받고 있기 때문이란다.

작년 말경이다. 거창에 갔다가 경부고속도로로 올라오는데 대전 조금 지난 곳에서였다. 어느 큰 표지판에서 '일본-한국-중국-인도-터키'라고 표기된 것을 보았다. 지금 달리는 곳은 분명 활주로가 아니라 고속도로인데 웬 외국 나라 이름? 알고 보니 그것은 아시안 하이웨이를 표시하는 것이었다. 으라차차, 어느 날에는 이 도로를 따라서 북경을 거쳐 유럽 대륙까지 내달릴 수 있겠구나 하는 호방한 희망을 품으며 기분이 좋아졌다. 올해 초에는 동해안의 허리를 밟으며 올라가는데 삼척 부근에서 '한국-중국-카자흐스탄-러시아'라는 표지판을 보았다. 그 역시 같은 표지판이었다.

아시안 하이웨이는 아시아 32개국을 횡단하는 전체 길이 14만 킬로미터에 이르는 고속도로를 말한다. 총 여덟 개의 노선이 있는데 우리나라에 연결되는 것은 1번과 6번 노선이다. 1번은 도쿄-부산-서울-평양-베이징-광저우-하노이-호치민 프놈펜 양곤-뉴델리-카불-테헤란-앙카라-이스탄불-불가리아 국경까지를 연결한다. 6번은 부산-원산-블라디보스토크-하얼빈-노보시비르스크-이르쿠츠크-모스크바-벨로루시 국경이다. 그렇게 되면 발에 물 한 방울 묻히지 않고 유럽까지 갈 수 있는 것이다. 이제 겨우 간판 하나 달았다고 어디 금방 그 고속도로가 시원하게 뚫리기야 하겠냐만 그 표지판을 보고 대륙을 호령하는 호연지기를 품은 이는 비단 나뿐만은 아니었을 것이다.

도로 표지판과 관련해서 조금 갓길로 새는 이야기가 있다. 나는 운전을 늦게 배웠다. 느리고 게으르게 살던 내가 운전면허 시험을 본다고 하자, "얼른 차 하나 장만하세요. 삶의 질이 달라집니다." 하던 직장 상사분의 말이 아직도 안 잊힌다. 자동차를 사고 많이 돌아댕겼다. 그렇다고 삶의 질이 높아졌다고는 할 순 없지만 도로 사정에 밝아졌다는 것은 사실이다. 전에는 눈에 표지판들이 들어오지를 않았는데 운전대를 잡고 보니 표지판에 신경을 안 쓸 수가 없었다.

　전국 어디에서나 도로 표지판에서 문화재나 기념관, 유적지, 사적지, 사찰 등은 모두 고동색으로 표시되어 있다. 처음 보았을 땐 그리 산뜻해 보이지도 않았다. 하지만 자주 보다보니 많이 익숙해졌다. 이젠 멀리서도 아 저건 문화재이거나 관광지로구나 할 정도이다. 왜 이런 색을 선택했을까 궁금하기도 했다. 최근에 나는 오랫동안 숙제처럼 가지고 있던 이 고동색의 출처를 비로소 알게 되었다. 이 표지판을 디자인한 분이 그게 아니라고 해도 그건 뭐 상관이 없다. 이건 내식의 답이니깐.

　약수역 근처 막걸리집에서였다. 그 집은 민속주점답게 신윤복의 〈월하정인도〉를 크게 확대하여 벽지로 붙여놓았다. 조각달이 낮게 뜬 이슥한 밤. 한 사내와 한 여인이 으슥한 골목에서 만나고 있다. 사내는 초롱불을 들고 고이춤에서 무언가를 꺼내며 여인에게 무슨 말을 할 듯하다. 여인은 쓰개치마를 둘러쓰고 사내의 은근한 눈빛을 슬쩍 외면하고 있다. 담벼락에는 이런 제시도 붙어 있다. 月沈沈夜三更 兩人心事兩人知(월침침야삼경 양인심사양인지). 달빛 침침한 늦은 밤 두 사람 마음이야 두 사람만 알겠지. 애틋한 두 연인의 밀회를 옆에서 지켜보자니 막걸리도 술술 잘 넘어갔다. 막걸리가 몇 순배 돌면서 모두들 총기를 잃고 사방이 흐릿해질 무렵이었다. 그때 나는 보았다. 월하정인도의 사내가 들고 있는 초롱을! 그리고 그때 내 눈에 들어왔다. 그 초롱에서 희미하게 번져나오는 고동색 불빛! 2010. 5. 27

골목 안, 넓은 세상

●

"어느 해 봄 약현성당 앞에 좁은 골목으로 들어섰다. 봄햇살이 따스하게 골목에 들어와 있었다. 마치 잃었던 고향을 되찾은 기분이었다. 그래, 내가 평생 찍을 곳은 골목이다. 골목 안 풍경, 내 평생의 테마." 육필로 비뚤비뚤 써내려간 일기 한 토막이 전시장 입구에 걸려 있었다. 여기는 서울역사박물관 기획전시실. 오월의 마지막 날은 김기찬 사진전 '골목 안, 넓은 세상'의 끝날이기도 했다. 골목이라고 하면 좀 특별한 감정을 갖는 나는 그 사진전 소식을 듣고서 벼르다가 마지막 날에야 겨우 오게 된 것이다.

사진작가 김기찬은 1960년대 후반부터 40여 년 간 중림동, 도화동, 행촌동 등 산업화와 도시화로 사라져가는 서울의 골목을 사진으로 기록하였다. 김기찬의 골목은 지나는 통로가 아닌 서로의 삶이 어우러지는 공동의 공간이었다. 비좁고 초라한 공간이었지만 따뜻한 온정과 사랑이 넘치던 가장 허물없는 세상이 그곳에 있었다. 지나간 시절, 빛바랜 추억 앞에서, 제 몸을 훑고 간 흑백의 기억 앞에서 감회에 젖지 않을 자 누가 있겠는가.

1970년대 초반에 촬영한 사진 속의 인물들은 아이들이 주로 많았다. 따져보니 나보다 열 살 정도 아래였다. 이젠 모두들 같이 어깨를 견주며 늙어가는 처지이리라. 평상에 둘러앉아 국수를 먹는 사람들, 등물 하다가 깔깔거리는 아이들, 튀밥 장수, 구멍가게, 바둑 두는 모습. 모두가 정감 어린 사진이었다. 모두 나도 했던 동작이고 나도 익히 보았던 광경이었다. 당시 인기를 끌었던 아리랑 쓰리랑 부부를 흉내 내었는가. 동네 꼬마들이 모여 좌우 눈썹을 까만 테이프로 연결하고, 흰 복슬강아지도 눈 위에 까만 테이프로 붙여, 야구방망이를 들고 찍은 사진은 저절로 웃음을 돌게 하였다. 그랬다. 장소는 달랐지만 다 저 골목을 통과했던 것이다.

218

사진도 사진이었지만 벽에 붙어 있는 작가의 단상도 눈길을 끌었다. "골목 안은 어머니의 품처럼 포근하고 따뜻하다. 작고 납작한 집들이지만 서로서로 껴안기도 하고 바람 한 점 끼어들 틈 없이 바짝바짝 붙어 있어 어찌 보면 정겹기도 하다." "골목 안 아이들은 얼굴이 화사하게 밝다. 또 골목은 산비탈에 비뚤비뚤 길이 나 있어 다람쥐 쳇바퀴 돌듯 뛰어다니기에 알맞으니 다리가 튼튼하다. 다리가 튼튼하니 몸도 마음도 튼튼하다. 게다가 생활이 넉넉하지 못하니 하기 싫은 과외공부가 필요 없다.

전시실을 다 둘러보고 입구에 마련된 옛날 흑백 텔레비전을 보았다. 그곳에서는 김기찬 작가의 생전 인터뷰가 나오고 있었다. 120여 점의 사진을 보면서 내가 특히 주목한 것은 좁은 골목의 바닥이었다. 골목은 어디 하나 편평한 곳이 없었다. 모든 골목길이 곧지 않고 구불구불하듯 골목의 바닥은 모두가 삐딱하고 가팔랐다. 기울어진 길들은 그곳에 사는 사람들의 처지를 대변해주는 것 같았다.

굳이 가장 인상적인 것을 하나 고르라면 서슴없이 고를 사진이 하나 있다. 1978년 8월에 찍은 사진이다. 어린 소녀의 뒷모습이다. 소녀는 포대기에 어린 동생을 업었다. 소녀는 왼손을 포대기 뒤로 돌려 자는 동생을 받치고 오른손으로 우산을 들고 있다. 젖은 시멘트 바닥에 슬리퍼를 신고 있는 소녀의 뒤꿈치가 반질반질하다. 전깃줄이 지나가고 굴뚝이 허물어져 가는 시멘트벽을 간신히 부축하고 있다. 소녀는 기울어진 중림동 골목 끝에서 저 아래를 건너다본다. 서울역 근처인가. 고가도로가 보인다. 높은 빌딩떼들이 복면한 괴한처럼 잔뜩 솟아오르고 있다. 1978년이라면 대학에 가느라고 상경한 해. 혹 나도 어느 선배한테 술 한 잔 얻어먹으려고 저 빌딩 근처 어딘가를 어슬렁거리고 있지는 않았을까. 입구를 나서다 말고 돌아서서 전시장을 한꺼번에 눈에 넣었다. 내가 통과한 많은 골목들과 그 골목들이 품고 있는 것들이 빽빽하게 몰려오는 것 같았다. 2010. 5. 30

여름

여름

6월

혀 깨무는 사람들

●

사실 처음 보았을 땐 좀 무서웠다. 피부만 까맸을 뿐 갖추고 있는 이목구비와 가슴 그리고 팔다리 등등, 모두 나나 내 주위의 사람들과 꼭 같았다. 그러나 언젠간 내 얼굴이나 육신도 저 과정을 빠짐없이 거칠 텐데 뭘, 하고 마음을 고쳐먹으니 대하기가 좀 편해졌다. 나는 지금 지난해 4월 전남 나주에서 발견된 '나주 미라'에 대한 이야기를 하고 있다. 그 미라가 423년 만에 다시 장례 절차를 거쳐 매장될 것이라고 한다.

나주시 문화류(柳)씨 문중의 선산에서 이장 도중에 발견된 이 미라는 완산이씨 여성이다. 족보를 따진 결과 그녀는 류씨 가문 출신의 21대 며느리로서 1544년에 출생해 1587년(43세)에 사망한 것으로 밝혀졌다. 발견 당시 회곽묘를 열자 미라는 살아 있는 듯한 머리카락에다 피부의 탄력도 남아 있었다. 이에 고려대학교 구로병원에서 "최근에 발견된 미라 중 보존 상태가 좋다."며 연구하고 싶다는 뜻을 전했고, 류씨 종친회는 이를 받아들여 학술용으로 기증했다. 그런데 일부 후손들이 "꿈에 조상을 뜻하는 암소가 자주 보였다. 아무래도 12대조 할머니를 자연 상태로 되돌리는 게 이치일 듯 싶다."며 병원 측에 미라를 다시 돌려줄 것을 요청했다고 한다. 병원은 반한에 앞서 30일 부검실에서 미라에 대해 내시경 검사와 조직 검사를 했다. 그 결과 "아직 정확한 사인은 알 수 없지만 질에서 태반으로 추정되는 것이 나와 있고 혀를 깨문 상태여서 출산 과정에 사망했을 수도 있는 것으로 보인다."는 소견을 발표했다.

그 모든 당대의 생로병사의 과정을 끝내고 4백여 년을 격한 우리 시대에 생생히 드러난 미라의 모습은 편안함, 그 자체였다. 미라는 죽음은 물론 죽음 이후의 모습이 어떠한지를 살아 있는 사람들에게 말없이 보여주고 있었다. 그녀의 삶의 마지막 순간은 혀를 깨물어야 할 만큼 고통스러웠으나 이젠 응축된 몸으로 짧게 한 말씀하고 있는 것 같았다. 편안해!

　서울대학교 출신으로 불교에 귀의하여 스님이 된 분들을 접할 기회가 우연히 있었다. 앞날이 보장된 속세의 달콤함을 접고 출가하여 수행의 길로 들어선 스님들은 각자의 자리에서 철저한 공부를 하고 있었다. 물론 대학에서의 전공과는 전혀 딴판인 공부였다. 그 스님들의 세계를 기웃거리다가 수행의 한 방편을 알게 되었다. 그것은 혀 꼬부리기이다. 혀를 접어 디근자로 만들어 혀끝을 목구멍 쪽으로 하고 입천장에 붙이는 것이다. 그렇게 하면 정신이 바짝 차려진다. 입술 깨무는 것보다도 더 오래 정신을 차릴 수 있는 방법이다. 또한 남에게 보이지도 않으니 언제고 혼자서 편안히 수행할 수 있다. 만약 이렇게 혀를 붙이고 잠들었다가 깰 때까지 이런 상태를 계속 유지한다면 아주 높은 수행의 법력을 터득한 것으로 인정받는다. 불교에서 깨달음의 단계는 세 가지로 나뉜다. 즉, 동정일여(動靜一如. 일상생활에서 깨달음의 의식을 유지하는 것), 몽중일여(夢中一如. 꿈속에서 깨달음의 의식을 유지하는 것) 그리고 숙면일여(熟眠一如. 꿈도 없는 깊은 잠 속에서 깨달음의 의식을 유지하는 것)이다. 아마 혀 꼬부리기는 몽중일여의 단계일 것이다. 얼핏 보면 아주 쉬운 방법인 것 같지만 아무나 함부로 흉내조차 못 내는 수행의 방편이다.

　늦은 저녁을 먹고 있자니 이번 지방선거에서 경기도지사 후보로 나섰던 여성 한 분이 눈물을 머금고 후보직을 사퇴하였다는 긴급 뉴스가 날아들었다. 이 뉴스는 단독 뉴스로도 못 되고 선거 소식을 전하는 가운데 짧게 언급하는 정도였다. 그 소식을 전하는 배경 화면에 그 여성 후보가 사퇴회견을 하는 모습을 잠깐 비춰주었다. "많은 날 역사의 엄중함과 진보정치의 미래를 생각했습니다. 25년 노동운동의 삶과 진보정치의 길을 걸어오면서 이처럼 무거웠던 적이 없습니다. 책임을 회피하지 않고, 제가 짊어져야 할

짐을 의연하게 받아 안기로 결심했습니다. 저는 오늘 경기도지사 후보직을 사퇴합니다. 전 오늘 교육과 복지가 강한 경기도를 만들어 복지 대한민국의 초석을 놓겠다는 저의 꿈을 눈물을 머금고 잠시 접어두고자 합니다……"

　사퇴의 변을 낭독하고 돌아서는 후보의 얼굴은 눈물로 범벅이 되어 있었다. 콧물 또한 두 줄기 맑은 물처럼 인중을 타고 흘러내렸다. 내 또래인 그녀는 이목구비가 하자는 대로 가만 내버려두고 있었다. 그녀가 짊어져야 할 고뇌의 무게가 저런 액체로 흘러내리는 것이리라. 모르긴 몰라도 그 여성 후보는 남이 보이지 않게 혀도 깨물었으리라. 그 소식을 접하고 혀를 깨무는 사람 또한 적지 않았으리라. 나도, 울컥, 했던가. 그건 잘 모르겠고 다만 밥맛은 분명 급격하게 떨어져 나갔다. 2010. 6. 1

횡단보도에서의 낭패

•

횡성을 가야 할 일이 생겼다. 내부순환도로를 탔는데 국민대 근처를 지나면서 속도가 많이 떨어졌다. 겨우겨우 길음동 근처를 지나다보니 고급 자동차가 길 가운데에 나자빠져 있었다. 녀석은 창피한 줄도 모르고 똥꼬 부위를 활짝 열어젖힌 채 눈만 껌뻑거리고 있었다. 하기사 도로가 이미 자동차들 차지인데 무슨 말을 하랴. 그저 피해가는 수밖에 없다. 쩔쩔매는 운전자의 낭패스런 표정이 나를 데리고 간 곳은 교보문고 뒤편 빈대떡 집이었다. 30여 년 전 나는 그곳에서 고등학교 선배들과 어울려 소주를 먹고 있었다. 그때 무슨 이야기 끝에 알츠하이머란 말을 처음 들었다.

"야, 들어봐라, 최근 미국에서는 알츠하이머란 병이 생겼는데, 처음에 먹는 것을 잊어먹고 나이를 잊어먹고 종내에는 자기 자신을 잊어버리는 희한한 병이라카더라." 지금에야 너무나 흔한 이야기가 되고 말았지만 지금도 이를 뚜렷하게 기억하는 것은 그때 들은 내용이 퍽 충격적이었기 때문이다. 지금 예술의 전당 바로 앞에서 큰 악기상을 하는 그 선배는 현재 본인이 했던 말을 기억하고 있을까.

살다보면 곤란한 경우를 많이 겪기도 한다. 내가 상정하는 가장 큰 낭패가 있다. 내가 만약 도심의 횡단보도를 건너다 그간 내 안에 몰래 잠복하고 있던 알츠하이머 증세가 마침 발현되는 경우다. 늦을새라 급하게 건다가, 발걸음 떼어놓기를 그만 잊어버리고, 앞으로 갈까 뒤로 갈까, 팔만 냅다 허우적거릴 때, 나는 어떻게 해야 할까. 정지선 앞에 즐비하게 도열해 있던, 단 1초 만에 인내심이 바닥나버릴, 영문 모를 날 잡아먹을 듯 덤벼들 자동차들 앞에서, 그때 나는 어쩔 것인가. 식은땀이야 흘러주겠지만 그 다음은 어떻게 할 것인가? 어찌해야 할 것인가. 2010. 6. 3

신발에 관한 명상

∙

살아가면서 이력서 한번 안 써본 사람 어디 있겠나. 이력서란 취직을 위한 면접의 기회를 얻기 위해 회사 등 조직에 제출하는 개인의 신상정보, 학력, 경력 등을 시간 순으로 요약 혹은 나열한 문서이다. 부모의 성명, 본인의 성명, 호주와의 관계, 생년월일 · 학력 · 경력 · 상벌 등을 써넣는다. 이 외에 사진 첨부란, 주민등록번호, 경력에 대한 일자 및 발령처 등의 기입란이 있다. 이는 본인이 쓰는 것이 원칙이고, 정확한 글씨로 쓰는 것이 바람직하다.

이렇게 자신의 과거를 실토하고선 맨마지막 한 줄을 잊어서는 안 된다. 즉, 위의 적은 사항은 사실과 틀림이 없음, 이라 적고 빨간 도장이나 지장을 꾹 눌러 찍어야 하는 것이다. 요즘은 자기소개서를 길게 쓰기도 하지만 그래도 한 장으로 자신의 존재증명을 하는 것은 이력서뿐이다. 이력은 한자로 履歷이다. 이때 이(履)란 신발을 뜻한다. 이력이란 문자적으로 따져보면 신발의 역사인 셈이다. 즉 신발 신고 돌아댕긴 내력을 적은 것인 셈이다. 반 고흐의 〈구두 한 켤레〉란 작품을 보라. 구두혀가 축 늘어진 그 낡아빠진 구두에는 이를 끌고 다닌 한 인간의 장엄한 일생이 퇴적되어 있는 것이다.

심심해서 세어본 것은 아니고 모종의 뜻이 있어 내가 소유한 신발을 조사해보았다. 우선 집에는 신사화 하나, 운동화 하나, 등산화 하나, 슬리퍼 하나 그리고 사무실에는 캐주얼화 셋, 등산화 둘, 지압용 나무 슬리퍼 하나 등이었다. 어찌된 셈인지 사무실이 더 많았다. 어느 광고를 보니 패션의 완성은 구두에 있다고 했다. 하지만 넥타이를 벗어던진 지 오래되었으니 광고에서 말하는 패션도 나에게는 해당되지 않는 말이었다. 마찬가지로 내가 앞으로 더할 것이 따로 없을 테니 경력도 나의 이력에선 해당사항 없음일 터였다. 그저 내 살아생전에 저 신발을 다 닳게 할 수 있느냐를 한번 중간점검 해보고자 한 것일 뿐이었다. 또한 내 마지막을 의탁할 신발도 저 신발 중에서 나올까 가늠해보고도 싶었던 것이었다.

궁리에서 2002년에 펴낸 재미있는 책이 하나 있다. 서울대학교 자연대학 홈페이지에서 퀴즈를 내고 정답을 맞춘 이에게 문화상품권을 주는 이벤트를 4년간 했는데 그 퀴즈를 묶어서 책으로 낸 것이다. 출제자들은 자연대학의 각 분야의 교수들이었다. 과학의 규모와 깊이를 조금이나마 맛보면서 자연에 대해 더 알고자 하는 욕구가 생기기를 기대하는 취지에 걸맞게 참신한 문제들이 많았다. 이 중에서 특히 물리학부의 김수봉 교수가 출제한 문제가 눈길을 끌었다.

"새 운동화를 신은 후 신발 바닥이 대략 2mm가 닳아 마모되면 더 이상 사용할 수 없다고 하자. 어떤 사람이 동일한 운동화를 매일같이 신고 하루에 평균 5km 거리를 걸었더니 6개월이 지나서 운동화가 닳아서 더 이상 못쓰게 되었다. 한 걸음 걸을 때마다 운동화의 표면에서 떨어져 나간 분자의 개수는 대략 얼마나 될까? 단, 신발의 크기는 20cm × 10cm, 한 걸음은 50cm로 가정한다."

정답이 궁금하신 분은 그 책, 『과학이 좋다 퀴즈가 좋다』 66쪽 혹은 궁리닷컴 '편집실 일기'를 참고하시라. 그것두 아니라면 아래의 답을 보시라. 2010. 6. 6

정답

약 10^{16}개

원자의 크기를 대략 10^{-7}cm 라고 근사하면 1cm 길이당 원자의 개수는 $1/10^{-7}$ $=10^7$개이다. 신발 바닥의 면적이 20cm×10cm이므로 6개월 동안 닳은 2mm 두께의 고무에 해당하는 원자의 수는 $(20×10^7)×(10×10^7)×(0.2×10^7)=4$ $×10^{22}$개이다. 한 걸음의 보폭이 50cm이므로 6개월 동안 걷는 총 걸음수는 $(500,000cm/일)×(6×30일)÷(50cm/걸음)=1.8×10^6$걸음이다. 그러므로 한 걸음마다 $(4×10^{22})÷(1.8×10^6)=2.2×10^{16}$개의 원자가 떨어지는 셈이다.

내 단어들은 나와 함께 오래 걸어왔다

•

그 말, 그 단어. 내가 아주 좋아하는 말. 지금에 생각하면 '궁리'와도 아주 딱 어울리는 말. 궁리가 명사라면 그것의 부사에 해당하는 말. 사전을 가지고 지금까지의 평생을 정리해볼 수도 있겠다. 초등학교 때는 전과가 있었으니 따로 사전을 보진 않았던 것 같다. 중고등학생 때 영어사전을 많이 들추었다. 그러나 영어는 남의 나라 말, 나는 잘 못했다. 지금도 영어 잘하는 이들 보면 부럽다기보다는 신기하다는 감정이 먼저다. 고등학교 졸업과 동시에 영어사전도 던져버렸다.

어영부영 사회로 나왔다. 책하고는 담 쌓고 지내다가 국어사전을 곁에 두기 시작했다. 이렇게 살 순 없다며 몇 줄 끄적거리기 시작했는데 우리말 제대로 쓰기가 결코 쉬운 일이 아니었음을 절감했던 거다. 오뚜기인가, 오뚝이인가. 숨바꼭질인가 숨박꼭질인가. 국어사전을 홀대한 부끄러움이 진짜 심하게 몰려왔다. 만회라도 하듯 민중서림 국어사전을 한동안 끼고 살았다. 사전은 좋은 장난감이기도 했다. 여행갈 때도 들고 다녔다. 봄나들이 나온 병아리 새끼처럼 한 단어 찾고 먼 하늘 한 번 쳐다보고. 특히 순우리말을 찾는 재미가 새록새록 생겼다.

제대로 함 해보자, 마음먹고 국어사전을 기역부터 훑어나갔다. 순우리말만 골라 노트에 옮겨적었다. 히읗까지 다 했더라면 얼마나 좋았을꼬. 비읍쯤에서 그만두었다. 아뿔싸, 웬 여인한테 그만 눈이 삐었던 것이었다. 그때 그 사전 그 노트, 지금은 모두 없다. 여인만 남았다. 하지만 지금 이런 글이라도 끙끙거리며 쓸 때 맞춤한 단어들이 한 번씩 툭툭 튀어나와주는 건 그 시절에 사전과 친구한 덕분임을 나는 진실로 확신한다.

대부분 잃어버렸지만 이 나이 되도록 나를 따라온 단어. 내가 가장 애꼈던 말. 그 단어. 함께 여행을 떠난 한 동무가 『관촌수필』을 읽고 있는 게 눈에 꽂혔다. 집으로 와서 『내 몸은 너무 오래 서 있거나 걸어왔다』를 꺼냈다. 2000년 이상문학상을 수상했을 때 사놓고 앞부분만 조금 읽다 관둔 소설집이었다. 역시 소설가 이문구였다. 책에 딸린 〈충청도의 힘〉이란 제목의 작품해설에서 말하는 것처럼 소설가는 '충청도 사투리와 풍요로운 풍유, 대거리와 어깃장의 수사학'을 페이지 페이지마다 질컥하게 녹여놓고 있었다. 역시 이문구의 소설이었다. 읽기를 방해할 정도의 사투리와 언뜻 이해가 불가할 정도의 기똥찬 우리말들이 짱짱하게 박혀 있었다.

마음을 다잡고 진도를 나갔다. 〈장평리 찔레나무〉, 〈장석리 화살나무〉, 〈장천리 소태나무〉를 거쳐 〈장이리 개암나무〉를 읽다가 내가 늘 품고 다니던 그 단어를 그곳에서 만날 줄이야! 국어사전에서 캐낸 이후 실제 문장 속에 살아 있는 그 단어를 본 것은 이번이 처음이었다. "그는 이월 초승께 볕이 하도 좋아 마당과 뜨락을 번갈아 발밤발밤® 거닐면서 해바라기를 하다가 우연히 꾸지뽕나무에 눈길이 멎었다. 까치 두 마리가 보인 까닭이었다." 나는 책을 덮고 표지를 들추어 이제는 고인이 된 소설가 이문구의 옆모습을 오래 바라보았다. 존경의 마음을 가득 담아서였다.

우리 집 딸아이한테 사전과 단어 이야기를 몇 번 들려주었더니 아이도 이제는 그 말을 왼다. 지난 일요일 밤늦게 아내와 딸아이와 한강변으로 산책하러 나갔다. 늦은 밤인데도 강변을 서성거리는 사람들이 많았다. 달은 보이지 않았고 별이 제법 초롱초롱했다. 별바라기를 하다가 어둠칙칙한 강물을 보던 아이가 문득 생각난 듯 말했다. "아빠, 우리 지금 발밤발밤 거닐고 있다, 그쟈? 엄만 발밤발밤이 무슨 뜻인지 알아?" 국어사전과 나 사이를 갈라놓았던 아내가 머뭇거리길래 얼른 작은 칭찬으로 아내의 답을 대신해주었다. "어이, 딸. 너 또래에서 이 말 안 순서를 따지면 넌 몇 손가락 안에 꼽힐 거야." 2010. 6. 8

● 　국립국어연구원에서 펴낸『표준국어대사전』을 보면 '발밤발밤: 가는 곳을 정하지 않고 발길이 가는 대로 한 걸음 한 걸음 천천히 걷는 모양'으로 나와 있다. 당시 내가 노트 정리할 때 동의어로 '발뱀발뱀'이란 단어도 분명 있었는데 이제 이 단어는 사라지고 없다. 한편 '발뱜발뱜' 단어가 있다.『표준국어대사전』은 1. 발밤발밤의 잘못 2. 어둠이나 연기, 안개 따위가 살그머니 밀려드는 모양(북한어)으로 설명하고 있다.

미꾸라지 한 마리

·

인왕산 건너편에 남산이 있다. 강남에서 시내로 들어오는 두 개의 터널이 남산에 뚫려있다. 한강의 다리에는 각기 고유한 이름이 있는데 남산터널은 재미없게 그냥 1호, 3호라 한다. 그래서 자주 헷갈린다. 서울을 사람 얼굴에 비유한다면 그 터널은 콧구멍에 해당된다. 많은 자동차들이 이 콧구멍을 드나들면서 서울은 한층 더 번잡스러운 도시로 변하는 것이라 할 수 있다.

살아 있는 목숨은 한 호흡 간에 있다. 내면의 깊숙한 평화를 찾는 수행자들은 정신 차리는 방편으로 콧구멍 바로 아래 부분, 즉 인중에 마음을 얹어놓고 들숨과 날숨을 관찰한다. 여러 해 집중해서 수행하면 높은 경지에 오를 수 있으리라. 남산 콧구멍 앞에는 수행처는 없고 요금소만 있다. 휴일을 제외하고 오전 7시부터 오후 9시까지 1인이나 2인이 탄 승용차한테서 여직원들이 앉아서 혼잡통행료를 받아낸다.

몇 해 전 서울시에서 교통혼잡을 막는다는 명분으로 도입한 제도 탓이다. 아니 방안 공기가 나쁘면 유리창을 열 일이지 이건 콧구멍을 막자는 꼴의 대책이 아니냐는 생각이 든다. 그렇지만 이미 돈맛을 알아버린 요금소기 호락호락 물러서지 않을 것임은 너무나 분명해 보인다. 제기랄, 내가 뭐 도심을 흐리게 만드는 한 마리 미꾸라지라도 된다는 말인가. 2천 원을 징수당하고 서울시청 광장을 통과하는 운전자가 이가 이런 기분을 갖는 것은 깨어 있는 한 시민으로서 자연스러운 반응일 터이다. 2010. 6. 10

한밤의 축구경기

•

전쟁터도 아닌데 둥둥둥 북소리가 울렸다. 축구가 뭐길래 온통 축구 이야기였다. 월드컵이 뭐길래 온통 월드컵 뉴스였다. 붉은색 차림 일색의 사람들이 광화문으로 시청으로 집결하는 사이 인왕산으로 향했다. 이렇게 늦게 산에 오르기는 참으로 오랜만의 일이었다. 발등바위 근처 나무 계단을 오르다가 개미 행렬을 만났다. 개미들은 두 줄로 맞춰서 분주히 어디로 가고 있었다. 한두 마리가 흐름에 거슬리기도 했지만 대세는 아니었다. 개미는 지진이나 태풍을 알아차리는 예지력이 있다는데 오늘 아르헨티나와의 경기에서 골폭풍의 주인공은 누구 차지일까. 개미들은 이미 알고 있는지도 몰랐다. 그러나 개미 나라의 일은 개미들한테 맡겨두고 산으로 계속 올랐다.

인왕산 정상에 서고 보니 축구장보다도 훨씬 넓은 하늘이 눈에 가득 들어왔다. 비가 올 기미도 아닌데 남산이 안 보일 만큼 잔뜩 찌푸려 있었다. 서울광장의 위치도 어림으로 짐작해야 할 정도로 흐린 날씨였다. 북소리는 그 근방 어디에서 계속 나오고 있었다. 하늘에는 축구공만한 붉은 태양이 쓸쓸히 지고 있었다. 사방에 낮게 깔린 구름들이 자욱하게 달려들어 강력한 태클을 걸어도 태양의 전진을 막기에는 역부족이었다. 하늘에서 펼쳐지는 승부 없는 축구경기를 지켜보다가 준비해간 것들은 바위에 펼쳐놓았다. 장수막걸리와 통인시장에서 막 부친 빈대떡 한 장.

축구경기 보면서 응원하느라 그런지 산에는 아무도 없었다. 혼자서 병을 다 비울 무렵 주위는 제법 어두컴컴해졌다. 드디어 서울의 야경이 희미하게 고개를 쳐들기 시작했다. 남산타워에 불이 들어오기를 기다렸는데 아무리 기다려도 소식이 없었다. 사단은 내려오다가 벌어졌다. 희미하게 보이는 돌계단을 잘못 디뎌 왼발을 접질렸던 것이다. 작년 지리산에 갔을 땐 말

썽을 일으켰던 바로 그 부분이었다. 인왕산이 그리 높은 산이 아니었기에 망정이지 고생을 된통 할 뻔했다. 몸싸움하다가 부상당한 축구 선수가 전반전 마치고 퇴장하는 것처럼 산에서 절뚝절뚝거리며 나왔다. 축구를 좀 피하려고 산에 갔다가 오히려 온통 축구이야기에 더구나 축구선수를 따라하기까지 한 하루였다. 내 몸의 약한 고리가 어디인지를 안 것이 수확이라면 수확이었나. 2010. 6. 18

하늘에는 별, 지상에는 자유

•

월드컵 축구대회는 국가 대항 경기이다. 따라서 경기 시작 전에 국기를 그라운드에 펼쳐놓고 국가를 연주한다. 세계 여러 나라의 국기는 본 적이 많지만 그 먼 나라들의 국가는 들을 기회가 별로 없었다. 더구나 국가의 가사는 더욱 그렇다. 이번 월드컵 중계방송은 국가 연주시 국가의 가사를 소개해주고 있었다. 한 나라의 국민 정서와 한 나라의 지향점을 국가에 다 담을 수는 없겠지만 그래도 국가의 가사를 보면 그 나라의 정체성을 어느 정도는 짐작할 수 있다.

참가국의 모두를 확인해보지는 않았지만 이제까지 내가 본 각 나라들의 국가 가사에서 단연 많이 쓰이는 단어는 '자유'였다. 북한과 맞붙은 포르투갈 국가에도 자유가 등장했다. (북한의 가사는 방송에서 소개하여주지 않았다.) 뒤이어 벌어진 칠레와 스위스 경기에서는 두 나라 모두의 국가에서 자유란 단어가 나왔다. 우루과이 국가에서는 자유라는 단어가 무려 세 번 연속해서 등장하기도 했다. 대한민국 원정 첫 승리의 제물이 된 그리스의 국가도 '자유여'라는 말로 끝난다. 인류의 역사가 곧 자유의 확대사인 점은 축구장에서도 쉽게 확인할 수가 있었다.

어느 텔레비전 프로그램에서 국가를 부르다 눈물을 쏟은 정대세 선수를 다루었다. 자료 화면에서 북한선수단이 탄 버스가 나왔는데 유리창에 크게 쓴 구호가 인상적이었다. "또다시 1966년처럼, 조선아 이겨라!"를 보자니 대한민국 선수단의 버스에는 뭐라고 적혀 있을까, 궁금해서 축구협회로 전화를 걸었다. "승리의 함성, 하나된 한국! 입니다. 그리고 월드컵 대표단 버스라고 검색하면 다른 나라 것도 알 수 있습니다." 친절하게 알려주었다.

검색을 해보니 이번 남아공 월드컵에서는 현대기아자동차에서 각 나라의 선수단 버스를 제공하고 있었고 그 구호들도 재미난 게 많았다. 특히 선수들이 탄 버스라 그런지 '승리'라는 단어가 가장 많이 눈에 띄었다. 아프리카 대표선수단을 상징하는 것으로는 동물들이 많이 등장했다. "최고의 독수리들과 최고의 팬이 하나로 모여 우리는 맞선다!(나이지리아)" "불굴의 사자들이 돌아왔다!(카메룬)" "구아라니 사자들은 남아프리카에서 포효한다!(파라과이)" "코끼리들이여, 승리를 위해 싸워라!(코트디부아르)" 한편 가장 스포츠 정신에 어울리지 않는 구호는 일본이었다. "사무라이 정신은 결코 죽지 않는다! 일본 승리!" 무사와 선수는 구별해야 하는 것이 옳지 않을까.

월드컵과 상관없이 다른 나라의 국기를 접할 기회는 비교적 많다. 초등학교 시절 가을 운동회 때 분위기를 띄우는 건 공중에서 펄럭이는 만국기였다. 그 여러 나라의 국기에서 가장 많이 등장하는 것은 별이다. 그것은 그 나라가 이루고자 하는 꿈을 나타내는 것일 터이다. 하지만 그 어떤 나라인들 밤하늘에서 늘 반짝이는 것만 볼 수 있으랴. 다만 승패를 떠나서 축구공은 늘 둥근 법이다. 따라서 오늘 어깨가 축 늘어진 선수의 발끝을 떠난 공도 언젠가는 꿈의 골문을 찾아서 떼굴떼굴 굴러갈 것이다. 가기에는 불가능하고 이루기는 힘들지만 그래도 외친다. 하늘에는 별, 지상에는 자유! 2010. 6. 22

어느 골키퍼의 독백

●

제기랄, 누군 뭐 먹고 싶어서 먹었나. 온몸의 안테나를 있는 대로 다 동원했지만 공이 그리로 올 줄 알았나. 온몸 끝의 터럭과 솜털까지도 다 쫑긋 곤추세웠지만 공이 어디 그리로 날쌔게 빠져나갈 줄 알았나. 골대 모서리로 빨려들어간 공이 쩍 갈라놓은 허공 속으로 골키퍼는, 젠장, 골보다 한 박자 늦게, 내려꽂히고 만다. 인정사정없이 그냥 패대기쳐지고 마는 것이다, 스스로를!

그리고 겨우 몸을 추스린 뒤 땅을 치면서 애꿎은 풀을 한 움큼 뽑아 바람에 날린다. 아니 바람한테 집어던진다. 그리고 얼굴을 일그러뜨린다. 다 큰 어른이 뭐 그런 걸 가지고 금방 울기라도 할 것 같다. 벼락같이 벌어진 일이 어디 다 그의 탓만인가. 중원에서 공이 넘실거릴 때부터 알아보아야 했다. 그때 그걸 막았어야 했다. 거기서 까불던 공을 한 박자 눌러주어야 했다. 근데 이건 또 무슨 사태인가. 함께 넘어졌던 공격수는 벌떡 일어나 그를 힐끗 보더니 냅다 달리는 게 아닌가. 지가 무슨 독수리라도 되겠다는 양 펄쩍펄쩍 뛰어간다. 열광의 박수가 물결치는 곳으로. 그뿐인가. 함성이 더 높아지자 겨드랑이에서 날개라도 돋은 양 양팔을 한껏 벌리고 빙빙 날아기는 게 아닌가. 잘할 때만 잘해주는 관중들을 향해서. 죽어라 뛰어야 좋아하는 감독을 힐끔힐끔 보면서.

일그러진 그의 얼굴이 잠깐 전광판에 클로즈업된다. 젠장, 난들, 뭐 이렇게 쭈그리고 싶었겠나. 골키퍼가 그물에 잡힌 공을 꺼내 살린다. 그래 함 해보자. 쓰펄, 나라고 맨날 이렇게, 이렇게 넘어지면서 살고 싶었겠나, 이 말이야! 뻥, 힘껏 공중으로 차올린다. 2010. 6. 23

241

어떤 대리인생

•

경복궁역에서 나와 오른쪽 청와대 방향으로 자리한 동네는 좀 복잡하다. 관청과 주택과 사무실과 음식점이 골고루 섞여 있다. 길가에는 그냥 평범한 고깃집, 횟집, 호프집, 옷가게, 사진관, 빵집, 구두가게, 커피점 등등이 자리잡고 있다. 피맛골이 없어지면서 이곳으로 쫓겨온 음식점들도 몇 개 있다. 그중 하나가 목포홍어집이다. 목포가 고향인 아주머니가 주인이고 인상이 좋은 경상도 아지매가 서빙을 담당한다. 피맛골에 있을 때 가끔 가서 안면을 익혔는데 통의동에서 우연히 다시 만나 이젠 아주 단골이 되었다. 한편 큰길에서 샛길로 꼬부라져 들어가면 좀 수상해 보이는 간판이 군데군데 숨어 있다. 고급 한정식집들이다. 그 집들은 간판에서부터 '나 고급이오. 함부로 얼씬거리지 마시오. 그게 신상에 좋을 것이오.' 하는 위압감을 풍긴다.

인왕산에서 발목을 접질린 탓에 경복궁역 옆 한의원에서 침을 맞고 절뚝거리면서 마을버스 정류장에 서 있자니 금융감독원 청사 조금 지나 도로변으로 고급승용차 둘이 들이닥쳤다. 대기하고 있던 사람이 허리를 굽신거리면서 뒷문을 열어주자 풍채 좋은 사람이 내렸다. 그는 차문을 열어주는 사람은 거들떠보지도 않고 간발의 차이로 먼저 내린 사람과 반갑게 악수를 했다. 둘은 서로 어깨도 두드리면서 골목 안으로 사라졌다. 봄직 하니 힘깨나 쓰는 사람들이 점심 회동을 하는 것 같았다. 곧 마을버스가 와서 나도 그 자리를 떠났다. 뒤돌아보니 허리를 굽신거렸던 사람은 아직 더 맞이해야 할 손님이 있는 듯 그대로 도로가에 서 있었다.

문득 언젠가 어느 문학평론가 선생님한테 들은 말이 떠올랐다. "귀족의 정의가 뭔 줄 아세요? 귀족은 태어나자마자 은퇴한 사람들입니다." 정곡을 찌른 말인 것 같았다. 또 누군가의 글에서 읽은 이야기가 있다. 영국 엘리자베스 여왕이 한국에 왔을 무렵이었다. 여왕은 손잡이를 한 번도 잡은 적이 없단다. 항상 시종이 먼저 대기하고 있다가 열어준단다. 화장실 문도 잡는 법이 없단다. 지엄함의 대명사이니 의전인들 얼마나 까다로우랴. 일반 국민이 여왕을 알현하기 무지 어렵듯 여왕도 일반인을 접하기가 무지 힘들 것이다. 만난다한들 어디 속내를 털어놓겠는가. 그러니 그렇게 산다는 건 대리인생의 대명사가 아닐까.

오늘 내가 목격한 그 풍채 좋은 사람들의 마음씨가 좋지 않으리란 법은 없을 것이다. 그러나 그도 태어나자마자 그랬던 것은 아닐테지만 아마 일생의 상당 기간을 손한테 손잡이 한번 돌릴 자유를 주지 않는 불구의 삶을 영위할 것은 분명해 보였다. 그의 앞에만 서면 저절로 작아지는 사람들이 그의 주위에는 언제나 득실거리는 것이었다. 살아가면서 스스로 열어야 할 문이 얼마나 많은데!

어쩌면 가벼운 점심 약속으로 경복궁역 근처를 찾은 사람한테 귀족이나 여왕을 들먹이는 게 무리라면 무리일지도 모른다. 그러나 소박한 우리 동네에서 그런 광경을 보자니 갑자기 심사가 좀 배배 꼬였던 것은 사실이다. 한창 철거중인 옥인아파트 입구에 있는 마을버스 종점에서 내려 슬슬 걸어 내려왔다. "야, 나한테서 발목 접질렸다고 애먼 사람한테 그리 심술부리기냐." 인왕이 등 뒤에서 굽어보고 한말씀 하시는 것 같았다. 2010. 6. 24

정대세 선수의 눈물

●

국가가 울리자 선수의 얼굴은 금세 눈물로 범벅이 되었다. 연주가 끝나도
록 선수의 두 눈에서는 하염없이 눈물이 솟아나왔다. 사람은 눈물의 공장
이라는 내 평소의 지론을 축구장에서 또 새삼 확인하는 순간이었다. 축구
선수라면 월드컵 경기장은 누구나 한번은 뛰고 싶을 것이다. 그 꿈의 무대
에서 우는 모습이 이례적이었는지 카메라도 그를 오래 비추었다. 그는 북
한의 정대세 선수였다. 그는 일본에서 활약하는 재일동포 출신의 선수이
다. 북한 축구팀은 이날 세계 최강 브라질과 겨루어 조금도 꿀리지 않은
경기내용을 선보이며 축구계를 놀라게 했다. 많은 이들이 북한의 선전과
정대세 선수의 눈물에서 뭉클한 감동을 느꼈다고 말했다. 북한의 2차전 상
대는 포르투갈이었다.

나는 초등학교 때 《새소년》,《어깨동무》같은 어린이 잡지를 탐독했었
다. 그때 그 잡지에서는 축구소식을 많이 전해주었다. 그 잡지를 통해서
세계축구사의 빛나는 별들을 많이 알게 되었다. 브라질의 펠레, 가린샤,
지우시뉴. 영국의 보비 찰턴. 독일의 게르트 뮐러, 바켄바우어. 네덜란드
의 요한 크루이프. 소련의 전설적 골키퍼 이바노비치 야신. 그리고 또 잊
을 수 없는 선수가 있다. 1966년 북한은 세계를 경악시키며 8강에 진출하
여 포르투갈과 맞붙었다. 이번 남아공 월드컵에서 북한선수단의 구호가
"또다시 1966년처럼", 조선아 이겨라!라고 한 것은 이런 영광의 부활을 노
린 것이었다. 당시 북한은 먼저 세 골을 넣고 여유있게 앞서갔으나 비호
같은 한 선수가 무려 네 골을 넣는 바람에 결국 3:5로 지고 말았다. 그때
그 선수, 흑표범 에우제비오. 이젠 노신사가 된 에우제비오도 관중석에서
후배들의 경기를 지켜보고 있었다.

이날은 비가 많이 왔다. 모든 선수들의 얼굴은 빗물로 범벅이었다. 이날 경기에서 북한은 무참히 깨졌다. 0:7. 현대 축구에서 좀처럼 나오기 힘든 점수 차이였다. 선배들의 아쉬운 패배를 설욕하지 못한 선수들의 울음을 빗물이 가려주는 것 같았다. 토요일 밤 코트디부아르와 마지막 3차전이 시작되었다. 북한은 경기 결과에 관계없이 이미 16강 진출이 좌절된 상태였다. 하지만 동시에 벌어진 브라질과 포르투갈과의 경기 결과에 따라 실낱 같은 희망을 가진 코트디부아르는 경기 초반부터 저돌적으로 북한을 몰아붙였다. 그러나 유종의 미를 거두겠다는 북한 선수들의 투지도 만만찮았다. 결국 초반에 두 골이 터졌다. 그러나 두 팀은 마음을 비우고 즐기는 축구를 보여주고 있었다. 코끼리가 마스코트인 코트디부아르의 응원단들은 열심히 춤을 추면서 응원 자체를 즐기고 있는 듯했다.

후반전 25분이 지날 무렵이었다. 정대세 선수가 질풍같이 몰고 가다 벼락같이 슛을 날렸는데 아쉽게 골문을 빗나가고 말았다. 이날 중계카메라 기사는 아마도 운치를 좀 아는 양반인 것 같았다. 잠시 화면에 전광판 너머 남아공 하늘의 환한 보름달이 나타났다. 달은 무척 노랬다. 크기는 꼭 축구공만했다. 그로부터 5분 후에는 아예 보름달을 크게 클로즈업해서 화면 가득 보여주었다. "이곳은 공기가 맑아서 그런지 보름달이 아주 환하군요." 중계하던 해설자가 달에 대한 해설도 덧붙였다.

경기는 북한이 한 골을 더 먹고 끝났다. 북한은 3패를 당한 뒤 쓸쓸히 월드컵 무대에서 퇴장을 했다. 세계의 높은 벽을 실감하면서 가슴 속에서 폭우를 맞고 있을 선수들의 처진 어깨가 자꾸 눈에 밟혔다. 꿈에서라도 남북한이 결승에서 맞붙었다면!

일본 프로축구에서 활약하고 있는 정대세 선수는 한국어, 일본어는 물론 영어, 포르투갈어까지 유창하다고 한다. 축구 실력뿐만 아니라 어학에도 발군의 실력이 있는 셈이다. 며칠 전 신문을 보니 천안함 사태를 논의

하는 와중에 중국의 한 외교관이 우리나라 외교통상부 고위당국자에게 중국 송나라 때 문인 소동파의 시를 액자에 넣어 선물했다고 한다. 天下有大勇者, 卒然臨之而不驚, 無故加之而不怒, 此其所挾持者甚大, 而其志甚遠也. 축구뿐만 아니고 여러 면에서 만만찮은 내공을 선보이는 젊은 정 선수는 내가 고작 신문 기사에서 주워듣고 인용하는 이 정도는 이미 알고 마음을 다스리고 있을지도 모른다. 그의 축구 인생의 앞날을 주목해보자.
2010. 6. 27

●   천하유대용자, 졸연임지이불경, 무고가지이불노, 차기소협지자심대, 이기지심원야. 세상에 큰 용기를 지닌 이는 뜻밖의 일을 당해도 놀라지 않고, 억울한 일 당해도 화내지 않는다. 품이 크고 꿈이 원대하기 때문이다. (출처: 소동파의 留侯論)

시간의 힘, 시간의 재주

•

시간은 흐른다. 무한정 흐른다. 떼를 지어 가기도 하고 단독으로 가기도 한다. 시간이 나한테 오면 나만의 것이다. 손으로 쥘 수도 없는 시간은 아무런 힘이 없다. 내가 움직이지 않는 한 나를 한 발짝도 어디로 데리고 가지 않는다. 그렇지만 그냥 가만 있는다고 시간이 나를 비켜간다고 생각하면 큰코 다친다. 시간의 페인팅에 속지 말라. 가만 있는다고 가만 내버려 두지 않는 게 또한 시간의 버릇이다. 시간이 가만 있다고 나도 가만 있다면 어느 날 나를 송장으로 만들어 땅속으로 데리고 가는 기막힌 재주가 그에게 있는 것이다. 그건 순식간에 벌어진다.

나는 지금 지리산으로 가기 위해 동서울터미널로 향하고 있다. 일행과의 약속시간이 얼마 남지 않았기에 애꿎은 발만 동동동 굴린다. 그렇다고 전동차의 속력에 아무런 영향을 줄 수가 없다. 같은 전동차 안에서도 승객들의 마음의 속도는 모두 다르다. 나 같은 속도는 나뿐이다. 지리산 백무 동행 차 출발시간은 오후 3시 30분. 간신히 10분을 남겨두고 버스를 탔다. 빈 자리가 많다. 혹 저 자리는 내 뒷전동차를 타고서 똥줄이 새까맣게 탔을 어느 등산객의 몫?

운전기사는 작은 키를 꽂더니 시동을 건다. 이렇게 육중한 차가 저 쬐그만 키에 꼼짝도 못 하고 덜덜거리는 게 신기하다. 30년의 무사고 운전경력을 자랑하는 운전사는 자신의 노련한 기술로 버스가 가는 줄로 알 것이다. 그러나 한편으로 출발시간이 도착하지 않는다면 그 또한 꼼짝하지 못할 것이다. 이윽고 오후 3시 30분이 왔다. 비로소 발통이 삐끗 눈을 뜨고 버스가 르르르르 움직이기 시작한다. 2010. 6. 29

서울 사막

·

80년대 초반. 토요일 오후. 외박 나가는 쫄병, 외출 나가는 고참들로 내무반이 어수선했다. 집을 그리며, 고향을 그리며 침상에 누워 비몽사몽 간을 오가며 심심한 오후를 견뎠다. 그때 텔레비전에서는 프로야구를 중계하거나 월트 디즈니의 만화를 보여주었다. 디즈니 만화 중 기억나는 게 있다. 친구들로부터 떨어져 나와 외톨이가 된 도널드 덕. 너무 심심한 나머지 혼자서 야구를 한다. 혼자서 던지고 얼른 타석으로 달려와 때렸는데 헛스윙, 어느새 심판으로 변한 도널드 덕이 외친다. 스트라이크 아웃! 다시 마운드로 가서 던지고 얼른 타석으로 달려와 때리고 얼른 외야로 달려나가 공을 잡아 1루로 뿌리고 다시 홈으로 달려와 1루로 달려나가고…… 그때 1루에서 세이프인지 아웃인지 그건 지금 잘 기억 안 난다. 아무튼 혼자 놀기의 정수를 보여주는 만화영화였다.

그 도널드 덕의 상상력을 빌어서 이야기해보자. 요즘 휴대전화 하나 없는 사람 어디 있겠나. 그렇지만 제 휴대전화에 제가 걸어서 통화할 수는 없을까. 자신이 묻고 자신이 대답할 수는 없을까. 잘 있느냐, 잘 있다. 뭐하느냐, 혼자 있다. 지금 비 오는 거 아니냐, 빗소리 듣고 있다. 거짓말이라고는, 허풍이라고는 도무지 끼어들 틈이 없는 대화이다. 이렇게 한 사람이 한 사람한테 동시에 묻고 대답할 수 없을까. 편지는 가능하다. 본인이 본인을 수신인으로 해서 보낼 수 있다. 그렇게 편지 보내면 별일 없는 한, 사나흘이면 발신인한테 편지가 도착한다. 그러면 자신은 자신한테 고마운 사람도 되고 반가운 사람도 동시에 된다. 외로운 사람은 많다. 따라서 자신한테 몰래 전화 걸고 싶은 사람도 많을 것이다.

날고긴다는 휴대전화 회사들이 왜 이런 성능의 기술을 개발 안 할까. 왜 이런 블루오션을 모르고 있을까. 생각대로 하면 된다는 세상인데, 왜 그 시장을 개척하지 못할까. 브레히트의 시, 한편을 찾다가 인터넷에서 짧은 시를 만났다. 아는 이들한테는 유명한 시인 듯 했다. 제목은 〈사막〉 지은 이는 오르텅스 블루. "그 사막에서 / 그는 너무도 외로워 / 때로는 뒷걸음 질로 걸었다 / 자기 앞에 찍힌 / 발자국을 보려고."

사실 휴대전화가 정말 필요한 곳은 사막일 것이다. 따라서 휴대전화가 범람하는 곳은 분명 또다른 사막이리라. 아무런 발자국도 남길 수 없는 이 서울사막에 오늘은 비가 내린다. 내려도 헛내린다. 사람들의 마음을 맞추려해 보지만 이번에도 헛스윙이다. 2010. 6. 30

여름

7월

책 사용법

•

책에 대해서 생각을 해본다. 모양으로서의 책에 대해 생각해본다. 책을 다룬 책들도 많다. 그 책에는 책들의 사진을 찍어서 표지에 소개한다. 모두 사각형의 책들뿐이다. 과연 그럴까. 몇 해 전 지구에 초대형 개기일식이 왔었다. 그것을 겨냥해서 프랑스에서 태양 모양을 한 책이 나왔다. 책등은 최대한 짧게 하고 책면은 최대한 동그랗게 제작하였다. 그리고 태양을 육안으로 볼 수 있도록 셀로판지로 만든 특수 안경을 부록으로 꾸몄다. 번역본을 낼까 만지작거리다가 포기했다. 출판은 타이밍도 중요한데 그게 영 자신이 없었다.

세상에서 돈을 잘 벌어다주는 책은 따로 있다. 우리가 머리가 고플 때 일반 단행본을 찾듯 배가 고플 때 만나는 책이다. 그것은 바로 식당 메뉴판들이다. 책받침처럼 두 페이지로 끝나는 책도 있지만 양장본으로 두껍게 제본한 책들도 있다. 두껍든 얇든 그 책은 본문이 곧 목차이다. 그 목차 옆에 적혀있는 숫자는 페이지가 아니라 가격이다. 몇 년 단위로 개정판도 낸다. 간략하지만 판권도 있다. 어떤 책은 표지도 근사하고 레이아웃도 잘 되어 있다. 신경 써서 찍었는지 사진으로 소개되는 음식들은 보기에도 먹음직스럽다. 정성껏 만든 책 앞에서 거쳐간 독자들은 많은 고민을 했던 모양이다. 페이지마다 손때가 잔뜩 묻어 있다. 비매품인 이 책은 열독율에서는 그 어떤 베스트셀러에 결코 뒤지지 않는다.

아주 오래전 어느 신문에 발표한 글이 몇 개 있다. 그 중 하나. "올해 초등학교에 입학한 아이의 책가방이 궁금하여 열어보았던 적이 있다. 일기장이 나오길래 뒤적여보았다. 어느 날은 '일기 쓰기 싫은 이유'라는 제목으로 다음과 같은 짤막한 이야기가 삐딱한 글씨로 씌어 있었다. 첫째 쓸

게 떠오르지 않는다, 둘째 귀찮다, 셋째 잠자기 전이라 졸립다. 그리고는
왜 일기를 써야 하는지 생각해보겠다고 제법 의젓한 문장으로 마무리하고
있었다."

　며칠 전 귀한 책을 하나 선물받았다. 궁리와 비슷한 시기에 출판을 시작
한 마음산책의 대표께서 직접 지은 『책 사용법』이란 책을 보내준 것이다.
책과 연애하는 데 도통한, 이 세상 자체를 하나의 거대한 책으로 보는 저
자의 출판론은 이미 정평이 나 있다. 언론의 호평 속에 인터뷰를 했는데
저자는 특히 청소년이 자신의 책을 읽으면 좋겠다는 이야기를 하고 있었
다. 저자는 시인으로서 출판편집자로서의 책에 대한 사랑과 열정을 토로
하면서 무려 51편의 주옥같은 책들의 고갱이를 인용하고 있다. 그 중에서
알랭 드 보통의 경우가 눈에 띄었다. "나는 여덟 살에 첫 책을 썼다. 노르
망디 해변 홈게이트 휴양지에서 부모, 개, 누이와 함께 보낸 여름방학 일
기였다."

　나와 가장 가까운 청소년인 내 아이도 이젠 알랭 드 보통에 비교할 만큼
컸다. 보통만큼 정신이 성숙했으면 얼마나 좋으랴만 그저 키만 보통만 하
다. 보통의 아이로 자란 내 아이, 아직도 초등학교 때의 소신을 지키고 있
을까. 자발적이진 않아도 숙제로서 초등학생 때부터 일기를 저술한 바 있
다. 이미 여러 권의 저자인 내 아이한테도 『책 사용법』을 권해보아야겠다.
2010. 7. 2

수박씨는 토끼똥, 포도씨는 어금니

•

여행을 갔다. 중국으로 갔다. 대한민국 임시정부가 있었던 중경시로 갔다. 어둠은 그곳에서도 어두웠다. 비행기에서 내린 밤 11시는 어제처럼 깜깜했다. 낡은 승합차에 실려 한 시간을 직진하여 진운산(縉云山)으로 갔다. 그 중턱에 자리잡은 도교수련장인 백운관(白雲觀)으로 갔다. 그곳에서 엿새 여장을 풀고 몸은 몸을 따라 마음은 마음을 따라 또 어디로를 향해 각자 제 갈 길로 가야한다.

가다가 멈출 땐 밥 먹는 시간. 기름진 요리가 잔뜩 쌓인 식탁에서 몸과 마음은 서로 싸웠다. 마음이 늘상 졌다. 말 한 마디 않고 푸짐하게 먹기만 했던 것이다. 멀찍이서 우리 먹는 모습을 안 보는 척 지켜보던 나이 어린 종업원이 후식으로 과일을 들고 왔다. 여럿이 둘러앉은 둥근 식탁 가장자리에 포도씨와 수박씨가 드문드문 흩어지기 시작했다. 씨는 깨물어 먹지 말아야 한다. 삼키기 싫으면 그냥 뱉어야 한다. 씨는 그 어디 시궁창이라도 만난다면 또 한 세계를 이룩할 수 있기 때문이다. 중국땅이라 그런지 씨는 굵고 컸다.

노안 탓으로 등을 의자에서 떼고 손바닥에 올려놓고 관찰해 보았다. 수박씨가 시골에서 키웠던 토끼의 똥 같았다면 포도씨는 꼭 어금니 같았다. 어쩌면 그렇게 어릴 적 문종이에 싸서 지붕으로 던진 이빨과 꼭 같을까. 젖니를 가는 것처럼 때묻은 내 눈알도 간다면 그건 뭘 닮았을까. 그렁그렁한 눈물은 한 방울도 없는 안구는 무엇과 같을까. 시골 우리 집 마당 삽짝에서 자라던 살구나무. 혹 그 탱탱하고 꺼칠꺼칠한 살구열매 같지는 않을까?

2010. 7. 5

혀로 인중을 핥다

●

소의 혀는 약간 붉고 매우 길다. 소의 저작운동을 관찰해보면 단순히 이빨만 맞부딪히는 게 아니다. 턱 전체를 맷돌처럼 돌리면서 입안의 풀들을 찧고 빻고 씹는다. 소는 식사시간이 끝나고서도 되새김질을 계속 한다. 소의 입은 가만히 있는 법이 없다. 항상 우물우물거리면서 무언가를 씹는다. 그게 단순한 먹이운동이 아니란 것을 나는 최근에 알았다. 소의 되새김질은 자신의 존재를 확인하는 동시에 자신의 행위를 반성하는 동작이다. 소는 모든 생각을 입안으로 집중한다. 오로지 그 한 생각만 하기 위하여 끊임없이 씹고 또 씹는다. 가끔씩 소는 길게 혀를 빼내어 코를 핥기도 한다. 저의 들숨과 날숨을 한 번씩 점검해보는 것이다. 그럴 때 소는 아주 도력 높은 수행자로 거듭난다.

내게도 혀가 달려 있다. 나의 혀는 그동안 발음하거나 음식 먹을 때를 제외하고는 방치되기 일쑤였다. 최근 나는 혀의 특이한 활용법을 배웠다. 쉬운 예를 들어본다. 늦은 밤 배가 고플 때가 있다. 허기를 때우기 위해 간단한 야식을 먹을 수도 있겠다. 그러나 밤에 먹는 건 사과 한 조각도 독인 것처럼 그건 결국 몸에 부담을 줄 수밖에 없다. 이럴 때 혀를 활용하는 것이다. 우선 텅 빈 입안에서 이빨을 서로 36회 딱,딱,딱, 부딪힌다. 그 소리에 뒷골까지 시원해진다. 그리고 이빨을 다문 상태에서 혀로 이빨 안쪽을 시계방향으로 36회 돌린다. 이번에는 혀를 꺼내 이빨의 바깥과 잇몸을 시계 반대 방향으로 역시 36회 문지른다. 이 모두 입술을 닫은 상태에서 진행한다.

그러면 놀랍게도 입안 가득 좋은 간식이 준비된다. 그 간식을 세 번에 나누어 먹으면 허기를 면할뿐더러 정신 건강에도 아주 좋다. 몸 안의 불균형을 몸이 가지고 있는 것으로 재배치하여 균형을 이룬 것이다. 그러니 부작용은 있으려야 있을 수가 없다. 물론 굳이 깊은 밤에만 할 필요는 없다. 대낮에도 언제든지 남의 눈치볼 필요없이 은밀하게 할 수 있다. 혀로 입안 구석구석을 더듬는 동안은 자신의 몸을 혀로 만지는 시간이기도 하다. 따라서 이 순간 잊었던 자신의 존재를 스스로 확실히 느끼는 것이다.

이러한 혀의 활용법을 도교에서는 적룡교해(赤龍攪海)라고 한다. 붉은 용이 바다를 휘젓는다는 뜻이다. 입안을 바다로 혀를 용으로 비유한 것이다. 놀라운 수사요 탁월한 비유가 아닐 수 없다. 많은 이들이 적룡교해법을 이용해 건강을 되찾았다고 한다.

가끔씩 입안에 갇혀 있던 혀를 길게 빼내본다. 아무리 용을 써도 겨우 코와 윗입술 사이에 오목하게 골이 진 곳, 인중에 닿을까 말까 한다. 그곳은 들숨과 날숨이 교차하는 곳이다. 오늘도 나는 틈나는 대로 인중을 핥으며 아직 갈 길이 요원한 수행자의 흉내라도 내보는 중인 것이다. 2010. 7. 6

발우공양과 양생찬

•

시간 밖의 절 즉 시간과 공간을 초월한 절이라는 의미의 겁외사(劫外寺)는 성철스님의 생가터에 세운 사찰이다. 경상남도 산청군 단성면 묵곡리에 있다. 2002년 겨울 당시 겁외사의 주지이신 일묵스님께 인사를 드리러 가서 며칠 묵은 적이 있다. 지금은 절판이 된 『영원한 대자유인』 출간을 의논하기 위해서였다. 이때 처음으로 발우공양을 체험해보았다. 웃고 떠들며 마구마구 입안으로 집어넣기만 하던 식습관에 길들여진 나로선 퍽 당혹스런 식사시간이었다.

하지만 공양을 하기 전 음식을 앞에 둔 채 오관게(五觀偈)를 읊을 땐 나도 모르게 마음이 숙연해졌다. 오관게란 공양하기 전에 합장하면서 다섯 가지를 생각해보는 것을 말한다. 이는 바로 수행의 한 과정인 것이다. "이 음식이 어디서 왔는고 / 내 덕행으로는 받기가 부끄럽네 / 마음의 온갖 욕심 다 버리고 / 육신을 지탱하는 약으로 알아 / 불도를 이루고자 이 공양을 받습니다."

발우공양의 마지막은 자기가 먹은 음식 그릇에 물을 마실 만큼 부은 뒤 단무지 조각으로 깨끗이 닦는 것이다. 그리고 이를 마시는 것으로 끝이 난다. 이때 그릇에 음식 찌꺼기가 하나라도 남으면 안 된다. 물론 공양하는 동안에 말의 찌꺼기도 뱉어서는 안 되며 숟가락 달그락거리는 소리도 최대한 감추어야 한다. 이렇게 하여 식사와 동시에 설거지도 끝나는 셈이다.

지난주 중국 여행을 하는 동안에 비슷한 체험을 하였다. 북경, 상해, 천진과 더불어 중국의 4대 직할시인 중경시 근처 진운산 백운관에서의 식사법도 수련의 한 과정이었다. 그곳의 식사는 양생찬(養生餐)이라고 했다. 도교에서 양생은 아주 중요한 개념인데 생명의 본질을 파악하고 그 기운을 북돋우는 것을 말한다. 양생찬은 퍽 까다로웠다. 그 식사법은 다음과 같다.

먼저 중국식의 둥근 테이블에 앉아 음식을 보면서 제주(霽呪)를 함께 소리내어 읽는다. "五星之氣 六甲之精 三眞天倉 靑雲常盈 黃父赤子 守中無傾 無量壽福*" 그리고 각자 한 접시에 먹을 만큼 담는다. 두 번 담을 수는 없으니 양을 잘 조절해야 한다. 입에 알맞게 씹을 만큼 음식을 넣고 수저는 내려놓는다. 입안에 음식이 있는 상태에서 음식을 더 넣어서는 안 된다. 이제 음식을 먹는다. 이때 중요한 것은 음식을 36번 씹어야 한다는 것이다. 숫자를 놓치면 다시 시작해야 하고, 지나치면 72번으로 가야 한다. 이 숫자는 대단히 중요하다.

그렇게 음식을 잘근잘근 씹어서 걸쭉한 죽처럼 만들기는 쉬운 일이 아니다. 음식은 이빨과 혀를 피해 자꾸 목구멍 너머로 미꾸라지처럼 가려 하기 때문이다. 어쨌든 충분히 씹어서 음식 개개의 맛을 충분히 느낄 수 있도록 해야 한다. 빨리 식사를 마쳤다고 먼저 일어나서도 안 된다. 식사시간은 30분이다. 종소리가 나면 일제히 합장하고 다시 제주를 함께 읽으면서 마무리된다.

양생찬을 하면서 처음에는 어색한 게 많았다. 손도 어색하고 입안도 어색했다. 그러나 몇 번 거듭하고 나니 좋은 점이 한두 가지가 아니었다. 우선 그간 얼마나 우악스럽고 급하게 먹었는지를 돌이켜보게 되었다. 채 씹기도 전에 삼킨 것은 채 익지도 않은 것을 입에 들이는 것과 같지 않을까. 한 동무는 삼키지 않고 입안에 공굴리기가 이리 어려운 줄을 이번에 알았다고 했다. 어쨌든 포만감이 사라지고 식사 후에도 배가 편안했다. 그리고 그렇게 먹으니 먹는 양도 훨씬 줄어졌다. 이상한 것 중 하나는 배가 부르지는 않았는데도 배가 그리 고프지 않았다는 사실이었다. 발우공양과 마찬가지로 양생찬에서도 식사를 하는 동안 일체 대화를 해서는 안 된다. 오로지 먹는 행위에 집중해야 한다. 몸과 음식과의 일대일 대화에는 정녕 말이 필요 없는 것이다.

우리 일행은 총 여덟이었다. 한 식탁에 둥그렇게 앉아 아무런 말없이 입술을 닫고 각자 열심히 우물우물 먹는 모습을 보자니 마구간에서 여물 먹는 소들과 아주 흡사해 보였다. 방으로 돌아와 한 동무한테 이야기했더니 마구마구 웃었다.

세속의 집으로 오니 아주 시끄러운 곳이었다. 나 혼자 말을 끊기는 어렵다 해도 서른여섯 번 씹기는 제대로 실천하려고 했다. 식탁에서 아내가 차려준 밥을 우물우물 먹고 있자니 딸아이가 한 마디 보탰다. "엄마, 이리 와봐봐. 아빠 턱밑에서 워낭소리 들려!" 2010. 7. 8

● 　오성지기 육갑지정(오성의 기운과 육갑의 정기). 삼진천창 청운상영(세 가지 참된 하늘의 창고에 쌓아두면 푸르런 기운이 항상 가득하네). 황부적자 수중무경(음식은 아버지에 해당하고 이에서 나와 온몸을 순환하는 피는 자식 같으니 중용을 지키며 치우침이 없네). 무량수복(한없이 복된 삶을 오래오래 누리리라). 오성과 육갑은 오장과 육부를 뜻하며 삼진은 우리 몸에 있는 상중하의 세 단전(丹田)을 뜻한다.

시청과 견문

·

중국의 진운산 백운관에서 도교 수행을 잠깐이나마 맛볼 수 있게 징검다리를 놓아준 이가 있다. 그는 도교철학으로 북경대학교에서 우리나라 최초로 박사학위를 받고 현재 서강대학교 철학과에 재직중인 최진석 교수이다. 그 최 교수의 주선과 인솔 아래 중국으로 도교 수련 겸 여행을 떠난 것이었다. 중국의 도교는 양대 축이 있는데 그 중 하나가 진운산 백운관이다. 불교의 수행공간이 절, 즉 사(寺)라면 도교의 그것은 도관(道觀)이다. 그리고 도관을 대표하는 분을 도장(道長)이라고 한다.

백운관의 도장은 이일(李一)이라는 분이다. 40대 중반의 나이로 한눈에 보기에도 예사로운 분이 아니란 인상을 팍팍 풍기고 있었다. 그는 무학으로 열두 살에 도교 수련에 입문하였다. 그분의 도력은 상당하여 호흡을 조절하여 물속에서 무려 두 시간 반을 지낼 수 있다. 이는 엄격한 검증을 통해 기네스북에도 등재된 사실이라고 한다. 이런 도력을 바탕으로 강호의 고수들이 우글대는 중국에서 이일 관장의 명성은 대단하였다. 몇 년 전 도교수련에 관한 책을 세 권 내었는데 모두 이 분야의 베스트셀러가 되었다.

우리가 수련하는 동안 통역을 맡은 분이 있었는데, 북경으로 유학 간 여성이었다. 그이는 중의학을 배우다가 텔레비전에서 우연히 이일 도장의 『황제내경』 강의를 듣고 그날 밤을 한숨도 자지 못했다고 한다. 그리고 그 길로 하던 일을 작파하고 백운관으로 왔다고 했다. 우리 일행을 맞이하여 이일 관장은 '생명의 본질은 무엇인가'를 주제로 특강을 하였다. 강의가 끝나고 이 도장은 어떤 주제이든지 질문을 하라고 했다.

나는 사람이 본다는 것에 대해 궁금증이 있어서 이런 질문을 하고 싶었다. 왜 우리 인체에서 두 개뿐인 눈이 모두 얼굴에만 몰려 있어서 한쪽만을 보는 것인가. 좌우에 달려 있는 귀처럼 눈도 앞뒤로 달려 있는 것과 어떤 차이가 있을까. 또한 보는 것도 한쪽만을 보지만 보이는 대상도 앞만 보여주지 뒤는 안 보여준다. 말하자면 우리의 눈은 전체를 보는 것이 아니라 기껏해야 한번에 1/4밖에 볼 수 없는 취약한 구조이다. 그런데 왜 우리는 전체를 다 보는 양 착각하는 것인가. 근데 손을 들고 질문을 하려다가 관두었다. 내가 생각해도 질문이 좀 우스꽝스럽다는 생각이 든 것이다.

도관에서의 일정이 끝나고 중경에서 의창까지 양자강을 따라 크루즈 여행을 했다. 우리 일행은 저녁을 먹고 모두들 배의 옥상에 모여 백주를 마시며 웃고 떠들고 놀았다. 바람이 선선히 불고 날씨는 아주 맑았다. 자발적 수련이긴 했지만 엿새는 피교육생의 신분이었다. 앞으로 서울 가서 매일매일 수련을 해야 하는 부담도 있었지만 어쨌든 짧은 공부를 끝낸 홀가분함에 모두들 약간은 들뜬 분위기이기도 했다. 그러기에 자연스레 노래도 돌아가면서 몇 곡조씩 뽑았다. 중국인들이 몇몇 있었을 뿐 갑판 위는 온전히 우리들 천하였다.

술도 어지간히 취하고 노래도 바닥이 날 무렵이었다. 모두들 도관에서 배운 수련법에 대해 이런저런 이야기로 화제가 바뀌었다. 나는 마음이 무진장 풀어졌기에 망설였던 질문을 최 교수한테 했다. 우스꽝스럽다는 생각은 하나도 안 했다. 술이 나한테 준 선물이었다. 최 교수가 천천히 입을 열었다. "……제대로 수련하려면 그러한 감각도 거부해야 하네. 보는 것도 우리의 생각을 방해할 뿐이지. 보고 듣는 것에는 두 가지가 있네. 시(視)란 내가 의지를 갖고 보는 것을 말하고 견(見)이란 보여지는 것을 보는 것이지. 청(聽)이란 내가 의지를 갖고 듣는 것을 말하고 문(聞)이란 들리는 것을 듣는 것이네. 우리는 시청하지 말고 견문해야 하네. 텔레비전 따위처럼 시청하는 게 아니라 이 세계는 견문, 견문해야 한다네"

바람이 내 귓바퀴를 우르르 쓰다듬고 지나가고 가슴속에서 굵은 느낌표가 하나 떨어졌다. 아하, 그래서 마르코 폴로가 구술한 책도 『동방견문록』이구나, 나는 무릎을 쳤다. 내 눈꺼풀 안쪽에 잠복해 있던 두꺼운 비늘 하나가 떨어져나가는 기분이었다. 무량함을 이기지 못해 하늘을 쳐다보았다. 휘영청 보름달도 우리의 토론을 경청하고 있는 듯했다. 시청(視聽)이 3층 선실 복도 중간에 자리한 2인실의 내 방에 우두커니 매달려 있는 텔레비전이라면 견문(見聞)은 하늘에 떠 있는 저 환한 달이리라. 그 아득한 차이를 나름대로 홀로 느끼면서 아껴두었던 마지막 잔을 홀짝 마셨다. 2010. 7. 11

안뼝과 허벌거지의 추억

•

이성복 시인의 시집 『아, 입이 없는 것들』은 제목과 달리 온통 먹을거리로 가득 차 있다. 제목을 처음 들었을 때 나무나 꽃이나 돌에 관한 시집인 줄로 알았다. 평소의 나란 한없는 식탐은 너그럽게 그냥 내버려두면서도 몸에 대한 불만은 있는 대로 터뜨리는 자이다. 그런데 아, 입이 없는 것들이라니! 일련번호가 붙은 총 125편의 시 중에서 특히 후반부 109-114편에는 연속적으로 돼지요리가 부위별로 등장한다. 여행갈 때 꼭 이 시집을 챙겨가는 것은 내가 입을 달고 있는 자로서 제법 만만찮은 식욕을 소유하고 있기 때문임은 두 말할 나위가 없다.

"광주리에 씻어놓은 막창 대창처럼 세상의 길들 안개 속에 가지런하고" "이제 미루나무 꼭대기를 완전히 벗어난 해는 돼지감자탕집 간판에 정수리가 찢기면서 뒷산 언덕에 벌건 핏국물을 터뜨린다" "또 어떤 대낮에는 '시집 못간 미스돼지'라는 돼지갈비집 앞에서 도무지 사람이라는 게 부끄러워지는 풍경" "늘어진 돼지 불알의 힘없는 주름처럼 잔잔하고 그윽한 동곡의 저녁이여 돼지도 생전에 제 안뼝을 알았을까" "우리가 비운 안뼝 접시만 해도 수미산이 될 것이다" "가지마라 눌린 돼지 머리와 안뼝을 내오는 외지인 아줌마가 델레파시를 보낸다 해도" 특히 안뼝이란 단어를 만났을 때 아련한 추억 하나가 떠오르면서 나는 시집을 잠시 덮고 안뼝! 허벌거지! 라고 발음해보았다.

군대 가기 직전 고향의 큰댁에서 여름 한철 농사일도 거들면서 지냈다. 동갑내기 사촌형도 마침 집에서 방위병으로 복무 중이어서 함께 잘 어울렸다. 반거충이 농사꾼이 무슨 일을 제대로 했겠는가. 그저 큰아버지 일하시는 데 방해만 안 되어도 나로선 큰 공헌이었다. 하지만 가뭄에 물을 나르

263

고 자질구레한 심부름은 꽤나 열심히 했던 것 같다. 지금도 그 시절을 생각하면 왕파리 소리가 들린다. 점심을 먹고 나른해서 작은방에 누우면 따갑고 따가운 햇살이 차츰차츰 문지방을 넘어 들어온다. 마루는 화로처럼 뜨겁다. 잠결인듯 꿈결인듯 파리들이 웽웽거리는 소리는 한낮의 더위를 더욱 덥게 팽팽히 조인다. 웽웽웽웽. 그때 어김없이 들리는 큰아버지의 말씀, "야들아, 이젠 밭으로 나가야지!" 형과 나는 서로 눈치를 보다가 하는 수 없이 리어카를 끌고 뒤따라야 했다.

큰댁을 떠나기 며칠 전 큰아버지께서 거창장에 다녀오셨다. 그리고 그날 저녁 큰어머니는 도마에 돼지 안뽕과 허벌거지를 먹음직하게 썰어놓으셨다. 허벌거지는 돼지의 이런저런 부속 일체를 말한다. 김이 설설 나는 그것을 굵은 왕소금에 찍어먹으면 진실로 세상에 부러울 것 없었다. 그때 막걸리 한 사발과 함께 내 목구멍을 타고 꿀꺽꿀꺽 넘어간 안뽕과 허벌거지! 우린 또 내일 아침상을 기다렸다. 국거리용으로 소고기 한 근이 별도로 고방의 장독대에 보관되어 있었던 것이다. 문제는 그날 밤에 일어났다.

사연인즉 큰어머니께서 그 소고기를 실겅(선반)에 얹어두었는데 밤사이 그만 도둑고양이가 물고 가버린 것이다. 결국 아침상에 고깃국은 오르지 못했다. "조카 자슥 군인 간다 캐서 고깃국 멕여 보낼라캤더만 그 하나 잘 간수해지 못하고! 나참!" 큰어머니는 큰아버지한테 정말로 엄청 혼났다. "아이고 제가 먹은 걸로 치겠습니다." 나는 괜히 목이 메어서 밥을 제대로 먹는 둥 마는 둥 했다. 요새도 사촌형과 만나면 이 이야기를 하면서 그때 그 추억의 쇠고기와 그 안뽕과 허벌거지를 두고두고 꺼내먹는다.

지금 생각하면 도둑고양이한테 차라리 쇠고기를 빼앗기기 다행이었지 그때 안뽕과 허벌거지를 못 먹었더라면 얼마나 서운했을꼬! 돼지의 여러 부위를 즐기다 그 흔한 삼겹살은 이성복 시인이 어디에 숨겨놓았을까, 이리저리 살피는데 또 이런 먹음직스러운 구절이 눈에 들어온다. "일찍 배

꺼지는 국수의 담백한 맛과 달큰한 비계의 여운 혀 끝에 간직한 자, 누구나 신선이 될 자격이 있다." 2010. 7. 13

사진신부

●

'신부사진'이란 행복한 단어이다. 일생에 한번 가장 황홀한 순간에 면사포 쓰고 찍는 사진이다. 오늘도 그 누군가는 오늘 같은 기쁨이 일생 지속되기를 두 손으로 꽃 받쳐들고 기원한다. 그리고 사랑하는 신랑이 흐뭇하게 지켜보는 가운데 신부사진을 찍을 것이다. 단어위치만 바꾸었다. '사진신부'란 말이 있다. 그것은 아주 슬픈 단어이다.

"1900년 초반 하와이 사탕수수 농장주들은 1850년대와 1880년대부터 이민사회를 이뤄 호락호락하지 않은 중국인과 일본인 노동자들을 대체할 인력을 조선에서 구했다. 한인 노동자들이 '국제적 경험이 없는 순진한 어린이 같은 사람들'이자 '가난한 나라에서 너무 힘들게 살다 보니 값싼 임금에도 만족하고 좋아하는 사람들'이었기 때문이었다. 나라 없는 그들은 소나 말처럼 채찍질을 당하며 '죽지 못해 살 수밖에 없었지만', 그 모든 차별과 착취를 이겨내고 새 터에 뿌리를 내려갔다. 그러나 그때 그곳에 여성은 637명밖에 없었기에 수많은 노총각들이 먼 고국으로부터 신붓감을 구했다"●고 한다. 그리하여 조선에서 이민 간 노총각들이 고국으로 자신의 사진을 보내면 처녀들은 사진으로 선을 보고서 배우자를 선택했다. 어디에 어떻게 사는 지도 모르는 채 남편감의 사진만 들고 인천항에서 하와이행 배를 탄 이들을 사진신부(Picture Bride)라 하였다.

『100년을 울린 갤릭호의 고동소리』란 책이 있다. 부제는 '미주 한인 이민사 100년의 사진기록'이다. 그 책의 표지는 1913년경 하와이에 도착하여 자기 짝을 찾아 흩어지기 직전에 찍은 11명의 사진신부들을 찍은 사진이다. 노총각들은 한 살이라도 어리게 보이려고 분장을 하거나 젊은 시절 사진을 보냈다고 한다. 사진 속의 사진신부들은 아직 짝을 만나기 전이었는지 모두들 설레는 표정들이다. 하지만 닥쳐올 운명을 예감이라도 하는 듯 서로의 어깨에 손을 얹은 게 꼭 떨어지지 말자는 사슬처럼 보인다. 사진 오른편 아래에 푸드덕거리며 달아나려는 장닭도 한 마리 보인다. 혼례식 때 쓸려고 했을까. 조신에서 가지고 왔을까. 11명의 사진신부들의 운명을 헤아리니 마음이 짠해졌다.

　　100년 전 이야기도 아니다. 최근의 일도 아니다. 바로 어제의 일다. 결혼 사진이 영정사진으로 바뀌었단다. 부산에서의 일이다. 20살 베트남 출신 의 신부가 남편이 휘두른 칼에 숨졌다고 한다. 한국에 온 지 8일 만에 벌어 진 일이라고 한다. 남편은 정신병력이 있다고 한다. 신혼에 대한 기대로 활 짝 웃으며 찍었던 결혼사진은 그대로 영정사진이 되었다고 한다. 고통 속 에 생을 마친 딸의 장례식을 위해 부모님들이 급거 달려왔다. 누굴 미워할 줄을 도무지 모를 것 같은 인상의 사람들이었다. 눈물을 뿌리며 아버지는 말한다. "너를 위해 기도하마. 하늘나라에 편히 가렴." 아마도 그 하늘나라 에 '코리아'는 없을 것 같다. 2010. 7. 16

◈　　허동현(경희대 교수)의 글에서 인용.《중앙일보》2009년 6월 16일자.

양자강변에서 외할머니를 생각하다

•

"여름인데 어머이 모시고 한번 안 다녀갈래." 외삼촌의 전갈을 받고 어머니와 함께 고향 가는 길이었다. 여든을 훌쩍 넘긴 어머니는 차 타고 어디를 가는 것이 그리 좋은 모양이다. 더구나 오늘은 막내 앞장세우고 친정 가는 길이니 오죽하시랴. 조수석의 머리받이를 빼서 어머니의 시야를 툭 시원하게 해드린다. 전방은 텔레비전보다도 엄청 느린 화면임에도 어머니는 그 줄거리 없는 연속극에 금방 빠져든다. 이것저것 묻기도 하고 옛날 이야기도 하신다. 청원 지나 경부고속도로와 중부고속도로가 합치는 지점에서는 꼭 설명을 해드린다. 그곳이 어머니한테는 굉장히 중요한 이정표이다. 귀경할 때 큰아들네는 중부를, 막내아들네는 경부를 이용하는 게 더 낫다는 것을 어머니는 알고 계시기 때문이다.

"어머이, 내 옛날 아삼한 기억에 외할무이 깡밥 만들 때 모래를 이용했던 거 같은데……그게 맞소." "그래. 우선 쌀로 꼬두밥을 해서 물에 씻어 밥알을 한 알 한 알씩 삼베 홑이불에 늘어 바싹 말리지. 그라고 솥뚜껑을 엎어놓고 불을 때서 모래와 밥알갱이를 섞어 볶으면 튀밥처럼 된다 아이가." "밥만 하면 안 되고요." "그럼. 모래가 달구어져서 그 열로 쌀이 튀겨지는기라." "아니 모래가 묻으면 어떻게 해요." "냇가에 가서 고븐 모래를 퍼와서 물에 씻어야지. 그라고 체에 걸러 조금 굵은 모래만 쓰야지." "……" "그래서 다시 체로 걸러 모래를 뺀 뒤 그 튀밥에 엿질금으로 만든 집청을 버무리면 그게 깡밥 아이가." "그라믄 얼마 못하겠네." "그러치. 조금밖에 못 하지. 그래도 내가 참 모래 마이 퍼 날랐다." "진짜 맛이 있었겠네요." "느그 할무이 음식 솜씨가 보통이었나. 느그 아부지 말이 안 있었나. 빙모님 음식은 그릇까지도 바싹 깨물어 먹고 싶다꼬."

이 대목에서 나는 어머니의 당신 어머니 자랑이 괜한 것이 아니란 것을 안다. 우리 아버지만큼 많이 얻어먹지는 못했지만 나도 내 인생에서 잊을 수 없는 맛으로 치는 음식의 대부분은 외할머니의 손에서 나온 것이기 때문이다. 내가 고향 가는 길에 어머니한테 외할머니의 깡밥 제조법에 관해 꼬치꼬치 물어본 것은 까닭이 있다.

중국의 양자강을 따라 크루즈 여행하다가 들른 조그만 시장에서였다. 좌우로 난전이 펼쳐져 있었다. 먹거리들이 풍부했다. 상인들은 맹렬히 내 맘을 빼앗으려 하였으나 나는 전혀 그들의 말을 알아들을 수 없었다. 과일 가게 옆에는 내가 방금 빠져나온 큰 강과는 어울리지 않게 쬐끄만 고기들이 밀가루 옷을 입고 기름에 튀겨져 있었다. 뒤집어놓은 솥뚜껑에 가득 고인 튀김용 검은 기름을 보니 먹을 기분이 싹 가셨다. 그래도 호기심에 눈을 부라리며 계속 나아가는데 눈길을 끄는 것이 있었다. 한 할머니가 땅콩을 볶고 있었다. 가까이 가서 보니 볶는 방법이 특이했다. 땅콩을 기름에 볶는 것이 아니라 적갈색 모래와 함께 껍질채 볶는 것이 아닌가.

그 장면은 나의 희미한 기억을 일깨웠으니, 그 옛날 나의 외할머니께서 모래로 깡밥을 만드는 방법과 꼭 같았던 것이었다. 중국산 땅콩은 국산 땅콩에 비해 매우 작았다. 배로 돌아와 뱃전에 선 채 땅콩을 안주로 하여 백주를 마셨다. 이젠 여행도 거의 막바지였다. 강변의 풍경이 흘러가는 기억처럼 빠르게 뒤로 지나갔다. 집 생각이 왈칵 쳐들어오기도 했다. 그러나 그날, 그림 같은 풍경의, 그림 같은 술자리에서 내 마음을 온통 지배한 것은 외할머니였다. 모래로 볶은 땅콩을 집어먹을 때마다 외할머니 생각이 났다. 해마다 외할머니 제사에 빠지지 않고 갔었는데 올해에는 가질 못했었다. 기일은 중국 여행을 사흘 앞둔 날이었으니 바로 이 여행을 핑계로 불참했었다. 그래서 그런가. 그날 양자강에서 백주를 꿀꺽꿀꺽 넘기는 동안 외할머니 생각도 울컥울컥 솟아났다. 2010. 7. 18

단자령에서 삼협댐을 보면서

•

중국 협서성 의창시에 있는 삼협(三峽)댐에 가보았다. 장강삼협은 구당협, 무협, 서릉협의 세 협곡을 말한다. 지금은 댐으로 수위가 상당히 올라갔다. 그래도 이 협곡을 통과하는 자라면 누구나 수많은 천인단애와 기암절벽 앞에서 저절로 고개를 쭉 빼고 도끼눈을 할 수밖에 없다. 이 세 협곡이 끝나는 의창시에 장강을 가로막고 건설한 것이 삼협댐이다. 세계에서 규모가 가장 큰 댐이라더니 과연 듣던 바대로였다. 삼협댐은 중국의 일급국가보안시설이었다. 관광객들은 엄격한 몸 수색과 휴대품 검색을 거친 뒤에 들어갈 수 있었다. 그나마 삼협댐도 직접 볼 수 없었다. 단자령이라고 하는 고개에 조성된 관광지에서 멀찍이 볼 수밖에 없었다. 댐 공사는 끝났지만 아직도 주변 공사는 진행 중이었다. 사방에 큰 구호가 한문으로 적혀 있었고 중장비가 드문드문 흩어져 있었다.

관광버스에서 내려 삼협댐을 한눈에 볼 수 있도록 큰 사진이 붙어 있는 안내판 앞으로 가보았다. 삼협댐은 대부분 수력발전시설이었고 오른쪽 한 귀퉁이에 어도(魚道)처럼 갑문이 조성되어 있었다. 물을 채웠다가 빼는 방식으로 큰 배들은 통과시키는 시설이었다. 단자령에는 관광객들로 북적댔다. 관광객이란 보는 것이 주요 일과인 만큼 두리번거리며 이리저리 돌아다니고 있었다. 그들은 연신 카메라로 사진을 찍었다. 한편 그 많은 관광객들 사이로 또 다른 일에 열중하는 사람들이 있었다. 그들은 물건 파는 사람들이었다. 그들은 관광객이 아니니 멀리 풍경을 보지 않았다. 그저 코앞의 관광객들을 바라볼 뿐이었다.

기념품 코너를 나오니 또 한 부류의 사람들이 눈에 띄었다. 그들은 모두 주홍색 유니폼을 입고 있었다. 그들은 이 단자령에서 더 이상 볼 것은 없다는 듯 좀체 고개를 드는 법이 없었다. 관광객을 구경하는 법도 없었다. 그들은 낙엽이나 땅에 떨어진 각종 쓰레기를 쓰레받기에 쓸어담고 있었다. 일부러 보려고 한 것은 아니었다. 우연히 화단 곁을 지나가다가 쓰레받기 안을 보게 되었다. 지렁이 몇 마리가 엉켜 있었다. 웅장한 댐 근처라 그런지 몹시 몸체가 굵고 통통해 보였다. 관광지만 아니었다면 토룡으로 대접받았을 텐데 이곳에는 쓰레기 취급을 당하고 있었다.

언제 또 이곳에 오랴, 싶어서 다시 안내판 앞으로 가보았다. 실제 한눈으로는 다 들어오지 않는 삼협댐이 큰 사진으로 한눈에 들어왔다. 사진 촬영을 아주 맑은 날에 하였는지 댐에 갇힌 장강의 저 아득한 너머로 산들이 있고 구름이 있고 그 너머로 하늘이 있었다. 산은 너무 높아 구름이 중턱에 잔뜩 걸터앉아 있었다. 장강의 하늘 풍경은 예나 지금이나 변함이 없는데 장강의 주변은 댐으로 인해 많은 변화를 겪는다고 한다. 우선 천만이 넘는 사람들이 이주를 해야 하고 앞으로 몇백만이 더 해야 한단다. 물을 가두다 보니 안개가 발생하고 그 때문에 기후가 바뀌고 생태계의 변화는 피할 수 없는 일일 터이다. 전기를 얻고 관광객이 몰리는 등 눈에 보이는 몇 가지 이득이야 있겠지만 그로 인해 수많은 시와 문장에 나오는 문화재와 유적지들도 눈앞에서 사라졌고 한다.

우리나라의 강 사정을 한번 생각해보면서 우리가 타고 온 관광버스로 갔다. 많은 차들이 주차되어 있었다. 집합시간보다 빨랐는지 버스는 텅 비어 있었고 운전석에서 기사 혼자서 어디론가 열심히 문자를 보내고 있었다. 일행을 기다리며 삼협댐 쪽을 다시 한번 보았더니 대형 입간판이 두 개 눈에 들어왔다. 하나는 '교통은행(交通銀行)' 또 하나는 '오량액(五粮液)'. 오량액은 우리나라에도 널리 알려진 고급 백주이다. 하필이면 이곳에서도 돈과 술 광고인가. 어찌되었든 큰 강을 앞에 두고 두 나라 모두 그저 돈이면 장땡이요, 술 권하는 사회인 것만은 분명해 보였다. 2010. 7. 20

오전에 백제성을 떠나며

•

"여보게, 제갈량. 내 아이 떨떨한 줄은 나도 아는 바이네. 조금이나마 가망이 있다면 아이를 앞세우고 그렇지 않다면 그대가 나의 뒤를 이어 이 나라를 건사해주오." 병석의 유비는 침대에 비스듬히 누워 이렇게 말하고 있는 것 같다. 유비의 두 아들은 엎드려 무릎을 꿇고 있다. 그중 한 아이는 죽어가는 아버지를 보지 않고, 저 아저씨가 대체 무슨 대답을 할까, 목을 길게 빼고 제갈량을 쳐다본다. 제갈량은 난감한 표정으로 애써 시선을 돌리고 있다. 마치 연극의 한 장면처럼 그렇게 실물 크기의 진흙 인형으로 탁고당(托孤堂)은 꾸며져 있었다. 옆의 누군가가 "아, 이름 좋다. 고독을 의탁하는 곳이라니!" 하고 말했다. 이제 세상을 떠나야 하는 황제 유비에게 나라와 자식은 고독덩어리 그 자체였던 셈이다. 제갈량에게 나라와 자식의 후사를 부탁하는 이른바 유비탁고(劉備托孤)의 현장이었다.

중국 화폐의 앞면은 모두 모택동의 초상이 등장한다. 그중 10위안 화폐의 뒷면에는 천하절경으로 꼽히는 장강삼협 중에서 구당협이 그려져 있다. 탁고당에서 나와 몇 계단으로 내려가니 사진 찍는 포인트가 있었다. 주머니에서 중국 돈을 꺼내보니 바로 이곳에서 보는 경치와 정확히 일치했다. 그곳은 이미 전문사진사가 자리를 차지하고 한 사람씩 기념사진을 찍어주고 있었다. 나도 차례를 기다렸다가 모택동과 비슷한 포즈를 취하며 사진기에 찍혔다. 전표를 주더니 나중 입구에서 사진을 찾아가라고 했다.

다시 계단을 올라 옆으로 돌아드니 일필휘지로 쓴 표지석이 세 개 나란히 있었다. 그것은 모택동, 주은래, 강택민이 이곳을 방문하고 남긴 휘호를 새긴 것이었다. 수준 없는 내 눈으로 보기에도 셋 중에서 모택동의 글씨는 단연 뛰어났다. 이곳저곳을 두루 구경하고 들어왔던 입구로 다시 갔다. 한귀퉁이에서 사진을 찾아가라고 떠들고 있었다. 전표를 내밀었더니 내 사진을 찾아주었다. 그런데 무료로 주는 것은 손톱만 했고 20위안을 주어야 제대로 된 큰 사진을 준다는 것이었다. 중국인들의 상술에 혀를 내두르며 돌아보니 현판이 보였다. 백제성(白帝城). 이 지방 출신의 정치가이자 문학가인 곽말약이 쓴 글씨였다. 잘 쓴 글씨는 아니었다. 역시 글씨보다는 인물이라는 말이 떠올랐다.

백제성은 전한 말기에 군웅의 한 사람이던 공손술(公孫述)이 지은 성이다. 그는 우물 속에서 흰 용이 나오는 것을 보고 한나라의 명운을 자신이 받게 되었다고 하여 스스로 자기를 황제라고 칭했다고 한다. 그러나 그는 큰 덕이 없었던지 후세 사람들은 그를 조롱하는 의미로 허수아비 황제, 즉 백제(白帝)라 불렀다고 한다. 전략적 요새로서 전쟁이 많이 일어난 곳이기도 하지만 이곳은 이백과 두보가 읊은 시를 비롯해 많은 역사와 전설로 가득 찬 성이라 했다.

아는 만큼 보인다고 했던가. 사전 지식이 없던 나는 허수아비처럼 백제성을 그냥 둘러보는 것으로 시간을 때워야 했다. 이날 나는 함께 간 교수님 두 분한테서 〈조발백제성(早發白帝城)〉이라는 이백의 시 제목을 두 번이나 들었다. 그 유명한 시를 나는 백제성에 입장해서도 전혀 몰랐던 것이었다. 좀 갑갑한 마음으로 배로 돌아왔다. 우리가 탄 배는 금세 시동을 걸고 삼협의 첫 번째인 구당협으로 들어갔다. 좀전에 찍었던 사진의 풍경 속으로 직접 들어가는 셈이었다. 백제성의 뒤안이 천천히 눈앞으로 왔다가 멀어져 갔다.

서울로 돌아와 궁리에서 펴낸 『하루 한 수 한시 365일』을 펼쳤다. 2월 8일치에 이백의 그 시, 〈아침에 백제성을 떠나며〉가 실려 있었다.

朝辭白帝彩雲間(조사백제채운간) 이른 아침 백제성 아롱진 구름 사이를 떠나

千里江陵一日還(천리강릉일일환) 강릉까지 천 리를 하루에 내달았네

兩岸猿聲啼不住(양안원성제부주) 양쪽 강 언덕에 원숭이들 마냥 울어대는데

輕舟已過萬重山(경주이과만중산) 가벼운 배는 어느덧 만 겹 산을 지났네

이백은 억울한 누명을 쓰고 장안에서 아득히 먼 귀주성의 야랑(夜郞)으로 귀양을 가는 도중 백제성에 이르러 사면 소식을 들었다. 이백은 이 기쁜 소식을 듣고 곧장 백제성을 떠나 장안으로 향하면서 이 시를 읊었다고 한다. 그날 나는 백제성을 오전 11시경에 떠났다. 오전발백제성(午前發白帝城). 1천 2백여 년의 시차를 두고 이백은 장안으로 향하고 나는 상해를 향했다. 그러나 구당협을 통과하는 처음 여정은 같았을 것이다. 삼협댐으로 장강의 물이 170여 미터나 차올라 예전의 협곡은 아니라 했다. 백제성도 이젠 백제섬이 되었다. 서식처가 물에 잠긴 탓이었나. 내가 지나갈 때 강 언덕엔 원숭이는 한 마리도 얼씬거리지 않았다. 살던 집을 졸지에 잃은 수몰민처럼 그 원숭이의 후손들은 장강의 고향을 그리며 어느 낯선 고장에서 울고 있을까. 2010. 7. 22

한기택 판사 5주기 추모식

●

4년여 전의 일이다. 압구정에 있는 일본식술집에서 만났다. 궁리에서 심리학에 관한 책을 낸 저자 한 분이 글발이 있는 후배 교수가 있는데 소개해주겠다고 해서였다. 그분은 서울대학교 분당병원에서 주로 청소년 상담을 하면서 상당히 많은 임상케이스와 자료를 축적했다고 했다. 그날 그 교수는 혼자 온 게 아니었다. 초등학교 동창이라면서 영화배우와 영화감독을 대동하였다. 그 영화배우는 일일연속극에도 자주 나오고 〈나의 친구, 그의 아내〉라는 영화에서 주연을 맡은 배우였다. 그날 그 배우와 나는 서로 정이 든다며 형 동생 하자고 새끼손가락도 걸고 휴대전화 번호도 주고받았다. 취중상태가 오늘날까지 계속 유지되었더라면 그와 나는 정말 의형제 사이로 발전했을지도 모른다. 그러나 날이 바뀌고 술이 깨면서 그 약속도 깨지고 말았다. 얼마 전에 텔레비전의 〈스타 골든벨〉을 보니 그 배우도 출연해서 입담을 과시하고 있었다.

영화감독은 야구모자를 푹 눌러쓰고 있었다. 그 영화배우와는 서울예술대학도 동기라 했다. 그는 1999년 세계최고 권위의 칸 영화제에서 단편 경쟁부문에서 대상을 받은 유명 감독이었다. 2차로 맥주집으로 자리를 옮겼다. 술이 좀더 들어가고 술꾼들의 자세도 점점 허물어져 간 무렵이었다. 무슨 맥락에서 그 이야기가 나왔는지는 모르겠다. 감독의 입에서 영동고등학교란 말이 나왔다. 그리고 다음과 같은 이야기가 줄줄 내 귀에 들려오는 것이었다. "나에겐 존경하는 선배가 한 분 있다. 그분은 나의 고등학교 선배님이다. 나이 차이가 있어 함께 학교를 다니진 않았으나 방송반 출신이라서 알게 되었다. 그분은 판사님인데 우리 시대에 참 보기 드문 분이셨다. 작년에 가족들과 처음으로 외국으로 여름휴가 떠났다가……" 술에 취하긴 했지만 나는 정신이 번쩍 들었다. 영화감독이 말하는 그분은 바로 궁리에서 펴낸 『판사 한기택』의 바로 그 한기택(1959~2005) 판사를 말하는 게 아닌가. 그날 나는 영화감독으로부터 한기택 판사에 대한 또 다른 이야기를 들으면서 그분에 대한 면모를 다시 한번 새롭게 가지게 되었다. 그리고 출판하는 자의 보람을 은근하게 혼자 느꼈다.

며칠 전 한기사, 즉 '한기택을기억하는사람들'의 모임을 주도하는 한 변호사로부터 문자가 왔다. 한기택 판사 5주기 추모식의 안내문이었다. 7월 24일 토요일 오후 2시 30분. 서울법원종합청사 앞에서 관광버스 한 대가 출발했다. 현직 대법관, 전직 여성 법무부장관을 비롯해 주로 판사와 변호사들을 태운 버스였다. 모두들 재판과 관련이 있는 분들이었고 출판과 관련된 자는 나뿐이었다. 그렇게 한기택 판사를 추모하는 30여 명의 사람들은 안성 미리내성지 옆에 있는 납골묘인 '하늘문'에서 한기택 판사 5주기 추모식을 올렸다. 천주교 신자인 가족들의 선도로 기도를 드리고 찬송가를 불렀다. 한기사의 모임을 이끄는 변호사가 추모의 말을 했다. "저는 부끄러운 마음으로 이 자리에 섰습니다. 4년 전 한기택의 1주기에 다짐하였던 것을 하나도 이루지 못했기 때문입니다. 세상이 그다지 나아진 것이 없어 보이기 때문입니다. 약속을 지키지 못한 것은 저의 부족함 때문이고 세상이 예전과 다르지 않음은 한기택이 없기 때문인 것이 아닌가 생각합니다." 나는 한기택 판사를 한 번도 뵌 적은 없으나 '한기택이 없기 때문에'라는 말에 새삼 눈시울이 좀 붉어지면서 반듯한 영정사진 속의 한기택 판사를 바라보았다. 모두들 한기택 판사한테 절을 두 번씩하고 추모식을 마쳤다. 나도 맨마지막으로 신발 벗고 두 번 절했다.

서울로 돌아오는데 한기택 판사 1주기 때 점심을 먹었던 식당인 '구봉가든'이 보였다. 구봉향토반상, 토종옻닭, 민물새우탕, 오리한방백숙. 대표메뉴가 적힌 입간판이 길가에서 호객행위를 하는 가운데 4년 전 그때처럼 앞에는 큰 저수지가 있고 마당 한켠의 우거진 등나무 아래 식탁에 차려져 있었다. 그때 나는 뭘 먹었던가. 그 총중에 싱겁다고 펄펄 끓는 찌개냄비에 소금을 뿌렸던가. 기억이 가물했다. 오늘도 그 식탁엔 부채를 부치면서 대여섯 명이 앉아 있고 무슨 요리인지 흰 김이 피어나 공중으로 흩어지고 있었다. 진돗개는 제집에서 졸고 두 대의 선풍기도 그때처럼 하릴없이 돌고 있었다. 2010. 7. 24

훼이위(飛魚)를 먹으며

·

중경에서 시작한 장강 크루즈 여행의 종착지는 의창시였다. 삼협댐 바로 아래까지 하나로 움직였던 무리들은 각자 갈 길로 흩어졌다. 배는 중경으로 되돌아갔고 승객들은 물 밖으로 튀어나왔다. 강물은 일부는 댐에 갇히고 또 일부는 상해 쪽 바다로 떠났다. 한국의 모든 지명은 중국에 다 있다는 말이 있다. 의창은 웬지 친근한 느낌이 들었다. 우리의 의령과 창녕의 준말인 것도 같았기 때문이다. 조그맣던 의창시는 삼협댐이 완공되면서 새로운 물류의 중심도시로서 날로 번창하고 있다고 했다. 공룡처럼 몸집을 불리는 소리가 곳곳에서 무시로 들려왔다.

오늘 일정은 점심을 먹고 의창공항에서 비행기를 타고 상해로 가면 되는 것이었다. 그곳에서 1박하고 오전 일찍 비행기 타고 인천으로 건너가면 이번 중국 도교수련여행은 끝난다. 집 생각과 회사 걱정 그리고 피곤이 떼로 몰려왔다. 작은 승합차를 타고 식당으로 이동하는데 가이드가 어디론가 통화를 했다. 그리고 지금 오늘 점심을 준비하고 있는데 기본 정식만으로도 충분하지만 혹 원한다면 의창에서만 잡히는 물고기 요리를 먹어보지 않겠느냐고 말했다. 물론 그 요리는 별도로 부담을 해야 한다는 것이었다.

모두들 식당으로 몰려가니 기본 반찬이 놓여 있었다. 잠시 후 주방장이 뜰채에 물고기 한 마리를 가지고 왔다. 중국 식당에서는 이런 활어를 요리할 때 꼭 주문한 손님한테 물고기의 생전 모습을 보여준다고 했다. 물고기는 장강의 지류에서 잡히는 훼이위(飛魚)라고 했다. 우리의 메기와 비슷한 비어는 입맛을 다시는 우리 일행 앞에서 잔뜩 주눅이 들어 있었다. 물고기는 강에서는 강도 모르고 물도 모르고 살다가 수족관에서 잠시 대기할 때 비로소 강의 존재를 알고 그리워했을 것이다. 그리고 이렇게 뜰채에 갇혀서는 물 생각이 마구 났지만 이제 어쩌나, 그저 바들바들 떨고 있을 뿐이었다. 특별한 물고기라 생각했는지 카메라 플래시가 몇 방 터졌다. 물이 많은 곳에서는 물을 몰랐다가 정작 물이 없는 이곳에서 물을 터득했다는 표시일까. 체념한 물고기는 별다른 포즈 없이 그저 눈만 껌뻑거렸다.

기본 정식과 함께 서비스로 주는 맥주를 먹고 모자라 백주를 시켜 두 잔을 비우는데 비어가 들어왔다. 좀전의 비어는 죽어서 밀가루 수의를 입은 채 벌건 양념을 두르고 있었다. 튀김장(葬)을 당한 것이었다. 얼굴은 달아나고 없는 비어를 보면서 도교 수련을 통해서 배운 도(道에) 대해 잠시 생각을 해보았다.

이번 수련 여행에 나는 현암사에서 출간한 오강남의 『장자』를 들고 갔었다. 책의 뒷부분에 이런 구절이 있다. "물고기는 물에 살고 사람은 도에 산다." 도교 양생술에서는 뭇생명이란 몸과 기가 결합된 것으로 본다. 그리고 죽음이란 몸에서 기가 떨어져 나간 것으로 파악한다. 지금껏 나는 죽을 태세는 갖추었지만 아직 나의 죽음은 새까맣게 잊고 산다. 비어의 죽음을 목격하는 바로 이 현장, 이 순간에서도 나의 죽음은 떨어져나간 물고기 대가리처럼 저 멀리 비켜나 있는 것이었다.

볼이 불룩한 채 입을 우물거리며 다음 요리를 꼬나보는 내 앞에서 비어는 몸만 던져두고 어디로 갔는가. 몸을 잠깐 잃은 비어한테 아주 미안하기는 했지만 내가 앞으로 도 닦는 데 쓸 약으로 알고 젓가락을 들었다. 그리고 바삭바삭한 수의까지도 함께 오드득오드득 36번 씹어서 먹었다. 맛? 글쎄, 그걸 굳이 내입으로 말해야겠나? 2010. 7. 27

소녀, 새가 되어 날아가다

•

가수 노사연 씨와 개그맨 지상렬 씨가 진행하던 MBC 라디오 〈2시 만세〉에서 들은 이야기이다. 청취자가 보내준 새에 관한 유머를 소개하는 코너였다. 어떤 사람이 병원에 입원했단다. 그는 자신이 새인데 잠시 인간으로 변신한 것이라고 했단다. 아무도 그의 말을 믿어주지 않았다. 그는 자신이 새라고 주장하는 것에도 이젠 지쳤다. 그 이후 그는 이제 자신이 새라는 말을 입 밖으로 꺼내지 않았다. 어느 날 의사와 간호사를 한자리에 모이게 했다. 사람들이 모두 모였다. 그는 아무 말도 아니했다. 사람들이 멀뚱멀뚱 그를 쳐다보았다. 그는 병실의 유리창 문을 드르륵 열었다. 그리고 푸드덕푸드덕 창 밖으로 날아갔다고 한다. 아무런 말도 없이 작은 새가 되어서 날아갔다고 한다.

그런 사연을 전하는 노사연 씨의 음성은 아주 건조했다. 그런데 다 읽고 나서 노 씨는 크게 웃었다. 지 씨는 안 웃었다. 그게 뭐 우습냐고 방송 도중에 소리를 빽 질렀다. 나는 처음엔 지 씨 편이었다가 나중에 노 씨 편으로 돌아섰다. 생각할수록 그렇게 웃길 수가 없었다. 이 이야기를 몇몇 자리에서 이야기했더니 아무도 안 웃었다. 모두가 지 씨 편이었다. 뭐 그런 걸 웃기는 이야기라고 하느냔 투였다. 나의 이야기 전달력에 문제도 있을 테지만 반응이 너무 썰렁했다. 그 이후 나는 그 유머에 대해 다시는 입밖으로 꺼내지 않았다.

지난 일요일 군대 시절 동기와 불암산에 가기로 했다. 하계역에서 내려 택시를 탔더니 갑자기 멀쩡하던 하늘에서 비가 억수같이 쏟아졌다. 오전 11시, 약속장소인 은행사거리까지는 10분 가량 걸렸는데 도착하고 보니 빗발은 더욱 굵어졌다. 마침 그곳의 가게들은 모두 넓은 차양막이 쳐져 있었다. 간신히 빵집 앞으로 뛰어들어 비를 피할 수 있었다. 잠시 후 소녀 하나가 내 옆으로 후다닥 뛰어들었다. 나와 똑같은 처지였다. 학원에라도 가는 걸까. 작은 공부가방을 매고 있었다. 우리는 우두커니 서 있었다. 비는 계속 내렸다. 비는 자동차들한테는 윤활유와도 같았다. 차들은 물을 옆으로 튕기며 더욱 신나게 달렸다. 사람들은 신문지나 가방을 우산 대용으로 쓰고서 급히 뛰어가기도 했다. 만약 지금 내리는 것이 눈이라면 사정이 달라졌을 것이다. 사람들은 여유있게 공중을 감상하면서 걸었을 테고 아마 자동차들은 설설 기어야 했을 것이다.

시간이 촉박했는지 소녀가 망설이며 빗속으로 뛰어나가려는 눈치였다. "조금만 기다리세요. 곧 그칠 거예요." 나는 하늘에서 온 사신이라도 되는 양 그렇게 말했다. 소녀는 내 말에 마음을 바꾸었는지 다시 비 구경을 시작했다. 나는 말의 책임을 느끼며 조바심이 났다. 그러나 내 체면을 아랑곳하지 않고 비는 계속 내렸다. 조금이 아니라 한참을 기다렸더니 겨우 빗발이 눈에 띄게 가늘어졌다. 그걸 확인하자 소녀의 얼굴과 나의 얼굴이 마주쳤다. 우리는 누가 먼저랄 것도 없이 얼굴로 동시에 웃었다.

드디어 소녀가 결심이 선 모양이었다. 이젠 나도 더 이상 말릴 수도 없었다. 소녀가 나에게 꾸뻑 인사하면서 "안녕히 가세요, 먼저 갈게요." 하고 귀여운 빗속으로 뛰어나갔다. 나도 그 소녀가 내 답례를 못 들을까 싶어서 재빨리 "그래요, 조심하세요." 대답했다. 파다닥파다닥 소리였던가. 내 옆자리가 허전해졌다. 멀리 횡단보도를 부리나케 건너가는 소녀의 작은 뒷모습이 보였다. 노사연 씨의 유머가 생각나길래 혼자서 다시 한번 빙그레 웃었다. 2010. 7. 29

아파트 행진곡

•

"저건 도시가 아냐." "……" "저곳은 사람이 살 데가 아니야." "……" "어떻게 저렇게 꽉 막힌 곳에서 사람이 살아." "……" "저건 원시인들이 살던 동굴을 차곡차곡 포개놓은 것 아닌가." "……" "사람들이 실수한 게 있어." "……" "원래 집이란 피난처야." "……" "왜냐, 자연은 인자하지가 않거든." "……" "그래서 무섭게 몰아치는 비바람을 피하려고 지붕을 만든 거야." "……" "근데 지붕 때문에 하늘도 막히고 별도 달도 차단되었지." "……" "무서운 맹수나 벌레를 피하려고 벽을 만들었지." "……" "근데 벽 때문에 사방 풍경이 없어졌어." "……" "그 부작용을 이제껏 모른척 하고 살아왔어." "……" "이젠 하늘을 막고 있는 지붕을 열어야 해." "어떻게?" 나는 겨우 한 마디 끼어들 수 있었다. "요즘 좋은 소재가 많아서 천장에 차양막을 설치하고 자연을 안방으로 끌어들이는 방법이 많아." "……"

나는 지금 군대 시절 동기와 불암산 중턱에 앉아 있다. 한줄기 소나기가 지나간 서울 하늘은 아주 청명했다. 발아래 시내를 보니 아파트를 빼놓고는 달리 볼 것이 없었다. 상계, 중계, 하계를 비롯해 도심 저 멀리까지 아파트가 빼곡이 들어찼다. 내 친구는 건축학과를 나왔으나 설계 쪽으로 가지 않고 건설 현장에서 오래 잔뼈가 굵었다. 그가 지은 건물만 해도 서울 시내 곳곳에 여럿 있다. 사내가 세상에 태어나 결혼해서 가정을 하나 건사하는 것도 중요하다. 그에 더불어 본인 주관 하에 본인 이름으로 집 하나 지어보아야 사내는 진정한 사내가 된다는 말을 듣고 자랐다. 이 말에 따른다면 내 친구는 진정 사내 중의 사내라 할 수 있겠다. 실제로 그는 이에 걸맞게 행동도 하고 호탕한 마음씨도 가졌다.

친구의 말이 끝나기를 기다려 이젠 내가 좀 해도 될 차례가 왔다. 그리

멀지 않은 곳에 상계역이 보이고 바로 그 건너편에 벽산아파트가 보였다. 내가 처음 신혼살림을 차렸던 곳이다. 그 아파트에서 시작해서 나는 줄곧 아파트에서만 살았다. 벽산아파트, 신동아아파트, 또 신동아아파트, 또또 신동아아파트, 프라임아파트, 또또또 신동아아프트, 동아아파트, 그리고 지금의 한신아파트까지. 그 짧은 순간에 내가 거쳐간 아파트들이 떠올랐다. 친구의 말이 아니래도 아파트의 지겨움은 이젠 턱에 찼고 틈만 나면 마당 깊은 집에서 살고 싶은 꿈을 가지고 있다. 그러나 쉬운 일은 아니었고 발목을 잡는 생활의 여러 조건들을 따지다보면 아득한 한숨만 나올 뿐이다. 인자하지 않은 건 자연만이 아니었다. 가까이 있는 일상생활도 못지 않게 그랬다.

천지불인(天地不仁. 자연은 어질지 않다)으로 유명한 노자『도덕경』5장의 마지막 구절은 다언삭궁 불여수중(多言數窮 不如守中)이다. 말이 많아지면 자주 궁한 지경에 이르노니 중용을 지키는 것만 못하다. 라는 뜻이다. 여태껏 집은 짓지 못했으나 말 적게 하는 것은 지키기로 하고 일어서면서 딱 한 마디만 했다. "어이, 친구, 그만 내려가서 맥줏집에나 가세."
2010. 7. 31

여름 yeoreum

8월

천상의 식당

•

인왕산 쌀막고개에서 8분 정도 바짝 치고올라가면 인왕의 오른쪽 어깨에 올라선다. 그곳에서 정상으로 가지 않고 오른쪽 철계단으로 빠지면 기차바위로 가는 길이다. 멀리서 보면 꼭 차량이 길게 열을 지어 달리는 것처럼 보인다. 따라서 기차바위보다는 열차바위라고 부르는 게 더 나을 성 싶은데 안내말뚝마다 그렇게 표기되어 있어 좀 아쉽다. 기차바위에서 보면 북한산과 북악산이 그림처럼 들어온다. 기차바위에는 점심 먹기에 좋은 곳이 몇 군데 있다. 바위 사이에 옴방한 공간이 있어 출출한 등산객을 불러모으는 것이다. 그 가운데 하나를 골라 도시락 까먹으면 세상 부러울 게 없다.

기차바위에 서면 부암동이 훤히 내려다보이고 아주 양지 바른 곳에 음식점 하나가 보인다. 그 집은 인왕산의 경치를 끼고서 제법 호가 난 만둣집이다. 소문을 듣고 나도 몇 번 가보았다. 그 집에서 손님들이 만두를 맛있게 먹으면서 기차바위를 바라보는 동안 나는 나대로 기차바위에서 만둣집을 바라보면서 점심을 먹는다. 올핸 인절미와 삶은 달걀을, 작년 여름철에는 주로 찬물에 식은밥을 말고 고추를 고추장에 찍어먹었다. 가짓수는 많이 모자라지만 나의 식사는 만둣집에 비해 전혀 꿀릴 게 없다. 아주 땡볕의 날엔 맹물밥에 고추를 해찬들 태양초 고추장에 찍어먹는 게 훨씬 잘 어울린다. 멸치라도 곁들이면 옛날 생각도 나면서 아주 훌륭하다. 더구나 입을 크게 벌려 쨍쨍쨍 우는 매미소리도 함께 섞어 씹어보라. 천상의 식사가 따로 없을 정도이다.

이틀 전 점심 시간에 손님이 두 분 궁리를 방문했다. 궁리 주위에 있는 몇 음식점을 설명하고 선택하라고 했더니 뜻밖에도 부암동 만둣집을 가자는 것이었다. 우리 사무실에서 차로 10여 분 걸리는 거리이다. 전화를 걸어 예약을 했다. 마당에서 내려 인왕산 쪽을 한번 바라보고 현관으로 들어서니 포장판매용 만두가 들어 있는 큰 냉장고가 입구를 차지하고 있었다. 냉장고 안에는 포장이 요란한 아이스크림처럼 형형색색의 만두가 차곡차곡 쟁여져 있었다. 그리고 그 앞에는 할머니 한 분이 앉아 있었다. 묻지 않아도 이 만둣집을 처음 일으켜 세운 분으로 짐작이 갔다. 처음 만두를 빚을 때 이 정도로 만두의 세계가 펼쳐질까, 할머니는 짐작도 아니 했을 것이다. 할머니는 만두를 쩝쩝거릴 욕망으로 허겁지겁 방으로 들어가는 손님들을 무심히 바라보면서 정물처럼 앉아 있었다.

만둣국만으로는 좀 부족할 것 같아서 우선 수육쟁반에 소주를 한 병 시켰다. 그리고 편수만둣국과 조랭이만둣국을 주문했다. 얼마 후 이 집의 자랑인 당근, 시금치로 물들인 노랑, 초록, 분홍 만두가 나왔다. 맛은 잘 모르겠으나 우선 눈으로 보기에는 아주 근사해 보였다. 그릇을 깨끗이 비우고 일어나 계산을 하자니 가격에 비해 맛도 양도 좀 미흡하다는 느낌을 지울 수가 없었다. 우리가 먹은 방은 내실이라 인왕산의 모습을 조금도 구경하지 못한 터였다. 사실 이 식당에 사람들이 몰리는 것은 주인의 손맛 덕도 있겠지만 인왕산의 경치맛 때문인 것도 숨길 수 없는 사실이다.

밖으로 나와 기차바위를 바라보았다. 바위 능선으로 몇 사람이 지나가는 게 보였다. 저 사람들에 비해서 나는 한없이 꿀리는 식당에서 오늘 점심을 때웠다. 아쉬웠지만 어쩔 수가 없다. 대신 나는 지금 단단히 벼르고 있다. 내일은 반드시 전화 예약도 필요 없는 천상의 식당을 찾아가겠다고. 안쪽이나 창가 쪽의 자리를 다툴 필요도 없이 모두가 하늘가인 그 식당에서 찬물에 밥 말아 먹겠다고. 2010. 8. 3

공부도둑

•

부친의 밥상머리 교육 중 하나. "군자는 무소불용지극이라.(君子無所不用之極) 남자는 모름지기 도둑질 말고는 다 해보아야 하는기라." 몸을 좌우로 흔들며 단가(短歌)를 읊으시다가, 당신 어릴 적 서당에서 배웠던『대학(大學)』을 외우시다가, 잠시 여운이 남으면 그 말씀을 하셨다. 청소년 시절 시행착오를 겪어도 좋으니 주저 말고 이런저런 경험을 많이 쌓으라는 격려였다. 그러나 세상은 참 단순하지 않은 게 아버지 이승 떠나시고 도둑이 되어도 좋다는 말을 만나게 되었다. 그것은 '공부도둑'이라는 말이었다. 도둑이라는 말 앞에 공부라는 말을 얹어놓으니 또 느낌이 달라졌다. 마치 벌레라는 징그러운 단어에 책이라는 말을 얹어놓으니 귀여운 책벌레가 되는 것처럼.

『공부도둑』은 물리학자 장회익 선생이 자신이 걸어온 공부인생을 풀어놓은 책이다. 공부도둑이란 무엇일까. "……나 또한 도둑이기는 마찬가지다. 나는 단지 남의 창고에 들어가 물건을 훔치는 도둑이 아니라 학문의 창고에 들어가 앎을 훔쳐내는 도둑일 뿐이다. 그런 점에서 나를 규정하는 가장 적절한 표현이 있다면 앎 도둑, 조금 좋게 말해 '공부꾼'이라 할 수 있다."(87쪽)

나도 공부를 해본 적은 있지만 까무라칠 만큼 좋은 성적을 올린 적은 없는 것 같다. 그러나 저자의 공부 이야기를 읽다보면 공부 잘하는 사람은 따로 있는 것 같다는 생각이 절로 들어 기가 죽는다. 가령 다음과 같은 대목을 보라. "나는 그간 별로 깊이 공부하지 않았던 독일어와 프랑스어 시험 두 가지를 불과 몇 달 사이에 합격할 수 있었다. 지금은 거의 다 잊어버렸지만 필요가 생기기만 하면 대략 몇 달 안에 전혀 모르던 외국어도 시험

에 합격할 정도의 실력을 만들어낼 수 있다는 것이 내가 지닌 한 가지 특기이다."(245쪽)

이러한 공부의 비결은 무엇일까. 저자는 그 비결을 다음 한 문장으로 요약한다. "내가 주체가 되어 무엇은 받아들일 만하고 무엇은 그렇지 않은지를 지속적으로 검토하게 되어 내 안에는 받아들일 것과 그렇지 않은 것을 가려내는 어떤 기준이 나도 모르게 만들어진 것이다."(93쪽) 즉 그 요체는 자기 자신의 공부를 자기 스스로 한 것이었다. 그리고 그 공부는 교실 안에서만, 칠판 앞에서만 하는 공부가 아니었다. 그리하여 그의 공부는 멀리는 하늘 저 너머로, 가깝게는 생명의 안으로 안으로 뻗어나갔다. 그리고 마침내 물리학의 울타리를 벗어나 온생명의 녹색사상가로 거듭나는 밑거름이 되었던 것이다.

공부와 함께 공부와 더불어 공부를 데리고 놀았던 저자와 잘하려고 발버둥을 쳤지만 그리 신통찮은 결과에 만족해야 했던 나와는 다른 점이 있었다. 과학 중에서 저자는 생물을, 나는 물리학을 아주 싫어했다. 그러나 공통점도 있었다. 그것은 모두가 산을 좋아하고 가까이 한다는 사실이었다. 저자는 관악산을, 나는 인왕산을. 이런 대목이 나온다. "내가 서울대학교 근무를 좋아했던 이유 가운데 하나는 바로 뒤에 관악산이 있기 때문이었다. 시간대는 그때그때 달랐지만 내가 학교에서 근무하는 날에는 거의 언제나 관악산의 어느 한 부분이라도 다녀와야 하는 습관이 들어 있었다."

저자는 마지막에 14대 할아버지가 저술한 『우주론』이란 책을 거론하면서 궁리(窮理)란 말을 이치 추궁이라는 뜻으로 풀이하고 있다. 저자의 자주적인 해석이라서 그런지 아주 신선했다. 궁리=이치 추궁. 앞으로 나도 궁리 사무실에 앉아 있다가도 틈이 좀 나고 쉬고 싶으면 무작정 밖으로 나와 인왕산 기슭을 거닐면서 이치 추궁을 자주자주 해볼 작정이다. 2010. 8. 8

소나타 운전하는 고래

•

식은 물이다. 원래부터 식은 물은 아니었다. 파도가 거품 물고 까무라치는 동해 바닷가에 서면 그대의 마음엔 거친 물결이 철썩이고 가슴엔 물방울이 튕겨났다. 굳어 있던 밍밍한 입술을 풀고 짠맛도 들이켰다. 이내 밀물에 쫓겨 오긴 했지만 썰물이 내준 길을 따라 차츰차츰 멀리 들어가더니 바짓가랑이를 적시기도 했다. 그러다가 깔깔거리고 호호거리는 일행의 꼬리를 따라 이내 발길 돌리는 그대는 이미 식은 물이다.

그대도 언젠가는 뜨거운 물이었다. 경포대 근처 순두부집에서 뜨거운 국물을 삼킬 때 어쩐지 그대의 몸은 시원해지는 것이었다. 목구멍 저 너머는 그 뜨거움의 흔적기관이었나. 잊었던 빛깔과 향기와 온도가 새삼 되살아나는 것이었다. 그대는 척산온천에 가서 거추장스런 옷을 훌훌 벗어던진다. 그리고 알몸으로 열탕에 풍덩 투신하면서 "아, 시원해!" 내뱉는 탄성은 뜨거움이 폭발하는 소리? 물기 닦고 선풍기로 사타구니 말리고 머리 드라이 하고 빤스 입고 바지 입고 양말 신고. 윗도리 걸치고 그대는 다음 행선지로 떠날 만반의 준비를 갖추었다. 이제 두 척의 돛단배 같은 구두에 생(生)을 구겨넣으면.

키를 푹 꽂아 구절양장(九折羊腸)의 미시령을 그대는 오른다. 이윽고 폐허가 된 휴게소에 도착하면 방금 몸을 빼낸 동해가 보인다. 하마트면 그대를 뜨거움의 위험에 빠뜨릴 뻔했던 바다이다. "천봉만학(千峰萬壑) 부용(芙蓉)들은 하늘 위에 솟아 있고 백절폭포(百折瀑布) 급한 물은 은하수를 기울인 듯 잠든 구름 깨우랴고 맑은 안개 잠겼으니 선경(仙境)일시가 분명쿠나." •

그러나 그런 호연지기(浩然之氣)도 잠시뿐. 이제 그대는 마음만 잠시 데워졌다가 다시 식은 물로 되돌아간 것이었다. 그리하여 이제부터 선경(仙境)을 떠나 서울 시내로 헤엄치러 가는 냉정한 한 마리의 물고기. 에어컨을 빵빵히 틀어야 겨우 숨을 돌리는, 소나타에 갇힌 예쁜 고래 한 마리……그대여. 2010. 8. 11

◉ 판소리 단가, 〈만고강산〉에서 인용.

내일을 믿다가 20년!

•

이(李)는 세상에 궁리를 세우고 첫번째 가족 나들이로 남도 여행을 했다. 편집위원을 비롯해 총 여덟 명의 단출한 일행이었다. 2박 3일의 여행은 땅 끝마을에서 보길도 들어가 쉬고, 나올 땐 진도 거쳐 다산초당 들렀다가 귀경하는 여정이었다. 첫날 서울에서 출발해 광주 무등산 자락에서 점심을 먹고 담양으로 갔다. 그때 면앙정, 가사문학관을 둘러보고 소쇄원에 갔었다. 벌써 10년 전의 일이다.

대학교의 생약계열에 입학했더니 실험시간이 많았다. 당시 출석번호는 이름의 가나다 순이었다. 그래서 실험조도 족보를 따라 같은 성씨끼리 짜여졌다. 그러다 보니 자연스레 자주 어울리는 친구들도 혈연으로 뭉친 조직이었다. 한글 역순으로 호명하면 최(崔), 정(鄭)2, 정(鄭)1, 전(田), 이(李)의 다섯 명이었다. 모이고 보니 신통하게도 강원, 전라, 충청, 경남, 부산 출신들이었다. 청운의 꿈을 품고 각 지역을 대표하여 서울로 집결한 태세였다. 그들이 패거리를 이룬 것은 아니었다 하나 그저 자주 어울리고 똘똘 뭉치고 다녔으니 그와 비슷하다 하겠다. 얼굴이 다른 만큼 성격도 달랐고 술 실력도 달랐다. 벌써 30년 전의 일이다.

따로따로는 연락을 가끔 주고받았지만 모두가 다 모이자고 해서 집결한 건 작년 겨울 남한산성에서였다. 서 있는 위치와 사는 장소는 모두 달랐지만 그날 밤은 모두 같은 장소에 모였던 것이다. 대학 졸업하고 실로 25년 만의 일이었다. 그 기세를 몰아 이번 여름에 또 한번 만나자고 했다. 그래서 담양 리조트로 갔던 것이다. 희미한 옛 기억을 뒤적이고 수다를 떨고 술을 먹고 고스톱을 치고 놀다가 얌전히 홑이불을 덮고 각자 잤다. 그리고 다음날 찜질방에 가서 목욕을 하고 우거지국에 밥 말아먹고 정(鄭)1은 광주과학기술원에 볼 일이 있어 먼저 떠났다.

남은 넷이 소쇄원에 들어서니 이(李)는 10년 전의 감회가 떠올랐다. 소쇄원은 양산보(梁山甫, 1503~1557)가 약 5백여 년 전에 조성한 원림(園林)이다. 그는 스승인 조광조(趙光祖)가 기묘사화로 유배당하여 사약을 받고 죽게 되자 출세에 뜻을 접고 열일곱 살에 고향으로 돌아왔다. 그리고 평생 세상에 나가지 않은 채 이 원림을 짓고 은둔, 처사의 길을 걸으면서 자연과 더불어 살았다고 한다. 소쇄원(瀟灑園)은 양산보의 호인 소쇄옹에서 비롯되었으며 맑고 깨끗하다는 뜻이다. 원뜻도 좋지만 그 이름에서는 뭔가 소슬하고 쇄신되어질 것 같은 기운이 묻어난다.

담장을 따라 휘 둘러가서 조담과 오곡문을 건너니 바로 제월당이었다. 霽月堂. 편액을 보니 반가웠다. 그것은 인왕제색도의 그 霽자가 아닌가. 그것은 비온 뒤 맑게 개었는 뜻이다. 겸재는 둘도 없는 친구가 이승을 뜨자, 그를 기리며 비온 뒤 인왕산의 모습을 그리고 〈인왕제색도〉라 이름지었다. 양산보도 스승이 죽고 난 뒤 맑게 갠 날의 달을 쳐다보면서 스승을 떠올리며 제월당이라 제(題)한 것일까. 요즘 인왕산을 줄창 오르내리는 덕분에 이(李)는 10년 전에 왔을 땐 그냥 지나쳤던 것을 이번에 알게 된 셈이었다.

제월당 후원으로 올라가 아담한 공터에 이르렀을 때 전(田)이 말했다. "사람의 인생을 결정적으로 망치게 하는 두 글자가 뭘지 아나?" 듣고 보면 다들 아는 싱거운 답일 것 같아서 모두들 중간에 서기로 했다. 즉, 아무도 답을 내놓지 않았다. 예전 초등학교 때 교과서에서 배운 '망각'이라고 답하려다가 이(李)도 관두었다. "그것은 바로 내일이야. 내일!"

"뭐야? 듣고 보니 정말 그럴듯하네!" 최(崔)가 소리쳤다. 내일이라는 말을 듣자 이(李)는 마음속에 한 가지 스치는 생각이 있었으나 잠자코 있기로 했다. 다시 제월당 밑에 있는 광풍각으로 가서 마루에 앉으니 소쇄원

계류가 눈앞으로 곧장 들이닥쳤다. 물이 바위를 긁으며 지나가는 소리가 우렁찼다. 그것은 자연이 책 읽은 소리 같았다. 계곡의 큰 돌들은 너무 추운지 푸른 이끼를 잔뜩 껴입고 있었다.

점심이 늦었다. 정(鄭)2가 제대로 된 떡갈비 먹으러 가자, 해서 덕인관으로 갔다. 이 식당은 규모가 컸다. 중화인민공화국을 수립한 모택동의 사진이 천안문광장에 걸린 것처럼 이 식당을 일으킨 할머니의 사진이 식당 전면에 크게 걸려 있었다. 예의 떡갈비를 주문하고 밥이 오는 동안 이(李)는 아까 소쇄원에서 가슴에 스쳤던 이야기를 끄집어내었다.

"자네들. 점심 먹기 전에 천상병의 〈편지〉라는 시 한번 들어볼텐가?" 모두들 젓가락을 거두고 이(李)를 쳐다보았다. "점심을 얻어먹고 배부른 내가 / 배고팠던 나에게 편지를 쓴다. // 옛날에도 더러 있었던 일, / 그다지 섭섭하진 않겠지? 때론 호사로운 적도 없지 않았다. / 그걸 잊지 말아주길 바란다. // 내일을 믿다가 / 이십 년! // 배부른 내가 / 그걸 잊을까 걱정이 되어서 / 나는 / 자네에게 편지를 쓴다네." 물론 완벽하게 암송한 것은 아니었다. 그러나 "내일을 믿다가 20년!"이라는 구절은 확실히 외우고 있었기에 그 대목에서 이(李)는 자신도 모르게 힘이 더 들어갔다. "야, 전율이다, 전율!" 전(田)이 말했다. 이윽고 맥주가 도착하고 떡갈비가 차려졌다. 어쨌거나 우리를 그 어디로 운반해주는 땔감이었다. 밥그릇을 깨끗이 비우고 이젠 또 다음을 기약하는 시간이 왔다. 최와 정2는 울산으로 출발했다. 전과 이는 서울로 향했다. 먼저 떠난 정1도 지금쯤 서울로 가는 길 위에 있을 것이다. 최. 정2, 정1, 전, 이. 중년의 다섯 사내는 각자의 자리에서 내일로도 떠나고 있었다. 2010. 8. 14

인왕산 아래 첫집

•

우리나라에서 최초로 공개된 지리산 빨치산 수기인 『남부군』이란 책이 있다. 저자가 종군기자로 전주에 파견되었다가 '조선 노동당 유격대'에 합류하면서 그 전투 활동을 기록한 것이다. 제법 두툼한 이 책의 내용은 읽은 지가 오래되어서 이제 내 머리에는 거의 남아 있는 게 없다. 어쩌다 지리산을 헥헥거리며 올라가다가 이 길에도 빨치산들이 먼저 드나들었겠구나, 그들의 비극적 운명은 어디로 흘러가서 어디에서 종지부를 찍었을까, 생각해보는 정도이다. 그리고 그들의 생존 조건, 특히 신발에 대해 생각해보기도 한다. 인간의 기본 조건이라는 의식주 중 지리산 생활 속에서 어디 변변한 게 하나라도 있었겠느냐만 특히 산악 지대에서 좋은 신발은 따끈한 밥 못지 않게 그들에게 절실하지 않았을까. 무겁긴 하지만 짊어지고 가는 소주와 돼지고기를 비롯한 각종 먹을거리 그리고 방수까지 되는 폭신한 등산화를 생각하면서 상대적으로 힘을 얻기도 했다.

이제 책 제목 이외에 대부분의 내용은 내 머릿속에서 사라진 지 오래다. 그러나 책의 마지막 장면은 지금도 강렬하게 떠오른다. 그것은 저자가 산중생활을 청산하고 경찰에 항복하는 장면이다. "나는 동상을 입은 발가락이 유난히 쑤시는 것을 의식하면서 총을 잡고 일어섰다. 거림골 언저리는 푸른 안개에 파묻혀 보이지 않았지만 멀리 백설을 인 지리산 연봉은 잿빛 하늘에 어슴푸레 빛나고 있었다. 고개를 돌리면 눈익은 내외공 마을이 저만큼 있었다. 아침을 짓는 연기가 뿌옇게 개울바닥을 흐르고 있었다. 인간이 사는 집과 인간의 삶이 거기 있는 것이다. 나는 갑자기 통증이 심해진 발을 질질 끌며 산기슭을 내려섰다." 정확히 따지자면, 저자는 경찰보다도 먼저 인간의 마을에 투항한 것이었다.

300

겨우 반나절만에 인왕산 갔다오면서 몇 년간 지리산을 누비고 다닌 저자의 심사를 끌어오는 게 좀 뭣하긴 하다. 더구나 나는 무슨 사상을 위해서 가열찬 활동을 한 것도 아니고 신념을 지키고자 치열한 투쟁을 전개하는 것도 아니잖은가. 그저 이런저런 눈치 앞에서 어디 한 발 마음대로 재겨 디딜 곳 마땅찮은 소시민. 그러나 그래도 어쨌든 내가 간편한 점심을 먹고 인왕골의 옥인동으로 하산할 때 첫집은 있어 산에서 나오는 나를 항상 반겨준다. 그리고 나는 거기에서, 거기에 있는, 인간이 사는 집과 인간의 삶을 만나게 된다. 다들 그나마 낡은 한옥인데 첫집은 옥상이 평평한 슬레이트 벽돌집이다. 대문도 따로 없고 섬돌이 하나 있고 문을 열면 바로 마루이다.

어제는 아주머니가 섬돌에 앉아 콩을 까고 있었다. "몇 마디 여쭐게요." "내가 귀가 좀 어두우니 좀 큰소리로 이야기해요." "이곳에 사신 지 오래 되셨나요." "그럼, 쌍칠년도에 왔으니 벌써 30년이 훌쩍 넘었네." "이곳은 밤에 시원하겠군요." "암, 시내보다 3~4도는 낮은 것 같아." "이곳에 사니 뭐가 좋습니까." "글쎄. 뭐니해도 이웃이 좋아. 이날까지 살아도 다투는 소리 들어본 적이 없어." "그리고 또요." "이곳이 터가 좋대. 그래 그런지 이 동네 아이들 모두 좋은 대학 갔어. "……" 우리 집도 박사가 둘이야. 교수도 둘이야. 아들이 넷은 아니고 둘이야." 아주머니는 농담도 섞으신다. "대단하십니다." "모두들 경복고 나왔지. 큰아들은 교수된 지 7년째고 막내가 작년에 되었어." "자식 농사 잘 지으셨네요." "막내한테 이젠 다 되었다. 난 이제 죽어도 여한이 없다고 말했어."

옥인동의 맨 꼭대기 집이라 외로움을 타셨나. 한번 말문이 터진 아주머니는 말씀을 아주 잘하셨다. 죽어도 여한이 없는 삶이 많아질수록 인간의 마을도 행복하리라. 덜거덕덜거덕 지팡이 짚고 오늘의 산행을 마치고 내려오는데 여러 사람들의 얼굴이 떠올랐다. 2010. 8. 17

사람에게로 가는 길

•

뜻밖의 장소에서, 뜻밖의 시간에, 좋은 영화를 보았다. 원제는 我的父親母親. 영어로는 The Road Home. 우리나라 제목은 〈집으로 가는 길〉이었다. 중국 장예모 감독의 작품으로 2000년 베를린 영화제에서 심사위원대상을 수상했다. 1999년에 제작된 영화로서 이미 볼 사람들은 다 보았고 내게 영화를 소개해준 이는 뭉클한 감동에 젖어 여러 번 보았다고 했다. 이제 나는 10년이나 지나서 〈집으로 가는 길〉을 보았다. 그것도 집을 떠나서 뜻밖의 기회에. 영화는 좋은 영화였다. 무슨 말이야 하면 나처럼 10년이나 늦은 지각 관객한테도 10년 전의 감동을 고스란히 전해주었기 때문이었다. 10년이면 강산도 변한다는데 너무나도 빨리 변하는 세상에서 그러한 감동을 간직하는 것은 결코 쉬운 일이 아니란 것을 나는 잘 안다. 화면이 수려하기로 유명한 장예모 감독의 여느 작품처럼 중국의 거칠고 매운 땅의 냄새가 화면 가득 담겨 있었다. 그것은 척박하기는 해도 거대한 대륙의 힘을 느끼기에 충분할 만큼 웅자한 아름다움이었다.

영화를 보면서 특히 잊히지 않는 장면이 하나 있다. 영화가 중반쯤 흘렀을까. 쟈오 디(장쯔이)는 마을로 부임 온 젊은 선생님 창위(쩡 하오)에게 첫눈에 반한다. 쟈오 디는 창위가 지나다니는 길가를 서성이며 그와의 만남을 기다린다. 그러나 학교에 문제 생겨 창위는 "정월이 되기 전에 돌아온다."는 말만 남기고 떠난다. 그가 떠나는 날 쟈오 디는 만두를 그릇에 싸서 학교로 간다. 벌써 저 멀리 가고 있는 창위. 쟈오 디는 지름길로 가다가 미끄러지면서 만두는 흙투성이가 되고 그릇은 세 조각으로 깨지고 만다. 그리고 쟈오 디는 그리움에 시름시름 앓는다. 앞을 못 보는 그녀의 어머니가 어떻게 딸의 애절한 마음을 알았을까. 딸이 창위를 위해 정성스럽게 음

식을 담아주었던 그러나 깨져버린 그릇을 곱게 간직해둔다.

어느 날 그릇 수선공 할아버지가 마을에 나타나 "그릇 고쳐드려요." 하고 외친다. 할아버지가 쟈오 디의 깨진 그릇을 만진다. 그냥 순간접착제로 붙인다면 그건 수선이 아니라 그냥 임시 땜빵일 것이다. 할아버지는 그릇에 작은 구멍을 내서 철사를 끊고 갈아서 이어붙인다. 그것은 맹장 수술하고 난 뒤 아문 흉터자국처럼 아주 깜쪽같다. 내가 주목한 것은 할아버지가 방물장수처럼 양 어깨에 수선도구함을 들고, 그릇 고쳐드려요, 할 때였다.

아내와 나는 가끔 이런 말을 주고받는다. 우리나라에서 의사가 잘 사는 것이 떳떳한 일인가. 병원이 자꾸 건물을 지어 올리는 게 괜찮은 일인가. 아픈 사람을 상대로 해서 이윤을 취하는 것이 정말 말이 되는 말인가. 법률가들의 힘이 세다는 것이 타당한 일인가. 약점을 잡힌 사람을 상대로 힘을 마구 부린다는 것이 말이 되는 말인가. 우리가 세상의 어떤 가게를 들어갈 때 어서 오십시오, 나를 환영하는 것은 사실은 나보고 얼른 와서 돈을 써달라는 것 아닌가. 내가 이익을 남겨주는, 매상을 올려주는 소비자가 아닐 때도 세상의 간판과 손잡이가 과연 나를 환영해줄까.

그때 내 귀에 들어온 할아버지의 말은 좀 달리 들렸다. 그릇 고쳐드려요, 하는 말이 그릇 고쳐드리겠다, 라고 하는 뜻에 한치 어긋남 없이 고스란히 포개진다는 느낌을 받았다. 말에서 뜻이 한 방울도 새나가지 않을 것 같았다. 할아버지가 그릇 고쳐서 돈을 번다면 얼마나 벌겠는가. 이 작은 마을에 각 가정의 모든 그릇을 다 고쳐준다 해도 새로 팔자를 고칠 때돈을 버는 것도 아닐 터였다. 그릇 수선하는 동안 할아버지의 수고는 오로지 그릇과 그릇의 주인을 위해서 온전히 바쳐지는 것 같았다. 드디어 수선이 끝났다. 쟈오 디가 찬장을 열었을 때 박살났던 그릇이 깨끗이 수선되어 있다. 그녀는 애인이 돌아오면 다시 맛있는 만두를 삶아 이 그릇에 담아주겠다는 듯, 그릇을 만지며 눈물을 흘린다. "어여쁜 쟈오 디야. 엉엉 울어라. 그 그

릇이 네 눈물로 가득 차도 한 방울도 새지 않도록 해놓았단다." 할아버지
가 옆에 계셨더라면 이렇게 말씀하실 것이었다. 2010. 8. 19

김환기의 비밀

·

부암동 만둣집에서 점심을 먹고 그냥 가기가 좀 서운할 때 주위의 커피집으로 가는 것도 좋지만 더 좋은 건 바로 옆의 환기미술관을 찾는 것이다. 그곳은 천문대를 닮은 아름다운 미술관 건물이 있고 커피 파는 쉼터가 있고 전시 공간이 있다. 그리고 주차장으로 쓰는 넓은 공터에는 큰 나무가 있고 새 소리도 들려온다. 그러니 그곳에 가면 입은 물론이요 눈과 귀까지 즐거워지는 것이다. 뿐만 아니다. 그곳에서는 수화 김환기(1913~1974)의 그림이 들어간 각종 옷과 기념품 그리고 책도 있다. 또 운이 좋으면 뜻밖의 전시회를 감상하는 안복(眼福)을 누릴 수도 있다.

며칠 전 가보았더니 〈표지화여담(表紙畵餘談)―문학과 예술의 만남 그리고 북아트〉라는 전시가 열리고 있었다. 김환기를 비롯하여 김용준, 이중섭, 이규상, 장욱진, 백영수 등 우리 근대 화가들의 장정·삽화 작업을 소개하는 전시회였다. 장정(裝幀)이란 책의 겉장이나 면지(面紙), 도안, 색채, 싸개 따위의 겉모양을 꾸밈 또는 그런 꾸밈새를 말한다. 요즘 하루에도 수십 권씩 쏟아지는 책들은 독자들의 눈에 띄기 위해 온갖 경쟁을 해야 한다. 그렇다보니 우리나라의 책들은 이제 세계 어디에 내놓아도 전혀 뒤떨어지지 않는 표지와 꾸밈새를 자랑한다.

1950년대 당시 화가들은 책의 표지화를 그려 주요한 생계 수단으로 삼았다고 한다. 1990년 들어 단행본 시장이 활성화되고 책 표지를 전담하는 북디자이너라는 전문가들도 등장하여 활약하고 있지만 당시에는 일급 화가들이 오로지 책의 표지용으로 그림을 그리기도 했던 것이다. 요즘의 잘 만들어진 책들도 결코 흉내낼 수 없는 옛 책의 아우라는 이런 배경에서 가능했던 것이다. 김환기도 책 표지 작업을 꾸준히 했던 작가 중 한 명이었다. 요즘에는 컴퓨터의 발달로 축소와 확대 작업은 식은 죽 먹기이다. 하지만 그때만 해도 그것은 큰 기술에 속하는 것이었다. 김환기는 항상 책과 같은 크기로 표지화를 그렸다. 그래서 책을 펼치면 한 폭의 이어진 그림이 되어 그 자체로 하나의 미술작품이었다.

전시장에는 사람들이 별로 없었다. 미술관 직원과 우리 일행 셋을 빼고 나면 젊은 연인 한쌍, 아이들 셋을 데리온 주부가 전부였다. 덕분에 나는 아주 한가하고 여유 있게 김환기의 표지화들을 감상할 수 있었다. 우리나라의 최장수 문예지인《현대문학》창간호를 비롯해 김동리의『화랑도』, 염상섭의『발가락이 닮았다』등 단행본 40여 점이 전시되고 있었다. 모두가 김환기의 작품을 옷으로 입고 호강하는 책들이었다.

한편 김환기는 서울, 파리, 뉴욕에 머물며 그림 작업을 하는 틈틈이 한국의 잡지와 신문에 수필과 편지 등의 글을 발표하였다고 한다. 그중 한 대목이 전시장 중앙벽에 소개되어 있었다. "현대문학은 잘 팔리오? 필시 잘 안 팔릴 것 같아 표지 그림 보내니 안심하고 만여 부 더 찍도록 하소. 이거 명동 막걸리 먹고 그린 것 아니고 밑천이 꽤 들었으니 고료는 일급으로 해주실 것. 우리 아이들 겨울철 용돈이 아쉬울 것 같아 부탁하니 현대문학에서 몇 장 고르시고 그밖의 것은 적당히 팔아서 적더라도 모갯돈을 만들어 아이들에게 전해주시면 감사하겠습니다. ―현대문학 1957년 1월호. 김환기의 파리통신 중에서"

요즘 시대에도 1만 부라면 대단한 부수이다. 인문서적의 경우에는 속된 말로 대박은 아니더라도 중박은 된다. 어려운 와중에도 아이들 챙기면서 어떻게 수화는 저런 호기를 부리셨을까. 최근 다시 읽은 책 중에서 찾은 수화의 이야기 한 토막. "수화 김환기가 서울에서 생활하던 시절 그의 서재에는 조선백자가 여기저기 늘려 있었다. 친구들이 찾아와 도자기가 있어 혼자 살아도 외롭지 않겠다고 덕담했다. 수화가 답하기를 '다른 건 몰라도 글 쓸 때나 그림 그릴 때는 요게 꼭 제값을 한단 말이야. 생각이 떠오르지 않을라치면 백자 엉덩이를 손으로 슬슬 문지르기만 해도 신통하게 풀리거든'."●

《현대문학》에 그림과 편지를 보내고 난 뒤 막걸리 한 잔 걸치고서 백자 엉덩이를 슬슬 문지르고 있는 김환기의 모습이 그려지면서 슬며시 웃음이 나왔다. 수화의 그림과 글, 그리고 호기에 관한 비밀이 한꺼번에 신통하게 풀렸다. 2010. 8. 20

●　『그림 아는 만큼 보인다』(손철주 지음, 생각의나무)에서 인용.

빈집의 수도꼭지

•

빈집을 지날 때가 있다. 오늘날 시골에 가면 그 어디에나 있는 흔한 풍경이다. 방에서 부엌에서 사람 냄새가 빠지면 건물에서도 금방 힘이 빠져나간다. 아무 보아주는 이 없어도 들꽃은 피고 지지만 아이들 재잘거리는 소리를 들어야 울타리의 코스모스, 봉숭아, 맨드라미, 채송화도 신이 나서 자라는 것이다.

경남 거창군 주상면 도동. 나에겐 돗골로 더 익숙한 외가 동네에도 빈집이 몇 채 있다. 외할머니 누워 계시는 질번더기 산소. 그 산소에서 외가로 내려오는 길에도 폐가가 있다. 그곳에는 지금은 아무도 살고 있지 않고 누가 살다간 흔적만 살고 있다. 녹슨 양철 지붕. 시멘트 칠한 마당. 그 한켠에 펌프가 있다. 마중물을 넣고 힘껏 잦으면 콸, 콸, 콸 물을 토해내던 펌프. 그리고 한참을 놓아두면 끄윽 트림을 하면서 물은 저 바닥 아래로 내려가고 펌프는 편히 쉬었다. 지금 물 한 바가지 넣고 펌프질을 하면 끊어진 물길이 다시 이어질까. 펌프는 깊은 잠을 깨고 다시 시원한 물을 토해낼 수 있을까.

멀리 등산 갔다가 인가로 내려오면서 빈집을 지나치는 적이 있었다. 마을 이름은 모르겠지만 소백산을 갔다가 올 때도 그랬고 오서산을 갔다올 때도 그랬다. 그곳에도 어김없이 마당 한켠에 수도꼭지가 있었다. 황동규 시인이 '나는 바퀴를 보면 굴리고 싶어진다'고 했듯 나는 수도꼭지를 보면 틀고 싶어진다. 그리고 기어이 수도꼭지 앞으로 간다. 그리고 꼭 스스로에게 내기하듯 물어본다. 과연 물이 나올까 안 나올까. 오! 놀라워라! 물은 나온다. 쏟아져 나온다. 수도는 늘 나를 이긴다. 알라딘의 마술램프 거인이 호리병 속에 있다가 뚜껑을 열어주면 튀어나오는 것처럼 물은 수도관에

웅크리고 있다가 꼭지를 틀어주면 활짝 기지개를 켜면서 얼른 뛰어나온다.

사람들이 수도를 버렸지만 물은 수도꼭지를 버리지 않았다. 지금도 바깥으로 나오려고 수도꼭지 바로 입구까지 진출하여 대기하고 있다. 그러나 아무리 물렁한 물이라도 오래 버려두면 물도 흐르기를 잊어버릴 것이다. 너무 오래 방치하면 물의 관절도 딱딱히 굳어버릴 것이다. 그 어디든 지금 수도꼭지 앞을 지나시는 모든 이들이여. 수도꼭지를 한 번 틀어보시라. 오! 놀랍게 쏟아지는 물을 보고 놀라보시라! 2010. 8. 24

별을 따는 방법에 대하여

•

별을 바라보는 법은 여러 가지가 있다. 우선 도심에서 머리만 까딱 젖히고 보는 법이 있다. 그러나 도심에서는 별빛을 방해하는 훼방꾼이 너무 많아 보나마나이다. 다음으로 시골에 가서 쏟아지는 별빛을 볼 수가 있다. 이때도 버릇처럼 고개만 뒤로 젖히고 보는 건 너무 억울한 일이다. 별빛은 그냥 내 안으로 들지 못하고 주르르 새고 말기 때문이다. 그곳에 가면 무조건 뒤로 벌렁 나자빠져야 한다. 그러면 별빛은 사정없이 코로, 눈으로, 입으로, 호주머니 속으로 사정없이 내다꽂힌다. 나는 경북 구미에서 군대생활을 했다. 밤늦게 보초 서다가 연대장실 앞 화단에 뛰어들어가 소총을 벼개 삼아 벌렁 누웠다. 그때 내 속으로 파고들던 별들, 별빛들! 서서 보는 것과 누워서 보는 것의 사소한 차이가 엄청나게 다른 결과를 초래한다는 것을 그때 나는 터득했다.

여기까지 내가 기세등등하게 말했더니 옆에 있던 한 동무가 빙그레 웃는 것이었다. 그 동무는 전투경찰 출신인데 부산의 다대포 근처에서 근무를 했다. 바닷가에서 어선의 출입을 관리 통제하는 게 주임무라 했다. "이봐, 파도 없는 잔잔한 밤에 배 타고 별 본 적 있나. 출렁이는 배에서 물을 한 움큼 뜨면 별도 한 움큼 떴다가 손가락 사이로 준, 준, 준, 빠져나가는 거 본 적 있나?" 나는 기가 팍 죽었다. 다만 영화 한 장면이 떠올랐다.

『코스모스』로 유명한 칼 세이건의 SF 소설을 원작으로 한 동명의 영화, 〈콘택트〉이다. 조디 포스터가 주인공으로 나왔다. 그녀는 어린 시절, 밤마다 낯선 상대와 교신을 기다리며 단파 방송에 귀를 기울였다. 어려서 돌아가신 어머니의 얼굴조차 모르고, 자신의 관심 분야를 적극적으로 지원해주던 아버지마저 돌아가신 후, 그녀는 자신이 찾고자 하는 절대적인 진리의 해답은 과학에 있다고 믿게 된다. 그녀는 진리 탐구의 영역을 우주로 넓혀 외계 생명체의 존재를 찾아내는 것을 궁극적 삶의 목표로 삼게 된다. 그녀는 일주일에 몇 시간씩 위성을 통해 외계 지능 생물의 존재를 계속 탐색한다. 그러던 어느 날 아침, 그녀는 드디어 베가성(직녀성)으로부터 정체 모를 메시지를 수신하게 된다. 마침내 그녀는 이 외계의 우주수송기를 타고 엄청난 진동 속에 수개의 웜홀을 통과한다. 그녀는 마침내 베가성에 도착, 아버지와도 만나 이야기를 나눈다. 이때 그녀가 손을 뻗어 베가성의 푸른 하늘을 톡 건드리자, 하늘이 출렁출렁한다. 초롱초롱한 별들도 따라서 출렁거린다. 진짜로 별을 손으로 딸 수도 있는 것이었다!

조디 포스터가 세트장의 별을 보고 놀란 것과는 달리 내 동무는 진짜로 출렁이는 바다에서 별을 따고 건져올렸다. 여기까지만 이야기하는 것으로도 나의 별빛 즐기기는 포식한 기분이었다. 그러나 별을 바라보는 방법이 또 하나 추가되었다. 얼마 전 부산의 인디고서원이 주최한 국제행사에 참석하러 갈 때 소설가 김연수의 에세이집 『청춘의 문장들』을 가지고 갔다. 서문에 이런 대목이 나왔다. "(……) 하지만 무엇에도 나는 만족하지 못했다. 그런 밤이면 고향집 2층 지붕 위에 올라가 누워 있곤 했다. 처음엔 내가 아래에 있고 별들이 위에 있지만, 이윽고 시간이 흐르고 나면 그 위치가 바뀌어 내가 위에 있고 별들이 아래에 있게 된다. 그리고 나는 서서히 그 별들의 바다 속으로 빠져들게 된다. 어디서 왔는지, 또 어디로 가는지 알 수 없는 별들만이 가득한 바다. 또 나는 어디서 와서 어디로 가는지, 그게 너무나 궁금해 가슴이 터질 것만 같았다."

아, 별이 저 아래에 있으니 저리로 내가 떨어질 수도 있겠구나, 등을 풀밭에 바짝 붙여야겠다, 이 현기증을 이기려면 풀의 밑둥을 꽉 잡아야겠구나. 그 짜릿한 경지! 소설가는 별을 보되 좀 누워서 진득하게 오래 바라보는 법을 가르쳐주는 것으로 나는 이해했다. 하늘에 박혀 있는 수많은 별.

아무리 멀리에 있다 하더라도 취하는 자세와 보는 방법에 따라 얼마든지 따서 내 가슴에 넣을 수 있는 물건인 것이다. 2010. 8. 26

어느 소설가의 마지막 송별회

•

마하반야바라밀다심경(摩訶般若波羅蜜多心經). 그 270글자를 한자로 적고 불기로 날짜 넣고 여시아기(如是我記)라 쓰고 간단히 이름 표시하면 딱 들어맞는 게 우편엽서의 면적이다. 지금으로부터 10년 전, 내 나이 마흔에 도달했을 무렵. 어디선가 쿵, 쿵, 쿵, 하는 소리가 들렸다. 아프리카 지축을 흔드는 코끼리 발자국 소리처럼. 어느 해 여름 호된 장마에 우리 집 담벼락 무너지는 소리처럼. 가만 있을 수가 없었다. 이대로 그냥 있다간 내 발 밑이 쩍, 하고 갈라질 것 같았다. 내 일생의 멀미가 들이닥친 것이었다. 궁리 끝에 힘들어도 내 힘으로 헤엄치자 결심하고 튼튼하고 안전한 배 위에서 뛰어내렸다. 그때 사나운 심사를 달래기 위하여 그렇게 우편엽서를 적어 불안한 처지를 투서하듯 몇몇 분들한테 보냈었다.

간신히 물먹은 몸을 수습하고 궁리에 몰두할 무렵. 소설가 한 분이 전화를 주셨다. "양평으로 이사하는 짐을 싸다가 자네 엽서가 나와서 전화하는 거야. 우리 만나고 살아야 하는데 말이야." "연락 못 드려 죄송합니다. 곧 한번 찾아뵙겠습니다." 나는 대답은 시원하게 했지만 그 후에도 여러 핑계를 만들면서 뵙지를 못했다.

2006년 가을, 우리나라가 프랑크푸르트 도서전 주빈국이 되었다. 나도 어떤 의무감에서 참가하였다. 한국 부스에서 여러 사람들과 어울려 있는데 누가 어깨를 툭 쳤다. 그 소설가였다. 그가 전투복장을 하고 서 있었다. 그는 베트남전쟁에 복무한 이후에는 총 대신 늘 카메라를 가슴에 매고 펜을 쥐고 다녔던 것이다. 나는 "아이쿠, 선생님!" 그냥 두 손을 잡고 고개를 더욱 깊이 숙이는 것으로 그간의 죄송한 마음을 대신하였다.

2010년 8월의 마지막 토요일. 서울에는 비가 몹시 사납게 왔다. 오후에 잠깐 그치는가 하더니 저녁 무렵에는 다시 억수로 내렸다. 나는 검은 옷을 입고 집을 나섰다. 원래 지하철로 가려 했는데, 은행에 들렀다 가야 했기에 버스를 탔다. 우산을 썼지만 이미 반쯤 젖은 터라 엉덩이 끝만 살짝 걸치고 자리에 앉았다. 미끄덩한 몸이라 불쾌감도 적지 않았다. 차들이 몹시 밀려 압구정동을 빠져나오는 데 시간이 제법 걸렸다. 짜증과 후회가 밀려오려는데, 문득 그 선생님이 언젠가 했던 이야기가 떠올랐다. "내가 과천에 살아서 할 수 없기는 한데, 서울까지 와서는 난 되도록이면 답답한 지하철은 안타." 그 선생님의 지시대로 버스를 탔구나 생각하자니 마음이 좀 수긋해졌다. 빗속에서 저무는 서울을 구경했다. 어느덧 옷도 거의 말랐다.

봉원사 앞에서 내려 택시를 타고 삼성병원 영안실에 도착하니 모두들 영결식장에 갔다면서 안내하는 분만 있었다. 나는 혼자 분향소로 들어가 상주도 없는 곳에서 흰 국화를 바치고 두 번 절했다. 뒤에 기다리는 사람도 없고 누가 보는 이도 없어 이마를 오래 바닥에 대었다. 문을 조심히 열고 영결식장이라고 표기된 곳으로 들어갔다. 선생님의 이력이 소개되고 있었다. 가수 장사익이 나와서 선생님의 애창곡 〈봄날은 간다〉를 불렀다. 3절까지 불렀다. 열아홉 시절은 황혼 속에 슬퍼지더라, 그 노래 중에서 나의 급소가 울릴 땐 나도 따라 입술만으로 옴지작거렸다. 몇 분이 나와서 선생님과의 인연을 이야기하고 추모사를 낭독했다. 그리고 따님이 나와서 간단하게 감사의 인사말을 했다. "아빠 돌아가시고 우리 가족만의 슬픔인 줄로 알았는데 함께 슬퍼해주시어 많은 위로가 되었습니다. 이렇게 함께 해주시어 감사합니다. 정말 감사합니다." 그렇게 짙은 한숨과 탄식과 훌쩍거림 속에 영결식은 끝이 났다.

언젠가 말했던 것처럼 죽음에 대한 표현은 아주 많다. 망자의 신분과 종교 등에 따라서 모두 다르다. 그러나 결국 장례의 형식은 하나로 통일된다. 장례식과 영결식은 장사를 지내는 의미에서는 거의 같은 뜻이지만 굳이 구별을 하자면 장례식은 장사를 지내는 모든 의식을 말하고 영결식은 장사를 지내기 전에 망자를 영원히 떠나보낸다는 뜻으로 행하는 의식을 말한다.

삼성병원 영안실 옆 영결식장을 나오니 벽에 붙은 안내문이 그제야 눈에 들어왔다. 너무 황망히 떠난 선생님과의 작별이 아직은 준비가 안 되어서일까. 송별회라는 말이 가슴을 때렸다. "이윤기, 강을 건너다. '우리 시대의 르네상스인' 과인(過人) 이윤기가 우리 곁을 떠났습니다. 이윤기가 건너는 강가에 소설가 이윤기를 좋아하던 사람, 번역가 이윤기를 좋아하던 사람, 신화학자 이윤기를 좋아하던 사람, 이윤기의 노래를 좋아하던 사람, 이윤기와 함께 술을 좋아하던 사람들이 마지막 송별회를 합니다. 참석해 주십시오. 시간 : 2010년 8월 28일 토요일 저녁 7시. 장소 : 일원동 삼성의료원 장례식장 영결식장(B1층)".

송별회. 그냥 어디 잠깐 잘 갔다오시라는 송별회. 그러나 마지막이라는 단어 앞에서는 어쩔 수 없이 목이 메었다. 아마 선생님은 지금쯤 강 건너편에서 벌어질 환영회에서도 좌중을 휘어잡으며 두목 노릇을 하시겠지. 그 좋아하고 잘 부르던 노래도 몇 곡도 땡기셨겠지. 아제아제바라아제바라승아제모지사바하. 마하반야바라밀다심경의 마지막 주문을 외면서 지하에서 계단으로 올라왔다. 2010. 8. 28

통시에서 건진 편지

•

하늘의 달은 찼다가 이지러지고 이지렸다가 찬다. 지상 문명의 중심도 축구장의 공처럼 이리저리 옮겨다니기 마련이다. 한 곳에 있으면 권력이든 문화든 썩기 마련인 것이다. 오늘날 서양이 세계사의 무대에서 좀 활개를 치는 것은 맞는 것 같다. 그러나 시작부터 그런 것은 아니었다. 오히려 조선에서 한글을 창제한 언저리까지만 해도 동양은 서양을 압도하고도 남음이 있었다. 그러나 16세기 들어서 깡패 같은 짜식들이 배타고 나타나면서 세계사의 힘의 축은 동양에서 서양으로 완전히 역전된다. 그리고 19세기 말 서양과의 접촉에서 대부분의 아시아 국가들은 식민지, 전쟁, 근대화 등의 복잡다단한 역사를 관통해 나가면서 오늘에 이르게 된다.

이러한 사정과 상황 아래에서 아시아가 통과해온 역사가 미술품에는 어떻게 반영되어 있을까. 덕수궁미술관에서 개최된 〈아시아 리얼리즘〉전은 아시아 10개국(한국, 중국, 일본, 싱가포르, 말레이시아, 인도네시아, 타이, 베트남, 필리핀, 인도)의 격변기를 살다간 예술가들의 리얼 스토리를 살필 수 있는 기회였다. 총 104점의 작품 중에서 나의 가장 눈길을 끈 것은 제5주제인 사회인식과 비판 코너에서 만난 작품이었다. 그것은 우리나라의 화기 이종구의 〈속농자천하지대본(續農者天下之大本)〉으로 쌀부대를 뒤집어 그림을 그리고 다른 인쇄물 종이를 콜라주하듯 덧붙인 작품이었다. 가슴에 편지를 붙이고 서 있는 인물은 화가의 아버지이다. 그 뒤로 태극기도 보이고 아버지가 염전회사에 근무하면서 받은 표창장이 두 개 있다. 그리고 나락을 한 아름 안고 환하게 웃는 농부의 모습도 있다. 그러나 아버지를 제외한 나머지는 모두 관제의, 박제된 이미지들이다.

1980년대 이후 급격하게 몰락해간 농촌의 현실과 그 삶을 살아낸 아버지의 형편과 처지는 가슴에 있는 편지 한 장에 고스란히 들어 있다. 이 편지는 충남 서산시 오지리에서 고단한 일생을 보낸 아버지가 실제로 화가에게 보낸 편지였다. 사진촬영이 금지된 터라 나는 이 편지를 그대로 수첩에 베꼈다.

"끗나고 24일날부터 비바람이 우박눈 모러처 요즘 바다 조수가 만조시간 大風이 부러 농작물 폐해도 잇고 이 근처 제방도 전파된 곳도 잇따. 게속 삼사일째 그레서 벼바즘 콩타적을 빨이하고 인천에 김장용 고추를 가지고 갈나고 하나 삼사일째 일을 못하게 하고 부모들도 마음은 급하고 별란가 날씨는 영하의 날씨는 되고 콩등도 바람에 날리고 도저히 농촌에 일군이 읍고 두 늘근이 밤낮 일을 해도 제 때에 할 수가 읍써요. 밤에 몸이 앞퍼셔 밤쌔 알코한이 앞으로 너의 책임상 네 동생들을 잘 지도하고 부모에 대하여 조흔 의견 잇쓰면 셔신으로 열낙하여라. 그리고 벼농사는 집에서 충분히 계량할 정도고 염전에 수입은 타인의 채무는 다 청산할 것같다. 그러나 집에 걱정은 말고 너의 몸조심하고 새애기 몸 조심하고 산월달까지 네가 잘 도와주고 몸에 대하여 유의하려라. 종원이 보고 몸 조심하고 건강의 유의하라고 주의하려라. 그리고 새 애기 생일이 음력 10.22일지 양력 10.21일날 셔신을 바다보아슨이 음력인지 양력인지 알 수가 읍구나. 그러나 집에 일을 대강하고 김장용 고춧가루를 해가지고 엄마가 상경하려고."

내가 빛바랜 오랜 편지를 안내원의 눈치를 보아가며 코를 박고 베낀 것은 까닭이 있다. 이 편지를 보니 나의 리얼리즘이 하나 떠올랐던 것이다. 1981년 여름. 입대를 앞두고 고향 큰댁에 머물고 있던 시절이었다. 어느 날 나는 통시(화장실)에 쪼그리고 앉아 있었다. 요즘처럼 두루마리 휴지도 없던 시절이었다. 휴지함에서 좀 부드러운 것을 찾다가 나는 깜짝 놀랐다. 푸른 잉크로 빽빽하게 세로로 써 내려간 펜글씨에 누렇게 변한 종이. 모두 형님전상서(兄任前上書)로 시작하는 글. 그것은 부산에서 나의 부친이 시골 형님, 그러니까 나의 백부한테 보낸 편지였던 것이다! 맙소사, 내가 태어나기 전에 보낸 편지도 있었다. 화들짝 놀라서 함을 더 뒤져 하마터면 똥통으로 들어갈 뻔했던 편지 여러 통을 건졌다. 볼일을 마치고 큰아버지께 말씀드리고 사물함 궤짝을 열고서 더 많은 편지와 아버지가 어릴 적 임서한 천자문, 대학, 명심보감 등을 손에 넣을 수 있었다. 그리고 나는 얼굴도 못 본 할아버지의 작은 목도장 두 개도 챙겼다.

나는 부친의 편지를 앨범에 차곡차곡 넣어서 장형께 드리고 군대에 갔다. 그래도 군대 시절은 일생에서 가장 편지를 많이 받는 시기이다. 연대 본부의 인사과에서 행정병으로 근무했던 나는 이 시절에 받은 편지를 모두 모아서 철을 해가지고 제대했다. 이종구 화백의 아버지가 아들한테 보낸 편지를 보니 나의 부친이 아들한테 보낸 편지 생각이 났다. 내 사물함에서 오래 잠자고 있던 편지철을 꺼내 보았다. 부친의 편지 세 통이 맨앞에 묶여 있었다. 아, 아버지가 나한테 편지도 보내셨었구나! 잊고 있었던 사실도 새삼 확인하면서 읽어보았다. 여러 번 읽어보았다.

"막내 즉견(卽見). 보내준 편지 반가히 득견(得見)하였다. 무엇보다 건강한 몸으로 군복무중이라 하니 더욱 반갑다. 이곳은 온 식구가 모다 건강히 생활하고 있으니 안심하여라. 자주 너의 소식 전하기 바란다. 연이(然而) 울산 너의 형수가 맹장 수술을 하여 너의 모(母)가 거기서 수일 있다가 왔으며 지금은 우리 김장도 마쳤다. 집 매매관계는 아직 적당한 원매자가 없어서 아직 미결 중에 있으며 적당히 결정되는데로 연락할 것이니 그리 알고 너는 아무런 걱정하지 말고 군복무나 무사히 마치고 영광의 제대의 기쁜 소식 있기 바란다. 시간 있는대로 고향 외조모님(外祖母任)께 편지 한 장 드려라. 연말년시 재미있는 나날 보내기 바라며 면회는 잘 되는지 면회시간 상세히 연락주면 일차 면회를 갈 것이니 자세한 연락주기 바란다. 1981. 12. 21. 父 書." 2010. 8. 31

다시, 가을

다시,
가을

9월

바람 불고 먹구름 몰려오고 비 내리고 눈 퍼붓고
천둥 울고 벼락 때리는 저 하늘 아래

●

밤새 안녕히들 주무셨습니까. 우리 사는 곳이 저곳입니다. 이 사실을 똑똑히 실감나게 하는 서울의 하루 풍경! 2010. 9. 2

빨간등의 빈 택시

●

편지를 기다리는 우체통의 빨강. 건너지 마시라는 신호등의 빨강. 주차금지를 표시하는 입간판의 빨강. 그것들은 모두 서 있는 빨간색들이다. 그러나 여기저기 돌아다니는 빨간색이 있다. 그것은 '빈차'를 표시하는 택시 앞유리창의 빨간등이다. 그 빨간등을 켠 사람은 젊은이가 아니다. 대부분 나이도 많고 식구들을 대롱대롱 거느리고 있는 가장들이다. 그분들은 거친 인생을 헤쳐나와 오늘, 여기, 택시 안에 존재한다. 그가 엄연히 타고 있는데도 차는 '빈차'이다. 영업하는 동안의 그는 '없는 사람'인 것이다.

잠원동 성당 앞 횡단보도를 건너는데 빈 택시가 서 있었다. 회귀하는 연어를 낚아채려고 여울목에서 기다리는 곰이 취하고 있는 것과 같은 자세였다. 곰한테는 먹이를 물어다주어야 할 새끼들이 여러 마리였다. 그러나 횡단객들은 대부분 성당으로 가거나 빨간등을 피해 버스에 올라탔다. 빈 버스는 드물다. 버스는 항상 녹색등을 달고 전용도로로 달린다. 양보의 미덕이라고는 없는 버스, 승용차, 트럭, 오토바이, 택시가 빈 택시 곁을 쌩쌩 스치며 지나간다. 대낮에도 빨간등을 켜고 달리는 빈 택시에는 쓸쓸한 인생의 공허와 어찌할 수 없는 생활의 슬픔이 가득 차 있다. 2010. 9. 4

잊지 못할 쇠고기 한 근

•

일물일어설(一物一語說)을 주장한 이는 프랑스의 소설가 귀스타브 플로베르(1821~1880)이다. 일물일어설이란 이 세상에 존재하는 하나의 사물, 동작, 상태를 표현하는 데에는 그것에 알맞는 하나의 명사, 동사, 형용사가 각각 있다는 것이다. 이 말을 뒤집으면 하나의 사물이란 그에 가장 적확하게 대응하는 하나의 언어를 가질 때라야 비로소 그 진실이 드러난다는 뜻이다.

어쨌든 하나의 물체에는 하나의 말이 하나씩 있다는 일물일어에 기대어 나도 주장하고 싶은 게 있다. 그것은 일처일화(一處一話)이다. 즉 이 세상 모든 하나의 장소에는 하나의 이야기가 숨어 있다는 뜻이다. 그것은 지나간 일은 장소와 결합되어 강한 기억으로 저장되어 있다가 그 장소에 이르게 되면 누가 끄집어내지 않아도 추억이 되어 밖으로 흘러나온다는 뜻이다. 나는 이를 경험적으로 증명할 수 있다.

지난 몇 년간 나는 뻔질나게 인왕산을 드나들었다. 그리하여 이젠 웬만한 바위, 나무, 고개, 굽이 등에서 벌어진 일들을 하나씩 가지게 되었다. 뿐인가. 인왕산 자락 아래의 동네, 골목, 간판 아래에서도 한 자락의 이야기는 엮을 수 있게 되었다. 왁자지껄한 통인시장은 내 이야기의 소굴이다.

지난 주말 벌초하러 고향 큰댁에 갔다. 어머니를 비롯해 우리 오형제와 종형들, 형수들 그리고 조카들 등으로 구성된 대규모 벌초단으로 한적하던 큰집 마당이 모처럼 들썩했다. 오후 3시쯤 도착해서 자루골로 가서 백부 내외, 그리고 선친 묘소의 풀을 깎고 잔디를 정리했다. 이 세 기(基)의 산소는 나도 그 형성 과정을 똑똑히 안다.

우리 시대의 풍수학인(風水學人)으로 통하는 어느 선생님한테 들은 이야기이다. 선생님이 한창 치열하게 공부하던 젊은 시절. 어느 날부터 홀연 무덤 속이 훤히 들여다보이는 경지에 이르렀다고 한다. 그러나 이 방면의 공부에서는 이런 경지에 안 올라도 문제이지만 이 경지가 계속 오래 가면 정말 큰일이 난다고 한다. 어렵기는 했지만 방외자인 내가 보아도 충분히 납득이 가는 이야기였다. 다행히 선생님은 딱 3개월만에 이 현상이 없어졌다고 한다.

산소에서 절을 하는데 그 선생님 생각이 났다. 물론 나의 눈에는 부친이 계신 방 안은 보이지 않았고 작년, 재작년, 재재작년 이 산소 앞에서 절할 때 쳐들린 내 궁둥이 모습만 희미하게 떠올랐다. 나로서는 감이 잘 잡히지 않는 윗대 선조의 네 산소에 벌초하고 마지막으로 셋째 종형의 무덤을 끝으로 오늘 일과는 끝났다. 오늘의 해가 내일 우리가 가야 할 뒤엉재 너머로 뉘엿뉘엿 지고 있었다. 경운기를 타고 큰댁으로 와 배낭을 들고 얼른 부엌 옆에 딸린 세면장으로 뛰어들었다.

큰댁은 약 15여 년 전에 지붕은 그대로 두고 내부를 현대식으로 수리했다. 부엌은 싱크대와 수도시설을 갖추었고, 방금 내가 뛰어든 곳은 옛날에는 정지(부엌)와 고방(庫房)이 있던 자리였다. 다용도실을 겸한 안쪽으로 굵은 대나무로 걸쳐놓은 실경(시렁)이 있고 작은 장독이 몇 개 놓여 있었다. 배낭을 실경에 얹어놓고, 땀에 젖은 옷을 훌러덩 벗어 장독 옆에 놓으니 문득 생생한 추억 하나가 흘러나왔다. 알몸의 나는 똑똑히 알 수 있었다. 바로 그 장소는 30년 전 어느 날. 내 큰어머니께서 군대 가는 조카인 나한테 끓여먹이려고 하룻밤 고이 간직해둔 쇠고기, 그 알토란 같은 쇠고기 한 근을 못된 고양이한테 도둑맞은 자리란 것을! 2010. 9. 7

326

빗소리

•

남원은 나하고 인연이 많은 동네이다. 내 고향 거창하고도 가깝다. 누가 남원에서 왔다고 하면 나는 고향 사람 만난 듯한다. 궁리 편집위원 중 한 분도 남원 출신이다. 지금은 김해의 인제대학교로 거처를 옮기는 바람에 자주 못 만나지만 그이를 만날 땐 후광처럼 남원의 풍광이 쫙 딸려나오기에 더욱 반갑다. 또 그곳에는 군대 시절 인연을 맺어 아직도 각별하게 서로 안부를 주고받는 목사님이 한 분 있다. 지리산을 갈 땐 꼭 신고를 하고 허락을 받는다. 물론 목사님도 서울 오실 땐 나한테 통고를 한다.

이틀 전 갑작스런 연락을 받고 남원의료원에 도착하니 오후 5시 반이었다. 가깝게 지내는 출판사 대표의 부친께서 돌아가시어 문상하러 내려간 길이었다. 고인은 오랜 공직생활을 마치고 고향인 장수에 전원주택을 마련해 사셨다고 한다. 그런데 고인 스스로 마련한 당신의 가묘(假墓) 벌초를 마치고 그 앞에서 갑자기 쓰러지셨다고 한다. 향년 82세. 그게 그나마 한 줄기 위안이긴 해도 황망한 가운데 고자(孤子)가 된 유족들은 속으로 슬픔을 삭이는 듯 담담해 보였다. 막내딸의 울음소리는 저승까지 들린답니다, 많이 울고 서울에서 만납시다, 위로하고 영안실을 나섰다. 기차 시간이 가까워졌기 때문이었다.

일행이 현관에서 택시를 기다리는 동안 잠깐 화장실에 들렀다 나오니 복도 한구석이 떠들썩했다. 어느 집의 문상객들이 제법 큰 덕석(멍석)을 펴놓고 윷놀이를 하고 있었다. 새끼손가락 반만한 싸리나무 윷을 스텐 소주잔에 넣어 던지고 있었다. 말판에서는 소주병 뚜껑과 작은 돌멩이로 만든 말이 달리고 있었다. 어쩌다 초상집에서 보는 고스톱이나 포커보다는 좋은 구경거리였다. 천 원짜리 몇 장이 오고가는 것을 보고 현관으로 갔다.

비가 오락가락하는 중이었다.

　그런데 작은 문제가 생겼다. 택시가 오지 않아 전화로 불렀는데 그 택시 마저 좀체 오지를 않는 것이었다. 마침 택시가 들어오길래 우린 급한 마음에 그 택시를 탔다. 정문을 빠져나가는데 지붕에 조등(弔燈)처럼 노란 등을 켜고 택시 한 대가 현관으로 들어가는 게 보였다. 우리가 예약한 택시인 듯했다. 바로 전화를 했다. "미안합니다. 기다리다가 차 시간이 조마조마해서…… 그만……." "아, 지금 도착했는데, 어쩐다요." 뒤통수가 따가웠지만 이미 엎질러진 물이었다. 미터기에 6천 2백 원이 나왔는데 3천 원만 거슬러 받고 남원역 주차장에 내리니 벌써 연락이 갔는지 그곳에 모여 있던 택시기사들이 원망스런 한 마디씩을 했다. "아, 불렀으면 기다려야지, 그냥 가면 어떻게 해요." "그래도 이런 경우 차비는 주어야 해요." 우리는 아무런 대꾸도 못 하고 대합실로 가고 우리를 데려다준 택시도 미안했던지 얼른 달아나버렸다.

　기차 시간은 여유가 좀 있었다. 괜히 우리가 호들갑을 떤 셈이었다. 심심해서 역 이곳저곳을 둘러보는데 빗소리가 불렀다. 이봐, 뭐해. 나와봐. 광장으로 나갔더니 비가 제법 내리고 있었다. 주차장의 택시들이 나란히 등을 켜고 일렬로 줄지어 있는 게 보였다. 이상했다. 빗소리를 뚫고 그곳에서 뭔가 왁자한 소리가 자꾸 들리는 것이었다. 어째 꼭 나보고 들으라는 듯, 나를 겨냥하여 찾아오는 듯 소리는 무시로 들려오는 것이었다. 구름이 낮게 병풍을 쳐서 그런지 빗소리는 아주 잘 들렸고 그 때문인지 사람들의 소리도 더 잘 들렸다. 마음을 정하고 주차장으로 성큼성큼 큰 걸음으로 갔다. 그 소리는 무료한 택시기사들이 윷놀이를 하면서 내는 소리였다. "죄송합니다, 아까 허탕치고 오신 분……." 거의 할아버지뻘 되는 분이 나서길래 만 원을 드렸다. 잔돈을 거슬러주려 하기에 이자라 생각하고 그냥 넣어두시라 했다. 고맙게 받아주시는 그분이 고마웠다. 금방 얼굴이 풀어진

기사 한 분이 덕담을 건넸다.

그 사이 윷놀이가 끝났다. "고맙네요. 아, 우리가 연락받고…… 윷놀이 하느라고…… 가장 나이 많은 분을 가라 했는데…… 그래가지고…… 암튼 잘했소." 또 한 분이 보탰다. "우린 기차를 붙들어서라도 손님을 책임져요!" "예, 잘 알겠습니다. 근데 윷놀이 더 안 하세요." 하는데 멀리서 기차소리가 났다. 곧 여수 가는 하행선 기차가 도착할 거라고 했다. 곧 손님들이 한꺼번에 들이닥칠 것이었다. 택시기사들이 슬슬 각자의 차 안으로 들어갈 눈치를 보이기 시작했다. 나도 이젠 상행선 기차 타러 가야 할 때. 대합실로 뛰어가기 전에 윷을 한번 던져보았다. 개였다. 츳, 츳, 츳. 빗소리가 커졌다. 2010. 9. 9

●   아버지가 돌아가셨을 경우는 고자(孤子), 어머니가 돌아가셨을 경우는 애자(哀子), 부모 모두 돌아가셨을 때는 애고자(哀孤子)라 한다. 나도 4년 전에 고자(孤子)가 되었다.

신부님은 웃고 아이들은 울고

•

"먼저 퀴즈를 하나 내겠습니다. 흥부가 형 놀부의 집 부엌에서 왜 형수한 테 뺨을 맞았을까요? 좌중에서 약간의 수런거림이 일었다. 하지만 누구 하나 손을 들고 정답을 맞혀보겠다고 나서지는 않았다. 그는 스스로 답을 말했다. 부엌에서 형수가 밥을 푸고 있는데 배고픈 흥부가 다가가니까 누 구냐고 물었지요. 그러자 흥부가 '형수님 저 흥분데요(돼요)' 하고 대답했 습니다. 밥 푸는 형수를 보고 흥분하는 네가 사람이냐고 주걱으로 형수님 이 뺨을 올려붙였다는 게 정답입니다. 다음 퀴즈! 그는 이번에는 윈도 (window)의 아빠가 누구인지 아느냐, 아리랑의 엄마가 누군지 아느냐고 물었다. 웃음이 터지며 답을 맞혀보려는 사람들이 생기기 시작했다. 이렇 게 분위기를 바꿔놓은 그는 자신이 아프리카 수단에서 경험한 일을 이야기 했다." 2010년 3월 23일자. 《경향신문》에서 읽은 칼럼의 일부분이다.

지난해 연말, '자랑스러운 의사상'을 수여하는 시상식장에서 벌어진 풍 경이라고 했다. 퀴즈를 낸 사람, 그러니까 수상자는 가톨릭 신부라고 했 다. 내가 그 자리에 참석했더라면 나는 정답을 맞추었을 것이다. 한 달 전 쯤 동무들과 남도여행을 하다가 이 농담을 들은 바 있었기 때문이다. 이 칼럼을 쓴 사람, 그러니까 이 이야기를 전해준 이는 소설가 성석제였다. 천하의 이야기꾼인 그가 뭐 이런 시시한 이야기를, 하고 생각하려는데 칼 럼을 다 읽고 나니 시시한 이야기가 아니었다. 소설가는 '살아 있었던 우 리 시대의 성자'에 대해 이야기하고 있었다.

4월 들어서자 아내가 성당에서 들었다면서 이번주 KBS 스페셜을 꼭 보 자고 했다. 의대를 졸업했으나 사제 서품을 받고 아프리카 수단에서 의료 봉사와 선교활동을 하다가 안타깝게 암으로 선종한 어느 신부님에 대한 이야기라고 했다. 나는 건성으로 들었다. 4월 11일 KBS 1TV로 KBS 스페셜 〈울지마, 톤즈〉가 방송되었다. 나는 보지를 못했다. 며칠이 지나고 나서야 소설가의 칼럼, KBS 스페셜, 아내의 권유가 하나로 꿰이기 시작했다. 비로소 신부님의 이름도 귀에 들어왔다. 이태석 신부. 이력을 보니 나하고 비슷한 가정 형편과 부산의 비슷한 동네에서 자란 처지였다. 나보단 세 살 아래였다. 어린 시절, 그이는 북구 만덕동의 만덕성당에서 놀고 나는 남구 우암동 동항성당에서 놀았다. 다른 점은 그이는 신부님이 되었고 나는 장사꾼이 되었다.

4월 20일. 같은 신문의 같은 칼럼란에 소설가는 다시 이태석 신부를 기리는 〈눈물의 한 가족〉이란 글을 썼다. "아프리카 남부 수단의 성자로 일컬어지는 이태석 신부 때문에 두 번 눈물이 났다. 그의 책『친구가 되어 주실래요?』를 읽다, 최근 텔레비전에서 방영한 다큐멘터리를 보다가 또 눈물을 흘렸다. 다큐멘터리 제목이 〈울지마, 톤즈〉였음에도 불구하고. '톤즈'는 이태석 신부가 죽기 전까지 의료봉사활동을 하던 지역의 이름이다." 푸지게 재미난 이야기로 사람을 포복절도케 하는 성석제도 어쩔 수 없는 눈물공장 공장장이었다.

4월 말. 궁리에 인터넷으로 주문한 책 두 권이 택배로 도착했다. 한 권은『친구가 되어 주실래요』(이태석 지음/생활성서사)였고 또 한 권은『인간적이다』(성석제 지음/하늘연못)였다. 앞의 것은 울면서 읽었고 뒤의 것은 웃으면서 읽었다. 다시 보기를 통해 KBS 스페셜을 보려 했으나 여의치 않았다. 궁리닷컴에도 글을 하나 올리려 했는데 〈울지마, 톤즈〉를 보지 않고는 쓸 수 없는 노릇이었다. 숙제처럼 늘 짊어지고 다녔다. 최근 반가운 뉴스가 떴다. 이태석 신부님의 이야기가 극장용으로 제작되어 9월 9일에 개봉한다는 것이었다.

9월 12일. 명동CGV 극장으로 갔다. 이태석 신부님을 만나기 위해서였다. 집을 나설 때 아내는 손수건을 두 장 준비했다고 했다. 이곳저곳에서 훌쩍이는 소리가 많이 났다. 신부님은 빛으로 분해되었다가 화면에서 집적되어 그 속에서만 살고 있었다. 내가 있는 어두컴컴한 세상으로는 나오지 않으셨다. 눈물을 수습하고 밖으로 나오니 명동은 휴일을 즐기는 인파로 넘쳐났다. 웃음이 도처에 흘러다니고 있었다. 그러나 보이지 않는다고 없다고 여겨서는 안 된다. 눈물은 드러나기보다는 숨어 있길 좋아한다. 영화의 마지막 장면이 떠올랐다. 수단에서 우는 것은 수치라고 한다. 수단의 톤즈 마을에서 신부님이 조직한 고적대가 신부님의 영정을 앞세우고 행진하고 있었다. 이태석 신부님은 영정 속에서 환히 웃고 있었고 아이들은 수치를 무릅쓰고 울고 있었다. 2010. 9. 12

빗방울 목욕

•

경복궁 담을 끼고 청와대로 가다 중간쯤 창성동 골목에 헌책방 가가린이 있다. 주로 예술서적을 취급하며 회원제로 운영되는 독특한 서점이다. 지 지난주 가가린에 갔다가 문학평론가 김현 선생의 독서일기인 『행복한 책 읽기』를 구했다. 예전에 읽은 적이 있지만 언젠가 책 정리를 하면서 그만 잃어버렸던 책이라 눈에 번쩍 띄는 것이었다. 다시 읽어보니 감회가 새로 웠다. 선생의 1989년 8월 27일 일기에 재미있는 대목이 있다. "유종호 씨 큰딸이 시집을 간다 하여, 산에서 내려오는 길에 태극당에 들렀다가 오랜 만에 여러 친구들을 만났다. 여럿이 어울려 찻집에 갔다가 돌아오는 길에 정현종이 한 말 : 구월, 시월에는 산에 가서 일광욕을 하면 기분이 그렇게 좋을 수가 없어요. 관악산엘 가서 한번은 다 벗어부치고 한 한 시간 정도 일광욕을 했는데 그렇게 기분이 좋더라고. 불알을 굽는 재미도 있고. 아니 야, 등산로에서 조금만 벗어나면 사람이 하나도 없거든."

지난주 목요일 밤의 일이다. 밤, 술, 비의 삼요소만 갖추면 나는 전혀 딴 사람으로 발효될 자신이 있다. 밤 11시. 술을 한잔 걸치고 좀 알딸딸한 기 운에 자려고 하는 참인데 밖에서 아연 비가 억수같이 퍼붓기 시작하는 것 이었다. 나는 아내한테 접신하고 오겠다, 하고 말릴 틈을 주지 않고 우산 을 들고 밖으로 나섰다. 아파트 단지를 벗어나고서 우산을 접었다. 우산은 여기까지가 소용인 것이다. 작심하고 맞는 빗줄기는 목욕탕의 샤워 물줄 기하고는 차원이 달랐다. 내처 한강으로 나갔다. 늦은 밤인데도 우중산책 을 즐기는 이들이 여럿 있었다. 홍건한 취흥이 솟아 노래 몇 자락을 흥얼 거리기도 했던 것 같다. 그렇게 비를 맞으며 한남대교까지 싸돌아다니고 와도 빗줄기는 좀체 멈출 기세가 아니었다. 집에서 한남대교까지는 왕복으로 족히 두 시간은 걸린다. 그러니 밤도 아주 단단히 늦었다. 이미 옷은 물론이요. 내 몸의 껍데기까지 모두 물이 흥건하게 파고들어간 듯했다. 손가락 끝의 피부는 벌써 쪼글쪼글해졌고 나의 피는 많이 묽어졌겠다. 나는 싱거운 사람이 된 것이다.

우리 집 아파트 옆 잠원동 성당 뒤에 작고 소롯한 공원이 있다. 밖에서 보면 잘 안 보인다. 그곳에서 좀 쉬고 있는데 정현종 시인의 말이 생각났다. 나는 축축한 웃옷을 훌렁 벗었다. 지금은 구월. 산이 아니라 강을 다녀오면서, 햇빛 대신 비를, 다 벗어부치지는 않고 반만 벗어부친 채, 불알을 굽는 대신 대가리와 등짝을 맞으며, 일광욕 대신 빗방울 목욕을 하니 그렇게 기분이 좋을 수가 없었다. 그 자리에서 비를 한 30분 가량 맞고 있자니 그간 부담스럽던 나의 상반신이 하나의 점으로 확 쪼그라드는 느낌도 들었다. 등산로가 아니라 큰길에서 훨씬 벗어나고 이미 자정에서도 훨씬 벗어났으니 통행인은 하나도 없었다. 그래도 혹시나 싶어 무슨 소리라도 나면 얼른 우산으로 옆을 가릴 태세도 갖추었다.

그날 나는 내친김에 웃통을 벗은 채 집에 들어갈까, 생각을 안 해본 게 아니었다. 아무에게도 들킬 것 같지는 않았다. 그러나 무엇보다도 현관에서 아내가 놀라 기함할 것 같아서 관두기로 했다. 앞으로 삼박자를 갖추었을 때의 외출에 상당한 애로가 있을 것 같다는 점도 고려했다. 축축한 물옷을 다시 입고 조용히 들어왔다. 비는 여전히 억수같이 내리고 있었다. 김현 선생은 일기 말미에 "과연 재미있었겠다."라는 말평을 붙이고 있다. 그러나 나에 대한 평가가 무엇이 되었든 짧은 시간 동안 나무로 변신한 것처럼 황홀했던 순간! 당분간 내 어찌 잊으랴! 빗물이 뚝뚝 듣는 빨랫감을 보며 아내는 아무 말도 안 했다. "혹 당신 잠원동의 웃통맨이라도 되려 하오?"라는 불평이 얼굴에 가득했다. 2010. 9. 14

야, 한 켤레씩 더 신자

•

2009년에 음식 중에서 막걸리가 각광을 받았듯 도시 중에서 가장 뜬 곳은 통영이다. 한국의 나폴리라고도 불리는 그곳은 아담한 미항에다가 이순신 장군의 유적지도 있고 백남준, 박경리, 김춘수, 유치환, 이응로, 김구림 등 걸출한 예술가들을 배출한 도시이기도 하다. 그러나 뭐니뭐니해도 먹거리가 받쳐주질 않는다면 관광객들이 몰리지 않을 것이다. 이곳은 '금강산'에다 '식후경'까지 가능한 곳이다. 통영의 중앙시장에 가면 펄떡거리는 한 소쿠리의 싱싱한 생선을 서울에서의 생선 한 마리 값으로 살 수 있다. 그리고 항만여객터미널에 가서 욕지도, 연화도, 선유도 등으로 떠나는 뱃고동소리를 들어보라. 얼마 전 통영 출신의 궁리 편집위원 한 분이 보낸 메시지가 휴대전화로 날아들었다. "탁 트인 바다로 나아가는 용의 여유와 기운을 전합니다." 그리고 용 꼬리 모양이 선명한 연화도 사진을 함께 보내주었다. 멀어지는 통영을 바라보며 뱃머리에 서 있는 듯 나는 가슴이 마구 벌렁거렸다.

최근 경복궁역 입구에 자리한 금천교시장에 눈이 번쩍 뜨일 만한 가게가 들어섰다. 옥호는 '통영 생선구이'. 주인 아주머니는 알짜배기 통영 출신으로 성격도 아주 화통하고 말씀도 재미 있으시다. 굳이 티꺼리를 좀 잡으려 해도 쪼잔한 구석이 하나도 없다. 나는 간판 보고 들어갔다가 맛에 반하고 분위기에 반하고 말았다. 그 집의 분위기는 내부에도 있지만 외부에도 있다. 바깥으로 접이식 유리문이 있는데 그걸 확 밀치면 어스름하게 인왕산 꼭대기가 보일락말락하다. 그간 내가 인왕산에 자주 오르기는 했지만 그건 모두 낮의 인왕산이었다. 밤의 인왕산은 나로서도 퍽 궁금하다. 그런데 이곳에서는 인왕의 밤 기미를 확실히 느낄 수 있다.

337

그리고 하나가 더 있다. 그곳에 자리잡고 있으면 숱한 사람들이 오고가는 것을 지켜볼 수 있다. 사람들은 삼삼오오 모여서 걸어가면서 술집의 분위기를 살피고 메뉴를 살피며 즐거운 쇼핑을 한다. 무엇을 먹을까. 무슨 술을 마실까. 얼굴마다 행복감이 가득하다. 그들의 선택을 지켜보는 것도 즐거운 일 중 하나이다. 나는 주인 아주머니한테 단단히 약조를 받아두었다. 저녁 무렵에 눈이나 비가 오는 날이면 이 자리로 아예 무조건 들이닥칠 터이니 지정석으로 해달라고. 처마에서 비하고 빗소리가 함께 떨어질 때, 인왕산에서 흩날려 온 눈발이 지붕에서 미끄러져 날릴 때, 내가 있는 가장 좋은 곳이 여기란 생각이 들었던 것이다.

오늘 지난 여름 중국으로 도교수련여행을 떠났던 팀들의 뒤풀이를 '통영 생선구이' 집에서 했다. 모임을 이끈 교수님이 여름방학에 또 외국을 나가느라 늦게 성사된 것이었다. 모인 사람은 남자 셋, 여자 둘이었다. 우리는 합장하듯 손을 모으고 '무량수복'으로 끝나는 주문을 외며 전어, 고등어 구이에 도미찜을 먹고 마지막에 민어탕을 먹었다. 물론 사이사이에 술을 곁들였다. 어떤 분은 그간 수련을 열심히 했는지 얼굴이 눈에 띄게 평화로워 보였다. 이런저런 이야기를 하고 있자니 수련 당시의 생각도 나고 그간 못했던 수련을 다시 해볼까 하는 투지도 생겨났다.

어느 정도 시간이 흘렀을까. 등 뒤에서 누군가의 목소리가 들렸다. "도와주세요. 물건 하나만 사주세요." 억양이 좀 이상하다 싶어 돌아보니 긴 생머리의 아가씨가 어깨가방을 메고 서 있었다. 사연을 알아보니 고학생인데 학비에 보태려 양말을 팔고 있다고 했다. 그리고 자신은 몽고에서 왔다고 했다. 외모로 보아서는 이 식당의 누구하고도 차이가 없었다. 주방에서 일하는 통영 출신의 주인 아주머니하고 그중 가장 많이 닮은 것 같기도 했다.

예전 1970년대 올림픽 경기를 유심히 본 사람은 알 것이다. 그때만 해도 우리나라가 좀 잘하는 것은 권투와 레슬링 같은 격투기 종목이었다. 내 기억으로 유난히 우리나라 선수들은 몽고 선수들과 자주 맞붙었다. 그때 흑백화면에서 본 몽고 선수들은 초식동물처럼 아주 순하고 어진 모습들이었다. 우리 선수들이 이겨도 일본이나 서양의 선수한테 이긴 것만큼 신나지는 않았다. 1976년 몬트리올 올림픽 레슬링 결승전에서 양정모 선수와 결승전에서 맞붙어 경기에선 이겼지만 점수 차이로 금메달을 내준 제베그 오이도프는 바로 우리 이웃집 아저씨 같았다.

내가 지금 맨발은 아니었지만 그 이웃집 아가씨를 그냥 보낼 수는 없었다. 지금 내 등뒤에 서 있는 고학생은 몽고에서 왔다고 하잖은가. 세 켤레에 만 원을 주고 샀다. 그리고 한 친구가 꾀를 냈다. "야, 한 켤레씩 더 신자." 2차로 맥주집으로 옮기는 몽롱한 와중에도 발바닥이 전에 없이 폭신한 기분이 드는 것을 느낄 수 있었다. 다음을 기약하고 헤어진 시간은 자정이 거의 될 무렵이었다. 집으로 가서 신발을 벗자마자 거실에 퍼질러 앉았다. 그리고 아내에게 발을 들어 슬쩍 보여주었다. "아니 술 잘 드시고 와서 웬 헛발이오? 아니 그리고 이건 우리집 양말이 아니잖아요!" 아내가 의심의 눈초리를 보내려는 찰나, 덧신은 양말 한 켤레를 벗었다. 그리고 몽고에서 온 고학생 이야기를 해주었다. 아내가 배를 잡고 웃었다. 나도 따라 등을 바닥에 누이며 한참을 웃었다. 2010. 9. 16

접시의 엉덩이를 닦으며

•

몇 주 전, 충주의 어느 여고생 둘이서 쌀막걸리를 개발, 특허출원해서 화제가 되었다는 기사가 떴다. 기사에 따르면, 두 학생은 최근 막걸리가 인기를 끌고 있다는 사실에 착안, 쌀·밀·옥수수·조·보리를 쓰는 기존의 막걸리와는 다른 쌀·보리·조·콩·기장 등 5곡에다 누룩과 효모 등을 이용한 일명 '코리아 막걸리'를 완성하고 지난해 11월 특허출원까지 마쳤다는 것이다. 두 학생은 여기에 그치지 않고 누구라도 자신에게 맞는 막걸리를 직접 담가 먹을 수 있는 인스턴트 막걸리 개발에 도전해 상당한 성공을 거두었다고 한다.

이는 컵라면과 같은 용기에 각종 원료를 넣고 물만 부으면 일정 시간이 지나 막걸리가 완성되는 것이다. 이른바 컵막걸리이다. 학생들이 이런 발명에 착안하게 된 것은 농사를 지으시는 할아버지가 쌀 소비가 안 돼 힘들어하는 모습을 보고 고민하던 중에 나온 결과라고 한다. 할아버지의 고민을 함부로 지나치지 않고 이런 결과로까지 이은 기특한 여고생들을 보면서 나도 발명품에 대해 한 마디 하고자 한다.

곧 추석이 온다. 요즘 명절은 전에 비해 많이 간소화되었다. 큰형님댁에서 차례만 지내고 당일 모두들 흩어진다. 부친이 살아계실 때만 해도 이틀밤을 모여서 떠들썩하게 놀고 걸판지게 먹었다. 잘 먹고 잘 노는 것까지는 좋은데 그 다음이 문제다. 뒷정리와 설거지는 누가 하는가. 형수님들 고생도 덜어드릴 겸 설거지를 자청해서 하기도 했다. 우리 집안 식구들만 모여도 한 끼에 나오는 설거지감은 대단했다. 그렇게 설거지를 마치면 새로 빨래한 옷을 입은 것처럼 나도 기분이 좋아졌다. "접시의 궁둥이를 딱아주고 나니 기분이 좋네. 설겆이도 할 만하네." 장갑을 벗으면서 말했다. "아이고. 한두 번이면 누구나 할 만하지요. 그걸 날마다 한다고 생각해보이소.”
그만 나는 입이 쑥 들어가고 말았다. 어쨌든 설거지가 끝내고 부엌을 나서면서 이런 짧은 글 하나도 얻을 수 있었다. 접시의 엉덩이를 닦아 창가에 엎어놓았더니 햇살이 와서 따뜻한 빤스를 입혀주네.

그렇게 설거지를 해보면서 생각한 발명품이 있다. 설거지를 해본 사람이면 안다. 접시는 깨지기 쉽다. 또 서로 부딪히다 보니 이빨이 나가기도 한다. 여간 조심스러운 게 아니다. 그러니 물에 닿으면 누글누글해졌다가 마르면 다시 빳빳해지는 획기적인 그릇이라면 설거지할 때 얼마나 간편할까. 마치 손수건을 빨듯 접시를 빠는 것이다!

형상기억합금(形狀記憶合金)이란 게 있다. 가공된 어떤 물체가 망가지거나 변형되어도 끓는 물 등으로 열을 가하면 원래의 형상으로 되돌아가는 합금을 말한다. 예를 들면 곧게 뻗은 형상기억합금의 막대를 코일 모양으로 구부린다. 얼마 있다가 더운물에 넣으면 마치 이전의 모양을 기억하고 있었던 것처럼 똑바로 펴진다. 그러니 형상기억합토쯤이야 개발하는 게 뭐 그리 어려운 일일까. 그제 뉴스를 보니 그래핀*이라는 물질이 개발되어 머지 않아 셀로판지보다 얇은 두께의 컴퓨터 모니터나 시계처럼 찰 수 있는 휴대전화, 종이처럼 접는 컴퓨터가 등장할 것이라고 한다. 컴퓨터를 손수건처럼 접어다니는 세상에 접시를 손수건처럼 빠는 것, 그것은 식은 죽 먹기보다 쉬운 일 아니겠는가. 아무튼 하루 빨리 개발되어 설거지에 시달리는 세상의 모든 주부들, 식당 종사자들에게 기쁜 소식이 전해지길 기대해보는 것이다. 2010. 9. 21

* 그래핀(Graphene) : 연필심에 쓰이는 흑연을 뜻하는 ‘그래파이트(graphite)’와 화학에서 탄소 이중결합을 가진 분자를 뜻하는 접미사인 ‘ene’를 결합해 만든 용어다. 신축성이 좋아 구부리거나 접을 수 있어 휘어지는 디스플레이와 차세대 반도체 소재로 각광받고 있다. 올해의 노벨물리학상이 이 꿈의 신소재를 개발한 학자에게 돌아갔다.

늦은 밤, 사이렌이 울었다

•

궁리 식구들과 일년에 영화 서너 편은 본다. 2009년에 본 영화 중 하나가 〈김씨표류기〉였다. 기억이 가물가물하지만 줄거리를 대강 옮기면 다음과 같다. 파산한 남자 김 씨(정재영 분)가 한강에서 투신한다. 그러나 자살에 실패하고 한강을 표류하다가 밤섬에 도착한다. 그곳은 자연생태보전구역으로 일반인의 출입이 제한된 곳이었다. 그는 서울을 향하여 살려달라고 외치지만 아무도 거들떠도 안 본다. 휘황찬란한 여의도와 마포가 지척이고 강변북로를 씽씽 달리는 차들이 코앞인데 그는 철저하게 밤섬이란 무인도에 고립된 것이다.

그는 구조 요청을 포기하고 혼자 살기로 작정한다. 그리고 물가에 내려온 관광용 플라스틱 오리를 끌고 가서 집으로 삼는다. 작살을 만들어 물고기도 잡는다. 새똥을 긁어 밭에 심었더니 채소도 자란다. 세상에서 버림받은 그는 밤섬에서 자신의 낙원을 건설해간다. 한편 얼굴에 상처가 있는 여자 김 씨(정려원 분)가 있다. 그녀는 이른바 은둔형 외톨이다. 세상과 담 쌓은 지가 몇 년째다. 밥도 어머니가 방으로 들여주면 혼자서 먹는다. 좁고 어두운 방에서 폐쇄된 생활을 하는 여자에게 유일한 놀이가 있다. 그것은 망원경을 통해 밤섬을 관찰하는 것이다. 어느 날 그 여자의 눈에 밤섬의 김 씨가 걸려든다.

지금 내가 이 영화 이야기를 꺼내는 것은 이번 추석 바로 다음날 SBS에서 〈김씨표류기〉를 방송해주었기 때문이다. 영화가 시작될 때 조금 보다가 나는 한번 본 영화라서 방에서 컴퓨터를 뒤적거리고 있었다. 한참 후 거실로 나가니 후반부가 진행되고 있었다. 남자와 여자는 신호를 통해서 서로의 존재를 알게 된다. 그러던 어느 날, 폭우가 와서 밤섬으로 물이 들이닥친다. 그 난리통에 남자가 고생 끝에 이룩한 낙원은 쑥대밭이 된다. 집으로 쓰던 오리도 떠내려가고 땀흘려 가꾼 농작물들도 흔적도 없이 사라진다. 남자는 절규한다. 나한테 이것마저도 안 되느냐고!

문제는 그 다음이다. 물난리야 또 맑은 날이 오겠지만 이번에는 공익요원과 119대원이 청소하러 밤섬에 들이닥친다. 그들과 맞닥뜨린 남자는 도망을 친다. 하지만 이 수상한 남자를 가만 놔둘 공권력이 아니다. 공권력은 드디어 그를 밤섬에서 구조하여 훈방 조치한다. 그들이 하는 구조란 그를 낙원에서 쫓아내는 것이었다! 이 광경을 여자는 망원경을 통해 다 보고 있었다. 낙원을 잃고 낙심한 남자가 훌쩍거리며 섬에서 나올 때, 망설이던 그녀는 방을 나온다. 남자를 만나야겠다고 용기를 낸 것이다. 여자는 버스 정류장을 향해 달린다. 그러나 도착 직전 남자가 탄 버스는 정류장을 떠난다. 그 버스를 발견하고 여자가 달려가지만 차는 붕, 떠나버린다. 둘이 만났던가 못 만났던가. 나도 기억이 가물가물했다. 아, 이제 이들은 만날 수가 없는가. 이대로 영화가 끝나고 마는가. 그때였다. 사이렌이 울린다. 민방위 훈련이 시작된 것이다. 차가 길 옆으로 선다. 평생에 이런 우연한 행운이 한번은 찾아오는 법! 돌아서던 여자는 다시 버스를 향해 달려간다.

영화 속에서 사이렌 소리를 듣자, 이상(李箱) 생각이 푸드덕 났다. 지금 내가 시인 이상 이야기를 꺼내는 것은 이 영화를 보기 조금 전 〈KBS 뉴스 9〉에서 이런 뉴스를 들었기 때문이다. "시대를 너무 앞서가 박제가 돼버린 천재를 아십니까? 오늘로 꼭 탄생 100년을 맞은 시인 이상. 그의 독창적인 문학세계를 들여다 봅니다." 지금부터 꼭 100년 전인 1910년 9월 23일, 이상이 이 땅에 태어났다. 그리고 오늘 서울의 늦은 밤. 텔레비전에서 사이렌이 울었다. 영화는 끝났고 자정도 훨씬 지났다. 나의 발길이 안방에서 혼곤히 자고 있는 아내에게로 향하는데 사이렌 소리가 들리면서 〈날개〉의 마지막 대목도 따라 떠올랐다.

"그러나 나는 이 발길이 아내에게로 돌아가야 옳은가 이것만은 분간하기가 좀 어려웠다. 가야 하나? 그럼 어디로 가나? 이때 뚜우 하고 정오 사이렌이 울었다. 사람들은 모두 네 활개를 펴고 닭처럼 푸드덕거리는 것 같고 온갖 유리와 강철과 대리석과 지폐와 잉크가 부글부글 끓고 수선을 떨고 하는 것 같은 찰나! 그야말로 현란을 극한 정오다. 나는 불현듯 겨드랑이가 가렵다. 아하, 그것은 내 인공의 날개가 돋았던 자국이다. 오늘은 없는 이 날개. 머릿속에서는 희망과 야심이 말소된 페이지가 딕셔너리 넘어가듯 번뜩였다. 나는 걷던 걸음을 멈추고 그리고 일어나 한 번 이렇게 외쳐 보고 싶었다. 날개야 다시 돋아라. 날자. 날자. 한 번만 더 날자꾸나. 한 번만 더 날아보자꾸나." 2010. 9. 23

남산터널의 모래먼지

·

일년 중 추석도 하루뿐이지만 추석 다음날도 딱 하루뿐이다. 그렇게 기다렸던 소풍날이 하루 만에 싱겁고 허망하게 지나가고 말듯 추석도 그렇게 지나갔던 것이다. 그 하루의 날에 인왕산을 찍으러 사무실로 나왔다. 추석의 분위기가 한풀 꺾인듯 효자동은 조용했다. 부리나케 인왕을 찍은 뒤 집으로 가기 위해 광화문으로 향했다. 평소 같으면 그냥 지나칠 것인데 오늘 나는 좀 다른 기분으로 천천히 광화문을 지났다. 그저께, 그러니까, 추석 전날 서울에 엄청난 비가 왔다. 집집마다 제수 음식을 준비하느라 전 부치는 소리를 듣고 비도 뛰어내리고 싶은 충동을 어쩌지 못한 모양이었다. 그 때문에 광화문이 물바다가 된 것이었다. 높은 단 위의 세종대왕이나 이순신장군이야 물바다가 된들 상관이 없겠지만 바닥에 사는 것들, 지하에 속하는 이들은 어찌 되었을까.

저간의 사정을 알 수는 없었지만 오늘 보는 광화문은 멀쩡해 보였다. 오히려 예전보다 더 깨끗해 보였다. 과연 그럴까. 물에 빠진 후유증이 하나도 없을까. 뒷차에 밀려 전진하다가 남산 3호 터널로 들어갔다. 연휴 기간이라 서울 도로는 한적했다. 그러나 터널 안이 좀 이상했다. 뻥 뚫려 있어야 할 터널 안에 자욱한 모래먼지가 일고 있었다. 가까이 가서 보니 터널 가장자리에 모래가 잔뜩 쌓여 있었다. 중간 지점에서는 차가 기우뚱할 정도로 도로 중앙에 모래더미가 움푹줌푹한 곳도 더러 있었다.

그동안 숱하게 남산 3호 터널을 다녀보았지만 터널 안에서 모래더미를 구경하기는 처음이었다. 앞차가 일으킨 모래바람이 덮치는 가운데 비로소 나는 알았다. 그 모래가 어디에서 왔는지를. 그것은 광화문광장에서 떠오른 모래들이 자동차 바퀴에 매달려 실려온 것이었다. 이는 내가 한강 건너

시내로 들어갈 때 옆 터널에서는 모래가 전혀 없었다는 점에서, 그간 많이 비가 왔지만 남산터널이 한번도 모래천지로 변한 적이 없다는 점에서 충분히 근거가 있는 것이었다. 의심할 여지가 없이 광화문의 물벼락으로 인해 남산터널이 모래천지가 된 것이었다.

나는 시골에서 자랐다. 큰비가 오면 시냇물은 금방 불어났다. 그런 날 형들은 족대를 들고 냇가로 나갔다. 그리고 시내물의 가장자리에 자라고 있는 풀들을 들쑤시면 물고기들이 족대에 한가득 잡히는 것이었다. 형들은 큰물을 피해 물고기들이 물가로 나와 바위틈에 여린 나뭇가지나 풀들을 입에 물고 있는 줄을 알았던 것이다. 물고기들은 속절없이 매운탕으로 끓여졌다. 물고기들은 비를 피하려다 뜨거운 솥을 만난 셈이었다. 광화문의 광장이나 지하에 있다가 졸지에 큰물 만나 남산으로 피신한 모래를 보자니 물가에 나와 있다가 잡히고 마는 연약한 물고기들 생각이 났다. 2010. 9. 25

가을

10월

호주머니에 관한 명상

•

호주머니에 대해 생각해볼 기회가 생겼다. 며칠 전 조금 늦은 출근길이었다. 잠원역에서 지하철 맨 뒷칸을 탔더니 빈 자리가 몇 있었다. 나도 한 자리를 차지했다. 신사역에서 몇 사람이 내리면서 내 옆자리가 비었다. 다시 몇 사람이 탔는데 한 여자분이 내 옆에 앉고 청년이 앞에 섰다. 같은 일행인 듯했다. 나는 책을 읽고 있었는데 청년의 차림새가 좀 눈에 띄었다. 그는 개량한복을 입고 배낭을 메고 있었다. 주황색 바지와 윗도리에 분홍색 조끼를 걸쳤다. 그런데 눈높이에서 들어오는 청년의 조끼 호주머니가 좀 이상했다. 왼쪽 주머니는 아무것도 들어 있지 않아 처음 산 옷처럼 생생했는데 오른쪽 호주머니는 뭐가 잔뜩 들었는지 불룩해서 아래로 축 처졌다. 균형이 안 맞아도 너무 안 맞았다. 왼쪽은 그대로 생생한데 오른쪽은 솔기도 몇 군데 터졌고 손때도 뺀질뺀질하게 묻어 있었다. 아니 이이는 어쩌자고 이렇게 균형 감각이 없다는 말인가.

그러나 나의 일은 아니었고 그깟 일로 타박할 형편은 더구나 아니어서 그냥 책을 계속 읽었다. 다음 압구정역에서 건너편에 두 자리가 났다. 내 옆의 여자분과 비딱한 조끼의 청년이 얼른 그 자리에 앉았다. 아아, 나는 그때 보았다. 그이에게는 왼쪽 어깨 바로 아래부터 팔이 없다는 것을. 불균형은 나의 눈이었지 그이의 몸이 아니었다. 청년은 쾌활했다. 눈으로 어림해 보니 청년의 호주머니에는 휴대전화기, 지갑, 그리고 열쇠꾸러미가 들어 있는 것 같았다.

나도 예전에는 호주머니가 많은 옷을 입고 다닌 적이 있었다. 그러나 넥타이를 벗어던지고 양복 입을 일이 없다 보니 호주머니의 면적도 자연 줄어들었다. 그래서 지갑도 작은 명함 지갑으로 대체하였다. 가끔 카드가 없던 시절에는 현금을 어디에 다 넣고 다녔을까 하는 생각을 해본다. 그러나 그땐 물가가 지금만큼 비싸지 않았을 테니 그리 불룩한 지갑이 필요없었을 것이다. 한편 언젠가 호주머니가 없는 옷을 입고 근무하는 곳이 있다고 들었다. 조폐공사 직원들이 그렇다고 했다. 조폐공사로 전화를 넣어 확인해 보았다. 모든 직원이 다 그런 것은 아니고 화폐를 만드는 생산 현장에서 일하는 분들의 작업복은 현재도 그렇다고 했다. 견물생심이라고 했는데 호주머니를 없애면 견물하고 생심해도 지폐를 감출 방법이 원천적으로 차단된다는 취지인 것 같았다. 그러나 호주머니 없어진다고 욕심마저 사라지는 것은 아닐 것이다.

조폐공사 직원이 아니래도 누구에게나 호주머니가 없는 옷을 입을 때가 온다. 그 옷은 수의이다. 수의에는 호주머니가 없다. 있다 한들 호주머니에 이젠 손 넣을 일이 없으니 이는 당연하다 하겠다. 호주머니를 없애야 욕심이 없어지는 게 아니라 몸이 식어야 욕심도 없어지는 것이다. 수의 입고 가는 저승에서는 아마 모두 호주머니 없는 옷뿐이지 않을까. 호주머니 없는 옷의 간편함을 알았으니 수의를 벗고 새로 갈아입더래도 이승에서처럼 호주머니가 주렁주렁 달린 옷은 아무도 입으려 들지 않을 것이 분명해 보인다.

청년은 자영업을 하는 것 같았다. 어디에서 택배가 온 모양이었다. 그는 택배기사한테 문앞에 두고 가라고 믿지 않게 이야기하고 있었다. 좀전에 제대로 보지 않고 섣불리 내린 나의 판단 때문에 청년한테 조금 미안했다. 그런 마음을 눈빛으로만 전하고 경복궁역에서 내리려는데 그이들도 같이 내리는 것이었다. 그리고 나가는 방향도 나와 같았다. 나는 바로 청년 뒤에 붙어서 갔다. 뒷모습을 보니 조끼는 오른쪽으로 많이 처졌고 어깨도 좀 기울어진 것 같았다. 이윽고 Y형 계단에서 청년은 사직터널 방향으로, 나는 자하문터널 방향으로 갈라졌다. 나를 전혀 모르는 청년은 삐딱한 호주머니를 갖고서도 계단을 잘도 올라갔다. 그리고 끝을 오르더니 여자분과 한바탕 큰웃음을 터트리고 사라졌다.

　　윤동주 시인은 주옥같은 시와 더불어 예쁜 동시도 많이 남겼다. 그 중에 〈호주머니〉란 게 있다. "넣을 것 없어 / 걱정이던 / 호주머니는 // 겨울만 되면 / 주먹 두 개 갑북갑북". 제법 쌀쌀해진 날씨에 나도 호주머니에 손을 갑북 찔러넣고 계단을 올라갔다. 2010. 10. 4

세상에서 가장 맛있는 꽃

•

며칠간 인왕산 위 하늘은 물론 사방의 하늘에 구름 한 점 없다. 지난 추석을 전후해서 물난리를 겪은 시민들은 이제 당분간 비 걱정은 없겠다. 그러나 하늘에 걱정이 사라졌다고 지상에도 근심이 없어지는 것은 아니다. 새로운 걱정이 비 걱정을 대신하여 찾아왔다. 비를 먹고 자라는 채소들의 가격이 폭등한 것이다. 특히 배추는 한 포기에 1만 5천 원을 넘었다고 한다. 그래서 고깃집에서는 야채 대신에 고기를 추가로 준다고 한다. 바야흐로 고기에 상추를 싸먹는 시대가 도래하였다고 언론은 호들갑이다.

이런 사태에 이르자 농림차관이 아침방송 인터뷰에 나와서 이번 김장에는 배추 한 포기 덜 담그기 운동을 제안했다가 여론의 호된 질책을 당했다. 그건 내가 보아도 두부 같은 머리를 가진 자의 머리에서나 나올 법한 대책이었다. 또 청와대에서는 배추 대신 양배추를 먹겠다고 했다가 네티즌들의 냉소를 먼저 먹어야 했다. 배춧값이나 양배춧값이나 그게 그거였던 점을 몰랐단 말인가. 경제학에서 대체재란 개념이 있다. 쌀과 보리는 대체재의 관계이다. 쌀 대신 보리쌀을 먹을 수가 있는 것이다. 물론 배추와 양배추도 훌륭한 대체재이긴 하다. 그러나 양배추를 먹는 것으로 배추 가격을 안정시킬 수 없고, 한 포기 덜 담그는 것으로 올 겨울 김장 걱정을 대체할 수는 없다는 점에 문제가 있는 것이다.

이런 소동을 보면서 고봉산 자락에서 웅크리고 있는 동무 생각이 났다. 동무는 집에서는 아이 둘을 키우고, 학교에서는 제자들을 가르치며, 주말 농장에서는 배추를 비롯한 각종 야채들을 키운다. 작년에 15평의 소규모로 하던 주말농장이 이젠 50평으로 규모가 제법 커졌다. 홀트아동복지재단 소유의 밭을 임차하여 본격 농사를 시작한 것이었다. 이제 그는 농사짓는 데 제법 호가 많이 났다. 내가 지난 여름 베짱이처럼 밀짚모자 쓰고 인왕산을 오르내리는 동안 그이는 개미처럼 여름방학 동안 밀짚모자를 쓰고 땡볕 아래를 박박 기었다. 그러니 이제 수확의 계절을 맞이하여 베짱이는 개미가 부러운 것이었다. 더구나 배추 가격을 생각하니 개미가 아주 대단해 보이고 자꾸 곁을 가까이 하고 싶은 것이었다.

배추가 난리를 치기에 베짱이는 개미한테 전화를 먼저 했다. "어이, 개미 선생. 배추의 안부가 궁금하오." "잘 크고 있지. 내가 말이야. 제법 요즘엔 신경을 많이 쓰네." 하면서 풀어놓는 영농일기가 장난이 아니었다. 요점을 정리하면 다음과 같다. 1. 사실 비료를 주면 얼른 자라고 보기에는 좋은데 속은 영 부실하다. 그래서 일체 비료를 쓰지 않는다. 2. 깻묵과 검은 설탕을 섞어 액비(液肥)를 만들어준다. 깻묵에는 질소와 인산이 풍부하다. 3. 친환경 거름을 듬뿍 준다. 4. 목초액을 잎에 많이 뿌려준다. 5. 매실원액을 희석하여 잎에 뿌려준다. 6.식초와 달걀 삭힌 것을 섞어서 뿌려주면 칼슘 보급이 잘 된다. 6. 어제는 참치 액비가 좋다 해서 그걸 잎사귀에 뿌려주었다. 등등. 가히 동무는 농태꾼에, 배추는 산삼의 경지에 들어서는 중인 듯했다. 눈썰미가 있고 아파트 베란다에 수십 종의 야생화를 키운 경력이 있는 줄을 알긴 해도 그 정도의 내공이 있는 줄을 미처 몰랐었다.

그 개미의 호는 퇴이(退而)이다. 물러나서, 라는 뜻인데 그이는 벌써 호에 걸맞게 물러나는 준비를 벌써 착실하게 시작한 셈이었다. 그래도 그간 개미와 베짱이가 함께 어울려 논 역사가 얼만데, 설마 배추 한두 포기 안 주지는 않겠지? 그렇게 김칫국부터 마시자니 생각 하나가 떠올랐다. 어이, 퇴이 선생. 집, 학교, 농장 중 자네는 어느 농사가 제일 잘 되었소? 묻는 것은 너무 좀 짖궂은 질문이겠다. 이렇게 바꾼다면 어떨까. 어이 개미 선생. 그 셋 중에서 어디에 가면 가장 기분이 좋소? 요즘 배춧값을 생각하자니 부지런한 개미가 말 안 해도 티미한 베짱이는 그 답을 알 것도 같았다. 2010. 10. 6

세종, 하늘의 소리를 듣다

•

1433년 정월 초하루. 세종은 '회례연'을 열었다. 회례연이란 문무백관이 모두 모여 임금에게 신년 하례를 드리고 임금은 신하들의 노고를 치하하며 위로하는 잔치를 말한다. 오늘날의 '시무식'과 비슷한 것으로 군신간의 소통을 위한 중요한 국가의식이었다. 세종의 꿈은 악(樂), 가(歌), 무(舞), 의례(儀禮)를 바로잡아 이상적인 국가를 건설하는 일이었다. 세종은 이날 회례연에서 새롭게 제작된 복식과 의물, 악기와 악곡을 점검하였다. 그리고 박연으로부터 1424년부터 1432년까지 정비한 아악에 대해 보고를 받았다. 신하들은 세종에게 보고를 드릴 때마다 술을 한 잔씩 부어 올렸다. 두번째 잔을 받고서 세종은 문무, 무무 및 의물 8종에 대해 정인지, 맹사성 등 신하들과 논평을 나누었다. 그리고 이날 초연된 여러 곡들에 대해 신하들의 의견에 크게 만족하였다. 세종은 다섯 번째 잔을 받아들고 조선의 음악에 대한 포부를 밝힌 뒤 연회를 마무리하였다. 예(禮)로써 나라의 질서를 바로잡고, 악(樂)으로써 백성을 화합하여, 예악으로 나라를 다스리는 유교적 이상 정치를 꿈꾸었던 세종의 꿈이 실현되는 순간이기도 했다.

1443년 12월. 즉위 25년차인 세종이 훈민정음을 만들었다. 이후에 이 글자로 '용비어천가'를 만들어 그 실용성을 점검하였다. 그리고 마침내 1446년 10월. 세종은 훈민정음, 한글을 정식으로 반포하였다.

2010년 5월 9일. 국립국악원은 세종의 정치적 이상과 꿈을 실현해내는 첫 발걸음이었던 1433년의 '회례연'을 재창작한 〈세종, 하늘의 소리를 듣다〉 공연을 예악당 무대에 올렸다. 이 공연은 지금으로부터 577년 전 그 회례연을 『세종실록』과 『악학궤범』의 고증을 바탕으로 무대에 재현한 것이었다. 객석의 정중앙에 왕의 자리를 배치해 관객이 실제 왕의 시점에서 회례연을 관람하는 느낌이 들게 한 것이 특이했다. 이날 나는 아내와 함께 이 공연을 관람하였다. 국악이라면 하품부터 먼저 하는 아내였지만 이날 공연에서는 왕비라도 된 기분이었는지 끝까지 진지한 매너를 지켰다. 음악도 음악이었지만 무엇보다 복식의 화려함에 아내는 압도된 듯했다.

2010년 10월 9일. 오늘은 한글날이다. 마침 토요일이어서 나는 홀로 국악원 우면당에서 토요명인명품 프로그램 〈길게 듣기, 깊게 듣기〉를 관람하였다. 이날은 정가, 가야금 병창, 한량무 등의 공연이 있었다. 출연진 모두가 인간문화재급의 명인들이니 국악애호가들한테는 놓칠 수 없는 자리였다. 이날 공연의 사회자가 첫 순서인 정가(正歌)를 소개하면서 뜻 깊은 이야기를 했다. 정가란 바른 노래, 아정(雅正)한 노래란 뜻으로 가곡과 가사, 시조를 말한다. "오늘은 한글날입니다. 오늘 여러분들은 우리 선비들이 즐겨 불렀던 정가에서 느림의 미학을 보게 됩니다. 특히 우리 모음을 길고 깊게 끌며 누르고 꺾고 틀어서 부르는 노래에 흠뻑 젖어보시기 바랍니다." 느리고 유장하고 시원하게 흘러가는 소리를 들으면서 사람의 목소리에는 굽이굽이 골짜기와 고개가 숨어 있다는 것을 새삼 실감했다.

지하철 교대역 3호선 벽면에는 훈민정음 서문이 크게 적혀 있다. 현재는 교대역에 스크린 도어가 설치되어 아쉽게도 잘 볼 수가 없다. 나는 고등학교 때 배운 이 문장을 지금도 외운다. 다른 곳은 몰라도 교대역을 지날 때면 한번씩 중얼거렸다. "나랏말싸미 듕귁에 달아 문자와로 서로 사맛디 아니할쌔 이런 전차로 어린 백성이 니르고저 홀빼이셔도 마참내 제 뜻을 실어펴지 못할 놈이 하니라. 내이를 위하야 어여삐 녀겨 새로 스물여덟자를 맹가노니 사람마다 해여 수비 니겨 날로 쑤매 편안키 하고저 할 따람이니라." 오늘은 지하철로 교대역을 통과할 때 나름대로 길고 깊게 끌며 누르고 꺾고 틀면서 중얼거렸다. 오늘은 날이 날이니 만큼 입에서는 웅숭깊은 말맛도 살아나고 침도 더욱 고이는 것 같았다. 경복궁역에서 나와 궁리로 가다보면 큰길가에 '세종대왕 태어나신 곳'이란 표지석이 있다. 이젠 출퇴근길에 그곳을 지날 때도 한 번씩 외워야겠다고 올해의 한글날에 결심했다. 2010. 10. 9

퇴이 농장에서 고구마를 캐다

인간이 네 발로 기다가 두 발로 걸으면서 많은 변화가 찾아왔다. 손의 자유를 획득한 인간은 문화와 문명을 발전시켰을 뿐만 아니라 여타 동물들과 구별되는 단계로 성큼 올라서게 되었다. 인간의 손이 땅을 딛는 게 아니라 허공을 만지게 되면서 인체에도 변화가 생겼다. 그중에서도 가장 놀랄 만한 변화는 등이 납작하게 진화한 것이다! 네 발로 걷는 짐승들의 등을 보라. 그것들은 모두 긴 능선처럼 뾰족하여 그 양 옆으로 살들이 처지고 있다. 그러니 짐승들은 등을 땅에 댈 수가 없다. 아무리 피곤해도 벌렁 드러누울 수가 없는 것이다. 해서 개, 소, 고양이들은, 호랑이나 코끼리나 사자들은 그냥 앉은자리에서 자고, 잠든 자리에서 그냥 일어나야 한다. 곤충들도 마찬가지다. 풍뎅이를 뒤집어놓으면 하늘이 무서운지, 등이 아픈지 깜짝 놀라 까무라치면서 뱅글뱅글 제자리에서 돌기만 한다. 이성복 시인의 말처럼, "생각해보면 사람을 제외한 어떤 짐승도 제 등의 온 면적을 바닥에 깔고 편안한 잠을 이루는 경우가 드문 듯하다."• 고달파라, 동물들은. 인간들처럼 피곤한 몸을 쭈욱 뻗고 따뜻한 온돌방에다 등을 지질 수가 없는 것이다.

퇴이 신생이 경영히는 농장에서 고구마를 캤다. 퇴이 선생은 금추로 변한 배추 곁 네 두둑에 고구마를 심어놓았다. 농장 주인의 지휘 아래 철학과 교수, 전 MBC 아나운서 그리고 나. 셋이서 열심히 고구마를 캤다. 이미 예사롭지 않은 농사꾼 솜씨를 선보인 바 있는 퇴이 선생의 고구마 농사 성적은 어땠을까. 우리의 기대대로 이웃들의 부러움을 살 만큼 씨알 굵은 고구마들이 툭툭 올라와 서툰 솜씨의 사내들을 기쁘게 했다. 나는 고구마 줄기를 처내고 한 고랑을 맡았다. 이날 처음에는 한 고랑씩을 맡아 호미로 살살 흙을 긁어내며 고구마 사냥을 했는데 의외로 힘이 들었다. 거칠게 하다가 고구마를 반토막 내는 게 태반이었다. 안 되겠다 싶어 합동 작전에 나섰다. 한 사람이 삽으로 흙을 깊게 뒤집어놓으면 나머지 사람들이 흙을 살살이 뒤지기로 한 것이다. 그래서 밭두둑마다 은신하고 있던 고구마들을 모두 잡아들일 수 있었다.

이날 밭두둑을 뒤지다가 안 사실이 있다. 두둑 안에는 우리가 찾는 고구마만 있는 게 아니었다. 굵고 통통한 지렁이와 짧은 도마뱀, 지네 같은 곤충들이 재재발거리며 마구 튀어나왔다. 그것들은 하늘이 싫은지 우리들의 번들번들한 눈빛이 싫은지 더욱 캄캄한 흙 속으로 달아나기에 바빴다. 그리고 나는 알았다. 우리가 사로잡은 고구마를 비롯해 내가 만났던 곤충들은 모두 등이 납작하지 않다는 것을!

이날 나는 계속해서 호미를 들고 흙을 뒤적이는 일을 했다. 고구마 밭에서는 네 발로 기어다닌 셈이었다. 안 하던 일을 하자니 금방 허리도 쑤시고 등도 아파왔다. 한 두둑을 다 캐기도 전에 땀이 솟아나고 힘은 소진되기 시작했다. "이배미 저배미 다 심어놓고 또한 배미남았구나 네가야 무슨 반달이냐 초생달이 반달이지."** 남은 저 두둑을 언제 다 캐나.

그러나 나는 등이 납작한 사람. 고구마 자루 메고 퇴이 선생 집으로 가면 명태전, 호박전에 막걸리가 우리를 기다린다. 그리고 또 솜씨 좋은 안주인이 만든 명물 건진 국수! 배부르게 먹고 돌아가면서 노래 한 자락 부르며 놀다가 집에 가서는 고단한 등을 바닥에 내려놓고 피곤을 풀 수 있느니! 밭두둑에 쌓여가는 고구마 더미를 흐뭇하게 보면서 마지막 힘을 짜냈다. 2010. 10. 10

●   이성복 사진에세이, 『타오르는 물』(현대문학)에서 인용.
●●   〈상주 모심기 노래〉에서 인용.

지리를 알면 세상이 보인다

●

제법 오래전의 일이다. 어느 텔레비전 프로그램에 한비야 씨가 출연했다. 한비야 씨는 조금은 수다스럽기는 했지만 이야기에 힘이 있었다. 도교에서는 수행이 높을수록 호흡하는 위치가 다르다고 한다. 우리 같은 범인들은 목구멍에서 깔딱깔딱 숨을 쉬지만 조금 도력이 높으면 하복부에서 깊은 호흡을 한다. 허벅지로 하는 분이 있는가 하면 아주 높은 분들은 발뒤꿈치 호흡까지도 가능하다고 한다. 지구를 발로 돌아다닌 이력으로 바람의 딸이란 자격을 획득한 한비야 씨는 발에서 생각이 뻗어나오는 것일까. 자신만의 체험에서 우러나오는 목소리와 생각에 하나같이 신뢰감이 펄펄 넘쳤다. 그날 강연 중에 이런 말을 했다. "어릴 적 우리 아빠는 세계 지도가 그려진 학용품만을 사주셨어요. 그걸 보면서 나는 세상이 내 집 같았고 우리동네 마당 같았어요. 그러다가 기회를 잡고 세계로 떠날 때 하나도 안 무서웠어요!"

그 말이 하도 인상적이어서 내가 곧장 찾아간 곳은 조계사 근처, 옛날 서울예식장 맞은편에 있는 중앙지도문화사였다. 초등학생이었던 두 아이에게 적어도 제 사는 곳의 테두리는 알려주어야겠다는 생각이 든 것이다. 나는 큼지막한 세계 지도와 우리나라 지도를 사서 거실 벽에 붙여두었다. 우리 집을 방문한 어떤 분한테 "야, 집이 무슨 복덕방 같네." 하는 소리를 듣기도 했지만 지금 사는 곳으로 이사올 때까지 지도는 떼내지 않았다.

지난주 어느 신문에 재미있는 광고가 실렸다. "세계와 소통하고 화합하는 데 가장 필요한 것이 국-영-수일까요? 세계화 시대에 국-영-수는 그 일부분일 뿐입니다. 지리를 모르면 길을 잃고, 지리를 알면 세상이 보입니다. 다양한 교과활동을 통해 배움의 즐거움과 창의성, 인성을 기르기 위해

서 국영수 몰입 2014년 수능개편안의 전면 수정을 요구합니다. 전국지리
교사모임." 이런 주장을 담은 배경으로 세계 지도를 그렸는데 그 테두리선
이 모두 전국지리교사 모임에 소속된 학교와 선생님들의 이름을 적은 깨알
같은 글씨였다. 그리고 세계 지도 중에서 태평양 한복판에는 "대학진학에
대한 환상, 영어학원 수학학원, 논술학원, 수학공식, 학원숙제, 영어단어,
그리고 잠"만으로 빼곡한 2014년 이후 학생들의 머릿속 지도를 그렸다. 선
생님들의 자발적인 성금으로 낸 광고가 무슨 내용을 말하는지 쉽게 짐작이
갔다.

　어느덧 고등학교, 그것도 2학년이나 된, 중간시험을 치르고 있는 딸아
이가 그제 사회과목을 공부하다 말고 대뜸 이렇게 말하는 것이었다. "아
빠, 고마워!" "……?" "어릴적 우릴 데리고 다녀도 어디가 어딘지 잘 몰랐
는데 그래도 지도 덕 많이 보았어." "……?" "내 친구들 중에 안동이 어디
에 있는지 목포가 어디에 붙어 있는지 모르는 애들 많아!" 문득 나는 고등
학교 때 첫 지리 수업시간이 떠올라 아이에게 퀴즈를 내었다. "제주도가
있고 그 밑에 가파도가 있고 그리고 그 아래 땅끝보다 더 끝에 우리나라의
끝섬인 마라도가 있다. 이 세 섬을 넣어서 짧은 문장을 하나 지어보아라."
걷기를 몹시 싫어하는 아이는 생각하기도 싫어하는 모양이다. 잠시 궁리
하는 척 시늉하더니 얼른 그냥 답을 달랜다. 그때 입시지옥이었던 고등학
교 시절, 지리 과목은 중요 과목이 아니었다. 그래서 합반수업을 하느라
수업 분위기도 엉망이었다. 그래도 그때 지리 선생님은 다음과 같은 답을
말씀하시면서 일거에 아이들의 웃음을 끌어내고 눈망울을 또록또록하게
만들었다. "제주도에서 빌린 돈은 가파도(갚아도) 좋고 마라도(말아도) 조
타!" 2010. 10. 12

뜻밖의 손님들, 궁리를 방문하다

•

화분 하나 없는 사무실이 어디 있을까. 궁리 사무실에도 이렇게 저렇게 받은 화분들이 꽤 있다. 대부분의 화분은 책상이나 바닥이나 유리창 문턱에 앉아 있다. 그리고 화분 속의 식물들은 햇빛이 오는 쪽으로, 아래에서 위로 자라고 있다. 궁리 사무실에서 하나 특이한 게 있다면 천정에서 바닥을 향해 자라는 식물들이 많다는 것이다. 그것은 스킨딥서스 넝쿨들이다. 그것들은 길고길게 자란다. 천정에 못을 박아 클립으로 줄기를 지지했더니 천장이 온통 녹색으로 가득하다. 그러다보니 줄기의 끝이 아래로 치렁치렁 늘어져 있다. 스킨딥서스의 전위(前衛)는 바닥인 셈이다. 이 녹색의 공중정원을 보고 궁리를 찾아오는 손님들은 아주 신기해한다. 진짜 식물이냐고 물어보고 확인하는 택배 아저씨들도 많다.

사무실 분위기가 그렇다 보니 뜻밖의 손님들이 가끔 찾아오기도 한다. 궁리가 한 폭의 냄새나는 그림이라도 되었단 말인가. 어느 날 열린 창문으로 참새가 날아든 것이었다. 평소 파리나 모기만 상대하던 궁리의 좁은 공중이 감당하기에는 참새의 덩치가 너무 컸다. 파리와 참새의 관계는 바다로 치면 고래와 새우의 그것인 것 같았다. 고래의 난동을 그냥 방치했다가는 새우등이 터질 것 같았다. 묵묵히 정진하고 있는 사무실 집기가 제법 큰 피해를 입을 것 같아서 얼른 창문을 모조리 열어주었다. 우리 사무실이 놀란 만큼 참새도 놀란 모양이었다. 녀석은 잠깐 어디 앉지도 않고 여기저기를 들쑤시고 다녔다. 그렇게 신나게 한바탕 소란을 피우고 난 참새는 미안하다는 인사도 없이 그냥 밖으로 달아나버렸다.

다음으로 생각나는 건 벌이다. 벌도 제법 큰 벌이 날아들었다. 그 벌이 궁리에 거주하는 사람들을 설마 겨냥했으랴. 벌은 날아와도 가만히 있으면 저 혼자 멀리 날아가버린다. 궁리를 찾아온 그 벌은 천장에 잠시 들러붙더니 빈 구멍을 찾아 쏙 들어가버렸다. 물에 깻묵을 넣은 어항을 놓아두면 깻묵의 고소한 냄새를 맡은 물고기들이 어항으로 들어간다. 물고기는 기억력이 되게 나쁜 모양이다. 방금 제가 들어온 길도 되짚어나가지 못한다. 그래서 어항에 꼼짝없이 갇혀 있다가 잡혀서는 뜨거운 솥으로 들어가고 마는 것이다. 그러나 벌은 달랐다. 장난으로 구멍을 틀어막아볼까, 하는데 다시 그리로 쏙 나오는 것이었다. 아마 천장의 캄캄함 속에서 빛이 들어오는 곳을 감지하고 나오는 것이리라.

어제의 일이다. 직원들과 함께 점심을 먹었다. 먹는 속도가 빠른 나는 먼저 사무실로 복귀했다. 그때였다. 어디서 탁, 탁, 탁, 하는 소리가 들렸다. 라디오에서 나오는 소리는 아니었다. 요인(要人)들이 많은 경복궁 인근에서 나오는 헬리콥터 소리인가 했더니 그것도 아니었다. 분명히 소리는 궁리 사무실에서 나는 소리였다. 잠시 귀를 기울이는데 유리창에 뭔가 탁 부딪히는 소리가 또 났다. 잠자리였다. 그것은 정말 생긴 것도 헬리콥터를, 내는 소리도 헬리콥터 소리를 닮았다. 잠자리는 큰 눈을 달고 있었지만 시력이 정말 나쁜 것 같았다. 그냥 유리창에 머리를 냅다 박으며 탈출을 시도하니 말이다. 어릴 적 고추잠자리를 많이 잡은 기억이 나서 두 손가락을 집게처럼 벌려 날개를 잡았다. 잠자리도 날씨 탓인지 매우 지쳐 보였다. 밀짚모자에 앉혀놓고 기념사진을 찍는데 자꾸 도망가서 애를 먹었다. 하지만 도망가는 곳이 또 유리창이라서 다시 잡는 것은 쉬웠다. 어렵게 몇 장을 찍은 뒤 기운이 빠진 잠자리를 데리고 나와 문 밖의 감나무 잎사귀에 올려주려고 했다. 인마, 기운 차리고 잘 가. 잠자리는 나무에 앉는가 하더니 그냥 내 손바닥을 박차고 인왕산 쪽으로 힘껏 날아갔다. 2010. 10. 14

가야금 명인의 일기장

•

산조(散調)는 '허튼 가락', 또는 '흩은 가락' 이란 뜻이다. 말뜻 그대로 여기저기 흩어져 있는 것을 모은 곡조다. 이러한 산조는 우리 음악의 백미로서 이를 처음 창시한 분은 김창조(1865~1929) 명인이다.

10월의 첫 일요일 저녁 7시. 국악원 예악당에서는 〈악성 김창조 산조탄생 120주년 양승희와 제자들의 가야금 향연〉이 열렸다. 나는 오후 4시에 도착해서 야외공연장인 별맞이터에서 황석영의 소설 『바리데기』를 소리극으로 꾸민 〈꽃이 되어 흐르리, 물이 되어 피어나리〉를 보았다. 누구나 무료로 볼 수 있는 재미있는 공연인데도 쌀쌀한 날씨 탓인지 빈자리가 많았다. 그러나 젊은 국악인들의 씩씩한 소리와 흥은 빈자리들을 압도하고도 남음이 있었다. 힘껏 박수를 치고 나오니 시간이 많이 남아서 바로 옆 건물인 국악박물관의 명인실에 들렀다. 그곳에는 서양예술이 밀물처럼 쳐들어 올 때 우리 음악을 지켜온 14분의 유품이 전시되어 있었다. 그 분들 중에서 유독 내 눈길을 끄는 분이 있었다.

"김죽파(金竹坡. 1911~1989). 김죽파(본명:난초〔蘭草〕/ 예명:운선〔雲仙〕)는 전남 영암의 부유한 음악가정에서 태어나 가야금 산조의 창시자로 알려진 할아버지 김창조에게 8세 때부터 본격적으로 풍류, 산조 및 가야금을 익혔다. 10대 후반 서울에서 음악활동을 시작하여 1931년 팔도명창 대회에서 입상하였고 이후 여러 산조 및 병창을 취입하였다. 1978년 중요무형문화재 가야금산조 예능보유자로 지정되었다."

국악방송에서 가끔 김죽파류 가야금 산조를 듣게 된다. 나 같은 둔한 청취자라도 그 소리 듣고 무심한 경지로 아니 나아갈 수 없는 그 가야금 소리! 그것은 할아버지가 창시하고 손녀가 집대성한 집념의 산조였던 것이다. 전시된 명인들의 여러 유품들 중에서 유독 내 눈길을 붙드는 것이 있었다. 그것은 김죽파 명인의 일기장이었다. 명인은 1984년부터 3년간 매일 일기를 썼다. 일기장은 좀 큼지막한 수첩이었다.

얼마 전 17세 이하 여자월드컵 대회에서 우리나라가 우승을 차지했다. 선수들 중에서 우승·골든볼(최우수선수상)·골든슈(득점왕) 등 '트리플 크라운'을 달성한 여민지 선수가 훈련 상황을 꼼꼼히 적은 축구일기장이 화제가 된 바가 있다. 나는 당찬 신세대 축구선수의 육필 일기를 떠올리며 김죽파 명인의 일기를 내 노트에 옮겨적었다. 공부로 시작하여 공부로 마감하는 명인의 하루, 아니 3세대에 걸친 명인들의 평생을 떠올리면서.

"11일. 아침에 재경이가 왔고 조반 후 공부하고 아침에 지압사가 와서 아침에 지압 밧느라 재경이가 오래 기다렸다. 오후에 창극단판소리감상회 안숙선 꼬리만 듯고 집에 왔고 노박사가 차를 가져와 갓치 신라호텔에 은미 약혼식 보고와서 승희가 참외와 활피스를 사각고가고 참외 먹고 드릇이 잣다. / 12일. 오늘 아침에 승희와서 공부하고 점심 사 먹으라 만원을 동생 주고 갓다. 오후에 삿뽀로에 가서 점심 후 오후 4시…… / 13일. 아침에 승희 공부하고 오후에 순애가 알깍두기를 해왔고 갓치 점심식사하고 비취반지 내것처럼 하기로 하고 반지가지고 정금사에 맛기고 가축병원에 가서 회충약 사다가…… / 14일. 아침에 이재숙 선생 공부하고 간 후 늦게 조반했고. 오후에 아무도 아니왔고 혼자 쉬다 늦게 식사하고. 오날 아침에 은미 왔다 공부하고 갓다. / 15일. 아침에 재경이 공부하고 승희와서 공부하고 김선생이 왔다 커피 안들고 창극 선화공연표 10장 주고 갓고…… / 16일. 아침에 아무도 아니 왔고 정오에 소희 공부하고 11시에 맛납시다에 비듸 오해 달라 소희보내 부탁했고 미란이 공부하고…… / 17일. 식전에 아무도 아니왔고 조반 후……문재숙 와서 공부가고 늦게 은범네 단녀온다더니 아니왔고 상일모와 석후 갓치 갓다." 2010. 10. 17

영화루에서 고추간짜장을 먹다

●

전도연, 채림, 심은진, 문근영, 이한위, 엄기준, 박해일, 김명민. 이분들의 공통점은 모두들 쟁쟁한 영화배우란 점이다. 또 하나의 공통점이 있다. 통인시장 입구에서 약간 비켜난 곳에 있는 중국집 '영화루(永和樓)'에 이들의 친필사인이 벽에 나란히 걸려 있다는 것이다. 배우들이 영화루에 들러 음식을 먹고 그 맛을 칭찬하는 글을 남긴 것이다. 나는 그동안 이 중국집에 한 번도 가본 적이 없었다. 많이 지나치기는 했지만 외관으로 보아서 선뜻 들어가고 싶은 마음이 나질 않았던 것이다. 그러다 직원 하나가 맛이 썩 좋다면서 이끌길래 따라갔다가 나도 그 맛을 알게 되었다. 그제 좀 붐비는 시간을 피해 혼자서 영화루에 들렀다. 지난번에 짬뽕을 먹었으니 오늘은 이 집의 명물인 고추간짜장을 시켜놓고 한가한 주인 아주머니에게 말을 걸었다.

"우리집이 인터넷에서 많이 유명한가 보아요. 인터넷 보고 먹으러 왔다는 손님이 종종 있어요." "여기서 오래 하셨나요?" "내가 화교 2세인데, 아버지 때부터 했으니 얼추 40년이 넘어가는 것 같네요." "영화루라서 영화배우들이 많이 오는가 보군요." "에이, 그건 아니고. 여기서 〈인어공주〉를 찍었어요. 바로 저 구석 자리에서 전도연 씨가 짜장면 먹는 한 장면을 하루 종일 찍더군요." 그러는 사이에 고추간짜장이 나왔다. 좀 매웠다. 땀을 뻘뻘 흘리며 먹는데 아주머니가 공기밥을 조금 가져다주었다. "우리집 음식은 매워도 속이 안 쓰린대요. 청양고추만을 써서 그럴 거예요." "맵긴 한데 그래도 기분좋게 맵습니다." "우린 절대 캡사이신을 안 써요!" 전문용어를 동원한 아주머니 말의 효과가 있었는지 입안도 그리 화끈거리지는 않았다. 물로 입을 헹구고 일어섰다.

영화루를 나와 통인시장 입구를 지날 때였다. 조금 멀리서 세 사내가 나란히 걸어오는 모습이 보였다. 나는 그 광경이 꼭 누군가를 체포하여 연행하는 것 같아서 눈을 동그랗게 떴다. 중앙의 남자는 키가 좀 컸고 양편의 두 남자는 같은 색의 점퍼 차림이었다. 양쪽의 남자 둘은 가운데 남자의 팔을 하나씩 꼭 붙들고 있었다. 내 눈앞에 펼쳐진 장면은 폭력 세계를 다루는 영화에서 흔히 나오는 스크린 속의 장면과 너무나 흡사했다. 나는 약간 긴장을 하면서 그 세 사람과의 거리를 좁혀 나갔다. 몇 걸음을 더 떼고 나서야 어떤 상황인지가 파악이 되었다. 가운데 사람이 무언가 말을 하고 있었고 양쪽의 두 사람은 희미하게 웃고 있었다. 그 두 사람은 눈이 불편한 분이었다. 그래서 가운데 사람을 지팡이 삼아서 심봉사처럼 더듬더듬 나아가는 중이었다. 오는 방향으로 보아서 조금 떨어진 국립맹학교에서 오는 분들 같았다. 사정을 파악한 나는 얼른 자리를 비켜드리면서 세 분들과 정확히 엇갈렸다.

점심 산책으로 통인시장으로 들어가 좌판 구경이나 할까 하다가 나는 조금 머물러 뒤를 돌아다보았다. 그 세 사람이 혹 내 짐작한 곳으로 가지 않을까, 확인하고 싶었던 것이다. 맞았다. 내 짐작은. 얼마 후, 그 세 사람도 나처럼 붐비는 시간을 피해 영화루의 문을 밀고 들어가는 게 보였다. 주인 아주머니가 잘 해주시겠지 믿고서 시장 속으로 들어갔다. 2010.10. 20

373

영남대로를 걷다

•

"나는 그해 가을, 대학입학 시험을 두 달 앞둔 절박한 시점에, 사람이 얼마
나 걸으면 죽게 되는지 확인해보기로 결심하고 대구를 떠났다. 죽을 때까
지 걸어보기로 결심했다는 것은 그 해에는 대학 입학시험을 보지 않기로
결심했음을 뜻한다. (……) 등산장비의 국산화는커녕 수입도 되지 않는 시
절이어서 나는 누군가가 미군 부대에서 빼돌린 야전군 장비를 호된 값으로
사들이지 않으면 안 되었다. (……). 어머니의 도움을 받으면서 국방색 군
용장비를 검게 물들이고 있자니 내 미래가 온통 검게 물들여지고 있는 기
분이었다. (……). 그해 가을 나는 견본을 잔뜩 짊어진 철물장수 모양을
하고 대구에서 서울에 이르는 3백 킬로미터 거리를 일주일 만에 주파했다.
(……). 그때 나는 자살을 하고 있었던 것이다."

위 대목은 이윤기 선생의 장편소설 『하늘의 문』 1권에서 인용한 것이다.
허구의 소설을 작가의 실체험으로 혼동하여 읽는 것은 참 위험한 독서이다.
하지만 아무리 소설이 작가의 상상력의 소산이라 해도 작가의 경험과 전혀
무관하지는 않으리라. 그런 탓에 이윤기 선생 돌아가시고 자전적 삶이 물씬
한 소설을 새로 꺼내 읽으면서 청년 이윤기를 겹쳐 떠올릴 수밖에 없었다.

지난주 토요일. 10월 16일. 이날은 참으로 훌쩍 이승을 떠난 이윤기 선
생의 49재날이었다. 선생은 원래 당신이 손수 가꾸신 집 뒤에 수목장으로
안식을 찾고자 하였으나 장례식 당일 비가 너무 와서 나무 아래로 들지 못
했다고 한다. 해서 이날 오전 11시에 수목장 의식도 함께 치르는 모양이었
다. 나는 서울에 있다면 당연히 가볼 작정이었으나 참석을 못했다.

이날 나는 경기도 백암에서 충청북도 생극으로 가는 길 위에 있었다. 오
전 10시 무렵 알렙출판사 사장한테 전화를 걸었다. "많이들 오셨느냐."

375

"예, 지금 막 도착했습니다. 문인들도 많이 보이네요.""어제 말한 대로 나는 영남대로 행이다. 절할 때 내 몫까지 해다오.""……." 휴일인데도 많은 화물차들이 씽씽 곁을 지나갔다.

　영남대로란 그 옛날 서울과 부산을 잇는 최단거리의 노선을 말한다. 그 길은 서울에서 용인·충주를 거쳐 문경새재를 통과한 후 상주에서 칠곡·대구를 경유하여 밀양·동래·부산진에 이르렀다. 이제는 흔적마저 희미해진 길이 되고 말았지만 영남대로는 그 옛날 영남의 선비들이 과거길에 오를 때면 가장 흥청대던 길이기도 했다. 분당의 어느 대안학교의 학부모가 주축이 되어 이 영남대로를 걸어가는 모임이 있다. 광화문에서 부산 동래까지를 총 24개 구간으로 나누어 매주 첫째, 셋째 토요일에 걸어간다. 이 모임에 속한 내 친구가 소개를 하길래 나도 얼른 합류하였다. 10월 16일은 네 번째로 영남대로를 걷는 날이었다.

　백암에서 출발하여 17번 국도를 타고 원터-진말-주천을 지나 안성으로 들어섰다. 그리고 죽주산성에 올라 이천, 장호원을 한눈에 굽어보면서 잠깐 쉰 뒤, 죽산 삼거리에서 청국장과 김치찌개로 점심을 먹었다. 오늘 목적지는 충북 음성의 생극면. 발바닥이 아플 대로 아픈 오후 4시경, 나는 일죽에서 생극으로 가는 길 위에 있었다. 길 이름이 재미있게도 일생로였다. 길은 위험했다. 1센티미터를 비켜가는 아슬아슬한 죽음이 길가에 가득했다. 생극은 아직 요원한데 벌써 노을이 지고 어느 건널목 광경이 눈에 들어왔다. '일생로406번길'에 '비보호'라는 글씨가 뚜렷하고 '사고위험 구간'이라는 표시등이 빨갛게 들어왔다. 문득 내 생의 조건이 압축적으로 이 건널목에 집합되어 있구나! 하는 생각이 들었다. 그래도 그 길을 계속 걸어가야 했다. 걷는 동안 오늘의 나하고는 거스르는 길이었지만 대구에서 서울로 걸어가는 청년 이윤기를 잠깐씩 생각했다. 머지않아 영남대로의 어느 굽이에서 서로 도킹할 것도 같았다. 2010. 10. 25

아네스의 노래

•

궁리 근처에는 이발소, 시장, 약국 등 편의시설이 잘 구비되어 있다. 굳이
없는 걸 하나 꼽으라면 장례식장뿐이다. 그리고 또 하나 있어서 고마운 게
바로 목욕탕이다. 일요일 대학시절 친구와 인왕산에 올랐다. 만날 때마다
인왕산 자랑을 했더니 너만 좋은 것 혼자 하기냐고 핀잔을 받고서 휴일의
몸을 일으킨 것이었다. 친구는 약사로 큰 제약회사를 경영하고 있다. 산에
오를 때 "고기 너무 좋아하지 마라. 나중에 통풍 걸린다."라고 건강에 관한
조언 한 마디를 해주었다. 나는 속으로 뜨끔했다. 짧은 산행을 마치고 우리
는 통인시장 안에 있는 송림사우나에 갔다. 목욕탕에 앉아 굳어진 뼈와 근
육을 녹작지근하게 풀면서 나는 한 가지 상념에 빠져들었다. 이 탕에 이렇
게 앉아 있는 상황을 몇 달 전부터 그려왔던 터였다. 까닭이 있다.

　이창동 감독의 영화 〈시〉에는 낡고 오래된 듯한 꽤 큰 규모의 슈퍼가 나
온다. 양미자(윤정희 분) 할머니는 간병인 일을 하면서 생계를 꾸린다. 양
할머니는 일주일에 세 번 이 슈퍼에 들러 슈퍼주인에게 키를 받는다. 그리
고 이 슈퍼에 연결된 2층의 살림집으로 올라간다. 그곳에는 중풍으로 쓰러
진 강 노인(김희라 분)이 살고 있다. 미자의 일은 집안을 청소하고 강 노인
을 씻어주는 것이다. 영화 속의 슈퍼가 바로 통인시장 입구에 있는 푸른할
인마트이다. 그러니까 지금 내가 들어앉아 있는 열탕은 강 노인이 목욕하
던 곳이다. 그러니까 이곳은 양 할머니와 비아그라를 먹은 강 노인이 "정
사라기보다는 어떤 단순하면서도, 아무런 감정도 섞이지 않은 의식을 수행
한" 곳이고 "미자는 여전히 노인의 몸 위에 걸터앉은 자세로 부드럽게 몸
을 움직이고 있다. 문득 남자의 눈가에 물기가 맺히는가 싶더니 한줄기 눈
물이 흘러내린다. 미자는 여전히 말이 없다. 그녀는 말없이 몸을 움직이면

서 손으로 그의 눈물을 닦아준" 장소인 셈이다.*

　중학생 외손자를 키우는 양미자 할머니는 시를 배우기 위하여 '김용탁 시인 초청 문학강좌'에 등록한다. 김용탁(김용택 분) 시인은 첫 시간에 칠판에 "본다"라고 크게 쓰면서 이렇게 말한다. "시를 쓰기 위해서는 잘 봐야 돼요. 우리가 살아가는 데 제일 중요한 것은 보는 거예요." 양미자 할머니는 집안에서 혼자 서성거리며, 좁은 거실을 왔다갔다하면서, 뭔가를 골똘하게 바라보면서, 집안에 있는 물건들을 관찰하면서, 김용탁 시인의 말대로 주위에 있는 물건들을 '잘 보면서' 시상을 느끼려고 하는 데 잘 안 된다. 답답한 양 할머니는 묻고 또 묻는다. 선생님, 시상은 언제 찾아와요? 선생님, 어떻게 해야 시를 쓸 수 있어요?

　영화에서 미자 할머니는 시작(詩作) 노트에 세 개의 시상을 메모한다. "새들의 노래 소리 / 무엇을 노래하나" "꽃도 시들고 / 시간이 흐르고" "살구는 스스로 땅에 몸을 던진다. / 깨여지고 밟힌다. / 다음 생을 위해." 그러나 뭔가 잡힐 듯 잡힐 듯하지만 시상은 잘 떠오르지 않고 또 그게 한 편의 시로 연결되지도 않는다.

　한편 외손자는 같은 학교 여학생이 성폭력에 시달리다 자살하는 사건에 연루된다. 합의금을 마련할 길이 없는 양 할머니는 강 노인을 찾아간다. 그리고 시작 노트에 이렇게 쓴다. "오백만 원만 주세요. 부탁입니다. 이유는 묻지 마시고요." 그리고 낮게 말한다. "빌려달라고 하고 싶지만…… 그럴 수는 없네요. 어차피 못 갚을 테니까요." 이번에는 강 노인이 수첩에다 쓴다. "왜 내가 돈을 줘야 되나 이유도 없이." 며느리가 중간에 주스를 가지고 오면서 끼어들자 미자는 말없이 처연하게 웃기만 한다. 다시 강 노인이 삐뚤삐뚤한 글씨로 쓴다. "협박하나." 미자가 얼굴을 손바닥으로 쓸어내리며 말한다. "뭐라고 생각하셔도 좋아요. 변명은 않겠어요." 아, 양 할머니와 강 노인은 잘 모르시는 모양이다. 지금 두 분은 한 편의 근사한 시를 합

작해 낸 줄을. 말없는 가운데 시 한 편이 할머니를 찾아온 줄을.

이게 다는 아니다. 양 할머니는 마지막에 한 편의 시를 완성한다. "자신에게 가장 귀중한 것을 내놓기로 결심한 다음에 비로소 선생의 말을 실천하고 시 한 편을 쓰게 된"** 것이다. 제목은 자살한 여학생의 세례명인 〈아네스의 노래〉. 전문은 다음과 같다. "그곳은 어떤가요 / 얼마나 적막하나요 // 저녁이면 여전히 노을이 지고 / 숲으로 가는 새들 노래 소리 들리나요 / 차마 부치지 못한 편지 / 당신이 받아볼 수 있나요 / 하지 못한 고백 전할 수 있나요 / 시간은 흐르고 장미는 시들까요 // 이제 작별을 할 시간 / 머물고 가는 바람처럼 그림자처럼 / 오지 않던 약속도 / 끝내 비밀이었던 사랑도 // 서러운 내 발목에 입 맞추는 / 풀잎 하나 // 나를 따라온 작은 발자국에게도 / 작별을 할 시간 // 이제 어둠이 오면 / 다시 촛불이 켜질까요 / 나는 기도 합니다 // 아무도 눈물은 흘리지 않기를 / 내가 얼마나 간절히 사랑했는지 / 당신이 알아주기를 / 여름 한낮의 그 오랜 기다림 / 아버지의 얼굴 같은 오래된 골목 / 수줍어 돌아앉은 외로운 들국화까지도 / 내가 얼마나 사랑했는지 // 당신의 작은 노래 소리에 / 얼마나 가슴 뛰었는지 // 나는 당신을 축복합니다 / 죽은 강물을 건너기 전에 내 영혼의 마지막 숨을 다해 / 나는 꿈꾸기 시작합니다 / 어느 햇빛 맑은 아침 / 다시 깨어나 부신 눈으로 / 머리맡에 선 당신을 만날 수 있기를"

영화가 끝나면서 내 상념도 끝이 났다. 땀이 많이 났다. 눈물과 땀은 어떻게 다를까. 나도 이젠 마지막으로 몸을 씻고 나가야 할 때가 왔다. 〈시〉의 마지막 장면은 물소리, 새소리, 바람소리 등 온갖 자연의 소리들 속에서 끊임없이 강의 물결이 밀려오는 것이다. 피둥피둥한 몸 하나가 탕 바깥으로 움직이자 갇힌 물에서도 잔물결이 찰랑찰랑 일어났다. 2010. 10. 28

●　　황현산 칼럼, 〈마음이 무거워져야 할 의무〉, 《한겨레》 2010년 7월 24일자에서 인용.

●●　　이창동 감독의 영화, 〈시〉 시나리오에서 인용.

인왕산에서 글을 잃다

●

인왕산을 숱하게 드나들었지만 정작 인왕산에 대해 아는 것이 아무 것도 없다는 생각이 요즘 부쩍 들었다. 저기 내 눈앞에, 북악산 왼쪽, 안산 오른쪽, 위로 우뚝 솟은 산이 인왕인 줄은 알겠다. 실제로 사무실을 나와 몇 채의 인가를 지나 산으로 들면 인왕산을 밟을 수 있다. 그러나 등산로 주위를 따라 펼쳐진 나무들, 숲들 중에서 내가 이름을 불러줄 수 있는 것이라곤 몇 개 안 된다. 소나무, 아카시아 나무, 밤나무……아아아 차라리 호명하지를 말자. 몇 개 안 된다. 지난 일년 간 내가 디딘 길이 암흑의 길이라 해도 아무 할 말이 없는 것이다. 눈으로만 보지 않고 직접 발로 만난 것까지는 좋았다. 그러나 분명 제 이름을 가지고 있는 저 나무, 저 꽃들을 멍청하게 그대로 지나야 하는 자의 괴로움과 그 자가 바로 나라는 부끄러움이 한꺼번에 쏟아져 나왔다.

예전 민음사에 근무할 때 《세계의문학》 편집위원들과 함께 김우창 선생님께 신년 세배를 갔었다. 매년 평창동 댁으로 가면 사모님께서는 떡국과 함께 술도 한 잔씩 주시고 선생님께서는 최근에 읽은 책과 세상살이에 대해 이야기를 해주시곤 했다. 어느 해 선생님으로부터 들은 이야기가 아직도 안 잊힌다. 게리 스나이더라고 하는 미국의 생태주의 시인의 주장인데 아이들한테 심성 공부를 따로 시킬 게 아니라 그냥 동식물 이름 1백 개 정도를 외우게 하면 그게 저절로 된다는 것이었다.

그 다음날 아침 나는 막 초등학교에 입학한 아이를 데리고 아파트 화단을 일삼아 구경하러 나섰다. 평소 무심히 지나쳤던 화단인데 크고 작은 식물들을 꼽아보니 가짓수가 제법 많았다. 아, 그냥 녹색의 나무하고 풀들이 있네, 하고 관념적으로 생각했던 화단에서 비로소 각 식물들의 고유한 사생활을 구체적으로 발견했다. 집 가까이에 있는 나무하고 사귀기 시작하자 마음먹고 동정(同定)을 하겠답시고 잎사귀를 몇 개 뜯었다. (나는 대학교에서 식물학을 전공했답니다!) 그러나 대학교 때 보고 던져놓은 도감을 펼쳐보았지만 아무런 소용이 없다는 것을 금방 깨달아야 했다. 말 못하는 나무들만 애꿎게 잎사귀를 억울하게 잃어버린 꼴이 되고 말았다.

그 이후 아이는 자라고 나는 늙었다. 나는 식물의 곁을 떠나지 않았고 식물도 내 곁은 떠나지 않았다. 그러나 그뿐이었다. 나도 식물도 서로 안으로 들지 못했다. 그저 낯모르는 행인이요 그냥 지나치는 과객이었다. 그러고도 먹고 사는 데 아무런 지장은 없었다. 어쩌다 아동출판을 하는 후배를 만나면 이 이야기를 화제에 올렸다. 그리고 '아파트 화단에서 만나는 나무 100가지'(가족이 직접 참여하면 재미있지 않을까) / '우리와 가장 자주 접하는 식물들 100가지'(그게 통계적으로 가능할까) / '우리나라 거리에서 가장 많이 만나는 나무 100가지'(조경회사에 문의하면 가르쳐주지 않을까) 등등의 좀 치졸한 기획을 부추기는 정도였다.

세상이 한 권의 책이라면 인왕산은 나에게 아주 특별하고도 특별한 부록이다. 그 부록의 판형과 두께는 내 얼추 짐작하겠으나 나는 펼칠 자신이 없다. 그 책 앞에서는 나는 문맹이다. 그 책을 이루는 깨알 같은 글씨를 읽어낼 도리가 없는 것이다. 오늘도 인왕산 자락을 어슬렁거렸다. 투명한 비닐봉지를 얼굴에 뒤집어쓰고 호흡하는 기분. 어찌되었든 이 미끌하고 답답한 기분을 오래 가져갈 수는 없다는 생각을 하고 하고 또 한다. 2010. 10. 30